U0096889

比较文学与世界文学研究丛书

主编 曹顺庆

二编 第26册

茶的力量

刘 火 著

花木兰文化事业有限公司

国家图书馆出版品预行编目资料

茶的力量／刘火 著 -- 初版 -- 新北市：花木兰文化事业有限公司，2023〔民 112〕
序 2+ 目 2+244 面；19×26 公分
（比较文学与世界文学研究丛书 二编 第 26 册）
ISBN 978-626-344-337-2（精装）
1.CST：言论集
810.8 111022129

ISBN-978-626-344-337-2

比较文学与世界文学研究丛书
二编 第二六册 ISBN：978-626-344-337-2

茶的力量

作　　者 刘 火
主　　编 曹顺庆
企　　划 四川大学双一流学科暨比较文学研究基地
总 编 辑 杜洁祥
副总编辑 杨嘉乐
编辑主任 许郁翎
编　　辑 张雅淋、潘玟静　美术编辑 陈逸婷
出　　版 花木兰文化事业有限公司
发 行 人 高小娟
联络地址 台湾 235 新北市中和区中安街七二号十三楼
电话：02-2923-1455 ／传真：02-2923-1452
网　　址 http://www.huamulan.tw 信箱 service@huamulans.com
印　　刷 普罗文化出版广告事业
初　　版 2023 年 3 月
定　　价 二编 28 册（精装）新台币 76,000 元

茶的力量

刘火 著

作者简介

刘火，本名刘大桥，中国作家协会会员、四川省文艺评论家协会顾问。有《风月原本两无功：刘火说诗画经史》、《随风飘渺》、《瓶内片言－刘火说〈金瓶梅〉》、《叙州旧迹》、《破壳的声音》等多部随笔、文论集出版。因文学评论获“四川省文学奖”、“巴蜀文艺奖”等。

提　要

这是一部中西文史比较的学术随笔。

《茶的力量》叙述茶作为中国的原产，且作为世界三大饮料最早的饮料，在它东去日本和西去英伦的过程中，前者促成了日本茶道六百年，后者则让因茶在大航海时代之后的成为最重要之一的中西贸易，而且因茶改变了世界。《〈天工开物〉里的人文精神》，不仅论述这部明代后期的科技百科全书里的人文精神，而且通过它在中国的遗失和在日本的发现，论述一部与文艺复兴时代大致相同年代的巨著在中国的命运。

《“阿尔法狗”的“GO”引出的话题》、《从日本画中的柳反观中国画中的柳》等文，从语言和绘画比较中日文化在近代先进与落后的互换。《“废汉字”公案及后来》重新厘定五四先贤为什么要“废汉字”的历史背景和时代局限。《〈易〉，在城市文化重建的一种路径》、《“恕”的当代意义》等试图论述中国传统文化在现代化过程中的重构、新生和对当代的极积意义。《鱼，华夏文明中最早的符码之一》等文，试图对中国古代文明重构的一种尝试。

这些文字大都发表在北京和上海等地的报纸和期刊上。

比较文学的中国路径

曹顺庆

自德国作家歌德提出“世界文学”观念以来，比较文学已经走过近二百年。比较文学研究也历经欧洲阶段、美洲阶段而至亚洲阶段，并在每一阶段都形成了独具特色学科理论体系、研究方法、研究范围及研究对象。中国比较文学研究面对东西文明之间不断加深的交流和碰撞现况，立足中国之本，辩证吸纳四方之学，而有了如今欣欣向荣之景象，这套丛书可以说是应运而生。本丛书尝试以开放性、包容性分批出版中国比较文学学者研究成果，以观中国比较文学学术脉络、学术理念、学术话语、学术目标之概貌。

一、百年比较文学争讼之端——比较文学的定义

什么是比较文学？常识告诉我们：比较文学就是文学比较。然而当今中国比较文学教学实际情况却并非完全如此。长期以来，中国学术界对“什么是比较文学？”却一直说不清，道不明。这一最基本的问题，几乎成为学术界纠缠不清、莫衷一是的陷阱，存在着各种不同的看法。其中一些看法严重误导了广大学生！如果不辨析这些严重误导了广大学生的观点，是不负责任、问心有愧的。恰如《文心雕龙 · 序志》说”岂好辩哉，不得已也“，因此我不得不辩。

其中一个极为容易误导学生的说法，就是“比较文学不是文学比较“。目前，一些教科书郑重其事地指出：比较文学不是文学比较。认为把“比较”与“文学”联系在一起，很容易被人们理解为用比较的方法进行文学研究的意思。并进一步强调，比较文学并不等于文学比较，并非任何运用比较方法来进行的比较研究都是比较文学。这种误导学生的说法几乎成为一个定论，

一个基本常识，其实，这个看法是不完全准确的。

让我们来看看一些具体例证，请注意，我列举的例证，对事不对人，因而不提及具体的人名与书名，请大家理解。在 Y 教授主编的教材中，专门设有一节以“比较文学不是文学比较”为题的内容，其中指出“比较文学界面临的最大的困惑就是把‘比较文学’误读为‘文学比较’”，在高等院校进行比较文学课程教学时需要重点强调“比较文学不是文学比较”。W 教授主编的教材也称“比较文学不是文学的比较”，因为“不是所有用比较的方法来研究文学现象的都是比较文学”。L 教授在其所著教材专门谈到“比较文学不等于文学比较”，因为，“比较”已经远远超出了一般方法论的意义，而具有了跨国家与民族、跨学科的学科性质，认为将比较文学等同于文学比较是以偏概全的。”J 教授在其主编的教材中指出，“比较文学并不等于文学比较”，并以美国学派雷马克的比较文学定义为根据，论证比较文学的“比较”是有前提的，只有在地域观念上跨越打通国家的界限，在学科领域上跨越打通文学与其他学科的界限，进行的比较研究才是比较文学。在 W 教授主编的教材中，作者认为，“若把比较文学精神看作比较精神的话，就是犯了望文生义的错误，一百余年来，比较文学这个名称是名不副实的。”

从列举的以上教材我们可以看出，首先，它们在当下都仍然坚持“比较文学不是文学比较”这一并不完全符合整个比较文学学科发展事实的观点。如果认为一百余年来，比较文学这个名称是名不副实的，所有的比较文学都不是文学比较，那是大错特错！其次，值得注意的是，这些教材在相关叙述中各自的侧重点还并不相同，存在着不同程度、不同方面的分歧。这样一来，错误的观点下多样的谬误解释，加剧了学习者对比较文学学科性质的错误把握，使得学习者对比较文学的理解愈发困惑，十分不利于比较文学方法论的学习、也不利于比较文学学科的传承和发展。当今中国比较文学教材之所以普遍出现以上强作解释，不完全准确的教科书观点，根本原因还是没有仔细研究比较文学学科不同阶段之史实，甚至是根本不清楚比较文学不同阶段的学科史实的体现。

实际上，早期的比较文学“名”与“实”的确不相符合，这主要是指法国学派的学科理论，但是并不包括以后的美国学派及中国学派的学科理论，如果把所有阶段的学科理论一锅煮，是不妥当的。下面，我们就从比较文学学科发展的史实来论证这个问题。“比较文学不是文学比较”“comparative literature is not literary comparison"，只是法国学派提出的比较文学口号，只是法国学派一派的主张，而不是整个比较文学学科的基本特征。我们不能够把这个阶段性的比较文学口号扩大化，甚至让其突破时空，用于描述比较文学所有的阶段和学派，更不能够使其"放之四海而皆准"。

法国学派提出"比较文学不是文学比较"，这个"比较"（comparison）是他们坚决反对的！为什么呢，因为他们要的不是文学"比较"（literary comparison），而是文学"关系"（literary relationship），具体而言，他们主张比较文学是实证的国际文学关系，是不同国家文学的影响关系，influences of different literatures，而不是文学比较。

法国学派为什么要反对"比较"(comparison)，这与比较文学第一次危机密切相关。比较文学刚刚在欧洲兴起时，难免泥沙俱下，乱比的情形不断出现，暴露了多种隐患和弊端，于是，其合法性遭到了学者们的质疑：究竟比较文学的科学性何在？意大利著名美学大师克罗齐认为,"比较"(comparison)是各个学科都可以应用的方法，所以,"比较"不能成为独立学科的基石。学术界对于比较文学公然的质疑与挑战，引起了欧洲比较文学学者的震撼，到底比较文学如何"比较"才能够避免"乱比"？如何才是科学的比较？

难能可贵的是，法国学者对于比较文学学科的科学性进行了深刻的的反思和探索，并提出了具体的应对的方法：法国学派采取壮士断臂的方式，砍掉"比较"（comparison)，提出比较文学不是文学比较（comparative literature is not literary comparison)，或者说砍掉了没有影响关系的平行比较，总结出了只注重文学关系（literary relationship）的影响（influences）研究方法论。法国学派的创建者之一基亚指出，比较文学并不是比较。比较不过是一门名字没取好的学科所运用的一种方法……企图对它的性质下一个严格的定义可能是徒劳的。基亚认为：比较文学不是平行比较，而仅仅是文学关系史。以"文学关系"为比较文学研究的正宗。为什么法国学派要反对比较？或者说为什么法国学派要提出"比较文学不是文学比较"，因为法国学派认为"比较"(comparison）实际上是乱比的根源，或者说"比较"是没有可比性的。正如巴登斯佩哲指出："仅仅对两个不同的对象同时看上一眼就作比较，仅仅靠记忆和印象的拼凑，靠一些主观臆想把可能游移不定的东西扯在一起来找点类似点，这样的比较决不可能产生论证的明晰性"。所以必须抛弃"比较"。只承认基于科学的历史实证主义之上的文学影响关系研究（based on scientificity and positivism and literary influences.)。法国学派的代表学者卡雷指出：比较文学是实证性的关系研究："比较文学是文学史的一个分支：它研究拜伦与普希金、歌德与卡莱尔、瓦尔特·司各特与维尼之间，在属于一种以上文学背景的不同作品、不同构思以及不同作家的生平之间所曾存在过的跨国度的精神交往与实际联系。"正因为法国学者善于独辟蹊径，敢于提出"比较文学不是文学比较"，甚至完全抛弃比较（comparison），以防止"乱比"，才形成了一套建立在"科学"实证性为基础的、以影响关系为特征的"不比较"的比较文学学科理论体系，这终于挡住了克罗齐等人对比较文学"乱比"的批判，形成了以"科学"实证为特征的文学影响关系研究，确立了法国学派的学科理论和一整套方法论体系。当然，法国学派悍然砍掉比较研究，又不放弃"比较文学"这个名称，于是不可避免地出现了比较文学名不副实的尴尬现象，出现了打着比较文学名号，而又不比较的法国学派学科理论，这才是问题的关键。

当然，法国学派提出"比较文学不是文学比较"，只注重实证关系而不注重文学比较和文学审美，必然会引起比较文学的危机。这一危机终于由美国著名比较文学家韦勒克（René Wellek）在1958年国际比较文学协会第二次大会上明确揭示出来了。在这届年会上，韦勒克作了题为《比较文学的危机》的挑战性发言，对"不比较"的法国学派进行了猛烈批判，宣告了倡导平行比较和注重文学审美的比较文学美国学派的诞生。韦勒克作了题为《比较文学的危机》的挑战性发言，对当时一统天下的法国学派进行了猛烈批判，宣告了比较文学美国学派的诞生。韦勒克说："我认为，内容和方法之间的人为界线，渊源和影响的机械主义概念，以及尽管是十分慷慨的但仍属文化民族主义的动机，是比较文学研究中持久危机的症状。"韦勒克指出："比较也不能仅仅局限在历史上的事实联系中，正如最近语言学家的经验向文学研究者表明的那样，比较的价值既存在于事实联系的影响研究中，也存在于毫无历史关系的语言现象或类型的平等对比中。"很明显，韦勒克提出了比较文学就是要比较（comparison），就是要恢复巴登斯佩哲所讽刺和抛弃的"找点类似点"的平行比较研究。美国著名比较文学家雷马克（Henry Remak）在他的著名论文《比较文学的定义与功用》中深刻地分析了法国学派为什么放弃"比较"（comparison）的原因和本质。他分析说："法国比较文学否定'纯粹'的比较（comparison），它忠实于十九世纪实证主义学术研究的传统，即实证主义所坚持并热切期望的文学研究的‘科学性’。按照这种观点，纯粹的类比不会得出任何结论，尤其是不能得出有更大意义的、系统的、概括性的结论。……既然值得尊重的科学必须致力于因果关系的探索，而比较文学必须具有科学性，因此，比较文学应该研究因果关系，即影响、交流、变更等。”雷马克进一步尖锐地指出，“比较文学”不是“影响文学”。只讲影响不要比较的“比较文学”，当然是名不副实的。显然，法国学派抛弃了“比较”（comparison），但是仍然带着一顶“比较文学”的帽子，才造成了比较文学“名”与“实”不相符合，造成比较文学不比较的尴尬，这才是问题的关键。

美国学派最大的贡献，是恢复了被法国学派所抛弃的比较文学应有的本义——“比较”（The American school went back to the original sense of comparative literature ——“comparison”），美国学派提出了标志其学派学科理论体系的平行比较和跨学科比较：“比较文学是一国文学与另一国或多国文学的比较，是文学与人类其他表现领域的比较。”显然，自从美国学派倡导比较文学应当比较（comparison）以后，比较文学就不再有名与实不相符合的问题了，我们就不应当再继续笼统地说“比较文学不是文学比较”了，不应当再以“比较文学不是文学比较”来误导学生！更不可以说“一百余年来，比较文学这个名称是名不副实的。”不能够将雷马克的观点也强行解释为“比较文学不是比较”。因为在美国学派看来，比较文学就是要比较（comparison）。比较文学就是要恢复被巴登斯佩哲所讽刺和抛弃的“找点类似点”的平行比较研究。因为平行研究的可比性，正是类同性。正如韦勒克所说，“比较的价值既存在于事实联系的影响研究中，也存在于毫无历史关系的语言现象或类型的平等对比中。”恢复平行比较研究、跨学科研究，形成了以“找点类似点”的平行研究和跨学科研究为特征的比较文学美国学派学科理论和方法论体系。美国学派的学科理论以“类型学”、“比较诗学”、“跨学科比较”为主，并拓展原属于影响研究的“主题学”、“文类学”等领域，大大扩展比较文学研究领域。

二、比较文学的三个阶段

下面，我们从比较文学的三个学科理论阶段，进一步剖析比较文学不同阶段的学科理论特征。现代意义上的比较文学学科发展以“跨越”与“沟通”为目标，形成了类似“层叠”式、“涟漪”式的发展模式，经历了三个重要的学科理论阶段，即：

一、欧洲阶段，比较文学的成形期；二、美洲阶段，比较文学的转型期；三、亚洲阶段，比较文学的拓展期。我们将比较文学三个阶段的发展称之为“涟漪式”结构，实际上是揭示了比较文学学科理论的继承与创新的辩证关系：比较文学学科理论的发展，不是以新的理论否定和取代先前的理论，而是层叠式、累进式地形成“涟漪”式的包容性发展模式，逐步积累推进。比较文学学科理论发展呈现为层叠式、“涟漪”式、包容式的发展模式。我们把这个模式描绘如下：

法国学派主张比较文学是国际文学关系，是不同国家文学的影响关系。形成学科理论第一圈层：比较文学——影响研究；美国学派主张恢复平行比较，形成学科理论第二圈层：比较文学——影响研究＋平行研究＋跨学科研究；中国学派提出跨文明研究和变异研究，形成学科理论第三圈层：比较文学——影响研究＋平行研究＋跨学科研究＋跨文明研究＋变异研究。这三个圈层并不互相排斥和否定，而是继承和包容。我们将比较文学三个阶段的发展称之为层叠式、“涟漪”式、包容式结构，实际上是揭示了比较文学学科理论的继承与创新的辩证关系。

法国学派提出，可比性的第一个立足点是同源性，由关系构成的同源性。同源性主要是针对影响关系研究而言的。法国学派将同源性视作可比性的核心，认为影响研究的可比性是同源性。所谓同源性，指的是通过对不同国家、不同民族和不同语言的文学的文学关系研究，寻求一种有事实联系的同源关系，这种影响的同源关系可以通过直接、具体的材料得以证实。同源性往往建立在一条可追溯关系的三点一线的“影响路线”之上，这条路线由发送者、接受者和传递者三部分构成。如果没有相同的源流，也就不可能有影响关系，也就谈不上可比性，这就是“同源性”。以渊源学、流传学和媒介学作为研究的中心，依靠具体的事实材料在国别文学之间寻求主题、题材、文体、原型、思想渊源等方面的同源影响关系。注重事实性的关联和渊源性的影响，并采用严谨的实证方法，重视对史料的搜集和求证，具有重要的学术价值与学术意义，仍然具有广阔的研究前景。渊源学的例子：杨宪益，《西方十四行诗的渊源》。

比较文学学科理论的第二阶段在美洲，第二阶段是比较文学学科理论的转型期。从 20 世纪 60 年代以来，比较文学研究的主要阵地逐渐从法国转向美国，平行研究的可比性是什么？是类同性。类同性是指是没有文学影响关系的不同国家文学所表现出的相似和契合之处。以类同性为基本立足点的平行研究与影响研究一样都是超出国界的文学研究，但它不涉及影响关系研究的放送、流传、媒介等问题。平行研究强调不同国家的作家、作品、文学现象的类同比较，比较结果是总结出于文学作品的美学价值及文学发展具有规律性的东西。其比较必须具有可比性，这个可比性就是类同性。研究文学中类同的：风格、结构、内容、形式、流派、情节、技巧、手法、情调、形象、主题、文类、文学思潮、文学理论、文学规律。例如钱钟书《通感》认为，中国诗文有一种描写手法，古代批评家和修辞学家似乎都没有拈出。宋祁《玉楼春》词有句名句："红杏枝头春意闹。"这与西方的通感描写手法可以比较。

比较文学的又一次危机：比较文学的死亡

九十年代，欧美学者提出，比较文学作为一门学科已经死亡！最早是英国学者苏珊·巴斯奈特1993年她在《比较文学》一书中提出了比较文学的死亡论，认为比较文学作为一门学科，在某种意义上已经死亡。尔后，美国学者斯皮瓦克写了一部比较文学专著，书名就叫《一个学科的死亡》。为什么比较文学会死亡，斯皮瓦克的书中并没有明确回答！为什么西方学者会提出比较文学死亡论？全世界比较文学界都十分困惑。我们认为，20世纪90年代以来，欧美比较文学继"理论热"之后，又出现了大规模的"文化转向"。脱离了比较文学的基本立场。首先是不比较，即不讲比较文学的可比性问题。西方比较文学研究充斥大量的Culture Studies（文化研究），已经不考虑比较的合理性，不考虑比较文学的可比性问题。第二是不文学，即不关心文学问题。西方学者热衷于文化研究，关注的已经不是文学性，而是精神分析、政治、性别、阶级、结构等等。最根本的原因，是比较文学学科长期囿于西方中心论，有意无意地回避东西方不同文明文学的比较问题，基本上忽略了学科理论的新生长点，比较文学学科理论缺乏创新，严重忽略了比较文学的差异性和变异性。

要克服比较文学的又一次危机，就必须打破西方中心论，克服比较文学学科理论一味求同的比较文学学科理论模式，提出适应当今全球化比较文学研究的新话语。中国学派，正是在此次危机中，提出了比较文学变异学研究，总结出了新的学科理论话语和一套新的方法论。

中国大陆第一部比较文学概论性著作是卢康华、孙景尧所著《比较文学导论》，该书指出："什么是比较文学？现在我们可以借用我国学者季羡林先生的解释来回答了：‘顾名思义，比较文学就是把不同国家的文学拿出来比较，这可以说是狭义的比较文学。广义的比较文学是把文学同其他学科来比较，包括人文科学和社会科学’。”[1]这个定义可以说是美国雷马克定义的翻版。不过，该书又接着指出：“我们认为最精炼易记的还是我国学者钱钟书先生的说法：‘比较文学作为一门专门学科，则专指跨越国界和语言界限的文学比较’。更具体地说，就是把不同国家不同语言的文学现象放在一起进行比较，研究他们在文艺理论、文学思潮，具体作家、作品之间的互相影响。”[2]这个定义似乎更接近法国学派的定义，没有强调平行比较与跨学科比较。紧接该书之后的教材是陈挺的《比较文学简编》，该书仍旧以“广义”与“狭义”来解释比较文学的定义，指出：“我们认为，通常说的比较文学是狭义的，即指超越国家、民族和语言界限的文学研究……广义的比较文学还可以包括文学与其他艺术（音乐、绘画等）与其他意识形态（历史、哲学、政治、宗教等）之间的相互关系的研究。”[3]中国比较文学早期对于比较文学的定义中凸显了很强的不确定性。

由乐黛云主编，高等教育出版社 1988 年的《中西比较文学教程》，则对比较文学定义有了较为深入的认识，该书在详细考查了中外不同的定义之后，该书指出：“比较文学不应受到语言、民族、国家、学科等限制，而要走向一种开放性，力图寻求世界文学发展的共同规律。”[4]“世界文学”概念的纳入极大拓宽了比较文学的内涵，为“跨文化”定义特征的提出做好了铺垫。

随着时间的推移，学界的认识逐步深化。1997 年，陈惇、孙景尧、谢天振主编的《比较文学》提出了自己的定义：“把比较文学看作跨民族、跨语言、跨文化、跨学科的文学研究，更符合比较文学的实质，更能反映现阶段人们对于比较文学的认识。”[5]2000 年北京师范大学出版社出版了《比较文学概论》修订本，提出：“什么是比较文学呢？比较文学是一种开放式的文学研究，它具有宏观的视野和国际的角度，以跨民族、跨语言、跨文化、跨学科界限的各种文学关系为研究对象，在理论和方法上，具有比较的自觉意识和兼容并包的特色。”[6]这是我们目前所看到的国内较有特色的一个定义。

1 卢康华、孙景尧著《比较文学导论》，黑龙江人民出版社 1984，第 15 页。
2 卢康华、孙景尧著《比较文学导论》，黑龙江人民出版社 1984 年版。
3 陈挺《比较文学简编》，华东师范大学出版社 1986 年版。
4 乐黛云主编《中西比较文学教程》，高等教育出版社 1988 年版。
5 陈惇、孙景尧、谢天振主编《比较文学》，高等教育出版社 1997 年版。
6 陈惇、刘象愚《比较文学概论》，北京师范大学出版社 2000 年版。

具有代表性的比较文学定义是2002年出版的杨乃乔主编的《比较文学概论》一书，该书的定义如下："比较文学是以跨民族、跨语言、跨文化与跨学科为比较视域而展开的研究，在学科的成立上以研究主体的比较视域为安身立命的本体，因此强调研究主体的定位，同时比较文学把学科的研究客体定位于民族文学之间与文学及其他学科之间的三种关系：材料事实关系、美学价值关系与学科交叉关系，并在开放与多元的文学研究中追寻体系化的汇通。"[7]方汉文则认为："比较文学作为文学研究的一个分支学科，它以理解不同文化体系和不同学科间的同一性和差异性的辩证思维为主导，对那些跨越了民族、语言、文化体系和学科界限的文学现象进行比较研究，以寻求人类文学发生和发展的相似性和规律性。"[8]由此而引申出的"跨文化"成为中国比较文学学者对于比较文学定义所做出的历史性贡献。

我在《比较文学教程》中对比较文学定义表述如下："比较文学是以世界性眼光和胸怀来从事不同国家、不同文明和不同学科之间的跨越式文学比较研究。它主要研究各种跨越中文学的同源性、变异性、类同性、异质性和互补性，以影响研究、变异研究、平行研究、跨学科研究、总体文学研究为基本方法论，其目的在于以世界性眼光来总结文学规律和文学特性，加强世界文学的相互了解与整合，推动世界文学的发展。"[9]在这一定义中，我再次重申"跨国""跨学科""跨文明"三大特征，以"变异性""异质性"突破东西文明之间的"第三堵墙"。

"首在审己，亦必知人"。中国比较文学学者在前人定义的不断论争中反观自身，立足中国经验、学术传统，以中国学者之言为比较文学的危机处境贡献学科转机之道。

三、两岸共建比较文学话语——比较文学中国学派

中国学者对于比较文学定义的不断明确也促成了"比较文学中国学派"的生发。得益于两岸几代学者的垦拓耕耘，这一议题成为近五十年来中国比较文学发展中竖起的最鲜明、最具争议性的一杆大旗，同时也是中国比较文学学科理论研究最有创新性，最亮丽的一道风景线。

7 杨乃乔主编《比较文学概论》，北京大学出版社2002年版。
8 方汉文《比较文学基本原理》，苏州大学出版社2002年版。
9 曹顺庆《比较文学教程》，高等教育出版社2006年版。

比较文学“中国学派”这一概念所蕴含的理论的自觉意识最早出现的时间大约是20世纪70年代。当时的台湾由于派出学生留洋学习，接触到大量的比较文学学术动态，率先掀起了中外文学比较的热潮。1971年7月在台湾淡江大学召开的第一届“国际比较文学会议”上，朱立元、颜元叔、叶维廉、胡辉恒等学者在会议期间提出了比较文学的“中国学派”这一学术构想。同时，李达三、陈鹏翔（陈慧桦）、古添洪等致力于比较文学中国学派早期的理论催生。如1976年，古添洪、陈慧桦出版了台湾比较文学论文集《比较文学的垦拓在台湾》。编者在该书的序言中明确提出：“我们不妨大胆宣言说，这援用西方文学理论与方法并加以考验、调整以用之于中国文学的研究，是比较文学中的中国派”[10]。这是关于比较文学中国学派较早的说明性文字，尽管其中提到的研究方法过于强调西方理论的普世性，而遭到美国和中国大陆比较文学学者的批评和否定；但这毕竟是第一次从定义和研究方法上对中国学派的本质进行了系统论述，具有开拓和启明的作用。后来，陈鹏翔又在台湾《中外文学》杂志上连续发表相关文章，对自己提出的观点作了进一步的阐释和补充。

在“中国学派”刚刚起步之际，美国学者李达三起到了启蒙、催生的作用。李达三于60年代来华在台湾任教，为中国比较文学培养了一批朝气蓬勃的生力军。1977年10月，李达三在《中外文学》6卷5期上发表了一篇宣言式的文章《比较文学中国学派》，宣告了比较文学的中国学派的建立，并认为比较文学中国学派旨在“与比较文学中早已定于一尊的西方思想模式分庭抗礼。由于这些观念是源自对中国文学及比较文学有兴趣的学者，我们就将含有这些观念的学者统称为比较文学的‘中国’学派。”并指出中国学派的三个目标：1、在自己本国的文学中，无论是理论方面或实践方面，找出特具“民族性”的东西，加以发扬光大，以充实世界文学；2、推展非西方国家“地区性”的文学运动，同时认为西方文学仅是众多文学表达方式之一而已；3、做一个非西方国家的发言人，同时并不自诩能代表所有其他非西方的国家。李达三后来又撰文对比较文学研究状况进行了分析研究，积极推动中国学派的理论建设。[11]

继中国台湾学者垦拓之功，在20世纪70年代末复苏的大陆比较文学研

10 古添洪、陈慧桦《比较文学的垦拓在台湾》，台湾东大图书公司1976年版。
11 李达三《比较文学研究之新方向》，台湾联经事业出版公司1978年版。

究亦积极参与了“比较文学中国学派”的理论建设和学科建设。

季羡林先生 1982 年在《比较文学译文集》的序言中指出：“以我们东方文学基础之雄厚，历史之悠久，我们中国文学在其中更占有独特的地位，只要我们肯努力学习，认真钻研，比较文学中国学派必然能建立起来，而且日益发扬光大”[12]。1983 年 6 月，在天津召开的新中国第一次比较文学学术会议上，朱维之先生作了题为《比较文学中国学派的回顾与展望》的报告，在报告中他旗帜鲜明地说：“比较文学中国学派的形成（不是建立）已经有了长远的源流，前人已经做出了很多成绩，颇具特色，而且兼有法、美、苏学派的特点。因此，中国学派绝不是欧美学派的尾巴或补充”[13]。1984 年，卢康华、孙景尧在《比较文学导论》中对如何建立比较文学中国学派提出了自己的看法，认为应当以马克思主义作为自己的理论基础，以我国的优秀传统与民族特色为立足点与出发点，汲取古今中外一切有用的营养，去努力发展中国的比较文学研究。同年在《中国比较文学》创刊号上，朱维之、方重、唐弢、杨周翰等人认为中国的比较文学研究应该保持不同于西方的民族特点和独立风貌。1985 年，黄宝生发表《建立比较文学的中国学派：读〈中国比较文学〉创刊号》，认为《中国比较文学》创刊号上多篇讨论比较文学中国学派的论文标志着大陆对比较文学中国学派的探讨进入了实际操作阶段。[14]1988 年，远浩一提出“比较文学是跨文化的文学研究”（载《中国比较文学》1988 年第 3 期）。这是对比较文学中国学派在理论特征和方法论体系上的一次前瞻。同年，杨周翰先生发表题为“比较文学：界定‘中国学派’，危机与前提”（载《中国比较文学通讯》1988 年第 2 期），认为东方文学之间的比较研究应当成为“中国学派”的特色。这不仅打破比较文学中的欧洲中心论，而且也是东方比较学者责无旁贷的任务。此外，国内少数民族文学的比较研究，也应该成为“中国学派”的一个组成部分。所以，杨先生认为比较文学中的大量问题和学派问题并不矛盾，相反有助于理论的讨论。1990 年，远浩一发表“关于‘中国学派’”（载《中国比较文学》1990 年第 1 期），进一步推进了“中国学派”的研究。此后直到 20 世纪 90 年代末，中国学者就比较文学中国学派的建立、理论与方法以及相应的学科理论等诸多问题进行了积极而富有成效的探讨。

12 张隆溪《比较文学译文集》，北京大学出版社 1984 年版。
13 朱维之《比较文学论文集》，南开大学出版社 1984 年版。
14 参见《世界文学》1985 年第 5 期。

刘介民、远浩一、孙景尧、谢天振、陈淳、刘象愚、杜卫等人都对这些问题付出过不少努力。《暨南学报》1991 年第 3 期发表了一组笔谈，大家就这个问题提出了意见，认为必须打破比较文学研究中长期存在的法美研究模式，建立比较文学中国学派的任务已经迫在眉睫。王富仁在《学术月刊》1991 年第 4 期上发表“论比较文学的中国学派问题”，论述中国学派兴起的必然性。而后，以谢天振等学者为代表的比较文学研究界展开了对“X+Y”模式的批判。比较文学在大陆复兴之后，一些研究者采取了“X+Y”式的比附研究的模式，在发现了“惊人的相似”之后便万事大吉，而不注意中西巨大的文化差异性，成为了浅度的比附性研究。这种情况的出现，不仅是中国学者对比较文学的理解上出了问题，也是由于法美学派研究理论中长期存在的研究模式的影响，一些学者并没有深思中国与西方文学背后巨大的文明差异性，因而形成“X+Y”的研究模式，这更促使一些学者思考比较文学中国学派的问题。

经过学者们的共同努力，比较文学中国学派一些初步的特征和方法论体系逐渐凸显出来。1995 年，我在《中国比较文学》第 1 期上发表《比较文学中国学派基本理论特征及其方法论体系初探》一文，对比较文学在中国复兴十余年来的发展成果作了总结，并在此基础上总结出中国学派的理论特征和方法论体系，对比较文学中国学派作了全方位的阐述。继该文之后，我又发表了《跨越第三堵‘墙’创建比较文学中国学派理论体系》等系列论文，论述了以跨文化研究为核心的“中国学派”的基本理论特征及其方法论体系。这些学术论文发表之后在国内外比较文学界引起了较大的反响。台湾著名比较文学学者古添洪认为该文“体大思精，可谓已综合了台湾与大陆两地比较文学中国学派的策略与指归，实可作为‘中国学派’在大陆再出发与实践的蓝图”[15]。

在我撰文提出比较文学中国学派的基本特征及方法论体系之后，关于中国学派的论争热潮日益高涨。反对者如前国际比较文学学会会长佛克马（Douwe Fokkema）1987 年在中国比较文学学会第二届学术讨论会上就从所谓的国际观点出发对比较文学中国学派的合法性提出了质疑，并坚定地反对建立比较文学中国学派。来自国际的观点并没有让中国学者失去建立比较文学中国学派的热忱。很快中国学者智量先生就在《文艺理论研究》1988 年第

15 古添洪《中国学派与台湾比较文学界的当前走向》，参见黄维梁编《中国比较文学理论的垦拓》167 页，北京大学出版社 1998 年版。

1 期上发表题为《比较文学在中国》一文，文中援引中国比较文学研究取得的成就，为中国学派辩护，认为中国比较文学研究成绩和特色显著，尤其在研究方法上足以与比较文学研究历史上的其他学派相提并论，建立中国学派只会是一个有益的举动。1991 年，孙景尧先生在《文学评论》第 2 期上发表《为“中国学派”一辩》，孙先生认为佛克马所谓的国际主义观点实质上是“欧洲中心主义”的观点，而“中国学派”的提出，正是为了清除东西方文学与比较文学学科史中形成的“欧洲中心主义”。在 1993 年美国印第安纳大学举行的全美比较文学会议上，李达三仍然坚定地认为建立中国学派是有益的。二十年之后，佛克马教授修正了自己的看法，在 2007 年 4 月的“跨文明对话——国际学术研讨会（成都）”上，佛克马教授公开表示欣赏建立比较文学中国学派的想法[16]。即使学派争议一派繁荣景象，但最终仍旧需要落点于学术创见与成果之上。

比较文学变异学便是中国学派的一个重要理论创获。2005 年，我正式在《比较文学学》[17]中提出比较文学变异学，提出比较文学研究应该从“求同”思维中走出来，从“变异”的角度出发，拓宽比较文学的研究。通过前述的法、美学派学科理论的梳理，我们也可以发现前期比较文学学科是缺乏“变异性”研究的。我便从建构中国比较文学学科理论话语体系入手，立足《周易》的“变异”思想，建构起“比较文学变异学”新话语，力图以中国学者的视角为全世界比较文学学科理论提供一个新视角、新方法和新理论。

比较文学变异学的提出根植于中国哲学的深层内涵，如《周易》之“易之三名”所构建的“变易、简易、不易”三位一体的思辨意蕴与意义生成系统。具体而言，“变易”乃四时更替、五行运转、气象畅通、生生不息；“不易”乃天上地下、君南臣北、纲举目张、尊卑有位；“简易”则是乾以易知、坤以简能、易则易知、简则易从。显然，在这个意义结构系统中，变易强调“变”，不易强调“不变”，简易强调变与不变之间的基本关联。万物有所变，有所不变，且变与不变之间存在简单易从之规律，这是一种思辨式的变异模式，这种变异思维的理论特征就是：天人合一、物我不分、对立转化、整体关联。这是中国古代哲学最重要的认识论，也是与西方哲学所不同的“变异”思想。

16 见《比较文学报》2007 年 5 月 30 日，总第 43 期。

17 曹顺庆《比较文学学》，四川大学出版社 2005 年版。

由哲学思想衍生于学科理论，比较文学变异学是“指对不同国家、不同文明的文学现象在影响交流中呈现出的变异状态的研究，以及对不同国家、不同文明的文学相互阐发中出现的变异状态的研究。通过研究文学现象在影响交流以及相互阐发中呈现的变异，探究比较文学变异的规律。”[18]变异学理论的重点在求“异”的可比性，研究范围包含跨国变异研究、跨语际变异研究、跨文化变异研究、跨文明变异研究、文学的他国化研究等方面。比较文学变异学所发现的文化创新规律、文学创新路径是基于中国所特有的术语、概念和言说体系之上探索出的“中国话语”，作为比较文学第三阶段中国学派的代表性理论已经受到了国际学界的广泛关注与高度评价，中国学术话语产生了世界性影响。

四、国际视野中的中国比较文学

文明之墙让中国比较文学学者所提出的标识性概念获得国际视野的接纳、理解、认同以及运用，经历了跨语言、跨文化、跨文明的多重关卡，国际视野下的中国比较文学书写亦经历了一个从“遍寻无迹”“只言片语”而“专篇专论”，从最初的“话语乌托邦”至“阶段性贡献”的过程。

二十世纪六十年代以来港台学者致力于从课程教学、学术平台、人才培养，国内外学术合作等方面巩固比较文学这一新兴学科的建立基石，如淡江文理学院英文系开设的“比较文学”（1966），香港大学开设的“中西文学关系”（1966）等课程；台湾大学外文系主编出版之《中外文学》月刊、淡江大学出版之《淡江评论》季刊等比较文学研究专刊；后又有台湾比较文学学会（1973 年）、香港比较文学学会（1978）的成立。在这一系列的学术环境构建下，学者前贤以“中国学派”为中国比较文学话语核心在国际比较文学学科理论、方法论中持续探讨，率先启声。例如李达三在 1980 年香港举办的东西方比较文学学术研讨会成果中选取了七篇代表性文章，以 *Chinese-Western Comparative Literature: Theory and Strategy* 为题集结出版，[19]并在其结语中附上那篇“中国学派”宣言文章以申明中国比较文学建立之必要。

学科开山之际，艰难险阻之巨难以想象，但从国际学者相关言论中可见西方对于中国比较文学学科的发展抱有的希望渺小。厄尔·迈纳（Earl Miner）

18 曹顺庆主编《比较文学概论》，高等教育出版社 2015 年版。

19 ***Chinese-Western Comparative Literature***：*Theory & Strategy*, Chinese Univ Pr.1980-6

在 1987 年发表的 *Some Theoretical and Methodological Topics for Comparative Literature* 一文中谈到当时西方的比较文学鲜有学者试图将非西方材料纳入西方的比较文学研究中。（until recently there has been little effort to incorporate non-Western evidence into Western com- parative study.）1992 年，斯坦福大学教授 David Palumbo-Liu 直接以《话语的乌托邦：论中国比较文学的不可能性》为题（*The Utopias of Discourse: On the Impossibility of Chinese Comparative Literature*）直言中国比较文学本质上是一项“乌托邦”工程。（My main goal will be to show how and why the task of Chinese comparative literature, particularly of pre-modern literature, is essentially a *utopian* project.）这些对于中国比较文学的诘难与质疑，今美国加州大学圣地亚哥分校文学系主任张英进教授在其 1998 编著的 *China in a polycentric world: essays in Chinese comparative literature* 前言中也不得不承认中国比较文学研究在国际学术界中仍然处于边缘地位（The fact is, however, that Chinese comparative literature remained marginal in academia, even though it has developed closely with the rest of literary studies in the United Stated and even though China has gained increasing importance in the geopolitical world order over the past decades.）。[20]但张英进教授也展望了下一个千年中国比较文学研究的蓝景。

新的千年新的气象，“世界文学”“全球化”等概念的冲击下，让西方学者开始注意到东方，注意到中国。如普渡大学教授斯蒂文·托托西（Tötösy de Zepetnek, Steven）1999 年发长文 *From Comparative Literature Today Toward Comparative Cultural Studies* 阐明比较文学研究更应该注重文化的全球性、多元性、平等性而杜绝等级划分的参与。托托西教授注意到了在法德美所谓传统的比较文学研究重镇之外，例如中国、日本、巴西、阿根廷、墨西哥、西班牙、葡萄牙、意大利、希腊等地区，比较文学学科得到了出乎意料的发展（emerging and developing strongly）。在这篇文章中，托托西教授列举了世界各地比较文学研究成果的著作，其中中国地区便是北京大学乐黛云先生出版的代表作品。托托西教授精通多国语言，研究视野也常具跨越性，新世纪以来也致力于以跨越性的视野关注世界各地比较文学研究的动向。[21]

20 Moran T . Yingjin Zhang, Ed. China in a Polycentric World: Essays in Chinese Comparative Literature[J].现代中文文学学报,2000,4(1):161-165.

21 Tötösy de Zepetnek, Steven. "From Comparative Literature Today Toward Comparative Cultural Studies." CLCWeb: Comparative Literature and Culture 1.3 (1999):

以上这些国际上不同学者的声音一则质疑中国比较文学建设的可能性，一则观望着这一学科在非西方国家的复兴样态。争议的声音不仅在国际学界，国内学界对于这一新兴学科的全局框架中涉及的理论、方法以及学科本身的立足点，例如前文所说的比较文学的定义，中国学派等等都处于持久论辩的漩涡。我们也通晓如果一直处于争议的漩涡中，便会被漩涡所吞噬，只有将论辩化为成果，才能转漩涡为涟漪，一圈一圈向外辐射，国际学人也在等待中国学者自己的声音。

上海交通大学王宁教授作为中国比较文学学者的国际发声者自 20 世纪末至今已撰文百余篇，他直言，全球化给西方学者带来了学科死亡论，但是中国比较文学必将在这全球化语境中更为兴盛，中国的比较文学学者一定会对国际文学研究做出更大的贡献。新世纪以来中国学者也不断地将自身的学科思考成果呈现在世界之前。2000 年，北京大学周小仪教授发文（*Comparative Literature in China*）[22]率先从学科史角度构建了中国比较文学在两个时期（20 世纪 20 年代至 50 年代，70 年代至 90 年代）的发展概貌，此文关于中国比较文学的复兴崛起是源自中国文学现代性的产生这一观点对美国芝加哥大学教授苏源熙（Haun Saussy）影响较深。苏源熙在 2006 年的专著 *Comparative Literature in an Age of Globalization* 中对于中国比较文学的讨论篇幅极少，其中心便是重申比较文学与中国文学现代性的联系。这篇文章也被哈佛大学教授大卫 · 达姆罗什（David Damrosch）收录于《普林斯顿比较文学资料手册》（*The Princeton Sourcebook in Comparative Literature*，2009[23]）。类似的学科史介绍在英语世界与法语世界都接续出现，以上大致反映了中国学者对于中国比较文学研究的大概描述在西学界的接受情况。学科史的构架对于国际学术对中国比较文学发展脉络的把握很有必要，但是在此基础上的学科理论实践才是关系于中国比较文学学科国际性发展的根本方向。

我在 20 世纪 80 年代以来 40 余年间便一直思考比较文学研究的理论构建问题，从以西方理论阐释中国文学而造成的中国文艺理论“失语症”思考

22 Zhou, Xiaoyi and Q.S. Tong, “Comparative Literature in China”, Comparative Literature and Comparative Cultural Studies, ed., Totosy de Zepetnek, West Lafayette, Indiana: Purdue University Press, 2003, 268-283.

23 Damrosch, David (EDT)***The Princeton Sourcebook in Comparative Literature***: Princeton University Press

属于中国比较文学自身的学科方法论，从跨异质文化中产生的“文学误读”“文化过滤”“文学他国化”提出“比较文学变异学”理论。历经 10 年的不断思考，2013 年，我的英文著作：*The Variation Theory of Comparative Literature*（《比较文学变异学》），由全球著名的出版社之一斯普林格（Springer）出版社出版，并在美国纽约、英国伦敦、德国海德堡出版同时发行。*The Variation Theory of Comparative Literature*（《比较文学变异学》）系统地梳理了比较文学法国学派与美国学派研究范式的特点及局限，首次以全球通用的英语语言提出了中国比较文学学科理论新话语：“比较文学变异学”。这一新概念、新范畴和新表述，引导国际学术界展开了对变异学的专刊研究（如普渡大学创办刊物《比较文学与文化》2017 年 19 期）和讨论。

欧洲科学院院士、西班牙圣地亚哥联合大学让·莫内讲席教授、比较文学系教授塞萨尔·多明戈斯教授（Cesar Dominguez），及美国科学院院士、芝加哥大学比较文学教授苏源熙（Haun Saussy）等学者合著的比较文学专著（Introducing Comparative literature: New Trends and Applications[24]）高度评价了比较文学变异学。苏源熙引用了《比较文学变异学》（英文版）中的部分内容，阐明比较文学变异学是十分重要的成果。与比较文学法国学派和美国学派形成对比，曹顺庆教授倡导第三阶段理论，即，新奇的、科学的中国学派的模式，以及具有中国学派本身的研究方法的理论创新与中国学派”（《比较文学变异学》（英文版）第 43 页）。通过对“中西文化异质性的“跨文明研究”，曹顺庆教授的看法会更进一步的发展与进步（《比较文学变异学》（英文版）第 43 页），这对于中国文学理论的转化和西方文学理论的意义具有十分重要的价值。（“Another important contribution in the direction of an imparative comparative literature-at least as procedure-is Cao Shunqing’s 2013 *The Variation Theory of Comparative Literature*. In contrast to the“French School”and“American School”of comparative Literature, Cao advocates a “third-phrase theory”, namely, “a novel and scientific mode of the Chinese school,” a “theoretical innovation and systematization of the Chinese school by relying on our *own* methods” (*Variation Theory* 43; emphasis added). From this etic beginning, his proposal moves forward emically by developing a “cross-civilizaional study on the heterogeneity between

24 Cesar Dominguez,Haun Saussy,Dario Villanueva Introducing Comparative literature: New Trends and Applications，Routledge,2015

Chinese and Western culture" (43), which results in both the foreignization of Chinese literary theories and the Signification of Western literary theories.）

法国索邦大学（Sorbonne University）比较文学系主任伯纳德·弗朗科（Bernard Franco）教授在他出版的专著（《比较文学：历史、范畴与方法》）*La littératurecomparée: Histoire, domaines, méthodes* 中以专节引述变异学理论，他认为曹顺庆教授提出了区别于影响研究与平行研究的“第三条路”，即“变异理论”，这对应于观点的转变，从“跨文化研究”到“跨文明研究”。变异理论基于不同文明的文学体系相互碰撞为形式的交流过程中以产生新的文学元素，曹顺庆将其定义为“研究不同国家的文学现象所经历的变化”。因此曹顺庆教授提出的变异学理论概述了一个新的方向，并展示了比较文学在不同语言和文化领域之间建立多种可能的桥梁。（Il évoque l'hypothèse d'une troisième voie, la « théorie de la variation », qui correspond à un déplacement du point de vue, de celui des « études interculturelles » vers celui des « études transcivilisationnelles . » Cao Shunqing la définit comme « l'étude des variations subies par des phénomènes littéraires issus de différents pays, avec ou sans contact factuel, en même temps que l'étude comparative de l'hétérogénéité et de la variabilité de différentes expressions littéraires dans le même domaine ».Cette hypothèse esquisse une nouvelle orientation et montre la multiplicité des passerelles possibles que la littérature comparée établit entre domaines linguistiques et culturels différents.）[25]。

美国哈佛大学（Harvard University）厄内斯特·伯恩鲍姆讲席教授、比较文学教授大卫·达姆罗什（David Damrosch）对该专著尤为关注。他认为《比较文学变异学》（英文版）以中国视角呈现了比较文学学科话语的全球传播的有益尝试。曹顺庆教授对变异的关注提供了较为适用的视角，一方面超越了亨廷顿式简单的文化冲突模式，另一方面也跨越了同质性的普遍化。[26]国际学界对于变异学理论的关注已经逐渐从其创新性价值探讨延伸至文学研究，例如斯蒂文·托托西近日在 *Cultura* 发表的（Peripheralities: "Minor" Literatures, Women's Literature, and Adrienne Orosz de Csicser's Novels）一文中便成功地将变异学理论运用于阿德里安·奥罗兹的小说研究中。

---

25 Bernard Franco La litt é raturecompar é e: Histoire, domaines, m é thodes，Armand Colin 2016.

26 David Damrosch Comparing the Literatures,Literary Studies in a Global Age,Princeton University Press,2020.

国际学界对于比较文学变异学的认可也证实了变异学作为一种普遍性理论提出的初衷，其合法性与适用性将在不同文化的学者实践中巩固、拓展与深化。它不仅仅是跨文明研究的方法，而是一种具有超越影响研究和平行研究，超越西方视角或东方视角的宏大视野、一种建立在文化异质性和变异性基础之上的融汇创生、一种追求世界文学和总体问题最终理想的哲学关怀。

以如此篇幅展现中国比较文学之况，是因为中国比较文学研究本就是在各种危机论、唱衰论的压力下，各种质疑论、概念论中艰难前行，不探源溯流难以体察今日中国比较文学研究成果之不易。文明的多样性发展离不开文明之间的交流互鉴。最具“跨文明”特征的比较文学学科更需要文明之间成果的共享、共识、共析与共赏，这是我们致力于比较文学研究领域的学术理想。

千里之行，不积跬步无以至，江海之阔，不积细流无以成！如此宏大的一套比较文学研究丛书得承花木兰总编辑杜洁祥先生之宏志，以及该公司同仁之辛劳，中国比较文学学者之鼎力相助，才可顺利集结出版，在此我要衷心向诸君表达感谢！中国比较文学研究仍有一条长远之途需跋涉，期以系列丛书一展全貌，愿读者诸君敬赐高见！

曹顺庆

二零二一年十月二十三日于成都锦丽园

自　序

约十年前，从当代文学批评票友转向中西古典文化批评票友时，我对自己的这一决定还是有点信心的。

我曾在一个前不挨村后不着店的公社中心完小教书五年，课余时间（有的是）一开始读《古诗源》、《杜诗镜铨》和《红楼梦》，但很快就转向读商务印书馆的“汉译名著”丛书（而且，这丛书直到今天依然在买）、上海译文出版社的“二十世纪西方哲学译丛”和四川人民出版社的“走向未来丛书”。这种读西书的兴趣一直保持至今。尽管，近几年，用了更多的时间读中国的古典，譬如读通《全唐诗》、通读《十三经注疏》和一些别人不太关注的杂书。写了不算少的关于中国古典文学文化的文字，譬如为纸媒报纸开读唐诗的专栏（而且一开就是两个）、譬如写了若干《金瓶梅》文字（居然还出了一部“金学”专著）、譬如写《山海经》、《天工开物》等文章。与此同时，我则有了些野心：能不能把现在写的中国古代的和之前读过的而且继续读着的西文，来一个互动？也就是时尚的说法中西比较。加之我又是一个独自行走的背包族，于是，就有了这个集子里的文章。

这样的一种改变，与读书有关，当然与自己的经历有关。我在乡下教书和读书的时节，欣逢上个世纪七十年代末八十年代初中期的思想解放和国门打开。对于一个出生于上个世纪五十年代中期的人，从饥饿到当知青，从知青到教师再到后来的公务员，中国二十世纪的后三分之一，我都是亲历者。在一个重大转变时期，只要他感受到了，只要他不把自己像昆虫或小动物一样密封在松香或石蜡之中成为琥珀，那他一定会为他生活的这个时代思考点什么或做点什么。因缘际会，1985 年一则关于“文化寻根”的小文在《文艺报》处女作刊发，我有了谋生职业之外的另一种生活：业余写作。尽管中途停了十年，那是我职场最忙的十年（1996-2005），好在书从来没有丢过。便有了这样一本中国文化和西方文化互动的文字。

当中国国门已经打开、中国成为世界的重要成员时，国人需要另外一种语境，至少需要另处一种语境来补充。对于像我这样一个乱读书读杂书的人来说，这些著作不但提供了另外一种语境，在我看来，它们不仅为中国固有的文化传统和学术传统提供了从来没有过的参照，譬如尼采以超人的姿态对欧洲自文艺复兴以来形成的主流价值体系作无情的批判；福柯以医生的姿态对西方社会出现的一切病灶无情地撕开；德里达以解构主义的姿态对西方思想作完全的颠覆；再早的马克思共产主义学说以批判资本主义入手，让初生的幽灵般的社会主义占得了一地，从而改变了世界的政治版图……。一句话，无论马克思还是尼采、福柯、德里达等，他们的共同取向，就是对旧的价值体系和旧的知识体系进行顽强的抵抗和彻底的决裂，自然也包括他们在抵抗时的对新的价值体系和新的知识体系的眺望与建构。从八十年代初就开始读西书的我，不是赶时髦，而是因为这在这些著作里，看到我们不曾看到过的完全不同的认知、观念和世界。这些西方的书籍，对于一个生活在汉语母语里的人来说，显然属于“异质”，但正是这样的“异质”，才让我有了另外一种角度和另外一种眼光来观照我们的传统和我们时下的生活。于是，有了这本集子。

目次

达·芬奇：近现代
科学史上的先驱与巨匠

直到 1940 年，这个地球上的人们还不知道达·芬奇生于何年何月何日。达·芬奇肉体寂灭的日子，则是当时轰动欧洲的事件。法国克洛·吕塞城堡，为达·芬奇送葬的队伍声势浩大，整个宫廷在国王弗朗索瓦一世的带领下为其送葬，跟随的还有整个小镇的人。据另一部达·芬奇传称，大约有六十个乞丐随同达·芬奇的灵柩，将达·芬奇安息在我们今天都无法寻找到的地方。那一年那一月那一日是 1519 年 5 月 2 日。1519 年到 2019 年，1452 年 4 月 23 日出生于意大利埃其诺亚村的列奥纳多·达·芬奇，离开人世已经整整 500 年！

但是在过去的 500 年间，任何一年任何一月，都会说起没有坟茔没有墓碑的达·芬奇（据说达·芬奇的遗骨是在法国大革命时被抛散的）。而且还肯定地预言，如果人类尚在，在未来的任何一年任何一月，都还将说起依然谜一样的达·芬奇。著名艺术史家法国人丹尼尔·阿拉斯（1944-2003）甚至说，“除了上帝，列奥纳多毫无疑问是被写得最多的一个人”。不过也有例外，文艺复兴史的扛鼎之著《意大利文艺复兴时期的文化》（[瑞士] 雅各布·布克哈特，1860，中译本 2007）对达·芬奇几乎只字未提——大约因为这本巨著没有涉及意大利文艺复兴时期的艺术（包括美术、建筑等）吧。即便如此，丝毫不会影响达·芬奇的神迹和历史地位。

达·芬奇的神迹和历史，就一般地认知，是因为达·芬奇的艺术，不仅开创了一个时代，而且影响到他后来所有的时代。有传记作家讲，如果达·芬奇只留下一幅《蒙娜丽莎》和一幅《最后的晚餐》，达·芬奇也会光耀千古、无人能敌。事实上，作为画家，达·芬奇留下的画（成品的画）实在太少。据著名传记作家苏菲·肖沃说，达·芬奇为人类只留下了 22 幅画（维基百科认定为 23 幅）。油画（主要是木板油画）大约有：《天使报喜》、《基尼尔·德本西像》、《贝努瓦的圣母》、《博士来拜》、《抱白貂的女子》、《哺乳的圣母》、《音乐家像》、《女子肖像》、《拉·蓓尔·费罗尼耶像》、《岩间圣母》、《圣母子与圣安娜》、《蒙娜丽莎》等；壁画仅一幅《最后的晚餐》。从这一数量看，与文艺复兴三杰的另外两杰米开朗基罗和拉斐尔留下的画作，达·芬奇留下的画，真的是太少太少了。幸运的是，达·芬奇留下的手稿则是一个天文数字，据说有 10000 多页！尽管历史的湮灭和人为的原因，手稿四散，而且直到十八、十九世纪，达·芬奇的手稿才陆续见天。今天我们依然可以看到达·芬奇的手稿超过 5000 页（一说 7000 页）！超过 5000 页的手稿，是一个包罗万象和永不枯竭的宝藏。

5000 多页的手稿，绘画当然是重要的一部分。但更多的则是达·芬奇上天、入地、下海的奇思妙想。也就是说，如果将达·芬奇仅局限在一个艺术巨匠（而且是千年才有的艺术巨匠），那么世界的近现代科学史将会在某一些方面暗淡。即便从今天的眼光来看，达·芬奇都是当之无愧的大科学家和大工程师。随着《巴黎手稿》（超过 2500 页，藏巴黎法兰西学会）、《大西洋古抄本》（1119 页，藏米兰安布罗西亚图书馆）、《提福兹手稿》（62 页，藏米兰安斯福尔扎城堡图书馆）、《马德里手稿》（两卷，藏马德里西班牙国家图书馆）等陆续公开出版，特别是比尔·盖茨 1994 年以 3080 万美元购下捐赠并藏大英图书馆的《哈默手稿》（The Codex Hammer，72 页）的问世（中文译本 2015）。这部手稿，与达·芬奇其他的手稿不一样，这部手稿之前的手稿，内容相当驳杂，而唯有这部手稿，是道地的关于科学与技术内容的手稿。而且，它的故事也很传奇。1719 年，莱斯特（Leicester）伯爵从不知名人的手中买下手稿，世称“莱斯特手稿”；过了两个多世纪，1980 年，当代艺术收藏家阿曼德·哈默（1898-1990）买下这部手稿，改称“哈默手稿”。等到它能与公众见面的时候，已是二十世纪的夕阳。当代科技天才比尔·盖茨在二十世纪快要结束时，打捞出这部尘封了 500 年的手稿。达·芬奇作为近现代科学的先驱和巨匠的身影，才越发的清晰。这部手稿之前，我们大约已经知道达·芬奇既是天才也是全才。也就是说，达·芬奇在绘画、音乐、建筑、数学、几何学、解剖学、生理学、动物学、植物学、天文学、气象学、地质学、地理学、物理学、光学、力学、发明、土木工程等领域，都有显赫的成就。而这一切，为随后的500年间逐渐建立起来的现代交通、现代通信、现代城市、现代科技等全球化的器物，说不定，都可能在达·芬奇的这些手稿里获得启示。达·芬奇作为近现代科学史上的先驱和巨匠，《哈默手稿》就是最有力也最权威的证词。

《哈默手稿》一共72页，涉及天文、地理和自然现象。为了让研究者和爱好者们有一把入门的钥匙，大英图书馆为这72页提供了说明。从中文译本（李秦川译）看，这部科学手稿，主要涉及到纯的科学测想、实验和论证，以及相关的工程。手稿1是关于“月球自身不能发光”的论证。月亮发光，这是中外古人的共识，直到15世纪，“月亮主要靠反射太阳发光”一说，逐渐为欧洲人所接受。大英图书馆的说明是，达·芬奇为了证明月亮不会发光，首先得解决月亮是如何反射太阳光的。而这正是这页手稿所面临的问题，以及最后解决了这一问题。手稿2解释和论证化石的成因和由来。自大航海时代（15世纪中后期开始）以来，欧洲人在满世界寻找宝藏的同时，同时开始发现地球和人类的起源（这一探索直到1859年达尔文的《物种起源》有了划时代的科学结果）。在这页手稿里，达·芬奇第一次对化石的成因和地质变化做了系统的论述。可以说，这一科学成果，为达尔文提供了理论基础。而且，就在这页手稿的“大英图书馆说明”指出，由于对化石的成因有了科学的论述，这是达·芬奇针对宗教宣扬的大洪水理论提出的挑战。发端于佛罗伦萨的文艺复兴，就是将神权交给人权，把宗教信仰转移到科学精神上来。如布克哈特在《意大利文艺复兴时期的文化》一书中所说，一切文学艺术和人类的精神产品，都应当给予“千千万万同时代人以享受”，而不是去“讨好教皇”。如此看来，达·芬奇的科学精神和科学探索，也源于达·芬奇的人文主义背景和人文情怀。

科学精神的实验性与人文精神的关怀性，在《哈默手稿》一以贯之。手稿44页处，“大英图书馆说明”里特别指出：“这部手稿很有趣的一面，是列奥纳多·达·芬奇将对周围宇宙万物的观察实用或不实用的器具尽力展示出来……表达了他广泛观察和不断反思的结果。”在其他手稿里，同样如此。譬如说，人体解剖——为此，当时有人污蔑达·芬奇是一个十足的“恋尸癖”——的精准（达·芬奇身前曾想出版一部他的“解剖专论”），飞行器的构想、建筑理念的革新、武器和军事工事的升级换代、水利工程的设计等等。与《哈默手稿》不同的是，另外的那些手稿里呈现出来的科学技术，更多地表达在工程设计上。如果把这两者联在一起来看，达·芬奇既是科学的先驱与巨匠，又是一个全能的工程师！即便在《哈默手稿》，这样的天才工程设想和设计，也随处可见。譬如在不同的水流水深中，如何安置水利工程的基桩、水闸；手稿 29、手稿 30，在实验的基础上，达·芬奇为建造大运河（“大英图书馆说明”称“这是水利史上史无前例”的工程），提出了 38 项和 23 项议题；又譬如在研究力学时，设计符合力学原理的起重机、液压机、提水机以及桥梁、大功力机械化弓弩，甚至设计了轰炸机、大炮等等。于此，苏菲·肖沃的《达·芬奇传》（法文 2008，中文译本 2018）专门立有一章《神奇的机器》，加以细论。

于 500 年前的达·芬奇，他在艺术史上的非凡成就无人能比，而这些非凡的成就广为人们传颂。达·芬奇在科学领域的贡献和成就，特别是达·芬奇在科学领域里的无所不能和奇思妙想，却不像他在艺术领域那样广为知晓。但只要去触摸《哈默手稿》和其他手稿里涉及到的科学方面的论述，我们就会惊讶地发现，那些科学猜想和理论，不仅是那个时代的标识与标高，而且超越时代：时间对于达·芬奇来说，是无效的。尤其是达·芬奇科学精神，绝不会因为时光的流逝，而减少了一分一毫的光辉。有人说，人类历史上总有一些天才让后人仰望，达·芬奇却让人绝望。这话的意思是，后人无法超越 500 年前的这位伟人。达·芬奇的学生弗朗西斯科·梅尔兹也说过类似的话：“造物主无力再造出一个像他这样的天才了。”但笔者更赞同这样的话：因为达·芬奇这位伟人的存在，500 年间和当下，以及未来，我们会因为时间的前移和人类的进步，不断地从达·芬奇那里吸取灵感和营养。或者说，不断地赋予达·芬奇的时代精神和普世情怀，进而塑造我们自身。

《物种起源》的缤纷汉译——纪念《物种起源》最后一版 150 周年

自大航海时代（十五世纪末十六世纪）至现代的二十世纪，牛顿（Isaac Newton 1643-1727）、达尔文（Charles Robert Darwin1809-1882）、爱因斯坦（Albert Einstein 1879-1955）三位科学家分别以现代数学、现代生物学、现代物理学，改变了传统知识系统、奠定了今天几乎可以涵盖所有自然科学门类的基础，而且由此建构的世界观和知识改变了整个世界！

达尔文的《物种起源》（*On the Origin of Species*），自 1859 年初版首印之后，由作者不断修改、增删，主要是增加新内容，一直到 1872 年，《物种起源》出版了最后一版即第六版。1872 年至 2022 年，倏忽便是 150 年！

从 1920 年第一本汉译本问世到 2021 年一百年间，除个别版本外，汉译的版本大都依据的是《物种起源》的第六版。

无论汉译的数量，还是从三大科学巨著对中国近现代的认知、接受和普及来讲，达尔文的《物种起源》比牛顿的《自然哲学的数学原理》（*Philosophiae Naturalis Principia Mathematica，1687*）和爱因斯坦的《广义相对论的基础》（*The Foundation of the General Theory of Relativity，1916*）更为国人熟知。通过梳理《物种起源》一百年间的汉译，以此纪念从十九世纪中后期至今一直影响着世界和中国的这部关于生物进化、生命起源的伟大著述。

一、《物种起源》的众多汉译

《物种起源》的第一个汉译本是马君武（晚清民初政治活动家、教育家，德国工学博士中国第一人）1920 年译出并由上海中华书局（1912 年上海成立，1954 年总部迁至北京）出版。中文书名为《达尔文物种原始》，共四册，1920 年至 1936 年，中华书局以“新文化丛书”多次重印。后又以此版本，改四册为上下两册，1957 年台湾中华书局新印，并于 1968 年、1984 年重印。就笔者的藏书而言，没见过大陆 1949 年后重印的马译。

二十世纪的后五十年，大陆的第一个汉译为周建人、叶笃庄、方宗熙所译。此译，由生活、读书、新知三联书店 1954 至 1956 年以每年一分册共分三册印行。此译，后由三联书店转商务印书馆，以“汉译世界学术名著丛书”于 1963 年重印，至 1995 年前，以原三联书店三分册格式多次重印。1995 年在此译本基础上，经叶笃庄修订后以“修订版”重印。重印时，不再分册。此版 2005 年以普通版格式印行（但这个版本没有署译者名），2017 年，商务印书馆以“汉译世界学术名著丛书”的“120 年纪念版”精装本印行。此译，商务印书馆 2020、2021 年又以新的版式再次印行。周、叶、方译本，应当是《物种起源》印次最多、印数最多、影响最广的汉译经典。台湾商务印书馆 1999 年印行了这个译本。

在此五十年间，除周、叶、方译本外，只有少量的汉译印行。有谢蕴贞译本（科学出版社，1972）、王敬超译本（中国社会出版社，1999 年）等。

进入二十一世纪，《物种起源》的汉译，打破过去五十年间的寂寞，在第一个十年、第二个十年的二十年间，汉译《物种起源》，繁花竞放。

2005，周建人、叶笃庄、方宗熙译本，商务印书馆从“汉译世界学术名著丛书”抽出单独重印。

2005，舒德干译，北京大学出版社，2018 年，这个译本是在译者沿达尔文航路游访后以增定版方式重印。

2007，谢蕴贞译本在新世界出版社新印。

2009，钱逊译本，重庆出版社，2010，江苏人民出版社。

2010，赵娜译本，陕西师范大学出版社，随后由安徽人民出版社以“时代阅读经典文库”2012 年出版。

2010，苗德岁译本，译林出版社。后又重印。2014 年接力出版社年级出版了苗德岁译、郭警绘《物种起源 · 少儿彩绘版》。

2011，牧二改写本，中小学阅读绘本，北京出版社。

2012，李虎译本，清华大学出版社。2021，再以《物种起源：

现代注释版》印行。

2013，香妃子译本，广西师范大学出版社。

2014，何滟译本，重庆出版社，2018 年，四川人民出版社。

2014，刘连景译本，新世纪出版社。

2014，王之光译本，译林出版社；2016，以送英文原版重印。

2015，焦文刚译本，北京联合出版公司。

2015，刘清山译本，石油工业出版社。

2017，文舒编译本，中国华侨出版社。

2017，余丽涛译本，北京理工大学出版社；2019，福建科学技术出版社。

2020，朱登译本，天津科学技术出版社。

2020，韩安、韩乐理译本，新星出版社。

2020，潘雷译本，人民邮电出版社。

2021，花朵朵译本，新星出版社。

……。

从上列书单可以看到，在二十一世纪的头二十年，《物种起源》的汉译基本上平均一年一本问世。在如此缤纷的汉译《物种起源》中，有几部特别值得一说。清华大学李虎译本，李译是根据［美］科斯坦的注释本所译，科的注释本是以《物种起源》第一版为底本所注。2018 的彩图珍藏版舒德干译本，因译者 2015 年以高级科学顾问身份前往加拉帕戈斯群岛考察即沿达尔文考察路线寻访，使得舒译极具现场感。尤其是文末附有译者《进化论的十大猜想》一文，使得 150 多年前的《物种起源》具有当代感。苗德岁译本在译林出版社以不同的装帧多次印行，直到 2020 再次印行。由于苗译不足限于《物种起源》第六版而吸收了第一、第二版内容，苗译 2020 版译序自诩其译本“是一本与其他中译十分不同的书”。韩安、韩乐理译本据说是韩乐理（韩安之子）按韩安 1953 年的手稿所译。

《物种起源》汉译进入到二十一世纪，还有一个特点，就是有了多种汉译西人新近的简写（或改写）本。其中两本很是惊艳。一本是人民邮电出版社 2020 年 9 月初版一印半年后 2021 年 6 月便三印的《达尔文的物种起源》插图本。此本的插图是法国人贝尔纳 · 皮埃尔 · 莫兰和乔吉娅 · 诺顿埃 · 沃基斯基（两人都是法国著名电影人）绘图的法文简写本。此本的插图，原滋原味地放进了汉译。另一本是英国人丽贝卡·斯蒂弗改写的《达尔文发现了什么——今视角〈物种起源〉》。此本的精彩之处，是将当今生物进化研究的最新学术成果，置于与《物种起源》的比较：或证实达尔文当时预见的正确和深博眼光，或纠正达尔文因为当时的条件所限所作出的一些错误结论。

二、汉译译本的差异

主要依据1872第六版的《物种起源》的汉译，因为时间，更因为各译者的英文水平、专业水平和其他因素，各译本之间的不同，便是一定的。就笔者通读过的几汉译译本，简单地谈谈《物种起源》汉译诸本的差异。

无论通读《物种起源》的还是仅仅知道点达尔文的，抑或从未接触过这部伟大著作的，而且无论从什么角度认知，“自然选择即最适者生存”都为大多数人知道。那么我们来看看这个至今影响关乎人类发展和生物进化的核心论述（第四章）在不同汉译本的译文：

> 在这样的情况下，只有最敏捷的和最狡猾的狼才具有最好的生存机会，因而被保存或被选择下来，——只要它们在不得不捕猎其他动物的这个或者一些其他季节里，保持足以制服它们的牺牲兽的力量。
>
> 在很长的时间里，通过自然力量的选择，即通过最适者的生存，我觉得生物的变异是没有止境的，一切生物彼此之间以及它们的物理的生活条件之间的互相适应，可以变得更美好而且复杂（周建人、叶笃庄、方宗熙译本，商务印书馆，1954-1956，下简称“周译”。）
>
> 在此情形下，我无理由怀疑，只有最迅捷的和最细长的狼，才有最好的生存机会，故得以保存或得以选择了——假使它们在不得不捕猎其他动物的这个或那个季里，仍保持能制服其他猎物的力量。
>
> 在漫长的时间里、通过自然的选择力量所能产生的变化、其程度之广，是没有止境的；所有生物彼此之间以及它们生活的物理条件之间的互相适应的美妙和无限的复杂性，也是没有止境的。（苗德岁译本，译林出版社，2020，下简称“苗译”）
>
> 在这种情况下，当然只有跑得最快、体型最灵巧的狼才能获得最好的生存机会，从而获得选择和保存，当然它们还必须在各个时

期都保存足够的力量，因为它们可能被迫需要去捕食其的猎物。

相们很长一段的时间内，在自然选择即适者生存法则的影响下，所有生物之间以及生物与其生活的自然环境之间相互适应的关系，一定会无限制地朝着更完美和更复杂的方向发展。（朱登译本，天津科学技术出版社，2020，下简称“朱译”）

在这样情况下，我看不出有任何理由可以怀疑，只有最敏捷最苗条的狼才有最好的生存机会，因而被保存或被告选择了来，——只要在这个或那个不博食其他动物的季节里，仍能保持制服猎物的力量就行。

在很长的时间里，通过自然的选择，我觉得生物的变异量是没有止境的，一切生物彼此之间以及它们的生活条件之间的互相适应的更美和复杂关系，也是没有止境的（王之光译本，译林出版社，2020，下简称“王译”）

再看达尔文进化论的基石“变异”（第一章）的不同译文：

生物体制一经开始变异，一般能够在许多世代中继续变异下去。（周译）

生物组织结构一旦开始变异，通常能够持续很多世代。（苗译）

一旦生物体制开始变异，一般就能够在往后的若干世代继续变异下去。（朱译）

生物体制一旦开始变异，一般能够继续变异许多世代。（王译）

三看生达尔文进化论的另一基石“竞争”（十三章）的不同译文：

不能反驳的是，各个物种必须与其他物种进行竞争，因而其他物种的性质至少也是同样重要的，并且一般是更加重要的成功要素。（周译）

窃以为，不可辩驳的是，其他生物的性质至少是同等的重要，而且通常是成功的一个远远更为重要的因素，因为每一生物必须跟其他的生物进行竞争。（苗译）

不可否认的是，每个物种都会和其他物种进行生存竞争，因此对于这一物种能否成功地生存下去，竞争对手（即其他物种）的性

质和自然条件是同等重要的，甚至更重要一些。（朱译）

仅就这四种译本，我们就不难发现，即便文本意义大致相同，但稍作辩析，不同的译本，其译文差异是明显的。再举一例，是关于人们对“自然选择作用”的认知是否更加符合生物进化过程本身的规律。

自然选择的作用，只是把每一个有利于生物的微小的遗传变异保存下来和累积起来；正如近代地质学差不多排除了一次洪水能凿成大山谷的观点那档，自然选择也将把连续创造新生物的信念、或生物的构造能发生任何巨大的或突然的变异的信念排除掉的。（周译）

自然选择的作用，仅在于能保存和积累的每一个有利于生物的极其微小的遗传变异；正如近代地质学近乎抛弃了一次洪水大浪就能凿成深的谷的观点一样，自然选择，倘若是一条真实的原则的话，也会排斥掉持续创造新生物的信条，或生物的结构能发生任何巨大的或突然的改变的信条。（苗译）

自然选择的作用就是把将无数微小的遗传变异积累并保存起来，被保留下来的变异通常都是对个体有利的。由于近代地质学已经抛弃了诸如一次大洪水就能形成一个大山谷的观点，因此，自然选择原理会消除人们不断创造新生物的观点，或改变人们对生物结构突然发生重大变异的观点。（朱译）

四种汉译，不仅是这种关于结论式文本的差异，还在于汉译源于不同版本，连最重要的目录所建构的系统文本也有差异。如笔者所举的这四种汉译，周译、朱译共十五章，苗译、王译共十四章。即便十五章或者十四章，其目录也不一样。先说周译和朱译的十五章（括号里为朱译目录，相同的不重复）：1. 家养状况下的变异，2. 自然状况下的变异，3. 生存斗争，4. 自然选择即最适者生存，5. 变异的法则，6. 学说的难点，7. 对自然选择学说的种种议，8. 本能，9. 杂种性质，10. 论地质记录的不完全（地质记录的不完整），11. 论生物在地质上的演替（古生物的演替），12. 地理分布（生物的地理分布），13. 地理分布续（生物的地理分布续），14. 生物的相互亲缘关系：形态学、胚胎学、残迹器官（生物的相互亲缘关系：形态学、胚胎学、退化器官的证据），15. 复述和结论（综述和结论）。再看苗译和王译的十四章（括号内是王译，相同的不重复）：1. 家养的变异（驯化变异），2. 自然状况下的变异（自然变异），3.

生存斗争，4. 自然选择，5. 变异的法则，6. 学说的难点，7. 本能，8. 杂种性质，9. 论地质记录的不完整性（论地质记录的不完整），10. 论生物在地史上的演替（论生物的地质演替），11. 地理分布，12. 地理分布续，13. 生物的相互亲缘关系：形态学、胚胎学、发育不全器官（生物的相互亲缘关系：形态学、胚胎学、残迹器官），14. 复述与结论（回顾与结论）。

正是由于所据的底本的差异，导致十四章的内容少于十五章的内容。如王译就没有“自然选择的作用”这一段文字。

不同的汉译——不是每一位接触《物种起源》的读者都会像笔者这样去触摸过不同的译本——虽然会带来一些不必要的纠纷，但如此众多的译本，其不同的译本无论优莠（事实也很可能公说公有理婆说婆有理的）所呈现的缤纷图景，如万花筒般的给亿万读者提供了不同的想象空间和思考空间。

此，美事一桩！善事一桩！

三、严复的《天演论》和《物种起源》的乐观

说《物种起源》的汉译，得说严复汉译赫胥黎（Thomas Henry Huxley，1825-1895）的《天演论》。

从汉译的先后看，中国最先知道“进化论”的不是《物种起源》而是《天演论》。清光绪丙申（1896）年，毕业于英国皇家海军学院的严复汉译英国赫胥黎的《进化论与伦理学》（Evolution and Ethics）的“进化论”部分，取名《天演论》出版（《进化论与伦理学》汉译全本直到2010年才由北京大学出版社出版式，译、校宋启林等）。赫胥黎自称是“达尔文的猎犬”（见周译1995年商务版第13页译者脚注），又因赫胥黎的这部宣传进化论的著作，多是作者的演讲，因此它比《物种起源》大众化、通俗化。重要的是，严译符合国人当时的阅读习惯：其一、《天演论》按《论语》“章句”的方式汉译（共三十五篇，上卷十八下卷十七）；其二、严复所译的“物竞”和“天择”高度且简明地概观了达尔文的进化论。严译是这样的：

> 虽然天运变矣，而有不变者行乎其中。不变惟何？是名天演。以天演为体，而其用有二：曰物竞，曰天择。此万物莫不然，而于有生之类为尤著。物竞者，物争自存也，以一物与物物争，或存或亡，而其效则归于天择；天择者，物争焉而独存。……天择者择于

> 自然，虽择而莫之择，犹物竞之无所争，而实天下之至争也。（《天演论上·察变第一》）

由此，达尔文《物种起源》里反复论述的“自然选择即最适者生存”的进化论理论，由严译的“物竞天择”两词四字在中国大地上不胫而走。《天演论》1949年后第一次印行是1971年3月，由科学出版社出版，并注明“只限国内发行”。1971年3月，我初中二年级春期。翌年1972年，科学出版社印行了谢蕴贞《物种起源》的汉译。1972年1月，因头年的“九一三事变”，初中还剩下一期都不让我们读完，便上山下乡到广阔天地接受贫下中农的再教育。一去便是四季栽秧四季打谷，自然没有见过当时出版的《天演论》和《物种起源》。等知道“天演论”或者“进化论”时，已经是汉译西方著述潮水般涌现的国门打开、思想解放的八十年代初中期了！那时在乡间教书的我，买汉译西书、读汉译西书，或许比读中国老祖宗的书还要多。这一买书、读书习惯直到今天。

说回《物种起源》的缤纷汉译。

无论是《物种起源》初版的1859年，还是最后一版1872年，那时的西方学界，对前方和未来，充满着渴望且无比乐观。不同汉译的《物种起源》保留了这样的乐观：

> 认为生命及其若干能力原来是由“造物主”注入到少数类型或一个类型中去的，而且认为在这个行星按照引力的既定法则继运行的时候，最美丽的和最奇异的类型如此简单的始端，过去，曾经而且现今还在进化着；这种观点是极其壮丽的。（周译）
>
> 生命及其蕴含之力能，最初由造物主注入到寥寥几个或单个类型；当这一行星按照固定的引力持续运行之时，无数最美丽的与最奇异的类型，即是从如此简单的开演化而来，并依然在演化之中；生命如是之观，何等壮丽恢弘！（苗译）
>
> 最初，造物主将蕴含生命的力量赋予一个或几个生命，当这颗星球沿着永恒不变的重力法则持续运转之时，它上面的一种或几种最简单的生命形式，演化出了最美丽的与最奇特的类型，并仍在演化中；生命作如是观，何等壮丽辉煌！（潘雷译《达尔文的物种起源》）
>
> ……。

这是《物种起源》的最后一段话，英文原文是这样的：

There is grandeur in this view of life, with its several powers, having been originally breathed into a few forms or into one; and that, whilst this planet has gone cycling on according to the fixed law of gravity, from so simple a beginning endless forms most beautiful and most wonderful have been, and are being, evolved.

（写毕于2021年岁杪叙州田坝八米居）

“阿尔法狗”的“GO”引出的话题

“阿尔法狗”是英文“AlphaGo”的汉语音译。

“阿尔法狗”战胜中、日、韩围棋顶级国手的新闻已成旧闻。不过，笔者的故事，从另一角度展开。春节期间，职业是高中数学老师业余是同年龄段在本地围棋高手的大弟给我说，你知不知道“AlphaGo”的“Go”是什么意思？我说不知道。但我在想，大约不会是英文“走”的意思，不然不会这样问我。四弟告诉我，“Go”是日语围棋的意思。我还真是吃了一惊，“Go”怎么是围棋的音译？

笔者不识日文，便把中文的“围棋”放置在在线的谷歌翻译，译成日语，得日语“囲碁”。检其读音为“爱狗”，英文拼写为“Igo”。“Alpha”的词源为希腊语（Αλφα），意为“第一”，《圣经·新约·启示录》1.8“I am Alpha and Omega”（我是阿尔法，我是俄梅戛），“go”是日语围棋的读音。“阿尔发狗（AlphaGo）”即第一部计算机围棋。这里，从“Go（即日语囲碁的读音）”看到了日语对当代技术（或当代文明）的影响。我们知道，在围棋还是“围棋”时，也就是还没有东渡到日本之前（大约七世纪）时，围棋只是中国的（据说先秦已有了今日围棋的雏形）。但当围棋成了“囲碁”之后，随着近代日本经济的崛起，随着日本文化对东亚（主要是对中国）和对欧洲的进入，日语及由它的承载的文化，便影响世界。

十九世纪后期，“浮世绘”从荷兰等地的海港进入欧洲时，一批试图改造欧洲古典绘画的艺术家如高更、塞尚、梵高、莫奈特别是梵高，学习借鉴浮世绘的构图、色彩、线条，进而大胆运用于自己的绘画实践中，从而改变了欧洲的艺术传统。迅速把欧洲的艺术（主要是绘画）从古典带进现代，又从现代主义出发，启动了后现代主义。梵高卒于1890，塞尚卒于1906，高更卒于1903。在高更逝世十年后的1913年，代表后现代主义来临的杜尚的《下楼的裸女》横空出世。接着，杜尚1917年用小便池制作的《泉》，更是世界艺术史上的重要关节，即装置艺术时代的开启。虽然，我们不能说杜尚与浮世绘相关，但从浮世绘走进现代主义的梵高们，显然对于杜尚们不是没有关系的（如杜尚的行为艺术《与裸女下棋》灵感就有可能出自塞尚的《玩纸牌者》）。很多年前读川端康成的《伊豆的舞女》，不知“伊豆”为何物，后来读一部专门介绍歌川广重（1797-1858）的Hiroshige英文原版书时才知道，“伊豆”原是日语“江户”的音译“Edo”。德国科隆TASCHEN出版的这部歌川广重传，集中介绍的是歌川广重的《名所江户百景》。《名所江户百景》是歌川广重晚年的精心之作，共120图，大致依春夏秋冬四部，描绘京城江户（今东京1868年前的旧称）风景、风物和人情百态。《名所江户百景》表现力和影响力，特别是其“空寂”的美学价值与美学效应，几达到浮世绘的巅峰。梵高的名画《开花的梅树》、《雨中大桥》等都临摹自《名所江户百景》。

这是艺术。再看文学。日本近世的文学得益于欧洲，这是一个事实。但当日本文学译介到欧洲时，也一样影响了欧洲的文学，同样是一个事实。美国出生但成年后定居英国的埃兹拉·庞德有一首著名的诗叫《在地铁车站》（In a Station of the Metro）。全诗只有两行：

> The apparition of these faces in the crowd;
> Petals on a wet, black bough.
> 人群中这张张脸庞难见的奇观
> 黑树技上湿漉漉的一片片花瓣（罗若冰译）

此诗，有人认为受惠于唐诗的五绝，但一般的认知是，这首诗主要受惠于日本的“俳句”。据考，这首诗，最先是三十行，半年后，诗人觉得太散，减为十五行。还是觉得太散，一年后，得益于俳句的两行。于是改成了这首现代主义（意象派）诗歌史上无论如何都绕不过去的著名诗篇。俳句的近现代鼻祖松尾芭蕉最经典的“古池や蛙飞びこむ水の音”，译成的汉语即是两行（也有译成三行的）：

> 古池呀，
> 青蛙跳入水声响（林林译）。

据说日本的俳句的灵感来自唐诗的五言绝句。叶渭渠的《日本文化史》里，叶认为俳句大约出现在安土桃山时代末期与江户前期（即十六世纪后期至十七世纪初期），以"闲寂"为特征，展示出日本民族诗歌的独具形式和美学价值。就日译汉来讲，以七／七音节译成汉语两行或以五／七／五音节译成汉语三行。2011 由译林出版社出版的松尾芭蕉《奥州小路》（中、日双语），译者陈岩全部译成五／七／五的三行。无论三行还是两行，庞德的《在地铁车站》都受惠于日本的俳句，受惠于日语的语音（包括音节与声调）和语法（如少用或不用动词）。西方学者认为松尾芭蕉不仅影响了如庞德等"意象派"，还影响了如金斯堡等"垮掉派"。由于日语语言文学艺术近世的输出，其文化的影响超过了比日本文化和日语更早熟的汉文化和汉语。尽管在此之前，英语词汇，已经有了"Confucius（孔子）"、"Taoism（道教）"等词汇和这些词汇所指。文学艺术，据王国维的《宋元戏曲考》，元人纪君祥的《赵氏孤儿》于 1762 年，由法国人特赫尔特译成了法文（维基百科：耶稣会神父马若瑟于 1731 年已译成法文），到十九世纪四十年代之前，《元曲选》中已有 100 种译成了三十多种外国语。

新近，台湾东吴大学英文系主任曾泰元在《文汇报》上载文《英文里的"禅"》，对其 Cambridge Advanced Learner's Dictionary（《剑桥高阶学习词典》）抽样，认为，西方认识"禅"或"禅宗"不是从禅宗（中国化的佛教）的发源地中国和汉语输出的，而是以日语输出的。在这本词典里有 13 个关于禅的英文词都出自日语，而且是"系统性"地进入到英语里的。即便作者在 1961 年出版的美国最大的 Webster's Third New International Dictionary of the English Language, Unabridged（《韦氏第三版新国际英语大词典》）找到了"禅 Chan"的汉语词汇。但汉语的"禅（Chan)"不像日语的"禅（Zen)"，以及与它相关的另外 12 个日本禅宗的词汇那般系统和庞大。重要的是，日语的"Zen"比汉语的"Chan"要早整整两个世纪进入英语词汇。日语"禅"的读音"Zen"进入英文是 1727 年（不知"围碁 Igo"什么时候进入英语的？）。

其实，与其说日语对英语的影响远胜于汉语对英语的影响，还不如说是日语对汉语的影响远大于对英语的影响。晚清的衰败与图存（尽管一塌糊涂）和辛亥革命，与日本息息相关。甲午（1894）一败、《马关条约》（1895）《辛丑条约》（1901）一签，大清便彻底沦为弱国。日本人称雄亚洲是以打败清帝国开始并确立的，历史的吊诡在，日本却为中国的改变与新生提供了两支极为重要的力量：一支是以孙中山黄兴等的革命党人与领袖，一支是以陈独秀鲁迅等的新文化运动的旗手与干将。前者，推翻了两千多年的封建帝制，建立了亚洲的第一个共和政体；后者（还包括从欧美归国的胡适等）以反礼教反旧文化、倡“德先生”“赛先生”倡新文化，开创了中国文化的新纪元。从这一角度看，无论前者的政治革命还是后者的文化革命，促使了中国的“千年一变”（2019年正是“五四”100 周年的纪念年）。而这两支重要力量的背后，就是日语对汉语的影响——而且是持久的影响。

唐宋之前，以汉语为文化特质的儒家文明（或“汉文字圈”），对东亚（还有东南亚）的影响是全方位的。从汉字到器物、从儒学到佛教，从绘画到建筑、从服饰到茶艺等几乎无所不有无所不包。汉语、汉文化东传日本影响最深广最久远的，除了佛教也许就是汉字了。从九世纪到十一世纪，日文虽然完成了平假名的日本化改造，但仍然留下了 1000 余个的汉字（当然，除字形外，读音和字义与汉字已无多大关系）。也就是说，日文的汉字残留，于今依然如初。自十九世纪，日文的字形和词汇（甚至某些词义），大规模地进入到汉语领地。上海辞书出版社 1984 年出版的《汉语外来词词典》一书，共收古今外来词一万余条。在“C”目里，收外来词近 200 个，日语外来词有 36 个。它们是（依汉语拼音顺序）：财阀、财团、采光、参观、参看、参照、策动、插话、茶道、常备兵、常识、场合、场所、成分、成员、承认、乘客、乘务员、宠儿、抽象、出版、出版物、出超、出发点、出口、出庭、初夜权、处女地、处女作、创作、刺激、催眠、吋、错觉等。这些我们今天耳熟能详并广为应用的词汇，词源竟然不是汉语词汇（至少不是现代汉语词汇）。又如在“jian”词条里，外来词共 22 个，其中日语词源就多达 10 个，它们是：尖兵、尖端、坚持、检波器、简单、见习、间接、间歇泉、间歇热、建筑等。《汉语外来词词典》一万余条外来词，有许多外来词已经死亡，但日语这一外来词却顽强且极具生命力存活在现代汉语中。对于汉语使用者来说，已经感受不到它们是日语而来的外来词了。从语言学和社会语言学角度，日语进入汉语，不仅充实、扩大了汉语的词汇，而且改变了中国人的某些思维方式，如以“阶级”、“革命”、“法人”等词汇建构的思维。这些日语词汇，一些是日语的原词，如“茶道”（见［日］桑田忠亲的《茶道六百年》），一些是转译英语（主要是意译）后的日语，如“策动”（策动，日语意译英文 manoeuvre）。这两类词汇，又以英语意译为最多。仅此一点，可看到日本明治维新以来，与西方文明的接触、接受，不仅比中国早，更比中国活学活用。极端点讲，与现代知识、现代科技或者说现代文明息息相关的汉语词汇，如上举证，许多都来自日语。再就是，《共产党宣言》的第一个完整汉语译本（1920）就是陈望道根据日语（一说根据日语和英语双语）翻译的。中国共产党的主要创始人之一陈独秀是留日学生。

有一种理论认为，先进的或强势的文明式样，会对落后的或弱势的采取一种“进入”态势。抛开这种话语涉嫌“殖民”和“后殖民”，而就本文角度来看，甚至可以抛开中、日之间的恩怨情仇来观察和审视这一理论。也就是说，“进入”的观点和视角，却是不争的事实。无论是以平等的方式，还是以强迫的方式，无论是“他者”的改变，还是“自者”的更新，通过经济、文化、政治，甚至军事的，进入到落后的或弱势的语言、文学、艺术的领地。从汉语词汇的发展史上来看，两波外来词汇进入的大潮，或可如是论：一波是中古（从公元一世纪到七世纪）的佛教词汇的进入，再一波便是近现代（十九世纪中后期开始的）的日语、英语（也包括法语、德语、俄语等）对汉语的进入。后一波外来词至今依然行进着，如计算机及现代科技方面的英语，如动漫及现代生活方式方面的日语等。

保护民族语言是任何一个现代国家的重要文化政策。像货币统一之后的欧洲，保护民族语言（说到底就是抵制英语的进入）依然是欧洲各国的文化政策（法国尤厉）。即便如此，外来的语言、文学、艺术等的进入，并非如丧考妣。事实上，同属亚洲及东亚的日本，从明治维新开始的一系列文化“西征”（包括它的近邻中国也在西边），不仅改变了某些领域的文化版图，重要的是，它为后来者提供一种经验，或者提供了一种迈入世界主流的参照。如，中国文化在中古时期通过陆路和海洋向朝鲜半岛和日本的东进，以及随丝绸之路的西传；又如随着中国经济在上世纪末至本世纪的高速发展，以及由此的全球化合作，汉文化的传播、现代汉语词汇等进入到英语世界之中，逐渐地成为了现实。

弗里达·卡罗的自画像

说起伦勃朗（1606-1669），都会知道伦氏是一位极喜欢自画像的画家。伦氏一生给自己留下了100幅自画像。从年轻到年老，不同衣着、不同背景、不同情绪。墨西哥画家弗里达·卡罗（1907-1954）也是一个极喜欢自画像的画家。在画家47岁短短的生命里，留下的自画像，虽然没有伦勃朗多，但从比例和意义方面，不仅不输伦氏，倒是远远胜过伦氏的。从比例来看，卡罗的自画像共有55幅（据说占画家留世画作的三分之一）；从意义来看，卡罗的自画像所呈现的复杂远优于伦勃朗的自然主义。就后一点来看，卡罗说过：

我画自画像，因为我经常是孤独的。

卡罗15岁时，爱上了大她21岁的后来一生的丈夫。不满二十岁时，加入了丈夫加入的共产党组织。二十世纪前五十年，世界有两大重要特征，一是给人类带来灾难的两次世界大战；一是由于苏俄革命的成功和马列主义的传播，共产主义在亚洲和拉丁美洲风起云涌。对共产主义的向往和狂热，是那个时代急进人物的选择（最著名的当然是格瓦拉）。包括文学艺术在内的全领域都受到深刻的影响，甚至可以说，六十年代的拉美文学爆炸都与此共产主义思潮和运动，有很深很复杂的关系。事实上，卡罗正是这一思潮和运动中的一份子。而且是一积极份子。虽然卡罗曾经退党，但很快又再次加入，直到卡罗死，卡罗也是墨西哥的共产党员。1954年，卡罗死之前，卡罗还专门画了一幅题为《马克思主义将让病者恢复健康》（*Marxism will give health to the sick*）的画，可见画家的政治信仰和理想，从画家从开始到后来，一直坚定。或许，正时因为画家的共产主义信仰，才塑造了卡罗画的先锋主义理念和画风。又由于卡罗的先天残障和后天既是同性恋、异性恋以及婚外恋（譬如与斯大林时代流亡于墨西哥的共产主义者托洛斯基的恋情）的多重性格，塑造了卡罗自画像的怪诞、奇异以及梦臆风格。而在这一系列且又短暂的人生旅程中，卡罗是孤独的。而孤独正是艺术得以产生的重要源泉和构件。也就是说，卡罗的自画像本身就是这一多元又怪诞的奇妙集合体。

1926 年，卡罗 19 岁。在其画家的第一幅自画像 *Self-Portrait in a Velvet Dress*（《天鹅绒连衣裙中的自画像》）里，卡罗正从豆蔻少女走向风韵万端的少妇途中。自画像里的女主，自信、喜悦，表现在女主华丽的服饰、质感的胸部，特别是那只也许只有在天上才能看到的那纤纤玉手。卡萝的这只手丝毫不输蒙娜丽沙的那只手！而且整个画幅，洋溢着单纯，和谐，以及青春不经意的淡淡的忧伤。

1931 年，在 *Frida Kahlo and Diego Rivera*（《弗里达 · 卡罗与迭戈 · 里维拉》）里，一对情侣走进婚姻殿堂，本当兴高采烈。但是，女主一只手言不由衷地搭在男主手上，但另一只手却有些紧张地拉紧了极具民族特色的披风。显然，女主是恐慌的。哪怕他们的头顶上有一只和平鸽衔着祝福的话语。我猜想，那一定是祝福的话语。

Self-Portrait on the Borderline between Mexico and the United States（《墨西哥与美国边界上的自画像》1932）。这是一极具政治倾向的自画像。画家把她祖国墨西哥古老的文化与文明与美国的工业化现代化一股脑地混杂并列在一起。一边是画家自己文明的天空，虽说神秘但却清朗，而另一面的美国则在现代工业的浓烟侵害着美国的国旗。在这两种文明、两个国家的中间站立着画家本人，端庄又雍容。几乎可以肯定的说，在画家的自画像里，除了画家 1926 年的第一幅自画像外，没有任何一幅自画像有这般的明丽（除背景）。而正是这般的端庄、雍容和明丽，使得这幅的多元指向看似简单，其实复杂。女主站立的边境线上，手持墨西哥国旗以及身眼的注意指向在墨西哥一边，表明画家的国族主义和对祖国古老文明的留恋。逆袭的是，在女主站立的界碑上，竟通有来自美国的电线。这一细节，异常的隐晦却也异常的明白。其象征主义的色彩，从此在画家的世界观向艺术观里建立：留恋与向往，反抗与皈依，挣扎与逃逸。事实上，这一纠结与纠缠直到画家的生命终结。在一薄薄的英文卡罗传记里，我们知道卡罗留给这个世界和后人的是这么一句话：

"I hope the leaving is joyful and I hope never to return."（中文大意：

我希望我离开时是快乐的，我希望我永远不要返回。）

Self-Portrait with Necklace（《带颈链的自画像》1933）是画家的一幅标准像。一字眉，上嘴唇有髭毛，乌黑闪光发髻，石头或某种果实串成的颈链。还有就是画家蔑视一切的眼神。此时的画家才 24 岁。无论怎么观察，画家此时的心境都应当是很自足的。但是这幅自画像告诉我们的显然不是自足，而是对世界的怀疑。到了 1938 年画家与猴子的合影时（*Self-Portrait with Monkey*），除了怀疑，还有手足无措，以及惊恐。这时的画家，面对风流成性的里维拉，旧病复活且变本加厉，卡罗得知丈夫与自己的胞妹私情后，自己的身体因童年的殊障后来的车祸，以及怀孕、流产、永远没有生育等一系列的心身打击。卡罗的自画像告别了她之前的美好，也与所有的其他自画像区分开来，从此与焦虑、挣扎、痛苦、死亡等连在了一起。

从 1938 年 *Self-Portrait with Monkey*（《自画像与猴子》）到 1940 年的 *Self-portrait of a thorny necklace and hummingbird*（《带刺项链和蜂鸟的自画像》）。画像的构图一样，但画像里女主和与女主的相互关系的关系物，已经截然地不同。《带刺项链和蜂鸟的自画像》再没有《自画像与猴子》那般的泰然，而是死亡与挣扎的象征。那只黑熊恐慌的眼睛，那只蜂鸟似结绳似解绳的姿态，无处可躲、无处可逃。不过，女主的镇静在画面上倒是显明的。这一镇静，我们可以从中观察到一位女权主义的大义凛然。从 1932 年的 *Henry Ford Hospital (The Flying Bed)*（《亨利福特医院或飞行的床》）到 1935 年的 *A Few Little Pricks*（《一点小小的刺激》），再到 1939 年 *The Earth Itself (My Nurse and I)*（《地球自身或护士与我》，再到 1943 年 *Thinking about Death*（《关于死亡的思考》）到 1944 年的 *The Broken Column*（《破碎的管柱》）。卡罗把身体、欲望、挣扎、死亡，以及逃逸表现和展现地淋漓尽致。在此之前 1939 的 *The Two Fridas*（《两个费里达》）则将画家的两种不同镜像和心情集合在一起转喻的象征，将人格的分裂和面对世界的无助，表现地惊悚万分。尤其是用一个卡罗的血去织染另一个卡萝裙子花朵的场景，也许只有像卡罗这样的画家而且是极具女权主义的女性画家，才有这般的大胆和诡异。

对于一位女权主义者来讲，生命的自由、性的自由、活着的自由，与男权社会抗争的自由，显然是女权主义一生的争取和实现。画家，以其墨西哥特有的文化基因和文化元素，把神话、巫术，以及自然呈现的精怪，投入到自己的自画像里。有时，这些基因和元素是画家本人的背景，有时画家是这些基因和元素的背景，大多数，整个画面就是一个看似支离破碎实则统一的怪物！也就是说，画家的所有这些，都是画家女性身体经验的描述，以及女性身体经验里抽译出来的思考的具象与抽象。作为一位女权主义者，作为一位杰出的画家。卡罗，生前身后有多种标签，譬如超现实主义、魔幻现实主义、象征主义等。但对于画家本人来讲，这些标签对她来说都没有意义。画家本人曾经无可奈何却又自豪地讲过一句话“I was born a bitch. I was born a painter！”（中文大意：我生来就是婊子。我生来就是画家。）“画家”与“婊子”共处，对于冠冕堂皇的所谓主流社会，显然是不被认可的。但是对于卡罗来讲，画家与婊子集于一身正是她卡罗所追求的。艺术、身体和思想，对于卡罗来讲，她是可以自由支配的。尽管这大逆不道。但也许是这种反叛，卡罗才成为了二十世纪杰出的画家之一。也才有了画家去逝以后多年，追卡罗的风尚从未减弱过。新近（2018年6月），在英国伦敦世界著名的“维多利亚及阿尔伯特艺术设计博物馆”，推出了“弗里达·卡罗作品及衣物展”。在欧美，以卡罗制作的芭比娃娃，有很佳的市场；以卡罗画像制作的扑克牌，成为桥牌比赛的正式用牌等等。卡萝有众多的粉丝，英国首相特里莎·梅，就是卡罗的粉丝。梅姨首相所戴的手镯标识，就是卡罗的自画像。

从日本画中的柳反观中国画中的柳

一

柳（或杨柳），作为文学题材，在中国文学史里可以说是最早的。第一部诗歌集公元前六世纪之前的《诗经》里就有“惜我往矣杨柳依依”（《小雅·采薇》）；第一部大型类书七世纪的《艺文类聚》，其“木部下”第一词条即“杨柳”。柳树，因其枝条的婀娜，因其枝干的斑驳，最重要的是，因其冬去春来时的新叶鹅黄浅绿，成了文人们笔下的“宠物”。在轻武重文的宋代，文人士大夫们的诗文里，柳树不再是一种树，而成了一种精灵。据说与绝代艺妓的李师师有一段恋情的周清真，写柳最著名的当是一首题为“柳”的《兰陵王》：“柳阴直。烟里丝丝弄碧。隋堤上、曾见几番，拂水飘绵送行色。……愁一箭风快……斜阳冉冉春无极……”词以词牌为题，极少有专门标题。清真以“柳”作题，可见清真对柳树的一往情深。不过，写得更别致且又无限伤怀的还当是柳永（诗人居然就姓“柳”）的《雨霖铃》。《雨霖铃》下阙“多情自古伤离别。更那堪、冷落清秋节。今宵酒醒何处，杨柳岸、晓风残月。此去经年，应是、良辰美景虚设。便纵有、千种风情，更与何人说”里的“杨柳岸、晓风残月”，成为写柳经典的名句。

关于柳的诗文，到了十二世纪南宋，中国第一部大型专门的花木类书《全芳备祖》卷十七就只一词条“杨柳”。从《诗经》、《说文》一直搜集汇总到作者生活的宋，共录与“柳”相关的诗文 190 余条！

二

但不知为什么，在中国画家里，柳竟然从来没有成为过主角！

汉唐的人物、宋元的山水，明清的花鸟，其间的人物、山水、岩石、花卉、村落、伽蓝成为主角，特别是宋元之后不断强化的梅、兰、竹、菊更成为中国画里的常客。而又因此画梅、兰、竹、菊成为某一画家的标识。如元人王冕的梅、宋人文与可清人郑板桥的竹、明人马湘南的兰、明人徐渭的菊等，其四君子在不同画家笔里，成就了这些画家的标识与地位。不知什么原因，诗文里大放光彩的柳，却难见于这些画家。就专门来讲，几乎无一画家“专攻”柳的。清末民初一代花卉翎毛的巨匠吴昌硕，在他留下的众多画作里，柳，简直就是“凤毛麟角”。

汪肇（十五世纪末十六世纪初），长于翎毛。不过在背景柳树画得与翎毛比，丝毫不逊色。作为工笔，柳的叶片其上卷姿态，为其他柳枝柳叶不同。扬州八大家，是清最为杰出的花木翎毛画家。黄慎、李鱓、李方膺的这三幅图中的柳，各具姿态：黄柳是次角、李鱓的柳与桃花互为主角配角，但有一点相同，就是柳叶在写实与写意之间各有所个性。李方膺的柳虽是次角（蝉是主角），但柳叶画得妖冶。而且这幅图，无论构图还意境，都给齐白石类似的画提供了范本。金农的柳，只有柳条没有柳叶。柳条在诗文里有一美好的名字叫“柔条”。金农的柳条便是“柔条”最好的写真与写意。此是笔者读柳画范围里，具有真正意义的主角。在清及清之前的花草里，金农的柳，实为罕见。顺便说一句，若干年前独自游至扬州，第一次看到扬州八怪的真迹，特别是看到金农的画与书，很是惊奇，天下竟然有这种画和这种书法。

石涛（1642-1708），作为一位承前启后、人物山水花卉翎毛无所不精的旷世巨匠，柳树虽然不是画家的爱物，也不是具体一幅画中的主角，但往往有题外之意话外之音的效果。石涛的柳，在写意的大、小之间腾挪，一如画家自己所说，法无定法。近景松树本是主角，但柳居中后，再加上柳条的任意飘飞，柳似乎剥夺了松树的地位而成为这一局部里的主角了。

作为向石涛看齐、且又有深厚西画功底（留日）的现代杰出的画家傅抱石（1904-1965），1 图的柳条和绿色的晕染是国画的意境；2 图所加入的西画（而且是日本西画）因素。这是国画中难得以柳为主角的画。李可染的水牛，其背景也大都是柳，想来也是奇事：水牛与柳有什么关系呢？

三

无论柳在国画中的地位还是柳在画里的意与韵，柳都没能升格为如梅兰竹菊的地位，即如梅兰竹菊那般在画中享有的独立地位。而在日本十七世纪左右两只十二屏的《柳桥水车图》（选自京都国立博物馆 2001 年专题展览会时印制出版的《人间表现》，此书，日、英两文，录绳文时代到江户时代 130 多幅图）里，右只六屏与左只六屏，共画有四棵柳树。柳树柳枝柳叶都是《柳桥水车图》的主角，而无论桥还是水车都是柳的陪角。与中国画里的柳趣味迥然不同。第一，中国画里的柳干，大都斑驳沧桑，这主要是与柳条的“柔”形成对比。画法依《芥子园画谱》，柳的树干向上画，柳的柳枝和柳叶向下画。在日本的这幅以柳杈为主角的画里，柳干完全没有中国画柳干的趣味斑驳沧桑，相反的是，日画里的柳干与柳条一样的“柔”。第二，日画里的这柳条，不像中国画里的柳条没有规律，而是非常有规律（大约这与屏风的装饰功能相关，也有可能跟和画风格相关）。第四棵柳树，其柳叶又很是写真。

有一点更有意思，在这幅屏风里，日画的柳叶与清时的柳叶相异、却与明时的柳叶相似。即与汪肇的柳叶向上卷很相似。日本文化在没有完全独立（平安时代即九世纪至十一世纪）前，汉风唐风尤其是唐风影响至深。元时，中日关系阻断，明初时南宋文化再次进入日本，接着明的文化进入日本。在画的格调和趣味上，有着明显的明代画风，甚至有仿明人笔墨的画家和画作。从时间上来看，《柳桥水车图》的柳叶呈向上卷的姿态，是否在明画里得到启发和借鉴，没有其他资料佐证。但比较两画，倒是可以大胆猜测的。

最早进入中国文字的柳在中国画里没能成为主角，倒在近世的江户时代（1603-1867）的日本画里成了主角。这，真是一个有趣的话题。与西画相比，和画与国画都属东方特有的抒情品质，以及闲逸趣味，但两者却是如此的不同。因为日本的这幅画，才想起了国画里的柳，也因为日本的这幅画，才有了这篇小文。

《女史箴图》与《圣德太子画像》及其他

传晋顾恺之（348-409）画、唐人摹本的《女史箴图》（下简称《女史》），藏于大英博物馆特别修建的东亚画作保存室里。《女史》长约 3.5 米，整体地摊开保存着。由于有了互联网，此画不再是帝王或某收藏大家的独宠，现在可以通过大英博物馆（British Museum）官网，近距离观看此画的真身。对这幅传世名作，中外古今的关注和高度肯定，不会亚于中国美术（包括书法）任何一件作品，其鉴赏、考证尤其是鉴赏的文字数不胜数。现在展出的这幅传世之作，是新近修复的，修复它的主修复师是一叫邱锦仙的中国女子。这则小文，是想通过另一件作品的对比，来观察另外一些话题。另一件作品是，藏于日本法隆寺的《圣德太子画像》（下简称《太子》）。

修建于公元七世纪的法隆寺，与七世纪八世纪乃至九世纪的日本伽蓝一样，都受惠于唐朝。七世纪后期重建的法隆寺（今天的法隆寺）、八世纪的东大寺（直到十二世纪后期东大寺的重建，日本寺庙才完成了从唐式东传到日本化的转变）、八世纪的唐招提寺等，其建筑式样与大佛、菩萨造像，基本源于唐朝气象和格局。法隆寺，现存的日本国宝为日本国寺庙最多的地方。法隆寺，相传为圣德太子（574-622）所建，今天保存尚好的圣德太子木雕和按照圣德太子身高模样雕塑的佛像外，一幅两小王子伴圣德太子的画像，都是法隆寺的重中之重、宝中之宝。它的引人注目，不仅是因为太子本身，还因为圣德太子画像可能是日本绘画史上的第一幅人物画像。据日本二十世纪初最著名的考古学家高桥健自讲，圣德太子图“是日本现存最古老的肖像画”（见高桥健自

《图说日本服装史》)。据现在大致公认的说法，此画，大约绘于八世纪中期。不过，我们今天所看到的《太子》，从维基日文“法隆寺”网页或法隆寺的官网（horyuji.or.jp）上，知道这幅图是后来的木板复制品（日文作“唐本御影”，今天所看到的图，是奈良时代所绘，不知高桥健自 1928 年印行的《图说日本服饰史》上的那则很模糊且黑白的图，是木板复制品，还是其他）。如果按高桥健的定论，那么《太子》一图，可以说是日本绘画史上的至少是在人物肖像绘画史上，是开山之作和鼻祖之作。在中国，我们知道，除了后来出土的长沙帛画（大约公元前三世纪）以及东汉砖画（大约公元二世纪）等早期人物画外，《女史》图是中国绘画史特别是人物绘画史上，最早的作品之一。《女史》不仅是最早的中国画之一，重要的是，《女史》，无论内容，还是技法，以及画的材料，作为一种标高（甚至无法超越的标高），它见证了中国画尤其是人物画的早熟和所取得的杰出成就。此，一直深刻地影响中国画的格局与走向，譬如相传唐闫立本的《步撵图》（现藏北京故宫），譬如相传唐张萱、实为宋徽宗摹本的《捣练图》（现藏美国波士顿博物馆）等。甚至在浩繁的《清明上河图》（现藏北京故宫）里也会找到它的影子。

也许，两画的比较本不在一个平台上。但是，由于两画里所涉及到的人物造型，以及人物的服饰、道具等，特别是人物的服饰和道具上，给我们今天提供了画本身之外的想象空间。按照高桥健自的认定，圣德太子图中所戴的漆纱冠帽即御冠就是日本后世冠帽的原型，朱华色的短衣以及白袴下的乌皮履，显示出了上流社会的服饰的等级和以及所形成的时尚，为日本后世奠定了某种服饰制度和美学基因。服饰于中国，是礼仪等级的重要标志。《礼记》里有专门讲服饰等级的章节，如《玉藻》《深衣》篇等；《舆服志》自《后汉书》始，就成为中国史书的“规定”篇目。对其不同的官级和不同的人群（不同的阶层），服饰都有严格的规定。至少在十世纪（即日文平假名创立）之前，深受儒家文化影响的日本，其服饰制度同样受到汉文化的影响。因此，高桥健自《图说日本服饰史》有一专章即“（中古）仿效唐朝服饰时代”。法隆寺初建的时期与初唐平行，重建时与武周平行，《太子》一图时与盛唐平行。从《女史》的传序来看，可以推定，法隆寺的《圣德太子图》绘画时，不可能看到《女史箴图》。但是，圣德太子的冠帽、佩剑等，与《女史》图里那位端坐于几榻上的皇君冠帽与佩剑，几乎一样（至少相似）。可见，《太子》一图，即使是没有看到《女史》，也有可能看到过从唐（或经朝鲜半岛或直接东渡）传至日本其他的人物画。至少，在服饰方面，深得“唐装”的精髓。两位小王子所著的角发（日本名叫“美豆良”）是日本上古与中古的男性贵族的主要发型，但它有可能来自逐渐汉化的北魏时期（386-534）。特别是两位小王子角发上的插花，与《女史》上女史们发髻上的插花相似。尽管《女史》的女史们发髻上的插花要豪华得多。再就是，太子与两位小王子的白色腰束带，更像源于《女史》中男性人物的白色腰束带。

在一部由日本人（NHK）拍摄的专门介绍法隆寺的长达近两个小时记录片里。解说认为法隆寺里的木雕佛像不亚于同时代的中国佛像。此论暂且不评，但《太子》一画却与同时代的中国画是无法比拟的。就算《女史》的现存图画不是东晋的顾恺之所绘，而是初唐时期的唐人所摹。那只要比较两幅图的内容、尺幅、人物等就能看出，中国画特别是中国画里的人物画在东晋（四世纪至五世纪）时已经相当成熟。《女史》的内容是中国儒家文化的一个显著标识。随便一说，这是一件奇怪的事，两晋是中国佛教西来且中国化最重要的时代，再就是道教也在两晋盛行（见陈寅恪《天师道与滨海地域之关系》、《述东晋王导之功业》等文）。《女史》即对女性道德的要求与劝诫，但正如《大英博物馆 · 世界简史》所说，“劝诫的对象不只是女性，也包括了男性”。在一个经两汉纲常已定后的社会，对于男性在两性方面的劝诫，显然具有一种革命性质。在《太子》一图里，除了太子的安详与睿智外，我们看不到《太子》一图所指的社会或道德的意义。在《女史》中有一单元（《女史箴图》共九个单元的画面），因为一野兽（据考此兽是熊）突然闯入男主（帝君）及随行队伍里来，一时惊慌失措（尤为两妃子）。但就在此时，两位卫士和一位女史站了出来，用戟抵抗或刺杀了那只闯入的野兽。这一事件，表明画家对女性勇敢的赞美，同时也是对那些后退了的贵胄的鄙视。单就画本身来讲，《女史》里的众多人物，以及这众多人物的关系，再就是这些人物里所发生的故事，绘声绘色，把今人带入到了画家所画的那个时代和那种特定场景之中，抛开那古人的服饰和古人的道具，就如我们身边的事。我们还会从《女史》中看到，女性华丽的服饰、乌黑的发式、飘飞的裙裾，不仅让画中的女性越发的美丽，而且因服饰的色彩与线条的变化，使得画中众女史都有了自己个性。如果，我们不抱成见，这些飘飞的裙裾，事实上就是享誉中外艺术史上的敦煌“飞天”的原型或鼻祖。

虽然《太子》里的两位小王子也画得美轮美奂。但一比较，那便不在一个平台上。我已经说了，把两画放在一个平台上比较有失公允，但是我们在两画中看到的是：中国画这一独具的艺术样式，以其自己的早熟和个性，深刻地影响着它的后世。不仅对东亚绘画特别是人物画具有启蒙意义，而且对后来的日本美术打上了深深的烙印。指出这一点，并非大华夏主义（或大汉字文化圈主义），只是表明，一个曾经（仅以美术角度）辉煌的文化，仅是固守是不行的。就如我们的东邻，在飞鸟时代（六世纪后期至八世纪初），“如饥如渴”地向唐人学习，成就了日本文化里至今都存在都发生着作用的儒教文化和佛教文化。但是，中国的“国画”特别是国画里的人物画陈陈相因，尤其是明清，使得国画不再具有“领袖群伦”的品格。更因西画从两端（日本与欧洲）的进入，颓势便日甚一日。而这时日本从德川幕府走向明治的三百年间，社会急速变化。艺术也在此时发生某种革命。如最具日本绘画品质的浮土绘，在进入欧洲所带给欧洲艺术的变化（高更、梵高等都从浮土绘里汲取了营养，进而改变了欧洲的绘画传统），表明了时间前行并非进步前行，而是敢于与善于打破壁垒、冲破天条、变革固实，才有可能让先前灿烂的文化得以永续永继。

浮世绘巨制《月百姿》里的中国意象

儒学和由中土东传的佛教，以及两者的衍生物，对日本文化的影响巨大巨深。日本的中古后期（相当于中国的唐宋时期），假名的创造，“表明日本民族创造文化能力的一个重要标志”（见坂本太郎《日本史》），同时加速了儒学与佛教的日本化，并以一种崭新的和氏文化向前快速发展。但是，儒学与佛教及他们的衍生物如唐式建筑、唐式服饰、唐式礼仪、宋式绘画、明式茶道等，依然留着许多中国的印记。既便西化时的明治维新（1868-1912），日本脱亚（事实上就是完全地脱离中国）入欧时，日本的文化里依然有着许多中国元素和中国意象。出版于二十世纪第一年即 1900 年的、对日本近现代影响很大的《武士道》一书，就是明治中后期的著作。1931 年 9 月 18 日到 1945 年 8 月 15 日的中日交战时期，“武士道”一词，成了日本军主义的代名词。但是，1899 完成 1900 出版的《武士道》，其作者新渡户稻造虽然强调武士道来自日本本身的神道，“武士道，如同它的象征樱花一样，是日本土地上固有的花朵。它并不是保存在我国历史的植物标本集里面的已干枯了古代美德的标本。它现在仍然是我们中间的力量与美的活生生的对象。”新渡户稻造同时认为武士道的价值与伦理基础，源于中国的儒学和中国东传的佛教。来自儒学主要集中体现在《论语》《孟子》里的“仁慈”、“侧隐”、“忠义”、“礼”、“义”等，来自佛教主要集中在“佛赋予人平静地听凭命运的意识”、“危险与灾难面前坚忍克己轻生向死”等。我们不论“武士道”后来的臭名昭著，但就新渡户稻造认定的武士道的美德（如果有的话），其实正源于中国。月冈芳年（1839-1892 年）绘制的浮世绘巨制《月百姿》，不仅出自明治时期，而且里面有许多中国题材建构的。

也就是说，到了近世与现世，日本文化及日本的艺术，一样具有中国意象和中国想象。制作印行于十九世纪后期（1885-1892）的大型锦绘《月百姿》，就是浮世绘中的中国意象和中国想象的代表作。《月百姿》，以月亮为主题，共有画作100幅（它的制作出版人是秋山武右卫门）。“月百姿”，顾名思义，100幅画，以100种月亮的姿态为背景（也为主题），题材取自日本和中国的历史、轶事和神话（包括著名的武士、显赫的妇女、鸟兽、精灵和鬼魂等）。笔者感兴趣的，正是《月百姿》里的几乎与日本历史神话轶事平分秋色的中国题材。

《月百姿》里的中国题材大致可分为两类。一类为中国历史，包括历史人物和事件，如《子路·读书之月》、《武子胥·淮之月》、《张子房·鸡鸣山月》、《曹操·东山月》、《苏轼·赤壁月》等；二、中国文学里的古典诗文以及中国神话，如《九纹龙·史家村月夜》、《王昌龄·诗意月》、《牛郎织女·银河月》、《嫦娥奔月》、《吴刚·桂树月》、《玉兔月》等。从这一名单看，画家对中国文化和传统非常熟悉。《曹操·东山月》取自曹操著名诗篇《观沧海》。曹操一袭红袍背对观画者，远景是“水何澹澹，山岛竦峙”和“日月之行，若出其中”，当然突出的是正在升起的月亮。有意思的是，曹操的一袭红袍，源于中国的戏曲里的大花脸造型服饰。但是，曹操的碣石，改成了有可能是画家生活的地方“南屏山”。《苏轼·赤壁月》源自苏轼的前后《赤壁赋》，从画面上看，更接近于《后赤壁赋》里的“江流有声，断岸千尺、山高月小”和“反而登舟，放乎中流，听其所止而休焉”里的意境。《银河月》出自牛郎织女的故事，不过，牛郎的服饰，显然与牛郎的身份不合。画面上牛郎服饰，很是华丽。这般的处理，要么是画家为了与织女的服饰相般配，要么就是日本服饰在这画里的另一种表现。《嫦娥奔月》、《吴刚·桂树月》、《玉兔》虽出自不同的神话文本，嫦娥、吴刚、玉兔为一文本，孙悟空为另一文本。本当把玉兔与孙悟空分开来画，不解的是，为什么把玉兔与孙悟空共治一画？中国明代出现的几部小说（随便说一句，宋、明两季的一些初刻版本，现就只存于日本），对于日本的近世来讲，都有影响。也许在画家看来，嫦娥与天蓬元帅（后来的猪八戒）有关联，孙悟空又是猪八戒的大师兄。由于孙悟空的来去自由、威武正义的形象，孙悟空在日本的知晓度，或许不会亚于它的原产地中国。还在于嫦娥、玉兔与孙悟空都曾在天界生活过。这样，画家的想象和大胆，打通了不同文本的界线，画家在不同文本的重构里，才气得到尽情的施展和亮相。只是不知为什么，一轮圆月的面前，孙悟空画得何其威猛高大，但画名却是一只比孙行者小许多的玉兔。“美人绘”是浮世绘的重要品种。《王昌龄诗意月》就是这样一幅美人绘。画家把唐人王昌龄的《西宫春怨》全诗抄录在画的右上角：“西宫夜静百花香，欲卷珠帘春恨长。斜抱云和深见月，朦胧树色隐昭阳”。如果两女（一正一背）的服饰不是和服与诗加框这一日本浮世绘特有的标识外，这幅画放在中国的仕女画里，就是一幅标准的仕女画。当然，我们知道，日本女人的和服，极有可能就是中国唐装的日本化。仅从这一点，我们看到中国文化在唐时期多方面对日本文化的影响。即便是日本脱亚入欧的明治时期（这幅画印行于明治二十年六月二十三日），中国的文化依然顽强且又有生命力地浸淫在日本文化之中。或者换个说法，即便是明治时期，像《月百姿》里中国题材画作，或许就是对中国意象和中国想象的致敬。

不过，《月百姿》并不是中国画，而是日本特有的浮世绘。浮世绘是日本江户时代（1600-1868 年）兴起的一种艺术种类（鲁迅认为，浮世绘模仿了中国的汉代造像）。据一日文介绍，说“浮世绘”一词的字面意思就是为“虚浮世界”所绘的画。并依据“虚浮世界”这一短语的寓意，来表现佛教里的暮死朝生，以及表现幕府后期和明治时期瞬息万变的城市生活。《月百姿》，内容多姿多彩，线条优美，套色华丽，是其同类作品的上乘之作。而这种套色木刻版画，浮世绘称作“锦绘（錦絵 / にしきえ）”。锦绘，或许源头与灵感，也来自中国。晚明（十七世纪中前期），中国的插图艺术已经达到一个非常成熟的地步（如崇祯印行的《绣像本金瓶梅》中的 200 幅插图，便当时的杰出代表，或许也是后世望其项背的杰作），肇事于天津杨柳青和苏州桃花坞的多色年画，便是这一时期套色木刻的代表。大致同时期出现的《十竹斋书画谱》及《十竹斋笺谱》等，套色木刻正式走进了中国艺术史。反观浮世绘的发展史，直到了十八世纪后期和十九世纪初期，套色木刻才进入到浮世绘的制作里。从此，日本艺术史多了这一术语“锦绘”。有些遗憾的是，中国的套色年画和套色版画没有走向世界，反而是浮世绘走向了世界。在艺术传统和现代化（或者西化）彼此碰撞所产生和发展起来的浮世绘，让日本艺术走向世界，让日本艺术家得以光耀。前者，它们进入欧洲后，经德加、塞尚、高更、梵高等的仿画、借鉴，改变了欧洲的艺术传统。后者，特别是它的中后期，涌现了足以让日本艺术史骄横的艺术家，如葛饰北斋（1760-1849）、歌川广重（1797-1858）、歌川国芳（1797-1861）等。歌川国芳正是《月百姿》作者月冈芳年的老师。现在就说说师生都画过的《水浒传》人物。在《月百姿》里，有一幅叫《史家村月夜》。《史家村月夜》题材选自《水浒传》第一回《王教头私走延安府　九纹龙大闹史家庄》中的一个段子："话中不说王进去投军，只说只进回到庄上，每日只是打熬力气，亦且壮年，又没老小，半夜三更起来演习武艺"。月冈芳年便依据"半夜三更起来演习武艺"这么一句描述，画了这么一幅《史家村月夜》。但画家却没有去描绘史进的演习武艺场景，而是一幅极为抒情极为安静的场景。画面，柳树婆娑舞动，婆娑柳树的身后便是一轮明月。一轮明月的下面，一壮汉，手持蒲扇，身向前倾，一付妖魔鬼怪不在话下的英雄气概。这画，最为精彩的是，主人公史进，一不持弓、二不握棍，三不拿他最惯用的刀（三尖两刃四窍八环刀），而是稍倾端坐于藤椅（这恐是日本的藤椅），右手持蒲扇，左手刚键地撑在左腿上，一付悠哉优哉的样子。正是这样，画家的情趣得以突出，那就是柳树柳叶稍遮掩的一轮明月。月冈芳年的老师歌川国芳，是一个画《水浒传》的高手。国芳画过《通俗水浒传豪杰百八》锦绘浮世绘巨制。"九纹龙史进"自然是"百八豪杰"之一。老师的史进形象不同于学生的史进形象，老师的史进就是《水浒传》里那位风风火火出场就打架格斗的英豪九纹龙史进（史进是《水浒传》108好汉第一个出场人物）。如果说歌川国芳的史进是"武绘"的话，那么月冈芳年的史进便是"文绘"（不知浮世绘有没有"文绘"一说）。虽然，月冈芳年绘制的史进敞开的健硕胸肌和双手双腿壮实模样，依然是画家心目中的武士。但是，月亮的温润、柳条的袅娜、设色的平衡等元素的综合构成，无不显示出了日本美学的一个重要特征：寂。寂所显现的唯美，或唯美呈现的寂，便是日本文化特别是日本文学艺术的重要构件（见大西克礼《幽玄、物哀、寂——日本美学三大关键词研究》）。唯美与寂，即是《月百姿》的母题。如：曹操的东山初升之月，孙行者背后的那一团硕大的明月，王昌龄诗意画里的卷帘半遮的粉月，牛郎织女银河相隔的半轮新月，夜照子路读书的淡淡满月……百种姿态的月亮，以及与之对应的各色鲜活人物，就是画家对寂的呈现、对唯美的追求，以及画家人文情怀的表达。虽是中国故事，却是日本标配的浮世绘佳作。与之相对应，日本画及日本画家走向世界时，正是中国画的衰退时期。特别是人物画，十九世纪到二十世纪前半期，除任伯年极少的人物画家外，国画的人物画走向了沉沦。说得极端些，或许直到今天，国画的人物画也泛善可陈。

浮世绘改变了梵高。梵高改变了欧洲传统。

新近上海电影节颁发的第一个大奖是动画片，获奖是由英国人制作的 ***loving vincent***（《至爱梵高》）。那 10 秒钟的片花，足以惊艳，也足以震撼。在不足 40 岁的短暂生命里，梵高的天才、勤奋，以及大胆学习借鉴，几为他人不可及。梵高学习日本浮士绘一事，足以表明梵高的胆识与才情。

梵高当时仿画日本浮世绘的一幅观梅图，有的介绍说仿的是广重，有的没有介绍，只说仿的是浮世绘。若干年前购得《凡高》画集（北京工艺美术出版社，2003 年 11 月）里，我看见过梵高的这幅仿画。但之前，从来没有见过广重的这幅画（虽然见过广重的其他画）。直到我买的新书 ***Hiroshige***（《廣重传》TASCHEN，英文原版，2015 年 6 月）时，我才知道这幅图的名字叫《亀戸梅屋铺》(亀户梅屋铺)。它的另一个名字（我不识日文，只有按此画面提供的汉字即日文中的平假名）叫“江户百景（之一)”。也就是说，廣重（1797-1858，日文広重，英文 Hiroshige)，江户人。江户（Edo)，今东京都千代田区，日本首都旧称。安藤广重（Ando Hiroshige)，后又名歌川广重（Utagawa Hiroshige)，日本浮世绘大画家，其画典雅充满诗意，与葛饰北斋开创了“名所绘”的风景画，对后世影响极大。他一生创作了 5000 多幅画，梅花是广重最具其品格的画之一。幽郁与秀丽的笔致，描绘出闲情逸致的人们和谐地置身于梅花之中，表达了画家对人与自然美景的美好心情与祝福。

浮世绘什么时候进入欧洲的，无考。但是有一点可以表明，梵高在 1888 年之前，肯定已经接触到了浮土绘，而且开始（或更早）就在仿写广重（此时的广重已经从安藤广重改名为歌川广重)。梵高(1884-1887),先后在巴黎、安特卫普等地生活、流浪、学画(其实梵高此时的画已经有了自己的风格)。这一时期,梵高除了大量的写生、创作外,临摹名画也是此时的重要事情(梵高每天十几个小时绘画,梵高一生都极其勤奋)。或许就在此时,梵高喜欢上了浮世绘。这与欧洲绘画在十九世纪后期积极寻求变革相呼应。而浮士绘正是西方绘画寻找突破创新的一个机缘,与梵高几乎同时代的德加、莫奈、高更等画家,不约而同地兴趣于日本的浮士绘。在十九世纪末期的欧洲绘画重要变革期中,梵高显然是举足轻重的人物(尽管当时并不为人所知)。在学习借鉴浮士绘方面,也许梵高的成就和创新是独具意义的(据说,由此与高更发生重大分歧而割袍)。

梵高除了留下了大量画作以外,还留下了大约800封信函。在一封致伯纳德的信(1888年3年18日)中,梵高说"这里的乡村对我而言,如同日本一样美丽,空气清新,色彩明快"(见《梵高手稿》[美]安娜苏著,57度N艺术小组译,北京联合出版公司,2016年4月3印)。广重的画正是这样的美丽。从梵高留下的遗画(因为在梵高生前,其大量的画基本没有售出过)看,梵高喜欢浮土绘,主要原因是梵高喜欢广重的关于乡间、关于民间以及关于风景与人物和谐相处的画。因此,梵高不止仿写过《龟户梅屋铺》,梵高至少还仿写的广重《雨中的桥》等。不过。梵高的仿写,由于梵高的色彩对比远比广重强列,而且梵高对于黄色(明黄、橙黄、大黄等)的偏爱,使得梵高的仿写,比广重的原作更有力量。梵高的仿写,少了广重的"小桥流水"而多了自己的西风烈马。因此,我们便看到,同样一幅梅花图,显然,梵高的更具刺激性和冲击力。东方特别是日本绘画里的诗意和忧郁,在梵高的仿写中不见了。梵高对广重的这幅"观梅图"的仿写,不仅是梵高对原画的一种重构,事实上,梵高实现了对风景画某种变革。越到后来,梵高的风景画,越能表现这种变革的意义。梵高在1888年4月9日里写道:

> ——我一定要画出下繁星的夜空以及柏树或者成熟的麦田,这里的夜色特别美。
>
> ——此刻,我正被繁花盛开的果树深深吸引:粉色的桃树,黄白的桃树。我的笔法毫无章法可循,就是把并不均匀平滑撞击在帆布上,不加修饰。
>
> ——厚重的颜料堆砌不同的色彩。

——我知道这样的作品挑战了人们心中对绘画技法先入为主的成见，会觉得它令人不安，使人烦扰。

确实如此。就在这幅仿写广重的观梅图里，梵高以绿、黄、红三大块色彩重构了的这幅画，三种色彩几乎没有过渡。与广重的原画，除了构图之相同外，其色彩的使用，几乎颠覆了东方人特别是日本人对色彩（具体即浮世绘的色彩）的看法和习惯。

浮世绘改变了梵高。梵高改变了欧洲传统。

梵高，生前是一个切掉自己耳朵的荷兰疯子；身后，则是影响着二十世纪或者更久的艺术的神话。梵高，生前据说只卖掉过一幅画（红葡萄园）且仅 400 法朗，身后一幅自画像可以卖到 7000 万美元以上。新近，据 BBC 报道，伦敦泰特美术馆（Tate Britain）最新推出的大型画展《梵高与英国》，共展出了 50 幅梵高的画作。50 幅梵高的画作，展示了梵高画作的不同侧面和晚期的重要作品。重要的是，展示了伦敦对梵高从事绘画的灵感的重要性，以及梵高对英国画家的重大影响。

1873 年，20 岁的梵高来到伦敦。伦敦的风景、人物、风俗，给了年轻的与他成为职业画家之前，第一缕艺术和人生的真正冲击。事实上，一生专为画而存在和生活的梵高，其职业画家的身份，则要等到到他死后 20 年的 1910 时，才成为事实。《罗纳河上的星月夜》一画，被西方艺术评为“是梵高笔下最摄人心魂的景色之一”。蓝色与黑为基调的大块色块（这被当时艺术界的嘲笑为：梵高连色彩都调不均匀），连接着天、水面和岸线。如果不是金色（或橙黄色）所标识的星光和月色，你根本分不出这一片蓝色与黑色的大色块，哪是星空、哪是水面、哪又是岸线。而且摄人心魂，还有在岸线上徘徊踟蹰的一对男女，其中女性人物服饰上的一点朱色色块，更让读画者悸动和震颤！

《罗纳河上的星月夜》虽然画于 1888 年，有研究者认为，这是梵高对早年在伦敦泰晤士河的回忆。

这幅画的色块、色调以及由此展示的画家内心，奠定了梵高大部份画作的风格。这包括梵高最著名的《夜晚露天的咖啡屋》（1888）、《瓶中的十二朵向日葵》（1888）、《星月夜》、《柏树》（1889）、《有柏树与星星的道路》（1889）、《乌鸦群飞的麦田》（1890）等，当然还有梵高的自画像。这此都可以看到浮世绘色彩的影子。这此画，都是梵高在世两三年前所画，特别《乌鸦群飞的麦田》，据说画家画了这画后就开枪自杀了（新近有梵高传记作家认为，梵高的自杀，是值得怀疑的）。这种风格，改变了欧洲自文艺复兴的绘画传统，同时也是对后世影响重大的绘画标志。

梵高在英国的三年，为法国艺术品经销商 Goupil 公司打工。但梵高不喜欢这份工作，就今所发现的材料来看，伦敦三年，梵高并没有画作留下来，也就是说，20 岁到 23 岁的梵高，也许还没有开始画画。但是。可以肯定的是，在伦敦三年，梵高天生的艺术细胞，被刺激，被调动，从此，走了一条艺术独具一格的不归路。从梵高给他弟弟的近 1000 封信函中，我们可以看到，1880 年才下决心成为画家，这与梵高离世的 1890 年，仅有 10 年时间。但就是在这 10 年时间里，特别是在最后三年的法国南部小城的阿尔勒，所留下的画作，不仅是梵高一生的奇迹，也是整个世界艺术史上的奇迹。

而且我们知道，梵高是当作疯子来到了这里的。

据 BBC 的报道，这次在伦敦泰特美术馆（Tate Britain）举办的画展 100 余幅，梵高共有 50 幅（许多幅并非这家美术馆所有，而是其他美术馆或博物馆友情借展），另外 50 幅，则是在梵高画风的影响下成长起来的英国（还包括美国）著名画家的画作。泰特美术馆的馆长法尔科森认为，梵高的画影响世界艺术，不仅是梵高的画作，更重要的是梵高画作中“来自内心深处的刻骨之痛，给观众带来有疗伤抚慰特效的美，我觉得这就是梵高作品的震撼力”。

就此而论，梵高改变的不仅是欧洲的艺术传统，还改变了整个世界对待艺术的态度。

耶路撒冷，另一种面相

一

离开雅法去耶路撒冷时，地中海最古老的海港城市雅法，已华灯初放。其实，我是极舍不得这么快就离开雅法的。雅法是以色列首都特拉维夫的一个街区。但这不是一般的街区，而是特拉维夫的母亲。特拉维夫在二十世纪初还是雅法北边的一处沙丘。直到 1921 年才建成一个几万人规模的犹太人定居的小镇。不过，随着历史的前移，也随着以色列 1948 年的建国，原来依附于雅法的特拉维夫，不仅成了以色列的首都，同时成了一个地中海东岸最大的城市。一个拥有 300 万人的城市，一个不到一百年城市。而它的母城雅法却有 4000 多年的历史！紧挨海边的小巷，石头砌成的高墙、窄窄的街、昏黄的灯，迷离、迷人。很想坐下来，在一家挨一家的咖啡店里，冲上一杯热热的咖啡，听听咖啡店里的不知名的音乐，感受咖啡店里的其他游人的气息。坐下来，静静地坐下来，倾听这座古老城市的声音，倾听地中海不时涌起的涛声。但是时间不允许，六点半起程到耶路撒冷。

耶路撒冷虽然是我这趟行走的最后一站，则是我最心仪的一站。在此之前的所有行程，不过是我耶路撒冷之行的暖场。

耶路撒冷是三大宗教犹太教、基督教、伊斯兰教的发祥地及三大宗教的圣地。犹太教最早，以摩西为代表，大约产生于公元前十四世纪；基督教随后，以耶稣为代表，大约产生于公元一世纪初；伊斯兰教奠末，以穆罕默德为代表，大约产生于公元七世纪初。从英国人西蒙·蒙蒂菲奥里写的《耶路撒冷三千年》里，我们知道，当第二个千禧年开始不久的公元十一世纪 1095

年那一年，在基督教看来，由于伊斯兰在公元八世纪到十世纪短短的 300 年间迅猛发展，将基督教原来的生存的空间挤压了出去（耶城于公元 638 年被伊斯兰军队占领）。因此，一场为“让生活在东方的基督徒们从压迫中获得自由，并且让耶稣基督从曾经生活、殉难和重生的圣地重获自由”的十字军东征正式拉开了战幕。战幕一拉开就是整整两百年（1095-1291），其战争先后一共进行了八次，除了第一次（1096-1099）十字军大胜即夺下耶路撒冷外，其余的七次，有胜有败。到了 1244 年，基督教再次失去耶路撒冷。直到二十世纪初英国的殖民（实为托管）、直到以色列建国，耶路撒冷才又真正地回到了基督教怀里。在同为英国人海伦·陈科尔森写的《十字军》一书里，则把十字军的历史从 1095 年延续到包括奥斯曼帝国（十六世纪末至二十世纪初）扩张的终结到二十世纪中后期期的现代中东战争再到二十一世纪的美国的两次海湾战争。无论为了信仰，还是为了资源，抑或为了大国之间的权力。耶路撒冷，像一块巨大的磁石，吸引着各种信仰各种力量的角逐。耶路撒冷，又像打开了的潘多拉的匣子或者杜美莎的头发，苦难、争夺、战争如影随行。

二

正因为如此，我说我要去耶路撒冷，临行时朋友们说那儿时不时地在扔石头，时不时地扔导弹。朋友话的意思，我懂，就是说耶路撒冷旅游可能不安全。在我从约旦以色列的边境艾伦比进入以色列时，边境值守的都是笑脸；在我向北提比利亚的途中，沙漠里长出的庄稼，葱绿一片接着一片；欣赏加利列湖的晚霞等，即便还留有战争痕迹的戈兰高地，都没有一丝丝不安全的迹象和感觉。让人惊喜的，从雅法一个半小时车乘就到了圣城耶路撒冷，住的酒店 Legay hotel 正遇一场盛大且肃穆的婚礼。新娘方队正从酒店的一条甬道里缓缓地走出来。一位西装的小提琴手，拉着我听不懂的音乐在前面引路，接着是两个小姑娘，牵着新娘婚纱的两个衣角，新娘的左右和后面，也许是伴娘，也许是新娘娘家的亲友。一袭白色衣装的新娘，头让婚纱盖盖得严严实实的。我停下来，没有急急地去拿房卡，在异国、在我心仪许久的圣城，能赶上了当地一对新人的婚礼，于我、于我的历史观，以及于我多年来行走远方的心迹，这不能不说是一个奇迹。虽然，这场婚礼与我无关，但我觉得，在我原来对于耶路撒冷战乱频繁的旧知来讲，显然具有逆袭的意义。就在小提琴手走过我的面前，两小花童、新娘、伴娘依次从我面前缓缓走过时，我想，这是不是神赐予我一个来自他国游人的一场婚礼。在历史如此纠结的地方，婚礼所映射的和平与幸福，无论何时何地，依然是人类最伟大的典礼，以及伟大的祝福。

在耶路撒冷，我赶上了这样一场婚礼，是我的幸福与幸运。

三

难道这便是我来到圣城耶路撒冷所遇到的圣迹与天光？事实好像就是这样的。上坡下坎，又由于腿疾，极尽劳疲地行走在耶路撒冷的街道小巷，我为这座历经纷争、战乱、死亡、杀戮而又不断重生的古老城市感叹。耶路撒冷建在一个约海拔 800 米左右的山丘上，老城，据说仅有一平公里。就在这一平公里的城里，由于历史、也由于宗教，分为四个区。一、穆斯林区，二、基督教区，三、犹太教区，四、亚美尼亚区。我从穆斯林区走进的耶路撒冷。老的城墙与城门，据说是奥斯曼帝国的遗存，阿拉伯文字，我一字不识，但我知道它是阿拉伯文，它那线条独有缠绕，给我不懂这种文字的人一种美感。石头嵌入的呈尖型的圆型门拱，一看便知，这是清真的建筑风格。如果我没有来过耶路撒冷，我是不会知道这穆斯林区竟然是耶稣蒙难之后所走过的“苦路”所有路程。所谓苦路 14 站，是十七世纪方济会士圣利安纳（St. Leonard），为了宣传传播进一步确立耶稣基督的苦难与伟大所从事宗教大计。在沿着穆斯林区曲里拐弯或爬坡下坎的街区与小巷中，罗马字从 I（1）开始，II，III……直到 XIV（14）铭刻在穆斯林区不同的地方。一些地方还有耶稣受难时的故事的一些传说，譬如耶稣背十字架休息地方的脚印、譬如耶稣的手印等。一站一站地前行，耶路撒冷城区的内容和风景便在脚下与眼前展开。终于在一个小山顶上，圣墓教堂（Church of the Holy Sepulchre，又叫复活教堂 Church of the Resurrection）到了。当那些虔诚的信众，一吻或一抚基督复活的那块石上，排成的长队，我才发现，此地的中国游客，不像满世界旅游地那样，在这里成了少数。我不是基督教徒，我来到耶路撒冷，来到耶稣曾走过的苦路、来到耶稣死亡又复活的教堂，不是为了朝圣，而是感受一个影响世界两千多年或者还将继续影响世界和人类的宗教力量。当我看到一队朝圣团体，在领队的领唱下，和声且又整齐的歌声，轻缓而又庄重地响起时，我的心也就安静了下来，聆听这圣洁与虔诚的乐曲。等这个团队离开这一区域时我才离开。最让我惊诧的是，在一间正在维修暂时封闭的礼拜堂里，打扫清洁的女性竟是穆斯林女性。这位清洁工的衣饰是黑纱裹头黑袍着地。我之前的阅读，我之前的一般认知，基督穆斯林两教，好像水火不容。不期而遇，却在耶路撒冷，在耶稣死亡并复活的14站苦路的街区与小巷、在圣墓教堂，竟然亲见到了这般的场景。

我对圣城的三大宗教没有过深入的研究，或者说我就是耶路撒冷的一个行色匆匆的过客，但当身处其中时，会觉得历史与宗教的各种陈迹、纠纷与纠缠，以及各种媒介的鼓噪，或许不是真的。尽管我知道，也许我亲见的也不是历史与现实的本质与真相，毕竟，从我一个外来游人的此时此地的观感，我对历史和宗教，以及对人性本身有了另外一种思索。耶路撒冷，三千年来，经过多个帝国铁蹄所践踏，经过多种宗教纷争所折磨，进入二十世纪，又经多种势力所争夺，在我的印象里，当是满目疮痍。却未曾想到。在一个如此神圣的小城，世俗地生活着不同信仰的人，如此热情且大度宽容地接待着八方游客。卖纪念品的小店、热咖啡的小铺、新鲜欲滴的水果小摊，一个接一个地与游人同行。运货独有的四轮小卡车、四轮的拖拉机，以及声音很响的摩托车，在拥挤的小街上行进，没有警察、没有城管。摆摊的、开车的、游人的，各行其道，实在不行，彼此间让一让。我生活的城市，这般拥挤则又这般秩序，简直不可想象。但这就是耶路撒冷老城街区的图景，真实的图景，且世俗也和谐的图景。穿穆斯林长衣长袍的、穿犹太教正教黑衣的，穿西服的、穿花里胡哨旅游装的，东亚人、中亚人、西亚人、欧洲人、非洲人，本地人、外地人，男人、女人、小孩、大人，拍照的、问路的、购物的，干事的、熙熙攘攘，摩肩接踵。

四

当然，这不是我看到的耶路撒冷的全部。

在一个名为BULGHOURJI的亚美尼亚区里吃的午餐。午餐后的行程就是哭墙。哭墙的学名叫西墙（Western Wall），哭墙是犹太教的圣迹，据说已经有2000多年的历史。在与BULGHOURJI餐厅对门的街口小巷处，在印有英文、阿拉伯文和希伯来文的路标的旁边，贴着一张斑驳的地图。地图中央印有ARMENIAN但我犯愁，“Armenian”这一区域极像今天的土耳其。北是Black Sea（黑海），陆地的细颈处是Marmara Sea（马尔马拉海），但就是找不到伊斯坦布尔（istanbul）。伊斯坦布尔，一年前我到过。我知道，伊斯坦布尔地跨亚欧，博斯普鲁斯海峡（Bosphorus）以东是亚洲，以西是欧洲。但这张地图上却没有istanbul这个地名。就在我准备离开时，好奇心救了我。在Bosphorus处，看到了Constantinople。终于想起。Istanbul的前名就叫Constantinople（君士坦丁堡）。这才恍然大悟，这块标有亚美尼亚的大陆，原来并不完全是今土耳其的领地。亚美尼亚的历史，大约可以追溯到2500年前。它的疆域，经波斯帝国、罗马帝国、蒙古人、拜占庭时期、奥斯曼帝国等，时亡时兴、时大时小，其宗教也因入侵者占领者而变易。从历史来看，亚美尼亚一名比土耳其久远了，在阿拉伯人没有入侵（公元七世纪后期）前到九世纪，今天土耳其东部的大部分区域是亚美尼亚的领地。时间已经过去了一千多年，在耶路撒冷的一个街区小巷、在亚美尼亚人开的餐厅对门街口，一张在今土耳其与亚美尼亚交界的诸大区域的地图上，居然印有“Armenian”的标识！可见历史的记忆何等的沉重又何等的厉害！同时，也可见现实有何等的复杂又何等的纠集！

五

来到了哭墙。

这里是犹太教的圣迹，这里是犹太人的圣地，这里是犹太人为了救赎、为了还这一圣地以原貌的“叹息之壁”。我的旅游，一般不会做行前的所谓“旅游攻略”，我生怕我做了这些准备，我到了我心仪的地方，便没有了陌生感，没有了好奇心，没有了我追问的兴趣。耶路撒冷如此、耶路撒冷的每一个街区如此、每一座教堂也是如此，但是对于哭墙，我则不陌生。不过，只有真正来到了这里，一切原来认为的都是陌生的，或者说都是虚无飘渺的。原来听说，那些个来到哭墙前的信众会哭，我不相信。到了才知道，这壁用巨石砌成的高约20公尺、长50公尺的墙所具有的力量，是没有来过的人想象不到的。它就像一块巨大的磁石，不仅吸引着犹太人的，而且也吸引所有的游人。原来认为在这里的哭是为了旅游广告的杜撰，哪晓得，走近，嘤嘤的、诉诉的哭声直扑双耳。

耶路撒冷的三月下旬的下午，太阳已经炽热。我的双肩包下面的体恤早就让汗水打湿。而在近靠哭墙的脚边，一些信众，坐着的站着的，双手捧着书（那时《旧约》吧），念叨着、祈祷着，时不时地又把书本合上，双手扶墙，嘤嘤地抽息着。我不是信众，尽管，我不只一遍地通读过《圣经》的《新约》与《旧约》，不只一遍地通读过《可兰经》、不只一遍地通读过《金刚般若波罗蜜经》等，但从来没有过什么仪式（也不准备有什么仪式），让我有更多的方式接近宗教。但是到了这里，不只是入乡随俗，而是真正感受到某种召唤。我把准备好的纸条恭敬地塞进早已经密密匝匝贮藏着纸条的巨石缝里。同时，学着扶墙的信众，虔敬地扶着我面前的巨石，并把头埋在巨石砌成的石壁上——两千多年历史的巨石、不知有多少犹太信众寄托过心迹寻求过安慰的巨石，以及那屡经苦难所留下泪痕的巨石。

就在哭墙的左上方山上，是穆斯林的圣地金色穹顶的圆石清真寺。可惜，导游给我讲，那里除穆斯林信众外，其他人和其他信众一律不得进入。我还好，留下了它的模样。在我准备离开哭墙时，在哭墙观景台上，我席地而坐，从我双肩包里取出速写本。当我画好哭墙时，我把那象征且代表着穆斯林的洋葱式金顶，庄重地画了下来。我起身时，才发现我身后身边围着一群我在紧靠哭墙时就遇到的一群穿着整齐校服的学生。当我合上速写本，向围观的学生点点头，学生们也点点头，点头时还给予了微笑。娃娃的微笑，天真且又真诚。这时，昨晚的婚礼场景，再一次浮现在我的面前。或许，这样的场景和这样的画面，是我之前读所有关于耶路撒冷书不曾遇到的，是我千山万水（尽管是乘飞机坐大巴）来到耶路撒冷之前不曾想到的。此时，我刚刚塞进哭墙巨石缝里许愿的两行英文，突然清晰了起来。这两行英文是：

My dove！My peace！

佩特拉：岂只是建在峡谷里的古城

笔者生活的川南，三月下旬还是一个乍暖还寒的日子。在我走进原来从来不曾想到会走进的佩特拉古城时，约旦沙漠的太阳，足以让穿单衣的游人，汗水淋淋了。

我是从峡谷的上端，或者说是沿着古城原来的供水水道由上往下走进的。后来在佩特拉（Petra）的英文网站主页上，看到题引的一句诗：match me such a marvel, save in Eastern clime, A rose-red city, half as old as time.（中文大意是：令我震惊的是东方大地，玫瑰红城市见证了过去的历史）。这是十九世纪英国诗人 John William Burgon《致佩特拉》的一句著名的诗，从此“玫瑰红城市（A rose-red city）”成了佩特拉古城的代名词。在我的眼里，“玫瑰红”恐怕不足以表明佩特位这一建造高山（约旦南部沙漠突然隆起，海拔高达 1000 多米）峡谷里的城市色彩。1.5 公里长的峡谷，由于时间、风和原来可能的流水，使得原来本身的赤褐色砂岩呈现出多种色彩。在我移步换形的前行中，峡谷两边的陡峭山岩，幻化着诸如红色、淡蓝、橘红、黄色、紫色甚至黑褐色等斑驳陆离的色彩，万花筒式的色彩。我先前以为的黑色是那时居民留下的烟火所熏，殊不知，那是时间涂抹的色彩。当然，大面积裸露在炽热阳光下的色块，确实是红色的或玫瑰色的。

我的旅游从来不做“攻略”，生怕到了某一陌生地，由于之前的“攻略”，我没有了陌生感和新鲜感或者刺痛感（如耶路撒冷的屠犹纪念馆，如金边的某纪念馆等）。但在到佩特拉之前，不要说佩特拉，整个约旦对于我几乎是陌生的。自然，约旦并非我此行的重要行程，我的这趟行程的目的地是耶路撒冷。

虽然我也没做过耶路撒冷的旅游攻略，但关于耶路撒冷的历史与现状的书，平时读了不少。哪晓得到了约旦，才知道约旦也是一个文明古国。一个至少有3000-4000年历史的约旦，进入罗马帝国时期，从罗马帝国到拜占庭（东罗马帝国）到奥斯曼帝国，再到英国的“殖民”（托管）再到中东战争，一路走来，竟还留下了许多古罗马遗址和奥斯曼遗址。游了佩特拉之后的当天晚上，我在我的游历日记里写下这么一段话：

佩特拉：建在峡谷里的城市

约旦佩特拉（1985年世界文化自然遗产）建于公元前六世纪的城市。不过它不是建在平地也不是建在山上，而是建在长约两公里的峡谷两边的崖壁上。以我的见闻，绝无仅有，极为震撼！

佩特拉古城，距约旦首都安曼300多公里，安曼在北，佩特拉在南。3月下旬，约旦的北部，春意盎然，小麦已始开始扬花，越往南方，则是沙漠，则是荒寂。佩特拉与安曼的历史大致相似。据维基百科讲，佩特拉始建于何时还是一个未知数。佩特拉或建于公元前6世纪，或建于前2世纪。但有一点则是肯定的：公元106年，纳巴特王国被罗马帝国军队攻陷，沦为罗马帝国的一个行省（这与后来整个约旦、伊拉克等成为奥斯曼帝国的一个行省类似）。大约3世纪，由于红海海上贸易的兴盛，原作为陆路交通要塞的佩特拉渐渐衰落。7世纪，阿拉伯军队横扫整个中东西亚时，佩特拉已是一座废弃的城市。今天的两大世界遗产地，西亚的佩特拉与东南亚的吴哥窟，其近代的命运相类似：1861年，吴哥窟由法国人亨利·穆奥发现；1812年，瑞士人伯尔克哈特第一个证实了佩特拉的存在。

从宽阔的干燥的褐红色的砂砾地朝里面走，愈走便愈狭窄，最窄处，据说只有两米。确实如此，当我从仅有两米的地方通过时，从返程的游人和我这一入口进的游人，彼此谦让，对方通过后，这方才通过。既然这座建在峡谷里古城，佩特拉的住宅、浴室、墓窟等建筑，大多凿山而建，为什么仅有几米的地方不凿宽一些呢？是为了防御，还是宗教因素所致？不得而知，也不便问，有些禁忌是不能触碰的，这是文明的规则。只有当有铭牌的地方，我驻脚下来，看铭牌上的英文。英文于我，几近初级菜鸟，不过，毕竟不是一字不识。沿着山壁底部的水渠，由我入口的地方，时断时接的向下延伸。在票检的入口外时，我似乎发现了一条河流，至少曾经是一条河流在峡谷的上方存在过。看到的第一块铭牌，我得知，峡口处，曾修有储水的大坝，渠道与大坝连结，满足了整个佩特拉城的供水。水渠里水流流过的痕迹，虽然模糊，但当我弯腰低头细看并用手触摸时，仍然会感受到当时渠里清水的流淌。

几年前，在土耳其看到过古人储水和运水的建筑，那是伊斯坦布尔的耶莱巴坦地下水宫和布尔瓦林斯水渠。与宏大无比的地下水宫和高架（有的地方达三层）水渠，佩特拉的水渠，自然是小多了。比起吾国的都江堰和灵渠（两地，我都专程拜访过）更小多了。在太阳的缝隙和在峡谷的缝隙里穿行，佩特拉向我这样一个来自同属亚洲但文化截然不同的东亚人诉说的，远不止只有这供人生命的水坝和水渠让游人注目。峡谷时宽时窄，崖壁时峭时缓。我独自一人，沿着水渠的指引，同时也时不时停下来，读一读间隔不远的便会看到的铭牌。生长在峡谷里的城市，水并不是唯一的主题。其实，凡是有人生活的地方，生与死，人与神，才是永恒的主题。

峡谷谷口的宽阔地带，岩石上人工凿的巨大洞穴，以及具有神祀意味的方尖碑，已经让我侧目。我知道，在中国古代，人造建筑，除了人生前的住所，还有便是身后的墓葬。佩特拉也是一样的。墓葬依壁依岩而造，大的小的，不同地位不同身人份的，有的还留下了名字，譬如 The Lion Tomb（狮子墓）。众多的墓穴，洞门或墓门在阳光下刺人眼睛，洞里或墓里的黑色则向世人出示某种证明。死对于古人和今人来讲，都是一样的，但古人或许比今天人更看重死亡。不过，在看重死亡的同时，并没有忘记活着时的劳作与欢乐。不然，我不好理解，为什么在古希腊、古罗马时代，在地中海东北环，特别是爱琴海沿岸建了那么多的圆型剧场（剧场也是古希腊城邦制的民主议事场所）。据考古发现，佩特拉居然有一个可以容纳 8000 人的大剧场。来到佩特拉之前，我已在约旦首都安曼及周边城市，参观了好几处罗马时代的剧场。谁会想到，在一个如此狭长的深谷里，竟然也会修造出如此巨大的剧场 !它在一个叫 Khazneh（卡兹尼）不远的地方建造的。

就在我的峡谷旅行单面快到尽头时，或者说，当我穿过新月峡谷时，与新月峡谷成垂直的卡兹尼神殿（Khazneh Temple），如一道光，与如中国《桃花源记》那般“豁然开朗”地矗立在我面前！几成 90 度的玫瑰红岩石上，罗马式圆柱、水平三角形拱门、各种动物、神灵的造像等等，雕刻精细，其纹路至今生动无比。卡兹尼神殿，俗称“宝库”，是佩特拉古城的标识和象征。后来知道，所有佩特拉古城的 LOGO，都是以卡兹尼神殿作为主体的。就在神殿的对面，鬼使神差，我停了下来，背靠新月峡谷出口的阴凉岩壁，拿出我随身带着的速写本和一次性记号笔，对着阳光炽照的卡兹尼神殿，快速地（只十来分钟的时间）画下了《佩特拉神殿》。

这座生长在峡谷里的古城，不仅有神殿，还有修道院，还有学校，还有其他与居民息息相关的场所。但远不止这些。从原路返回时，不再是看而是在想。古人，也许比我们今人更富有哲理和理想。既尊重死亡，也欢乐地活在当下，更看重神灵指导的天国与前方。我知道，从这里向西不远的地方，就是今天依然活力的几大宗教诞生的地方：耶路撒冷。那是多个文明的发祥地，而时间的长河却决定了：一段历史或能替代了另一段历史，一种文化可能被另一种文化所替换。不过，若干若干年后，这样的替代和变化，则以另一种面孔加入到当下正在行进也可正在变化的途中。在佩特拉的峡谷里，旅游者的我，与古人共同呼吸着这种替换和变化，共同呼吸着山川与文化的多元气息与气味。

快要出口时，与我相向擦身而过的一男一女，他们说的是中文。我好奇：因为，在这峡谷的一个多小时中，东亚人的面孔不多见，即便见，一问，不是韩国人，就是日本人。听到中文，好亲切。我赶紧两步向前，问：从哪儿来。答：北京。问：自由行？答：是。问：专门来佩特拉？答：不是，专门参加耶路撒冷马拉松。问：职业运动员？答：不是，自费参加，顺带旅游。

喔！喔！真了不起！旅游还有体育，是与古人与自然一起，共同享有、共同参与的一道时尚达人的节目——必不可少的节目。就如2000多年前繁荣、1400年前的衰落、200多年前发现的古城佩特拉，以它独有的方式，成了古人与今人对话的会客厅，成了今人人与人相互认识、相互尊重的剧场。

我庆幸，我来到过佩特拉。

在斋浦尔老影院看电影

中国浙江的良渚古城遗址，2019 年 7 月，为联合国教科文组织（UNESCO）录入“世界遗产目录”。良渚古城遗址申遗成功，又一次物证了 5000 年的中华文明史。就在这张 2019 年新增添的共有 29 处的世界遗产目录名单里，与中国同为四大文明古国之一的印度，也有一处入选。

这就是印度西北部的古城斋浦尔。

一

就在斋浦尔入选世界遗产目录前的四个月，我来到了斋浦尔。

印度，在近现代，中国现代文学与亚洲诺贝尔文学奖第一人泰戈尔因缘相会；在中古，有被称着爱情象征的物证泰姬陵（如果它有白居易《长恨歌》般的史诗文字，那就更伟大了）；在中上古，佛教东传，中国文化里从此有了新的元素，中国化后成了中国文化的重要元素。或者说，我选择印度的这趟旅行，有些如《西游记》一般的“取经”。也就是，为了亲见泰姬陵，为了亲见佛教源头，去了一桩心仪已久的事，走进印度的。尽管我知道，印度早已不是佛教文化的中心和重地，但却无论如何想不倒的是，在印度八日，我竟一处佛教伽蓝也没有看见过。看到不是印度教庙宇，就是伊斯兰教庙宇，或只有印度才有的万神教庙宇。这有些失落，或者，这有些惆怅。怎么起源于印度后在中国发扬光大的佛教，怎么没能如中国，几凡有名山，便有佛教寺庙。像如我独自游历过文殊、普贤、观音、地藏四大菩萨的道场五台山、峨眉山、普陀山、九华山，也游历过中国四大佛教石窟敦煌、麦积山、云冈、龙门，等等。

在印度却不见唐三藏讲述的《大唐西域记》里的那些传奇，而且一丁点都没有。于一个专程印度想看看源头的中国游客来讲，真有些落寞的。幸好，有斋浦尔。幸好，我来到了斋浦尔。

早晨的太阳刚刚抚慰粉红色的建筑时，各国各地忽忽到来的游客便已经争着抢占着有利地形拍照。此时的印度、此时的南亚次大陆，正式进入热季。即便是早晨，着短 T 恤的游客，已经受不了太阳的光照了。也好，就此立照，因为这一天，最重要的节目是游距中心城区十几公里的琥珀堡。

琥珀堡在一延绵的山脊上，是印度古代藩王 1592 始年建的都城。在准备坐当地的吉普车上山时，如我走进慕田峪长城准备登山时一样：蜿蜒、壮观、雄居山脊。等走进琥珀堡后，才知道这是一座存活了几百年的都城，才知道这是一座有着多样文化但以伊斯兰文化为主的王宫。站在一处贴有铭牌的地方，说的是这几间房子曾经是 Turkish bath。怎么会有土耳其浴室？这里离土耳其天远地远，在一个还没有完全感到地理大发现大航海的内陆地区，在一个山脊拱卫的王宫，怎么会有土耳其的遗迹。

游印度的两年前，我到过土耳其，那同样是一个让我着迷的地方。一个曾经地跨欧亚的在前的（东）罗马帝国和随后的奥斯曼帝国的触角，在十六世纪便如此深刻地影响着中古的印度。联想到两天前参观的泰姬陵，历史的一种演变似乎懵懂地在脑子里显现。伊斯兰教与基督教、佛教三大世界宗教相比，是最晚到这个世界的。却在八世纪到十八世纪一千年间，似乎却比另两个宗教更富激情更具张力。在整个八世纪到十四世纪，其文学、艺术、建筑、数学、医学、天文学等都是当时世界最先进的。一种理论认为，正是阿拉伯文化对古罗马、古希腊文明的研究，才为世界近代开端的意大利文艺复兴作了思想和文化的准备。当蒙古人的铁蹄 1260 年攻下伊斯兰帝国中心巴格达时，摧毁了伊斯兰帝国。历史的吊诡是，胜利者的蒙古人不久便皈依了伊斯兰教。汉唐陆续开拓的丝绸之路，因蒙古人的武力扩张，才第一次实现了亚欧的无阻隔和无间断：从中国的内地，经天山廊道、波斯、亚美尼亚、伊斯坦布尔直到巴尔干半岛！而这一大致区域，自十四纪起，先是成吉思汗嫡系子孙建立的伊儿汗国，接着是自称是蒙古后裔的帖木尔建立的帖木尔帝国，接着便是莫卧儿帝国。据说，莫卧儿帝国的创建者札希尔·乌德丁·穆罕默德·巴布尔是帖木尔的后裔。于是历史就来到了建于十六世纪末十七纪初的琥珀堡和建于十七世纪中期的泰姬陵。

无论琥珀堡还是泰姬陵，它们都与伊斯兰文化相关。两处都是“世界文化遗产”。泰姬陵，1983 年录入；琥珀堡也比斋浦尔古城先录入，录入时间为 2003 年。

二

热季印度上空的太阳，很炽，人也走累了，或者说思绪过于泛滥。于是，我找了一处阴凉的地方坐下来，打开随身携带的速写本。面对眼睛可看到的地方，画与远看与我们的长城相似、近看则完全不同的琥珀堡。我到过中国长城（1987 年录入“世界文化遗产”目录）岩石砌的八达岭、慕田峪、嘉峪关，到过张掖境内山丹县的土筑长城，但不知为什么却没有画下一幅（或许那时还没有学画，或许那时也没有意识到边走边画），画琥珀堡的城墙时，不由自主地想起来了我曾走过中国长城。等我画完时，我才发现，周边游客都在看我画画。这，有些小激动，也有一些小得意。回程的路上，我请地陪导游用印度官方主要语言之一的印地语签上“琥珀堡”。

然后下山。

然后来到斋浦尔城边的比拉神庙。与邻近山上的古遗址、比琥珀堡历史还长久的梅兰加尔堡，比拉神庙不仅年轻，而且时尚得。1986 年为印度大财主大工业家比拉独资所建，无论是宽大的前殿，还是雄伟的后塔，通体纯白色大理石，给人阔大、深邃但温润。庙里正堂供奉的是印度教的湿婆神，还有我丁点不识的其他神。让人诧异的是，比拉神庙还供奉有西哲苏格拉底和基督、东哲孔子。直到此时，我才从导游嘴里知道，今天的印度，印度教徒占总人口的 80%、伊斯兰教徒 10%，佛教徒占 5%。基督徒等占 5%。更让人诧异的，遍寻佛教踪影的我，终于在此看到了佛陀的身影，当然与我在中国看到的如来佛的身影，不太相似。由于不能拍照，我在殿前的广场的尽头画下一幅有些穿越的速写。近处是比拉神庙的塔和神殿的屋脊一角，远处是远望的十五世纪建造的梅兰加尔古堡。

三

回到老城老街看电影。

据说，斋浦尔的王宫剧院，不仅是印度最豪华的电影院，而且还说它是世界十大最美影院之一。有 1200 个座位，我坐下时发现座位全是实木做的，可以根据观影者身材的高矮肥瘦来调整它的座位姿态。建于 1976 年一直到 2019

年，这座影院，依然放映电影和演剧，依然观者如潮。这是一了不起的数据，别说 1976 年，在中国，恐怕 1986 年的剧院影院都已经绝迹了。我们十二人的小团队，在导游的引领下，很快就找到了我们的座位。座位很适中，十三排。坐下不久，绛红色金丝绒的大幕拉开。我第一次看到看电影还要拉开大幕，而且还有中场休息，还要闭合大幕，半场过后，又再次拉开大幕。

印地语如天书一字不识、一音不明，不过偶尔的英文对白，能听懂一点。一部反抗英国殖民者的弘扬民族英雄的电影，一部热闹非凡且又典型的宝莱坞电影。1200 个座位的影院，我视力之内，没有一个空座。这是我惊异的。在我生活的川南城市，任何一处影院，都有三、五块银幕，一块银幕，小的几十座，大的充其量也就二、三百座。坐满的时候不多。哪里还有 1200 个座位的影院？更让我兴奋的是，当看见他们的民族英雄挥刀一阵乱砍英国殖民者时，整个影院的观众，全场吼声轰然而起，随着英雄的刀落、随着音乐，此起彼伏。这样的场影，只有我还娃儿时看电影时才有。

如果今天，在中国的电影院里，会不会认为这种一浪盖过一浪的喧嚣的举止不文明呢？显然，此处是不成立的。于一座 1976 年建造的豪华影剧院、于观者随电影的情节和人物的命运的这种交流，整个影院，真实且发自肺腑。观者的心是健康的，观者的心是乐观的，观者的心是向善崇勇的。文化和文明的消长，不以任何意志所决定。原生的变了，不再传统；外来的进入，进入的又会再变。如在印度，印度教在先，孕育了影响中国、影响东亚的佛教，佛教在印度的式微，伊斯兰教的进入、近代先是西班牙人后是英国人携基督教来此，现在却又是印度最古老的宗教印度教几一统天下。现代与传统，如此交织和纠缠。

不过，一座古老的城市，有如此真性情的年轻人。这座城市就有了青春，有了活力，这座城市就永远不会衰老。三个多小时的电影结束时，我有些感慨。

植物猎人改变世界

自大航海时代（15 世纪-17 世纪）始，大西洋东岸诸国（如西班牙、葡萄牙、荷兰、英国等）与地中海北岸诸国（如法国、意大利等），通过海洋、通过逐渐成熟的航海技术，发现新大陆和扩张势力。这是自有史文明以来的最重要的时代和至今依然影响着人类文明进程的重大事件。在这一波澜壮阔的时代中，寻找新的物种，特别是寻找新的植物物种，成就今天西方世界蔚为大观的博物馆和植物园。譬如英国的邱园（The Royal Botanic Gardens，Kew），譬如法国的蒙彼利埃第二大学（Université Montpellier 2）的标本部。在这两地，汇集了来自世界各地的植物标本，仅邱园一处就收有 800 万份标本。如此海量的植物标本，是从哪儿来的呢？它来自雄心野心、敢于冒险不畏艰辛、意志坚韧，吃苦耐劳、不顾安危的植物猎人（The Plant Hunter）。

在《探险家的传奇植物标本簿》（[法] 费洛朗斯 · 蒂娜尔、雅尼克 · 富里那著，魏舒译）记录了一大批植物猎人（刘案，西方记录植物猎人的书远不止这一本。但这书植物标本印制得十分精美是其它书无法相提并论的）满世界跑后带回的植物标本数量。丹尼尔 · 索兰德（1733-1782，瑞典）曾一周采集 700 种植物标本、到了他的航海结束回英国时，他与他的同伴共带回 30000 件植物标本和 1000 件动物标本，其中有 1400 多种史上没有记录；安德烈 · 米肖（1746-1802，法国）11 年间，从美洲带回 1700 种美洲植物，包括 90 箱种子和 60000 株植株；尼古拉 · 博丹（1754-1803，法国）与马修 · 费林德斯（1774-1809，英国）从澳洲带回 4000 种植物，其中 1700 种欧洲大陆从未见过；德 · 坎多（1778-1840，日内瓦）带回 5000 种活体和标本，并在其巨著《自然界植物系统概论》一书里描述了 58975 种植物，1835 年，坎多的标本收藏已经多达 130000 种，据说，坎多从法国的地中海城市蒙彼利埃回到自己家乡日内瓦时，装载标本的小车多达 40 辆；冯 · 西德尔德（1796-1866）从日本就带回标本 12000 种；查尔斯 · 达尔文仅在科隆群岛的 4 个小岛就带回 193 株值株，其中 100 种花卉为当地仅见；……。植物猎人在世界各地寻找植物的同时，不仅丰富了人类对植物的知识和想象，更重要的是，在这一系列的寻找过程中，诞生了改变知识结构和改变世界的重大理论。如瑞典的林耐发明了生物学分类学，这就是沿用于今天的纲、目、属、种、变种 5 个等级的涵盖地球所有生命的分类法。如普鲁士的洪堡，在植物猎人的行进中，极大地丰富了地理学、天文学，以及不断发现制造远程航海、科学探索和实验的新工具。如英国的达尔文在乘“小猎犬号”当植物猎人 20 年后，推出了第二个千禧年最重大的发现之一：进化论。

植物猎人，大都具有双重身份和双重使命。双重身份，冒险家以探求新奇，实业家以寻找新的发财机会。双重使命，科学使命探索未知世界和扩大知识领域，商业使命寻找新的资源和市场。双重身份与双重使命，于今天，我们没有必要扬此抑彼。不可否认，植物猎人，曾几何时也充当过大航时代、文艺复兴、工业革命后的西方对其“他者”的觊觎和殖民的“先锋”。即便如此，当他们活着的身影退出历史舞台后，他们在植物猎人千辛万苦所收集的植标本以及在采集这些植物标本的同时衍生的其他领域的科学和成就，可以称得上是丰功伟绩。现在让我们来看一个与中国近代史有密切关系的植物猎人。他的名字叫罗伯特 · 福钧（Robert Fortune）。《探险家的传奇植物标本簿》里有专页介绍福钧（这书译作罗伯特 · 福琼），称福钧 1851 年从中国带到印度加尔各答（刘案，时为英国殖民地）12838 株活体茶叶植株，并说由于福钧，“一项五千年的垄断技术（刘案，即种茶与制茶技术）从此被打破”。

关于福钧，美国人萨拉 · 罗斯（Sarah Rose）在 2008 年出版了一本书叫 *For all the Tea in China*。中文由孟驰翻译于 2015 年出版，书名叫《茶叶大盗：改变世界史的中国茶》。这本书一问世，便被英语世界给予了高度评价。这书从历史的一个关节点（即英、清鸦片战争前后）进入，记载了这个叫福钧的植物猎人，因何背景被英国东印度公司派遣到中国寻找茶树的种植和茶叶的制作过程。书写得波澜回环且惊心动魄。书一开始就说“茶，一直以来，中华帝国几乎宗教仪式全垄断了这种‘清澄碧玉’的所有产销环节：种植、采摘、加工、炒制及其他加工方式、批发、出口……一切一切，皆有一国独享”。这是兴盛强大的英帝国所不允许的。特别是由于茶叶对英的输出，完全一边倒的贸易逆差，东印度公司除了向中国输入鸦片外，还要找到种茶和制茶的方法。因为英国从国王到平民、从商人到知识分子，此时已经完全离不开茶了（笔者曾有《茶的力量》论及此事，见 2018、9、5《中华读书报》)。植物猎人福钧便担负起这样一个寻找中国茶树植株和种子、以及制作茶叶的使命，于 1845 年的一个秋日午后来到了中国。

福钧，不辱使命，在他扮作汉人（剃了卷曲的头发，买了条长辫子戴在他那苏格兰的洋人头上）在福建、湖北、浙江等省山地、乡村、茶山、集市四年后，在 1849 年运出了 13000 植株和 10000 颗茶种（在此之前东印度公司花了十多年时间试图运送中国茶种都告以失败)。不幸得很，这批植株与茶种到了印度，植株只有 1000 株活着（种植后存活只有 3%)，10000 颗茶种无一颗发芽！不过，英国人在大航海时代、特别是在维多利亚时代，英国对于外部世界和自然界，有着异乎寻常的热爱和冒险精神。通过改进运输方法（刘案，即今天通用的恒温箱)，1851 年，福钧再次运出 10000 多植株，到达目的地时，有 12838 颗植株存活了下来。中国的茶从此大面积地在海外引种。与此同时，福钧还在福建雇了 6 个高级制茶师傅偷渡到了印度。从此制茶也成了英国人和印度人最重要的商业行为。再就是，福钧还把英国和欧洲大陆原来对红茶与绿茶的旧知改正。英国人喜欢红茶，认为红茶与绿茶是两种完全不同树种的结果。福钧在福建猎物时才发现，红茶与绿茶同为一种茶树。只是不同的制作方式而已。绿茶新采新吃，红茶则是通过发酵（当然，不知道福钧是否知道中国的发酵茶还分全发酵与半发酵）制成的。因福钧这位植物猎人、这位茶叶大盗，中英贸易便发生了逆转。

一位植物猎人的故事、一位茶业大盗的故事，改变了世界。从这一角度讲，这是一件推动着至今依然进行着的全球化重要事件。由此，我想到另外一个话题：中国有没有前文所述的植物猎人？《探险家的传奇植物标本簿》中讲：记录在案植物。生长在欧洲的不超过 12000 种，南美洲有 165000 种、大洋洲 45000 种、中国有 32000 种，印度有 21000 种（刘案，一英国人写的《听说你也是博物学家》里讲，在这个星球上，已知生物 200 多万种)。世界是植物呈多样性，中国的植物同样呈多样性。由此，它给我们提供了如何保护多样性的基础和蓝本。近现代的著名植物猎获人欧内斯特 · 威尔逊（1876-1930，英国人）在1899年进入中国寻找新植物（四川宜宾珙县的珙桐的发现和命名，即威尔逊所为），后来在其《中国，园林之母》中说“这个国度里所蕴含的原生植物简直难以计数”。依前说，中国有占世界第三植物种数的国家，依后说，原生植物难以计数。那么，这些植物的寻找、分类、命名，是中国人做的吗。答案，显然是否定的。徐霞客（1586-1641）生活的年代，与西方大航海时代几乎同步，而且外出旅行长达36年（1613-1639），并留下近60万字的沿途见闻《徐霞客游记》。这本后世称颂的游记对其沿途的地理、水文、地质、植物多有记录。但是，就植物一项来讲，当我们读完这书时，十分遗憾或者说十分可惜的是，这本游记对其植物的记载（且不说它的记载是否达到了上述西洋植物猎人所能达到的科学水平）与地理、水文、地质、风俗相比，几乎可以忽略不计。而且，也从来没有留下一帧半页的植物标本！即便同为明季人氏的李时珍所著的《本草纲目》，所绘1000余幅动、植、矿物的图（即可做药的图），也很难说它具有其丝毫不差的科学性（西洋的植物绘图精细到叶脉，中国的绘图仅是写意）！我甚至怀疑，中国从来就没有过类似的植物猎人，也因此没有留下我们可以与邱园相颉颃的植物王国，或者如蒙彼利埃第二大学那么丰富的标本部。这决不是危言耸听。怪笔者阅读有限，我不知道，中国的第一份植物标本是谁做的？第一份植物标本是哪一年做的？中国现在的植物标本有多少？

写这文时，自然也有笔者依然值得欣慰两件事：一件事，新近读到岱峻的新文《果岭，峨眉山下一诗僧》，见这文提及到与本文相关的话题。二十世纪三十年代初，南京中央研究院生物研究所研究员方文培（1899-1983），带领两名助手来到峨眉山，作植物考察和标本制作，共采集植物1000多种，制标本10000多份。仅此一项，可见自晚清民初学西洋、学东洋后的新文化运动以降，科学观念和科学精神以及科学业绩，在中国各个领域里都得到了回应。第二件事是，在英国人科林·塔奇（Colin Tudge，1943-）《树的秘密生活》（*The Secrt Life of Trees*）“致谢”词里，专门提及到云南昆明植物园里的珍藏（包括100种木兰）的丰富，也可见中国当代对植物及植物多样性的重视程度。另外，塔奇还为这本书中文版（2015）写了一篇热情溢且建议中肯的序。“序”的题目叫《为什么中国及世界的未来与树休戚相关》。在这文中，塔奇说“保护地球森林和形形色色林中居民的最重要理由是，只有这么做才符合道德和精神原则”。在植物猎人冒险果敢不畏安危但却实在是风云际会的时代，中国没有出现过类灯似的植物猎人。我们今天要解读的是：植物猎人留下的不仅是丰富的植物标本，更留下了植物猎人的冒险且科学的精神。塔奇在他 2013 年 4 月 5 日写的中文版序的最后写道："过去几千年中，中国在引领导世界方面做了许多极有价值，不可或缺的贡献。如果，她能借助必要的科学和理念，带领全球迈入大生物时代，那么，这无疑将是迄今为止中国对世界做出的最重大的贡献"。

蒙昧中走出的治疗史

如果人类有自由王国，或者说人自从成了人之后不断超越途中，是异常漫长的、异常艰辛的，或者说如《荒诞医学史》（[美] 莉迪亚 · 康、内特 · 彼得森著，王秀莉、赵一杰译。江西科学出版社 2018 年。下简称“荒”。）所叙，人类在与自己的疾病纠缠和争斗的漫漫征程中，许多时候，甚至是荒诞的。

在公元前三世纪到公元前七世纪，人类似乎一下子就从蒙昧走向了文明。在东方出现了以孔子为代表的百家争鸣和印度出现的佛陀释加牟尼，在更远的西方则出现了苏格拉底、柏拉图、亚里士多德并称的希腊三贤。但是，黄金时代过后，西方则从公元五世纪以后长达近 1000 年的历史中，处于所谓的“黑暗时期”中世纪。就医学史来讲，直到十五世纪或更近一点的十八世纪，其关乎人类健康和幸福的医学（理念、方法、手段、药物、器具、护理等），似乎都还处在蒙昧时期。如“荒”的“导言”所说，那时，“从今天的视角来看，这些治疗方似乎都极其荒谬。黄鼠狼的睾丸被当作避孕用具，用放血来治愈失血，烧热铬铁来治失恋”。现在让我们看一看，除三者之外的，还有哪些今天看来荒谬却在那个时候理所当然的医学历史与故事。

梅毒，自十五世纪以后，曾经若干世纪祸害着欧洲和中国。欧洲称“大疱疹”，中国称“杨梅大疮”。十六世纪，欧洲便将汞引入了治疗梅毒的医学实践。尽管当时也有人反对，但由于氯化汞的发现和运用，患者有觉得轻松舒服的感觉，又因服用后大量的唾液分泌被认为是排毒。因此，一种叫“水银套餐”治疗的梅毒方式风靡欧洲。何谓“水银套餐”？简而言之，就是用水银做成的蒸气浴。今天我们知道，汞中毒是一种慢性但对人很严重（即损坏内脏大脑）的中毒事件。当时，流行的这一治疗梅毒的方法，却成为某种时尚。“荒”说，著名小提琴家尼科罗·帕格尼尼，事实上就死于梅毒后的“水银套餐”。其实，用汞治病的祖先，不是欧洲而是中土。鲁迅有一篇极著名的文章叫《魏晋风度及文章与药及酒之关系》。文中提及的“药”即“五石散”，据东晋著名的道教学者、著名炼丹家、医药学家葛洪所说，五石散是由“丹砂”、“雄黄”、“白矾”、“曾青”、“慈石”合制而成。主药为丹砂，据今天的化学报告，“丹砂”含汞86.2%。这种药直到宋代依然盛行。苏轼在与陈季常等友的信函里，不至一次谈及关于“丹”炼药之事（见《苏轼文集》第四册）。再其实，水银还是帝王们炼长生不老药的主料。连一代明君圣主唐太宗，也因服“丹”没有达到“古来稀”之寿。也就是说，在抗生素盘尼西林（二十世纪初）没有发明之前，像梅毒、肺炎之类等细菌引发的病，根本就是无法治愈的病。

试问今天，哪个会（敢）去泡在一个用水银加热后的水银蒸气浴！

作为一种解毒剂或镇痛剂，服用黏土的历史虽然比不上服用罂粟的历史那般早，但在欧洲至少在公元前六世纪就有了，“荒”如是说。1581年，德国的沃尔夫冈二世相信了一个即将处死的死囚的话，一种加了（上帝或祭司）“印”的“印土”可以镇痛。据说它采自斯特利加的深山，又加盖了特别的印的黏土，可以包医百病。于是，这种带有神祇的“印土”风行欧洲。直到现代医学兴起，这种“印土”才成了欧洲有钱人古玩室或博古架的藏品。事实上，用土作药，在李时珍的《本草纲目》里不至一种。《本草纲目·土部》共记有“白垩”、“黄土”、“土蜂巢”、“蜣螂转丸”、“蚯蚓泥”、“螺蛳泥”、“白鳝泥”、“乌爹泥”等。关于药物中近乎荒谬的，在《本草纲目》里更是骇人听闻。如《本草纲目·人部》里记有药“发髲”、“乱发”（火案，不知“发髲”与“乱发”区别何处？）、“头垢”、“耳塞”、“膝头”、“人尿”、“淋石”、“乳汁”、“口津唾”、“人血”、“人胞”等。动物做药，在《本草纲目》里，几乎知道的天上飞的、水中游的、地上跑的爬蠕动的动物都可以作药，包括2003年有可能诱发SARS的“风狸”、“獾”，也包括2020有可能诱发新病毒的“伏翼”（火案，“伏翼”即蝙蝠。只是《本草纲目》把这种会飞的哺乳动物放在了“禽”部）。

药物学的发展是近现代医学重要的成果之一。它得益于物理化学和生物化学。其中最重要的是抗生素的发明和使用。在它们没有发明之前，药物学大都是靠经验即临床得来的。即便如很大程度推进了张仲景（公元三世纪）《伤寒杂病论》的清人柯韵伯的《伤寒附翼》，同样也只是经验。《伤寒附翼》的第一汤叫“桂花汤”。《伤寒附翼》说：“此为仲景群方之魁，乃滋阴和阳，调和营卫，解肌发汗之总方也”；《伤寒附翼》又说“凡头痛发热、恶风恶寒……，不拘何经、不论中风、伤寒。杂病，咸得用此发汗”。这一说，当时如西人“印土”一般包医百病，那么它的药物成份呢？简单得不能再简单：“杜枝”、“芍药”、“甘草”、“生姜”、“大枣”。我们今天知道，治疗疟疾的奎宁，来源于“本草”即源于茜草科植物金鸡纳树（或类似同属作物）的树皮，但它却是依然化学的方式提制的生物碱，它的分子式为 C20H24N2O2。同样，由于奎宁使用的抗药性，中国获诺贝尔奖的屠呦呦，从“本草”青蒿（或类似同属作物）提取的奎宁替代品，并非中药炮制，而是现代药物学的化学制作，其分子式为 C15H22O5。

试问今天，还有人去吃西洋的“印土”和中国的“白鳝泥”与“头垢”吗？

现代医学（包括医疗制度、医疗手段、医疗器械、医疗药物、医疗护理，当然也包括医疗伦理等），是建立在的理性、科学和法的平台上的。当然也是建立在曾经若干医学荒诞无稽的个案上的。现在再来看一些“荒”给我们的“荒诞”史。

当药物不能保证患者或不能保证人类的健康和生命时，手术便推到了医学的前台。如“荒”一书所说：“手术要突破最后的终极障碍——人体本身。割开皮肤，穿透眼球，锯掉骨头，结扎血管，这意味着自然与疾病、创伤的演变历史正在改变。”从华陀与关羽剔骨疗伤来看，从古至今，手术就是医疗的重要手段，也是医学史必须面对的话题。从关羽剔骨疗伤的三世纪，一直到十九世纪，可靠的麻药还未出现。于是有了铮铮铁骨的关羽的英雄形象（火案，“荒”一书的作者可能不知道这一故事）。在欧洲用器械给病人手术的事，确实是一部人类或个体病人疼痛的历史。十八世纪，医生用专门做的弯刀或锯子，给病人切骨头和锯骨头。手术的步骤是，刀切开骨头外的皮肤、肌肉，然后用锯把骨头锯开或锯断。流的血用灼术（热铁、沸油等）来处理，肌肉要么不处理，也可缝合起来。据说，那时著名的医生是比在同一时间类，可以切开或锯开骨头的数量（火案，不知有没有此类的奥林匹克）。一位名叫本杰明·贝尔的苏格兰医生，可以在六秒之内截断一个大腿。法国医生让·拉雷在拿破仑战争期间，24 小时内完成了 200 次截肢。法国医生截肢总数肯定会得第一名，但速度却比那位苏格兰医生慢了一秒。还有一位叫利斯顿的苏格兰医生更神奇，他在讲课时，截了一只骨头后，把刀叨在牙子中间，冲着他的学生和围观者大声叫道："先生们，给我计时！先生们！给我计时！"这哪里是在治病，这是在当演员——切骨头或锯骨头的超级演员！这哪里管得上患者的疼痛，这是在扮演某种神力最为荒诞最为糟糕的悲喜剧。好在那时没有影像留下来，如果留了下来，我们很难不说，这是人类在走向文明和走向理智是最野蛮的行为！但正是因为有了这样的代价，才有了现代医学上的诸如术前准备、无菌、麻醉、现代器械下的手术和术后护理等等。特别一代更比一代先进手术器具，也才有了现代手术的理念：无痛、速愈。

人类从蒙昧走向文明的漫漫途中，经历过费雷泽在《金枝》里所叙述的用巫术控制天气、预测吉凶、保佑子孙、健康长寿等，到《荒诞医学史》为了人类自身所经历的种种荒诞之事，一直走到了今天。但是，今天地球并不只是人类一家的。重要的是，人类在外太空取得几乎不敢想象的业绩时，我们却对我们自己常常一筹莫展。当欧洲中世纪后期极度恐慌的黑死病、曾让全球人类头疼的天花等恶性传染病成为历史后，从二十世纪中后期到第三个千禧年开始的二十一世纪，人类除了要继续面对旧疾病时，还要面对之前从来见过的新疾病。不过，人类的伟大在于，这个地球上的生灵，会思考、会吸取教训、会想办法、会结成一道共同面对。二十世纪最重要的科学史著作《科学史》（[英]W·C·丹皮尔著，李珩译。中国人民大学出版社 2010 年）说，当人类进入十七世纪之后，植物学与化学开辟了药物学的新纪元；十八世纪，化学与医学结合，促进了医学的发展；十九世纪到二十世纪，生物学、化学与医学的结合，特别是"生物学最惊人的以展之一，是对人们对于动植物和人类的细菌性疾病的来源与原因的认识大增进"。而这一判断和价值，为后来的医学提供了坦途。也许也包括二十世纪后期和二十一世纪初期频繁了出现的病毒。

一部研究人类原始心理和状态巨著的《金枝》、一部研究西方科学史的《科学史》、一部专门研究西方医学史上的一段不堪回首的往事的《荒诞医学史》，都指向，人类的进步虽然每步都付出了代价，但是，人类的前行，总是以理性、科学、和相适应的制度伴随前行。人类不断地超越自己，这是人类的乐观。超越，经过荒诞。但荒诞之后，就不再应有荒诞。这是"一部有趣又有料的世界医学前史"（这部书的推广语）《荒诞医学史》告诉我的。（急写于新冠肺炎仍炽的 2010 年 1 月 31 日。叙府田坝八米居。）

光芒与艰辛

一

如果真的可以第二次投胎，那我可能会选择我若干年来一直的一个爱好：我便学考古和考古。考古所涉及到神秘、不可知以及去探寻那些神秘和不可知的故事，不仅仅是新知的获得，而且是人对认知极限的应战和挑战。一次偶然，更增强了我的这个兴趣。几年前，一支由杨林（中国国家博物馆终身研究馆员）、焦南峰（曾任陕西省考古研究所所长）、高大伦（曾任四川省文物考古研究院院长）、塔拉（曾任内蒙古文物考古研究所所长）等领衔的考古队等来到我谋生和工作的地方寻踪“秦汉五尺道”，我有幸与这些考古界的大佬认识。之后，因为“蜀道—五尺道”之事，再次有幸地聆听他们的高论。譬如，“丝绸之路：长安—天山廊道的路网”是怎样进入联合国教科文组织第三十八届“世界文化遗产”目录的“秘笈”，以及入选之前中国考古界所做的工作等。于一个数理知识几乎等于零的人来说，或许，考古，比探索地外文明更刺激。地外文明太遥远或许也太飘渺，而考古就在我们的脚下，脚下的某一块看似平常却可能非凡的地下。重要的是：“我们从哪里来的”现场重现。

《了不起的文明现场——跟着一线考古队长穿越历史》（李零序，刘斌、樊锦诗等著，三联书店，2020）一书，便是中国 100 年来考古的十个重要现场，计有：良渚（刘斌撰）、二里头（许宏撰）、殷墟（唐际根撰）、三星堆（高大伦撰）、小河墓地（伊弟利斯 · 阿不都热苏勒撰）、秦始皇陵（段清波撰）、海昏侯墓（杨军撰）、汉唐长安城（刘瑞撰）、南海 I 号沉船（崔通撰）、莫高窟（樊锦诗撰）。十位考古专家学者，以他们的亲历亲为、以他们对他们的考古对象的尊敬和敬业，以及他们的专业素养，复盘或者重现了中国自5000年（良渚古城遗址）前便走进了文明的历程，再现了中国自5000年始到大航海时代（十五世纪）之前即两宋的“南海I号沉船”（十世纪到十三世纪）的文明高地。

二

读《了不起的文明现场》时，会由衷地为下面这个话题骄傲和自豪。

中国文明的发端与这个星球上其他同时期发端的文明如古埃及、古印度、古巴比仑一起，建构了上古世界文明的图谱，为什么除中国之外，那些个文明成了“失落的文明”（“失落的文明”还远不止古埃及、古印度、古巴比仑，还包括稍后的古罗马、玛雅、波斯、阿兹特克等），而中国，正如李零在这本书的“序”说：“现代中国，除了推翻帝制、走向共和，无论国土规模，还是民族构成，政区结构，都是继承古代中国”，一句话就是，中国自良渚起，如果以文字计，至迟从殷商始，中国便一直是中国。而没像其他那些失落的文明“失落”在历史的深处。这是人类生存史、发展史和文明史了不起的事件！这是“了不起的文明现场”铁证般的了不起的伟大事件！

良渚古城遗址，2019年录人“世界文化遗产”目录，是中国文明史的一个重大事件。它表明了世界对中国文明史5000年的认同。就西人对文明史的理解，认为应有了文字和社会组织等才算进入了文明，之前的文明或叫“史前文明”（The Prehistoric civilization）。这一观点是建立在古埃及、古巴比伦的“文字”（如古埃及的“象形文”、古巴伦的“楔形文”）和“城邦”（如古埃及的法老世系、巴比伦王朝世系）之上的。中国的文字史，从现在的考古发现，认定为甲骨文。甲骨文的历史基本可以认定距今3200-3500年的殷商时期；关于王的世系，有文字史记载为周共和行政元年（公元前841年）即距今3000年的周时期。3000年与古埃及的5000-6000年、古巴比伦的4000-5000年有较大的差别。在殷墟，除了发现大量的甲骨文（在此之前的晚清民初已陆续发现和初步研究甲骨文）外，还发现了商人的社会结构（如表明社会秩序的大型墓葬、大型礼器等）。这一发现，将中国的文明推到了3000年之前，也就是说3000年之前，中国便已经具有相当完备的社会化形态和文字。这便是《了不起的文明现场》里的《殷墟：埋藏着一个真实的商王朝》所复盘的历史现场，证实了《尚书》和《竹书纪年》等先秦古籍的历史纪年。良渚，在二十世纪初中期的发现和一直到二十一世纪第一个十年的考古，不仅确认了它的时间长度，更重要地是确认了它是一座“超级城市”。《良渚：5000 年前的神秘古国》考古报告中指出，这一超级城市的内城有 3 平方公里！这是迄今为止世界考古界发现的最早最大的城市之一。良渚的发现与考古，为《夏商周断代工程》提供了有力的证明。

从《了不起的文明现场》看，在 3500-5000 年之间，中华文明不仅历史的存在，而且已经具有难以想象的高度。在没有留下文字的“二里头”、“三星堆”考古中，我们同时可以确认：中华文明不但历史悠久，而且中华文明的发端是多元的（这为后来中华文明的多样性、丰富性，提供了原初文本和宽阔想象）。譬如在三星堆里发现的铜立人和纵目人，为中国第一部方志《华阳国志》（约成书于四世纪中期）原以为的神话但实为现实的存在提供了物证。《华阳国志·蜀志》里的“周失纲纪，蜀先称王，有蜀侯蚕丛其目纵，始称王”里的“其目纵”叙事，如果说这是公元四世纪“纵目人”的文字书写，那么三星堆的“纵目人”则是文字史前的青铜书写。由此，我们看到“蚕丛”、“鱼凫”、“杜宇”形成的独特文明谱系，显示了巴蜀有别于以黄河文明的二里头，也别于以长江文明的良渚。《小河墓地：罗布荒原上的中西文明交融之谜》，则从西域（“西域”是一个比“巴蜀”、“荆楚”等南边距“华夏”更远的地理概念和文化概念）的角度，以考古的现场，表明中华文化很早就有的兼收并蓄，同时还表明丰富的中华文明的多元源流。

三

《了不起的文明现场》上起良渚遗址（约 4500-5000 年前）下限南宋的沉船（距今 800 多年）。南海 I 号沉船，证明了中国自唐开端、宋（特别是南宋）兴盛的海上贸易（即海上丝绸之路）的历史，更表明了中国在世界大航海时代之前的海上发现和与世界的交往史。由此，我们见证了中华文明的发端、发展和辉煌。但是，在读《了不起的文明现场》时，无论如何绕不过另一个话题：为什么当欧洲狂飙猛进的十八、十九世纪时，满清的中国却落伍了。

这让笔者想起了中国一本书的命运。这本书叫《天工开物》。

今天看来，大家都认同了这样一种说法：《天工开物》是中国第一部具有科技史意义的百科全书。但为什么把“乃粒”（即种粮）和“乃服”（即制衣）放在书首，则大有深义。对于一个有着悠久农耕文明的国家，“乃粒”和“乃服”既是生命身体所必须的隐喻、又是人文精神所孕育的隐喻。“乃粒”开篇即说“生人不能久生，而五谷生之。五谷不能自生，而生人生之”。这两句话简而言之：人得以生存则需粮食，但粮食是人种的。宋应星，一面强调物质的重要，但另一而则认为只有人才是可以改变世界的主要力量之一。将种粮上升到理性和人文的角度来认知，与历代农书相比，这是《天工开物》的重要贡献。中华文华有编纂类书的传统，两宋以降尤盛，如《太平广记》（宋）、《永东大典》（明）、《四库全书》（清）等，而《天工开物》则是之前之后类书所没有的，即重理性、重科技、重生产、重实践。在“乃服”里，宋应星明确写道：“人为万物之灵”。这一说法与宋应星（1587-1666）同时代的莎士比亚（1564-1616）所说的“人是宇宙的精华，万物的灵长”几近一致。这显示出东西两端在十六、十七世纪，世界所发生着根本变化：从古代走向近代。《天工开物》印行于1637年。欧洲自十四世纪后期开始的文艺复兴到十七世纪，无论从人的解放和确立，还是科学技术的飞速发展，以及社会制度的重构，都发生着翻天覆地的变化。从今天的角度来观察，明后期及明末，某些领域或许感应了世界的这一变化。意大利天主教传教士利玛窦（1552-1610），于1601年登陆北京城传教，便是这一感受的最佳证物与象征。《天工开物》（包括徐光启、利玛窦翻译的《几何原本》等）或许就是这背景的产物。

然而，历史的吊诡与反转却让我们唏嘘。

欧洲在文艺复兴之后，相继出现了推进现代化的英国的工业革命和法国的启蒙运动。工业革命以大规模的工厂化取代手工作坊，世界从此走进现代工业化和现代城市化的光荣之路；启蒙运动则在反神权反王权上，开辟了一条通向自由平等的道路。前者，现代物质文明的开端；后者，现代人文精神的渊薮。然而，一部具有近代科技意义和人文精神的百科全书（见刘火《〈天工开物〉里的人文精神》，《中华读书报》2017、4、18），从明末走进清朝时，其命运远没有欧洲那些百科全书幸运。清朝初期，福建书商为了让《天工开物》能够印行，不仅删去了书中“崇祯”、“国朝”、“我朝”等字样，还对某些内容也作了删节。到了社会较安定的乾隆时期，《四库全书》编纂时，当发现《天工开物》有“北虏”等字样，立即就宣布《天工开物》为禁书。此时的《天工开物》，在海外则是另一番命运。据考，十七世纪初，《天工开物》部分内容传到了朝鲜和日本，1771年，日本柏原屋佐兵卫发行了刻本《天工开物》。这是《天工开物》在日本的第一个翻刻本（也是第一个海外刻本）。日本近世科学家、思想家、经济学家佐藤信渊（1769-1850），指出《天工开物》“开物之学”是“富国济民”之学，从而激发了日本向外部学习的氛围。十八至十九世纪《天工开物》在欧美陆续传播。巴黎皇家文库（今法国国家图书馆前身）在十八世纪收藏了明版《天工开物》。1830 年法兰西学院汉学家儒莲将“丹青”等部分译成法文（这是第一个《天工开物》的欧洲译本），1833 年又有英文和德文。欧洲人不仅这般心仪地介绍、翻译《天工开物》，而且通过《天工开物》获得新知并极力用于实践。1837 年儒莲受宫廷的要求，将《天工开物》养蚕部分（即《天工开物·乃服第二》里的“蚕种”、“抱养”、“叶料”、“食忌”、“病症”、“物害”等）译成法文，由巴黎皇家印刷厂出版了仿中国名的《桑蚕辑要》。此书为法国提供了一整套关于养蚕、防治蚕病的完整经验，因此，此书对欧洲蚕丝业产生了很大的影响。除此之外，还借鉴了《天工天物》里的农机具，推动了欧洲农业革命。更有意思的是，达尔文（1809-1882）在读了儒莲翻译的《天工开物》中论桑蚕部分的译本后，把它称之为“权威著作”。同时，达尔文在他的《动物和植物在家养下的变异》（1868）卷一写道：“关于中国古代养蚕的情况，见于儒莲的权威著作”。达尔文把中国古代养蚕的技术作为论证人工选择和人工变异的例证之一。如此说来，达尔文的进化论还有中国人的贡献呢！

四

文明的进程，不仅是曲折的，而且往往会付出代价。《了不起的文明现场》没有回避这一话题：小河墓地的凄怆、楼兰的消失、三星堆文明的中断、汉唐长安的衰败、敦煌艺术辉煌的难以为继等即是。顺便一说，在汉，《了不起的文明现场》选了海昏侯墓，而没有选马王堆墓。需知，1972 年在湖南省长沙市发现并考古的马王堆墓，其文物之丰富、保存之完好，许多都是独一无二的，尤其是那出土时肌肤还有弹性的女墓主，让世界整个考古界惊呼，被认为是“东方的庞贝”。我曾走进过湖南省博物馆（博物馆就建在马王堆考古现场），那薄若蝉翼且色彩斑斓的丝织品、那冠绝千载的“T”型帛画等，隔了若干年后的今天写这篇文时，依然在我眼前晃动。文明，有时躲闪、有时逃避、甚至挫折倒退，但文明的光芒至它开始那天起，便永远照耀着人类的前行。二十世纪后期至本世纪的头二十年，中华文明以一种前所未有过的面相、姿态和业绩展现于世界。当然，文明的先进与否，虽然与它发生的长短可以判别认定，但时间的长短并不是这一判别和认定的唯一因素。文明的先进与否，在于它的兼收并蓄，在于它的不断更新，也在于它是否引领了潮流。《了不起的文明现场》以夏商周先秦到两宋的十个历史现场表达这样一个规律。

捣衣图的款识及其他

款识，是中国画的重要内容之一，也是中国绘画与西洋绘画的重要区别之一。

南宋存于今世的《捣衣图》（现藏台北故宫博物院），如果没有乾隆的三通款识和此画众多的款识，后又被录入《钦定石渠宝笈续编》（1793），也许它不会有现在这般出名。在录乾隆三番款识之前，原图图尾有谢惠连的《捣衣》：

衡纪无淹度，晷运倏如催。白露滋园菊，秋风落庭槐。
肃肃莎鸡羽，烈烈寒螀啼。夕阴结空幕，宵月皓中闺。
美人戒裳服，端饰相招携。簪玉出北房，鸣金步南阶。
欄高砧响发，楹长杵声哀。微芳起两袖，轻汗染双题。
纨素既已成，君子行未归。裁用笥中刀，缝为万里衣。
盈箧自余手，幽缄俟君开。腰带准畴昔，不知今是非。

因为有了世称“三谢”的谢惠连（另两谢为谢灵运、谢朓），才最终有了南宋蜀人牟益的《捣衣图》。尽管《捣衣图》看得出有唐人张萱《捣练图》（现藏美国波士顿博物馆）的影子，但立意却完全不同。牟益依据南齐人谢惠连《捣衣》诗意绘制这图。由于《捣衣》有怀征夫远行难归的意象，画面背景的庭院，便是秋深景象。高槐叶落，一派凄凉。但是，作为宫廷画，画家却另辟蹊径，三十二个妇女的劳作，以叙事的方式展开画面，以不同的工种捣练、裁衣、缝衣等场景，描绘得情趣盎然，积极向上。因为诗意画的完美结合，画家在跋里写道：“右谢惠连捣衣诗五言十二韵，……意韵万千，妙在天外，咏叹不已”。于是有了这幅以唐人张萱仕女图（如《捣练图》）为榜样画就的《捣衣图》。图中女子所操作的工种，正是农耕社会男女分工的标准工种即“男耕女织”的“织”。又因《捣衣》意象即怀人的意象具有“男征女家”的“家”，于是便有了乾隆的御题三首。而且是不同时期所题。

第一次题于乾隆丁卯（1747 年）：

凉飙飒萧瑟，节序忽已催。络纬吟露莎，鹎鶋栖夜槐。
佳人未忍眠，颦眉黯如啼。举首见明月，揽衾对空闺。
忆远各呻吟，命侣聊招携。尺素出文笥，平砧列闲阶。
女伴强笑言，默喻中怀哀。畏短准旧度，袗袭别新题。
不裁双鸳鸯，留待君子归。王风咏执簧，七月廑授衣。
图史堪起予，往复卷更开。高咏惠连诗，遑问学步非。

此诗依谢惠连原韵，又因《捣衣图》画意的温情，乾隆由此抒发了对恩爱夫妻间离愁别绪的同情和理解。据说这是乾隆对孝贤皇后的恩爱表达。“高咏惠连诗，遑问学步非”，这最末一韵，无论真与假，似乎可以看到乾隆皇帝对古人的尊敬以及谦逊。

第二次乾隆戊辰（1748）。这次是和臣子高士奇绝句三首：

溶溶凉露湿庭阿，双杵悲声散绮罗。
暖殿忽思同展玩，顿教沾渍泪痕多。
独旦凄其赋锦衾，横图触景痛难禁。
江邨题句真清绝，急节曾悲树下砧。
沼宫霢霂女桑低，盆手曾三玉腕提。
盛典即今成往迹，空怜蚕月冷椒闺。

据说乾隆失去孝贤皇后之后，很是悲痛。这时，恰逢乾隆读到翰林院侍读学士、一代大学问家高士奇（1645-1704）题的三绝句，特别是第三首“道道碧汉玉绳低，双杵含情手懒提，对此更添它日恨，远行裁剪断深闺”，乾隆觉得正触及到他内心深处的情感：“每读卷尾高士奇所题三绝句及识语，感其意而悲之，重为检阅，则宛然予意中事矣”。于是便有了这第二次题识。

第三次题诗是乾隆甲戌（1754 年），再一次依谢诗原韵：

鸿龙连玉斗，纪序相嬗催。新烟引绿榆，兔目吐高槐。
迩日频望雨，愁卜叶鸠啼。孰谓断魂节，忆昔别椒闺。
东巡礼岱宗，凤霎聊相偕。大故遭登舟，银汉不可阶。
兹辰值忌辰，戚戚余悲怀。遣绪展斯图，图间有虑序。

传神擅老牟，宛似秋气归。佳人闹扫妆，相聚捣寒衣。

即今重织衽，亲蚕馆复开。何当盆手三，怆念前人非。

这诗后有一跋：“甲戌寒食前一日，值孝贤皇后忌辰。追念前徽，抚怀节序，悲不自已。载展是卷。距戊辰旧题又星霜七易，搜图触绪，兰馆犹新，用写伤情，仍赓谢韵，御笔。”仅从这跋来看，乾隆皇帝也有人之常情。如果这是真的，那乾隆算得上是一位在夫妻人伦方面的真性情者。虽然，后宫嫔妃佳丽，依然成群结队。

今天，我们已经不太知道画家为什么要画这样一幅看似颂扬（女子美德）实为讽喻（战争引发的征夫）的画？凡涉及到征夫远行，难归或不归的文艺作品，岂有不讽喻的，如最著名的“孟姜女哭长城”等。同时，也不知道，一位高产（据说四万余首）帝王诗人乾隆会在仅纵 27.1 厘米，横 266.4 厘米的画幅上，在本身就有许多款识的画上题如此多的诗。除了乾隆的三通题诗，这幅《捣衣图》题有同时期和之后历代历朝的其他题识。最先留的是，南宋学者董史（自号“闲中老叟”，《皇宋书录》著者）抄录的谢惠连《捣衣》诗（正是董史抄录的谢诗，才最终促成了这画的完成），接着是画家牟益的长跋。随着岁月的流逝，此画没有没于历史的深处，反而成为收藏家、学人的爱物。除了同代的董史外，还陆续留有明代的曾鼎、张矩、习韶、张峻和清代高士奇、沈德潜等的款识，以及这些款识作者的印鉴和进入清宫后的官印（即御印）。这些款识共同成为或者重构了这幅《捣衣图》，或者说共同建构了自南宋到清一段艺术、社会和人伦变化的痕迹和历史脉络。从某种意义上讲，中国画有些款识的意义大于画本身。款识是国画的重要构件，《捣衣图》如此，不久前名声显赫的青绿山水钜制《千里江山图》，也是如此。另外，就款识来讲，《捣衣图》的众多款识为他人所留。就画家来说，署长款和多款的，恐石涛为最。无论人物山水还是花草翎毛，许多图都署长款。如《对牛弹琴图》。画面只一抚琴老者与一静卧着的墨牛，画面极为简约，题画诗却多达六通近 800 字。最精彩的是第六通的最末几句：“世上琴声尽说假，不如此牛听得真。听真听假聚复散，琴声如暮牛如旦。牛叫知音切莫弹，此调一曲琴先烂”。正是有了这些款识，画才更具旨趣和意义。于此，画上的款识成了中国文化的一个元素。

说回《捣衣图》。在这些款识里，还有一事也值得一说。董史集诗一首的“虫声日夜戒衣裘（山谷），铁马追风赛草秋（东坡）。默默以诗谁会得（荆公），画成应遣一生愁（司马公）”与后来乾隆的“独旦凄其赋锦衾，横图触景痛难禁。江邨题句真清绝，急节曾悲树下砧”，从诗风、诗意简直不能同一平台比较。这不是因为集的四位宋人都是诗词大佬，而是乾隆大帝的诗，写得再多，也是数字而已。乾隆四万首诗，几近“全唐诗”的数量，不过到今天，谁记得着乾隆的诗呢？不过，话说回来，款识于《捣衣图》上的三首还算过得去的。做帝王，爱民强国才是第一要务，写诗、画画、充艺术家等，毕竟不是大事。就如宋徽宗，哪怕你发明了瘦金体、哪怕你的画不输任一宋代画家，你亡了国弃了百姓，总会被后人瞧不起的。

牟益（1178-？），美术史家唐林先生认定其为南宋宫廷画院唯一的蜀地画家（《四川美术史·中》，巴蜀书社，2017）。但正是因为是院体画家，其历史地位一直不被宋元以降的中国绘画史看好。中国及东亚艺术史大家、美国人高居翰认为，蒙元摧毁了杭州宫廷院画（即两宋院画尤为南宋院画）体系，或者换一种角度讲，元朝一代画家“摆脱院体的束缚”（《诗之旅——中国与日本的诗意绘画》，中文版，三联书店，2012，下引高文同出此书）并以“形似的法则背道而驰”，由此，开创了中国绘画史上的大山水大写意。这同时也与北宋兴起的文人画直接相关。关于“院体画”是一个大话题，不是本文所可论及，但因为院体画从元、明开始的衰退，再不能像宋之前作为中国画的主脉。也就是说，如果《捣衣图》不是有如此清楚的款识传承和乾隆皇帝的三通款识，说不定它很难浮出到中国绘画史的水面上来。尽管，高居翰认为院体画的“中止”，是中国画的“巨大的损失”。

再说一点既题内又题外的话。说到款识，最著名也最为霸道的就是这位长寿天子乾隆大帝了。乾隆在《捣衣图》所留的三通不算多，多的是《富春山居图·子明卷》(现藏台北故宫博物院)。从乾隆十年(1745)到嘉庆四年(1799)，从皇帝到太上皇长达半个世纪的时间内，在元人黄公望的《富春山居图·子明卷》上竟有款识五十余通！密密麻麻，将黄画原留有的空间，全部塞满。这——就很难说为画增光添彩了。

《全芳备祖》：世界最早植物的百科全书与遗漏

类书的编纂，是中国传统文化里的一个重要现象即编纂印行大型类书。如果把类书比作百科全书的话，那么中国是最早编纂百科全书的国家。类书编纂是文化昌隆的宋代的一个标志，或者说宋代所编纂的类书，是类书史上的一个高峰。《太平御览》、《太平广记》就是这一高峰的标识。其中印行于十三世纪中期南宋末的《全芳备祖》，就是“世界最早的植物学辞典”（程杰语）。确实如此，在大航海时代（十五世纪）之前，中国已经有了这么一部堪称花、果、卉、木的百科全书。与大航海时代的伴生物“植物猎人”（主要活动在十八、十九世纪和二十世纪初）早了许多。尽管它与西方近现代建立在科学基础的上的植物学，有很大的区别，或者说它还不完全具备如西方的植物分类和植物谱系那般科学，但它所留给后人这样一部巨大的财富则是无可置疑的。而且就书中所辑录的与某植物相关的诗文，更是中国文化史的重要内容。如程杰所说《全芳备祖》是“宋集辑佚、校勘的重要资金源，为文献学界所重视”、“堪称宋代文学之渊薮”。

我们知道，在类书顶峰的宋代之前，唐人欧阳询（557-641）编纂的《艺文类聚》，是类书以来最为系统的。它开启了如《太平御览》、《太平广记》类书的编纂和流行。但是《艺文类聚》作为一部包罗万象的类书，辞条很难做到详尽。再加上《艺文类聚》要早《全芳备祖》近七个世纪，因此，《全芳备祖》就其某一方面的超越是必然的。以“荔支”为例，我们可以看到《全芳备祖》作为一部专业的植物类书的强大功能。

《艺文类聚》在植物方面共有卷八十一、八十二、八十五、八十六、八十七、八十八、八十九。其中卷八十七“果下部”里有“荔支”条。《艺文类聚》引广志：“荔支树高五六丈。大如桂树。绿叶蓬蓬。冬夏荣茂。青华朱实。大如鸡子。核黄黑。似熟莲子。实白如肪。甘而多汁。似安石榴。有甜醋者。至日将中。翕然俱赤。则可食也。一树下子百斛。”《全芳备祖》“荔支”条也全文引了此条。接着所引的五条则是《艺文类聚》所没有。其中一条引的是《荔枝谱》。《荔支谱》关于民间以盐梅卤浸制干（果）荔枝一事。《荔支谱》为北宋名臣蔡襄所著，共有六章。涉及荔枝的产地、荔枝的美味、荔枝唤起的风俗和文化、荔枝的干果等。可见，荔枝从汉及汉之前的边远之地（《全芳备祖》引《三辅黄图》认为荔枝原产于交趾）走进了中国政治、文化、经济和大都市的中心。因此，《全芳备祖》“荔支”条远比《艺文类聚》丰富。

《艺文类聚》“荔支”条荔枝的产地及“荔支”在文献里面的出现，是从后汉书开始的。在《全芳备祖》里，“荔支”是从汉武破南越开始的。而且“荔支”在文献里面的出现，从汉武到东汉、从东汉到魏，再到盛唐（开元贵妃嗜荔支）、中唐（白居易序《荔枝图》）和宋本朝（苏东坡），血脉相承。在荔枝“纪要”（《全芳备祖》的重要编目即某一植物在文献里出现的大事始末。这是《艺文类聚》植物篇里所没有的。）后，《全芳备祖》的“杂著”（此为《全芳备祖》的又一重要编目，即详收所见文献涉及此条的所有记录）。“杂著”共收包括白居易、蔡襄关于荔枝的专著在内的近十种。在“赋咏祖”（加上“乐府祖”共同构成某种植物的文学大全）里，《全芳备祖》共收“五言散句”九条、收“七言散句”二十二条、“五言古诗”二条、“五言律诗”二条、“五方八句”一条、“七言古诗”五条、“七言古诗散联”二条、“七言绝句”十七条、“七言八句”九条、“七言律散联”四条。在“乐府祖”里，收不同词牌曲调十三条。就文学一类，真可谓蔚为大观，几近叹为观止。这是《全芳备祖》作为类书类的中国古籍所做杰出贡献。除了植物学还有文学，植物学与文学比翼齐飞。作为最早最全的辞典，这是《全芳备祖》的重要贡献和主要特征。“荔枝”一条作为专卷（许多词条都有附条，有的植物附条甚至近十条），仅是“果部”九卷之一。须知，《全芳备祖》共五十八卷（其中“后集”三十一卷）二十五万字！

但是，《全芳备祖》并非没有遗漏或遗憾。就如“荔支”条。一，不举“荔支”的词源。《艺文类聚》不标，《全芳备祖》也不识。“荔”，不见《尔雅》、见《说文解字》。《说文》释“茘”为“艸也。似蒲而小，根可作饰也”。显见，此“茘”非木本的“茘支”。《尔雅》“释草”章里无“茘”，“释木”章里也无“茘”。“茘”或“茘支”在先秦时，尚未进入官方文献。在《甲金篆隶大字典》（四川辞书出版社，2008）里，“茘”字出自秦的“睡虎地简”。二，在《全芳备祖》重要的“杂著”目里缺了一条荔枝原产的重要消息。那就是《华阳国志·蜀志》记“僰道县在南安东四百里，距郡百里，高后六年城之。治马湖江会，水通越嶲。本有僰人，故《秦纪》言僰童之富，汉民多，渐斥徙之。有荔芰、薑、蒟。”僰道县（公元前汉高后建）今四川宜宾县。《华阳国志·蜀志》又记“江阳郡，……东接巴郡，南接牂柯，西接犍为，北接广汉。有荔芰、巴菽、桃枝、蒟、给客橙。”江阳郡今泸州。《华阳国志》成书于四世纪中期，远比《艺文类聚》和《全芳备祖》所录的唐时要早许多。《全芳备祖》虽引西晋左思《蜀都赋》中“旁挺龙目，侧生荔枝”一句，但此句放在“龙眼”条（即“荔枝”附条）。从《华阳国志》、《蜀都赋》看，从“离支”（司马相如《上林赋》）到“荔支”，再到“荔枝”，在晋已经完成。至于产地的确认，蔡襄的《荔枝谱》开门见山就讲“荔枝之于天下，唯闽粤、南粤、巴蜀有之”，又说荔枝作为贡品，“洛阳取于岭南，长安来于巴蜀”。在此之前白居易就说过“荔枝生巴峡间”。僰道、江阳都在金沙江长江边，也就是说荔枝生长在川江两岸河谷。从《华阳国志》到白、蔡两著，同时证明了蜀地（即川渝没有分治前的大巴蜀）是荔枝的原产地之一。再就是，如果我们认为《华阳国志》所记僰道县或江阳郡产荔枝是历史真实的话，那么这一地方即今川南所产的荔枝，很难说是从交趾（即今越南北方）移植的。

开天劈地宋蜀刻

无论造纸还是印刷，中国都曾为世界文明的发祥与先声之重要一地。在这一文明的进程中，蜀地曾写下中国印刷史的极为重要的一页。

近现代出版业巨匠张元济在1939年6月出版的《图书季刊》上发表的《实礼堂宋本书录序》说，“越八百余年雕版兴。人文蜕化，既由朴而华，艺术演进，亦由粗而精。故昉于晚唐，沿及五代，至南北宋而极盛。西起巴蜀，东达浙闽，举国临官廨、公库、郡斋、书院、祠堂，家塾、坊肆，无不各尽所能，而使吾国文化，日趋于发扬光大之境”。在张氏的这段关于中国印刷史对中国文明的重要作用的阐述中，有一个关键点讲的是：中国已有的800多年的雕版印刷起于“巴蜀”。张氏的这一观点，并非张氏一人所据或一人所创，而是历史的事实，也是研究中国印刷史有识之士的共识。现代佛教学、版本学大家吕澄在1943年3月出版《雅言》上发表的《宋藏蜀版本考》里说，“宋版释藏始雕于益州，通称蜀版”。在这篇文章中，吕氏详尽地考证了佛教典藏始刻于蜀地的五个不同的版本，包括淳化本（990-994，公元纪年为刘注，下同）、咸平本（998-1003）、天禧本（1017-1021）、熙宁本（1068-1077）和崇宁本（1102-1106）。此五个版本都属北宋时期的雕本。赵宋鼎新初始，开宝四年即971年，宋太祖赵匡胤便敕令益州（今成都所在地）雕刻《开宝藏》。这时距宋朝建立（960）才11年。

为何要在蜀地印制如此浩繁的佛教经典（《开宝藏》共5048卷），而不是宋朝京城东京开封？

这当然要提及到一位中国印刷上的重要人物：毋昭裔。毋昭裔本是河中龙门（今山西运城）人，很是博学，又以才闻名。晚唐，各地纷争战乱，毋一次与时任后唐西川节度使的孟知祥偶遇，成就了毋后来在仕途和印刷史的辉煌。孟知祥建立后蜀（934 年-966 年）后，起用毋昭裔为御史中丞；孟知祥死后，其子孟昶继位，又拜毋昭裔为中书侍郎、同平章事，毋昭裔成了后蜀宰相。毋昭裔原是一读书奇人，既嗜好藏书、酷爱古文，又精通经术佛理。毋由于早年家贫读书寻书不易，于是在未发达时立下誓言："他日若我富贵了，就印刷雕刻，留给学者！"果然，毋昭裔践行了自己的诺言。毋最先拿出自家的钱财（据说上百万），印行四书五经颁后蜀各郡县；后又叫门人句中正、孙逢吉等印行《文选》、《初学记》、《白氏六帖》于读书人。重要的是，毋昭裔的这些刻版被带进了宋代。可以说，毋昭裔不仅是第一个用私人财产刊刻书籍的人，而且是整个蜀地宋刻的奠基人。于是有了吕澄所说和考订"蜀藏"的印行源流与始末。首先板印的大藏经，自宋太祖于开宝四年（971）敕令益州刻印始，到宋太宗太平兴国八年（982 年）完成，历时 12 年。这部释藏典籍，刻板多达 13 万块。吕氏说，得益于蜀版释藏，"自后，丽、丹、闽、浙诸刻皆导源于此"。

宋蜀刻，虽源于释藏，但决非只有释藏刻印。除了释藏之外，宋代蜀刻包罗万象。宋代四大部书，似乎除《太平广记》外、《太平御览》、《文苑英华》、《册府元龟》，都与蜀刻有关。《册府元龟》属蜀刻无疑。方文皋在 1942 年 6 月的《教育学报》发表的《〈册府元龟〉板本考》中说，虽先有写本（祥符六年即 1013）呈送崇政殿，很快便有刻本印行。据民国第一藏书家傅增湘考证，《册府元龟》的初刻就是蜀刻。据傅增湘 1940 年《藏园群书题记》说，《文苑英华》，初刻也在"蜀中"。《太平御览》一直认为以"南宋闽刊本"为最古，不过，张元济 1928 年在日本发现了"南宋蜀刊本"。就此可见，宋刻初始的大部头书，大都出自蜀刻。而且如吕澄所言，先有蜀刻的释藏本，才有随后的丽、丹、闽、浙本。不仅仅释藏如此，其他的一些古本，也是先有蜀刻后才有他刻。傅增湘说，《文苑英华》宋刻后，真到明代隆庆元年（1567）才又重刻。也就是，待《文苑英华》再刻时，距宋蜀刻，已经过去了整整 400 年！我们知道，"宋四大书"都属浩如烟海的大部头，如《册府元龟》作为"四大部书"之首，《太平御览》1000 卷，1690 余种（今不传者十之七八）；《册府元龟》1000 卷，31 部、子目 1104 门；《文苑英华》1000 卷。足见当时蜀刻规模何等的宏大。这包括与此相适应的抄写、刻工、用纸（包括造纸）、印刷、装订、发行等一系列与书相关的制度、事件和人物，多么的复杂和壮观。

除了释藏和部书外，蜀刻还刻印其他种类的书籍。经书如《孝经》、《论语》、《孟子》的音义本大字本，最先也是宋代蜀中所刻。李白，作为唐代第一大诗人，其生时便有集存世（《旧唐书》说李白“有文集二十卷行于时”），不过以刻本方式存世，是在宋代。《李白集》的第一个刻本虽不是蜀刻，但是，第一个刻本即“苏本”（宋元丰三年苏州太守晏知止所刊），现已无存。现存世的最早版本，是北宋时翻刻苏本的蜀本。关于李白集版本的由来，现代治李白专家詹锳 1943 年 8 月在《国立浙江大学文学院集刊》上发表的长文《李太白集板本叙录》里有详尽的考订。唐人诗集第一个“全集”式的刻本《唐六十家集》，也出自宋蜀本。据称出自《唐六十家集》中《孟浩然诗集》（共集孟诗 214 首），是孟诗集现存的唯一孤本。这一孤本先由傅增湘收藏，不知何故，1941 年收入进了美国国会图书馆。这一切都表明，两宋，尤其是北宋，蜀地是整个中国的刻印中心和刻印重镇。随便一说，经元、明两代，中国的印刷中心和重镇转移到了浙、闽（包括江苏和江西）。但浙、闽的源头在蜀地，则是无可置疑的。而且，两宋蜀刻，其刻书籍的种类洪丰与包罗万象，还在于蜀刻的认真、精湛而影响着后世。正如冯璧如 1942 年 3 月在《图书集刊》上发表的《宋蜀本古今注校记》）所说：“涵芬楼影印宋本古今注，……（所依两刻）皆在蜀中，相去不数十年，同一地遂有两刻，斯诚言**蜀本之盛事也**……俾**蜀本之真**（注重号为本文作者所加），得以有传”。

由此可观，宋代蜀刻在中国印刷史上的地位和业绩，曾经是何等的辉煌与灿烂。

“伽”与“伽蓝”小考

对于有四万七千多汉字（《康熙字典》录汉字 47035）的巨量，一个人识完汉字，几乎是不可能的，而且几乎不可想象。不过，常用字或某一特定领域特定地方，一些字不应识错念错。如在云南生活并工作的人，就不应把“滇(die)越铁路”读成“镇（zhen）越铁路”。新近抄一《大方广佛华严经普贤菩萨行愿品》供奉袍衣之地一寺庙，在读自己的“录后跋”时，把“伽蓝”读作了“jiālán”。此时，即为一友一僧所纠正：“伽蓝”应读作“qiélán”。我一直把“伽蓝”读作了“jiālán”，不是因为自己对内典一无所知，而是自以为“伽蓝”之“伽”就是读“jiā”。现在看来，是读错了。而且就在西明禅寺的庄严之地。错了，改过即好。除了改过，还需忏悔。《坛经·传香忏悔第五》曰：“忏者，忏其前愆；……悔者，悔其后过。……凡夫愚迷，只知忏其前愆，不知悔其后过，以不悔故，前愆不灭，后过又生。”因其忏悔，有此小文。

“伽蓝”之“qiélán”一词来自梵语，为“僧伽蓝摩”的略称。“僧伽蓝摩”梵音读作 saṃghārāma（相似汉音：色拉妈妈），意为“寺院”。“伽蓝”之“伽”，于汉字生成史和发展史上来讲，不是一个原生汉字，或者说，“伽”字出现较晚。“伽”，甲骨文无此字，金文也无此字（《甲金篆隶大字典》，四川辞书出版社，2008）。战国时代（前公元五世纪至前公元三世纪）的《尔雅》无此字，东汉许慎（卒于 149）的《说文解字》也无此字。《辞源》（商务印书馆，1979）录“伽”（读作“茄”）两注。一：同“茄”，引杨雄《蜀都赋》“旧菜增伽”，（刘案，伽，今作茄）。二：梵书译音（刘案，因同茄，伽，便读作茄）。其实，“伽”，今有三音：一、qié，伽蓝；二、jiā，伽倻（朝鲜乐器名），像中国的筝；

三、gā，伽马射线。但“伽蓝”之“伽”只有一音即茄（qié）。既然“伽蓝”之“伽”出现较晚，由于佛教东传后梵语的音译，才诞生了“伽蓝”之“伽”，或者说“伽蓝”一词并非汉语的构词规则（如联合式、偏正式、动宾式等）而只是它的音译。那么“伽”读作“茄”又是从哪儿来的呢？《说文解字》在草（艸）部录“茄”，注“芙蕖茎。从艸，加声。古牙切”。段玉裁注：“茄，花与叶之茎皆名茄。古与荷通用”。《说文解字》无“伽”，在“力部”录“加”。《说文解字》释：“语相增加也，从力从口，古牙切。”“茄”与“加”同属古牙切。可见，“茄”，在汉之前的音韵系统里，与后来的“伽蓝”之“伽”并非一个系统。也就是说，“伽蓝”，一个完全的外来词。《汉语外来词典》（上海辞书出版社，1984）就把此词列入为外来词之一（另外与“伽”相关的还录有“伽楼罗”、“伽那”等近 10 个梵文外来词）。

“伽蓝”，最先出于何处？似乎无考，但有一关节则是铁定。那就是公元六世纪初印行的《洛阳伽蓝记》。《洛阳伽蓝记》又简称《伽蓝记》，北魏人杨衒之（卒于约 550 年）所撰，成书于东魏孝静帝（公元 534）。书中历数北魏洛阳城寺院的缘起变迁，共分城内、城东、城西、城南、城北五卷，并对庙宇的建制规模及与之有关的名人轶事、奇谈异闻记载详核，是一部集历史、地理、佛教、文学于一身的名著。千言的《洛阳伽蓝记 · 序》中便“伽蓝”一词：“城郭崩毁。宫室倾覆。寺观灰烬。庙塔丘墟。墙被蒿艾。巷罗荆棘。野兽穴于荒阶。山鸟巢于庭树。游儿牧竖踯躅于九逵。农夫耕稼艺黍于双阙。麦秀之感。非独殷墟黍离之悲信哉。周室京城。表里凡有一千余寺。今日寮廓钟声罕闻。恐后世无传。故撰斯记。然寺数最多不可遍写。今之所录上大伽蓝。其中小者取其详。世谛事因而出之。先以城内为始。次及城外表列门名。以远近为五篇。余才非著述。多有遗漏。后之君子详其阙焉。”

由于《洛阳伽蓝记》对中国佛教史、中国文化史影响巨大巨深。因此，也许“伽蓝”一词从此留名中土，也扬名中土。六世纪过了就是七世纪，七世纪初中期，唐人陈祎西去求佛问道，17 年后回到大唐。写了一部丝毫不逊色于《伽蓝记》的《大唐西域记》。这就是玄奘大师（602-664）所著的“西游记”。当大师西域时，大师发现在整个新疆地区（当然还包括整个中亚地区），是佛教一统的天下的地区。《大唐西域记》载：在阿耆尼（刘案，大约在今新疆维吾尔族自治区焉耆回族自治县），有伽蓝十余所，僧徒二千余人，习学小乘教说一切有部；屈支（刘案，大约在新疆库车县），伽蓝百余所。僧徒五千余人习学小乘教说一切有部；跋禄迦国（刘案，大约在今新疆温宿、阿克苏一带）伽蓝数十所，僧徒千余人，习学小乘教说一切有部。等等，那是一派佛光的天下。记载玄奘西行取经的《大慈恩寺三藏法师传》载，跟喀什接壤的缚喝国（刘案，大约今阿富汗马扎里沙里夫）有“伽蓝百所，僧徒三千余人，皆小乘学”。可见，“伽蓝”一词，在唐人已经是一家喻户晓的词了！有些奇怪或者不解的是，中国第一部大型类书《艺文类聚》（刘案，成书624年）里，有两章专门讲述佛教东传于中土的事。即卷七十六内典上、卷七十七内典下。在这两章里，涉及到佛家三宝的文字较多，包括塔、寺的一些常识和当时的诗文礼赞等，但“伽蓝”一词只出现过一次。即介绍梁元帝（刘案，梁是中国历史上最崇佛最礼佛的一个王朝）庄严寺时，说有一铭文礼赞庄严寺时写道：“方坟结构，伽蓝罢设”。这是《艺文类聚》内典部分的唯一一处提及到“伽蓝”的地方。《艺文类聚》是唐欧阳询（557-641）主编的大型类书。想来，编者，特别是编撰内典部分的编者，不可能没有看过七、八十年前的《洛阳伽蓝记》。

“伽蓝”一词以完全的外来词汇入汉语之后，第一次对它进行梳理的是《康熙字典》。《康熙字典》除此词的音韵释读之外，共录“伽”（读作“茄”）语源10条。1.《梵书》那伽，龙也。竭伽，犀也。僧伽蓝，众园也。译云园，取生植义，今浮屠所居是也。凡称释氏曰僧伽。2.《旧唐书·柳公绰传》精释典瑜伽，智度大论，皆再钞。《法苑珠林》有瑜伽论。3.《南方草木状》术，西域谓之乞力伽。4.《酉阳杂俎》那伽花，状如三脊，无叶，花色白，心黄，六瓣，出舶上。5.《本草》覆盆子，一名毕楞伽。6. 伽那，象也。见《駢雅》。7. 摩伽，异兽名。《徐氏宾远赋》兽则摩伽招贤。8. 频伽，人面鸟也。见《释典》。9.《旧唐书·宪宗纪》元和十八年，诃陵国献僧祇僮，频伽鸟二枚。10. 与茄同。《扬雄·蜀都赋》盛冬育笋，旧菜增伽。在音韵系统来看，最先见宋人编著的《广韵》、《集韵》等。《康熙字典》认为，“伽”一字在《广韵》、《集韵》里，“具牙切，音茄”。伽蓝，神名。《康熙字典》认为，“伽”“茄”古字相通一说，源于宋人章樵（刘案。章樵1208年进士）。从《康熙字典》的这一梳理，我们可以想见在中国第一部音韵字典《切韵》（刘案，印行于隋仁寿元年即601年，此书已失）里，“伽”及“伽蓝”可能没有录入呢！

但愿此小考，可作笔者念错“伽蓝”之“伽”的忏悔之文。

附：《大方广佛华严经普贤菩萨行愿品》抄録跋。

《普贤菩萨行愿品》共五千六百余字，抄毕于先慈忌日前日公元二〇一八年七月十四日。先慈生寿八十一，冥寿九十四。不孝抄普贤菩萨行愿品，祷先慈极乐世界无忧安康。再，非菩萨弟子武昌刘氏长宁生人大桥，有向佛之心、无向佛之力。然录此佛经供袍衣之地伽蓝佛来山西明禅寺。长宁西明禅寺，始建唐、再建明，重建二〇〇六年。西明禅寺，普贤菩萨道场也。非佛家弟子刘大桥录此佛经供养于寺，一愿先慈已为佛身、二颂西明禅寺千年不毁、三祈普贤菩萨永放光明。刘大桥二〇一八年七月十四日于八米居。

（刘大桥为刘火本名）

梦、到梦斋，斋、到梦斋
——代“梦”考

《永东大典》卷二千五百三十五之二千五百三十六，集“斋”名二十三个（实为近百个），其中卷二千五百三十五有“梦斋”一名：

“元，耶律铸《双溪醉隐集》，题梦斋。”

“梦斋”由此出。“梦斋”由“梦”与“斋”构成。按这一偏正词语的先后，先说“梦”再说“斋”。

“梦”，《说文解字》释：“不明也。从夕，瞢省声。”“梦”今从“夕”部，不从“木”，此遵守了“梦”的繁体“夢”的偏旁部首。“梦”字是一古老的汉字，“梦”已见甲骨文（见徐无闻《甲金篆隶大字典》）。或许，“斋”可能比“梦”晚出现。不过，“斋”的出现也很早，据徐无闻《甲金篆隶大字典》载，“斋”已见籀文。籀，即大篆，出于西周（公元前11世纪至公元前8世纪）。“斋”，《说文解字》释：“戒，洁也。从示，齐省声”。但早于《说文解字》的《尔雅》，“梦”、“斋”两字都未录。

最早的一部类书《艺文类聚》（欧阳询主编，624年）释“梦”时共开有13条语源。13要语源来自《周书》、《东观汉记》、《庄子》、《吕氏春秋》、《后汉书》、《汉纪》、《高士传》、《后汉书》、《续汉书》、《辛氏三秦记》和《晋书》。“梦”，最早见于《周书》（《周书》又名《逸周书》为先秦典籍），末见于《晋书》（唐，房玄龄主编）。《周书》曰“大姒梦见商之庭产棘，太子发取周庭之梓树于阙，梓化为松柏棫柞，寐觉，以告文王，文王乃召太子发，占之于明堂，王及太子发，并拜吉梦，受商之大命于皇天上帝。”。《晋书》曰：“陶侃，字士衡，鄱阳人，少渔于雷泽，梦背上生翅，飞入天门，见门非常，不敢入而下。”

由于《艺文类聚》产生于七世纪初，欧阳询不可能看他的后辈李公佐（李为八世纪后期九世纪初期人氏）的《南柯太守传》的“梦”的小说，因此今人所知道的最著名的“梦”——“南柯一梦”，未能进入到第一部大型类书《艺类类聚》里（实为遗憾）。写“梦”最多的，大约要算《太平广记》（宋、李昉主编，978 年）了。“梦”，除了散见《神仙》、《方士》等卷外，《太平广记》专门列出“梦”的专页。共七卷即卷二百七十六至卷二百八十二。涉梦者 170 余人，涉梦的人，有帝有君有仙有鬼有士有商有民，最古至周昭王（殁于公元前 977 年），最近至唐人如唐玄宗柳宗元元稹等。梦作为一种生理和心理现象，中外古今，都为人们所看重。不过，直到西人费洛伊德（1856-1939）之前，“梦”的认知，还未上升到的科学的层次。特别是费氏的《梦的解析》(1899）问世后，“梦”，才作为潜意识的外化即人的精神和心理以及特殊外界相互作用后的意识活动，广为人知，把梦看成是人的一种生理和心理正常的行为，也就是说，“梦”不再神秘。不过，在中国古人那里，梦，定是一神秘之事，又是一件庄重的大事。在中国古人那里，“梦”，就是一种预期和神示，或者类似蓍草打卦烧龟甲问卜等，既是了不起又是天大的事。如在《艺文类聚》里，“梦”列入到“灵异部”，与“仙道”、“神”、“魂魄”并列。于老中国，“梦”不只是道家专利，而且在儒释两家里也是常客。佛教正典《金刚经》结束一偈便是：“一切有为法，如梦幻泡影，如露亦如电，应作是如观。”《论语 · 学而》：“子曰：‘甚矣吾衰也！久矣吾不复梦见周公！’”

“梦”，当然不只是帝王相将才子佳人的独享（尽管《太平广记》大都如此记）。譬如在十九世纪末二十世纪初发现的“敦煌变文”里，就有一些关于平民对于梦的期许。在《频婆娑罗王后宫采女功德意供养塔生天因缘》里，一开始的韵文就是：“年来年去暗更移，没有一个将心解觉知，只昨日腮边红艳艳，如今头上白丝丝。尊高纵使千人诺，逼促都缘一梦期。更期老年腰背曲，驱驱尤自为妻儿。”但更多地则是有地位的人，才配有做梦的权力。特别是帝王的梦，更为后人津津乐道。譬如关于汉武帝（公元前 156-前 87）的梦，几乎世代相传。《艺文类聚 · 灵异 · 梦》引《辛氏三秦记》得：“昆明池，汉武帝之习水战，中有灵沼神池，云尧时洪水讫，停舡此池，池通白鹿原，人钓鱼于原，纶绝而去，鱼梦于武帝，求去其钩，明日，帝戏于池，见大鱼衔索。帝曰：岂非昨所梦乎。取鱼，去其钩而放之。”《艺文类聚 · 麟介 · 鱼》再引《辛氏三秦记》得：“昆明池人钓鱼，纶绝而去，梦于汉武帝，求去其钩，明日，帝游于池，见大鱼衔索。帝曰：昨所梦也。取而去之，帝后得明珠。”同一汉武帝梦大鱼的故事，在后来的《太平御览》、《大平广记》里多次出现，而且在不同的类别里出现。可见，帝王之梦的厉害和影响。

有“梦”，当然就会有“梦斋”。只不过，一直要等到了元代，“梦斋”一名才出现。

何谓“斋”？《说文解字》释“斋”为“戒”为“洁”。“戒”，《说文解字》释“警”。也就是说，对天下无论大事小事，都得保持一种警惕之心，不要为那些花花绿绿或声色犬马的东西所迷惑。唯有这样，一个的身心才能保持一种干净。“斋”转义为屋，趣于何时，不得而知。不过在《艺文类聚》里，我们看到了这一转义。《艺文类聚》卷六十四“居处部四”引《王孚安成记》得：“太和中，陈郡殷府君，引水入城穿池，殷仲堪又于池北，立小屋读书，百姓于今呼曰读书斋。”这里所记，我们知道，“斋”有两特点，一曰屋小，二曰读书所在。因此，“斋”从“洁”转义到书斋，其实也是取“干净雅致”之义。自然与“警惕”稍远了一些，而专与读书近了一些。此后，凡斋名，大都与读书或高逸相关。

梦，与万事万物相关，自然，便可能与书斋相关。于是到了元初的耶律铸（1221-1285 年，耶律楚材之子，元初大臣）时，“梦斋”应时而生。《永乐大典》录有耶律铸关于“梦斋”的诗。耶律铸在其《双溪醉隐集》里有一首名为《题梦斋》，其诗如下：

> 文府中书五色衣，含章未吐风先飞。可堪历历将今是，又对春风较昨非。得鹿欢呼事已非，可能蕉覆却空归。多情最是兰窗蝶，长绕琼花蕊上飞。

父子两帝与玄奘的友谊

玄奘九死一生的从西天取经回到大唐长安时，他是无论如何也不会想到，旷世一代明主圣君的太宗皇帝会对玄奘发出“朕共师相逢晚”（《大慈恩寺三藏法师传》，下无注处，引文均出自该传）的感叹。

本来，作为有胡人血统（见陈寅恪《李唐武周先世事迹杂考》等李氏族考证诸文）的李家王朝，无论李渊父子，还是李世民父子三代帝王，尤其是太宗李世民，为了表明其正统，便把李聃老子当成自家先人所供。贞观十一年（637年），太宗就下诏称“老子是朕祖先”。也就是说，李家王朝的血脉是高贵的。因此，李氏王朝尊崇老子是从血脉的根上结出的。那么对于佛教，唐之初年并不盛会。众所周知，佛自公元一世纪起至两汉到魏晋，佛教的传播迅速而广泛。到了南朝时期，如果没有一个范缜的《神灭论》及其“后影响”，那么可以说，佛教差不多就要一统天下了。隋的统一到唐的继承与发展，佛教比之梁、陈的南朝来说，或已式微。在玄奘未归唐前，太宗把佛列于老子道教之后。就连玄奘决心西去取经求法时，也是在“不蒙允许”、“私往天竺”（拿现代的话说，就叫“偷渡”它国）下走出国门的。不过，当玄奘学成归乡，当太宗营造贞观太平时代，历史不但给予了一个千辛万苦求学高僧的肯定和荣耀，历史也给予了一个一代明君的光辉形象。这便是大唐的气度、海量和雅量。两代（太宗、高宗）帝王所展示的君王与知识分子的最为和谐的图景。

就来看看让今天的人会生出许多感慨的故事吧。

玄奘出国十七年后，于贞观十八年（644年）岁末时终于回到了于阗。在于阗，玄奘即陈表朝庭，郑重其事地表明他回到大唐。在“表”中，玄奘并没有多说他在途中之艰苦，只表明了他“无顾生命”，取回“胜典”，以利传法的誓愿宏愿。玄奘到达了敦煌时，再上表朝庭。这时，在东京洛阳的太宗立即叫留守西京长安的房玄龄，去迎接西归的玄奘。房玄龄接旨后即派官员前往迎接。在这里，《大慈恩寺三藏法师传》里有一句现在看来非常温馨的话，就是当玄奘在敦煌上表到洛阳时，《传》写道，帝“知法师渐近”。一位国家大事在心而且又正在筹划征伐辽东的战事的帝王，竟是如此关心、如此细心地安排一位其实在当时并非国家大事的归来高僧的住行。《传》里没有记下多少太宗对玄奘以往的了解，但是可以推测：玄奘在西方诸国求学讲法的基本情况，太宗是了解的，而且可能对玄奘在那烂陀寺开讲和论辩所取得的惊人业绩，也可能有所闻。在玄奘与太宗第一次见面时，尽管太宗“迎慰甚厚”。其实此时的太宗，尚有丝丝嗔意。太宗对玄奘的第一句话是：“师去何不相报”？太宗这句话的今天解读，也许至少有两层含义。一是出访这么一件大事怎么不报告一声（有些无组织无纪律吧）；二是，这么大的一个盛举，出门时，朝庭也应做出相应的反应呀（也示中央政府的关心）。无论是前者还是后者，实际上太宗并没责怪玄奘的意思，只不过，君臣之间，总有些纲常礼数要遵守罢了。于太宗，这一问询更显得平近与亲热了。等听了玄奘的简明扼要的介绍后，太宗立即对玄奘给予极高的赞赏。太宗说，僧“能委命求法，惠利苍生”，不仅是吾国吾民之大幸，而且“朕甚嘉焉”。接着，太宗便让玄奘写一部西行的所见所闻。这就是后来的玄奘口述弟子辩机记录的著名《大唐西域记》——为太宗所观、为百姓所熟悉的《大唐西域记》。

从此以后，玄奘与太宗不仅仅保持着密切交往，而且在交往中君臣之间始终保持着和睦氛围。这种和睦显示出，作为君主的太宗，近人情懂世故，从不强人所难。其行其言，有两件事值得大书。第一件事，太宗见玄奘有如此丰富的经历和学识，希望玄奘去道还俗以助帝力，但是在玄奘谢绝时，太宗并不强求，而且给予了玄奘很好的译经条件。第二件事，太宗征讨辽东时，太宗希望玄奘“共师东行”，不是需要玄奘在军事上有所教益，而是“指麾之外，别更谈叙”。也就是说，在太宗征战间隙，太宗希望玄奘陪他“摆龙门阵”。或者说，征战间隙，太宗希望在佛法上有所长进和有所启示。但玄奘仍然谢绝了。谢绝的原因饶有兴趣，玄奘说他“脚力有疾”。一开始，太宗不解，一个能行五万里而且什么艰险没遇过的玄奘，怎么脚力会不行呢？玄奘的理由是，一、太宗东征一定会是昆阳之捷，一定会有牧野之功（这种捧场的话听起来是舒服的，自然这也是玄奘的真心实意）；二、玄奘对太宗说，佛是不愿看到流血战事的。所以他玄奘不能陪同的。看来两条理由都很充分，于是，太宗也不再相逼。注意，是不再相逼。君王叫臣跟随，本是臣的莫大荣幸，但为臣的却不愿。君则答应了臣的不愿，可见，太宗与玄奘不完全只是君臣关系，真还有些朋友关系了。当然，太宗也有不按玄奘的话安排的事。玄奘想到少林译经，但太宗不允。太宗将其安排至新修不久的长安弘福寺里。太宗意思是，弘福寺是太宗给其母亲大人穆太后修的寺院，叫玄奘在此译经，也算是太宗的孝心。再则，也是太宗给予世人臣民的大德。当然，还有一说，太宗不愿意让玄奘离得太远。太远了，不能随传随唤地叫玄奘进宫来传经送宝。

在前的君王与臣子（即使是玄奘这样的高僧），在后的君王与臣子，恐怕没有那一对会像太宗与玄奘这样和睦的关系。就算玄奘不是官场中人，就算玄奘是高士隐士，但毕竟也是臣民。有了这样一种关系，中国的历史，尤其是中国知识分子的在野史，便不全是无月之夜。到了太宗之子高宗接任大唐大宝后，高宗像其父亲一样（尽管私交不可能像父亲那样地对待玄奘），玄奘永远是朝庭的座上宾。

高宗继承父志。永徽三年（652 年），高宗应玄奘之求下诏修造藏经塔。在此之前，太宗非常庄重（即第二次玄奘上表求后）给玄奘的译经写下了《大唐三藏圣教序》，高宗又写下了《述三藏圣教序记》。两宗的“序”与“记”，可谓佛教盛事。塔由砖砌成，通高 180 尺，共有五层，每层都为经书存放，且中心藏有佛之舍利，总共达一万余粒。在塔的南面矗立两块碑刻。一块是太宗的《大唐三藏圣教序》，另一块则是高宗的《述三藏圣教序记》。两块碑刻的字都有出自官至尚书左仆射河南公的开一代书法新气的褚遂良之手。在玄奘与高宗交往的过程中，有一件事也很值得一说的。庆显元年（675），高祖李渊的婕妤（即嫔妃）河东郡夫人要出家，高宗依了河东郡夫人（是高宗祖母级别的人）的志向，下一诏同意，接着专门请来玄奘在鹤林寺为其主持道场。整个道场共进行了三天，三天都由玄奘一人主持，可见高宗的礼数和玄奘的虔敬。就为了这一件事，高宗还专门叫太尉长孙无忌撰文，让在朝大臣们传看，以示高宗孝道之心，以示佛事盛举，以示李唐王朝昌明。

随着时光向前推移，又加之西行路上种种磨难，玄奘多病开始。就在显庆元年（656 年），玄奘因热伤风引起大病。在寺里几经治疗都无好转，已“几将不济”。直到此时，才表朝庭。于是高宗即令御医专看。不仅如此，“所须药”

皆由内庭供送，而且高宗还时时打听玄奘的病情。由于高宗的敕令，太医们昼夜不离，玄奘的病终于好转。到了此时，玄奘对其王室的尊敬或许已超出了僧人的范围。就在显庆元年，太后武则天难产，高宗让玄奘进宫讲法护佑。玄奘对皇后说，这不会有什么大事的，一切都有佛法护佑。请帝后放心，只是，他玄奘有一事相求：如果皇后生的是一个男孩，等母子平安时，让其男孩剃度出家。痛苦地躺在产床上的、已经皈依了佛教的皇后立即就答应了玄奘的请求。几天后，皇后果然生的是男孩，果然母子平安，果然高宗和武则天夫妇，让其男孩成了“佛光王”。当新生儿哇哇啼哭时，当时当景，我们可以看见一位高僧给皇室带来的快乐与祥和。也可看见，作为人之间的一种超越了纲常的友谊。《大慈恩寺三藏法师传》于此情节，写得无比生动和感慨。对此，自然可以用君臣伦常给予出合理的解释。不过，对于太宗、高宗两父子与高僧玄奘间和睦无间的关系，无论怎么评判，这毕竟是对中国几千载君主帝王体制中的一个异类，毕竟是对儒家伦理的纲常统帅中国文化的一个异类。

《梦溪笔谈》未提及蜀茶及问疑古典

李斗积三十余年不懈的《扬州画舫录》，是洋洋大观且又鱼龙混杂的明清小品随笔中的佼佼者。不过，细读时，却有些犯疑。卷一《蕃厘观写经》里，李斗写道："蒋衡，……尝于蕃厘观写《十三经》，马曰璐装潢，大学士高斌进之，奉命刊于辟雍"。但在卷四《扬州二马》一节里，李斗却写道；"马主政曰琯，……尝刻为朱竹垞刻《经义考》，费千金为蒋衡装潢所写《十三经》"。马曰璐是马曰琯的亲弟（所以称作"扬州二马"），但毕竟马曰璐不是马曰琯。《蕃厘观写经》说为蒋衡所写《十三经》装潢的是马曰琯的弟马曰璐，在《扬州二马》里又说成是马曰璐的哥马曰琯。前一说对，还是后一说错，对于我们当下的读书人来，看来是无从辨白了。

其实，对于读书来讲，无论是专业的读书，还是仅仅闲时翻书，读书问疑，大约是常见的事。除了那些东拼西凑胡乱混写的书，不值得一说外，即便如经典，除了认知、得识等有不同的观点和学术流派之外会引起读书者的问疑，就如《扬州画舫录》一样。有时确实会遇上，同一作者同一书，乃至同一事，也许也会因为多种原因，可能也会留下读书人问疑的地方。其实，问疑本身就是读书的一种方式，而且往往是追究真相、填补漏洞和获得新知的重要途径之一。《梦溪笔谈》这样一部集自然科学、工艺技术和社会历史现象的综合性著作，而且海内海外公认的一部百科全书式的杰作。会不会也有问疑的地方？当然是有的。或者说，如沈括这样的大学者所记录所思考的事件与器物，会不会也有疏漏？当然是有的。譬如作为两宋重要的税课之一的茶与茶事，《梦溪笔谈》里就少有提及，特别是蜀茶，几乎就没有谈及。《梦溪笔谈》说宋时全国茶场（即茶的卖场）共有“十三山场”。在这十三场中，竟无蜀地一场。这是有些奇怪的。这让我不得不去追究一番。今天我们知道，蜀地的蒙山（今雅安名山县境）一地的茶，在唐一季，已经录入了官方名录。又有俗言“扬子江中水，蒙山顶上茶”而闻名于世。以蒙山茶为代表的蜀茶，在《梦溪笔谈》里无记，却在正史《宋史》里有记，而且有比较详尽的记录。其中两条至为重要：一条是蜀茶课税，一条是蜀茶的自由种植与卖买。前一条见《宋史·食货志下·六》：熙宁岁未至元丰秋，蜀茶课税达七十六万七千余缗，为全国之最；后一条见《宋史·食货志下·五》：天下茶皆禁，唯川陕广南听民自买卖。仅此两条，便可见当时蜀地茶事之盛，也可见课税之重。《宋史》记录的这两条，还可以看到，茶在蜀的种植方式和经营方式与它地有明显的不同。这表明蜀茶在大宋一季的特殊地位，即它超越了宋的一般性律令。蜀茶如此的地位，《梦溪笔谈》却没有谈及。再则，兴于宋止于明的茶马道，即以茶易马的商道（以及相关的茶事及文化）主要有二道，一条是滇茶入藏，二条是川茶入康巴再入藏（其时，康巴地本即是藏区）。三是，宋靖康之难南渡后，由于南宋的疆界南移和缩水，四川一地的茶，蜀茶（及茶课）更为重中之重，同时也是茶马商道的重要孔道和关节。沈括虽为北宋人氏，但《梦溪笔谈》未录蜀茶，显然一大遗漏。《梦溪笔谈》涉及多个领域、记录多种事件与器物。没有“蜀茶”显然有些蹊跷。不是因为笔者是蜀人为蜀茶张目辩诬，而是因为读书问疑是认真读书态度。

问疑，并非怀疑一切，更非虚无主义。古典或经典一经形成，它所记录、所包括、所涵盖、所披露、所抑扬的历史真实和文学美学趣味，以及思想深度和价值体系，构成了一种不移的文本。文化自信中的文化复兴以及重建，阅读古典，是一重要的前提和基础工作。在这一基础工作的中，尊重古典，大约应是我们的基本态度。中华文化核心的儒家思想和儒家学说的阅读和重构，便应当或首先建立在尊重之上。当然，问疑本身也是尊重古典所必备的条件之一。原因无别，除了知识本身方面的问疑之外，还有一个话题，那就是在文化复兴及重建中的古典（经典）阅读中，我们是持开放的态度还是持文化原教旨主义的态度，显然应是前者而非后者。譬如儒学能够在中国传统文化之中维持着它的强大内生力和感召力，表明它本是或许就是一个开放的体系。检点它的历史，儒学和儒家思想至少在“汉儒”、“宋儒”以及“明儒”的充实、变易过程中，不断地丰富、衍生和革新。儒学和儒家思想受到尊重，便不言而喻。当然，在尊重古典的同时，持开放和多元以及批判的状态，同样重要。读书问疑，也许就是批判的一个先期构件，或者说，问疑古典，正是尊重古典的另一种表达。

超拔而杰出的文学史史家郑振铎——以此小文纪念郑振铎逝世 60 周年

郑振铎（1898/12-1958/10），1958 年 10 月 17 日在苏联楚瓦什飞机失事遇难，倏忽就是 60 年。作为一个新文化运动的参与者，在并不长的生命里，其文学创作、文物收藏、文学史等多方面，都是卓有成就的大家，特别是作为一位具有灼见和超拔的文学史史家，并没有得到足够的评价，以至于多少年来，几近埋入历史的云烟之中。这则小文主要来谈郑振铎在中国古典文学史的成就。

郑振铎一共写有关于中外文学史的著作有:《泰戈尔传》(1925)、《文学大纲》(1927 年)、《插图本中国文学史》▲（1932，下简称《文学史》)、《俄国文学史略》（1933)、《中国俗文学史》（1938，下简称《俗文学史》)、《中国文学论集》（1947）等。其中，尤以《插图本中国文学史》、《中国俗文学史》两书，具有开创性意义。晚清民初的新文化，有一个重要现象往往被史家们忘记。这一重要现象就是写（或者叫“草创”）中国的文学史。王国维 1913 年成书的《宋元戏曲考》(1915 年商务印书馆初版时更名为《宋元戏曲史》)，以新观念开辟了现代中国古典文学史的写作。紧接着便是新文化的旗手鲁迅的 1924 年成书、1925 年北平北新书局出版的《中国小说史略》。如果说王国维的宋元戏曲史奠定了中国古典戏曲的整套学术术语，那么鲁迅的小说史则是中国小说史划时代的筚路蓝缕之作（郑振铎的《插图本中国文学史》就引用过此书)。王国维、鲁迅等大家的文学史，通过写史来获得文化启蒙的资源，并期冀这样的文学史，让民众获得启蒙。以早慧（1920 年年底 1921 年年初以 22 岁年龄，与沈雁冰、周作人、叶圣陶等发起组建了“文学研究会”）介入到新文化运动的郑振铎，以小说、随笔、小品获得新文化作家的地位，更以文学史家的身份确立其自己在中国现当代文学的地位。

《插图本中国文学史》(1932年，北平朴社出版，1957，作家出版社订正新版)，虽然不是中国近现代的第一部文学史，但可以肯定地讲，这部文学史，是第一部引入新观念新材料且系统的文学史，而且是第一部具有中国气派的文学史。这本文学史有两大特点。其一，该书以朝代与重要文学现象为经，以重要文学人物为纬，建构中国古代文学史的史学脉络和文学特征及文学地位。在这样的经纬安排中，我们可以看到作为文学史家的郑振铎的美学趣味与文学史观。譬如用了11章（事实上是10.5章，因为有一章是隋与初唐合写）谈及在唐一季的文学史时，杜甫一人独立成章、韩愈白居易两人合伙成章，而历史上并称的“李杜白”的李白，则没有独立成章。只放在了“开元天宝时代”一章里，置于开元天宝唐诗帝国的“黄金时代”中的一位。由此可见作者对于李杜白三位诗人的评价体系和文学史上的价值判断。其二、该书使用了包括作者自己收藏在内的大量与文学相关的文学插图，这些图版，上至汉下至清，许多都是第一次显现，至少说运用于文学史是第一次显现。譬如谈及六朝散文中的兰亭诗序时，就用了宋代一刻于砚石上《兰亭修禊图》的拓片，还佐证王羲之文学上的贡献；再譬如在谈及“变文”时，作者公布了自家收藏的《佛本经变文》的一页，并指认，这一《佛本经变文》的手写本是“敦煌发见变文写本中之最古者”。如果这一断定属实，那么，《文学史》中所刊布的这一图版，有可能是有史以来第一次出现在公众面前。

作为一位沐浴新文化运动的新的文学史家，《文学史》的作者郑振铎，并不拘泥于某些已成“定见”的文学现象、重要人物和重要篇章。“文起八代之衰”，是苏轼对兴起于中唐是的古文运动的领袖韩愈的点赞。《文学史》里有专章《古文动运》，在《古文运动》里，作者写道“古文运动是对于六朝以来的骈文的一种反动”。这一定位，大约不是作者的先见，而是文学史公认的一种认知。但是就在这一章里，作者却写了一位并不提倡古文而依然写着骈文的著名作家陆贽。陆贽，中唐时有作为的政治家，拜相时，敢做敢为，善制政论，指陈弊政，废除苛税。作为一位文学家，为文全用对偶，且文汪洋恣意。但对于正处于废骈兴散的古文运动中，陆贽，似乎是一位不识时务的诗文家。但郑振铎却对陆很高的评价。郑说：“他的文章，虽出之对偶，却一点也不碍到他的说理陈情。他的滔滔动人的议论，他的指陈形势，策划大计，都以清莹如山泉，澎湃如海涛的文章写出之”。郑振铎不仅高度肯定了陆贽骈文的美学价值，郑氏还作出了与苏轼所说的“八代之衰”的骈文完全不一样的评价。郑说：“这乃是骈丽文中最高的成功，也是应用文中最好的文章”。不仅如此，郑振铎作出一个出人意料的联系和判断。苏轼赞扬古文运动是“文起八代之衰”，但郑氏却说，由于陆文的“影响很大”，连苏轼的“章奏大都是以他的所作为范式的”。

这样的灼见，我们在《文学史》不止这一处。在谈及传奇时，郑振铎不仅认为唐传奇是“中国文学史上有意识的写作小说的开始”，而且这种“最美丽的故事的渊薮”，其实是“古文运动中最有成就的东西”。这样的判断和认定，几近正月响雷。虽然直到今天，未必有人会完全同意这一说法。但对于一直关注通俗文学关于民间创作的郑振铎来说，这样的判断和认定，便是一个不人云亦云不随波逐流的文学史史学家的独断见地。古文运动来自庙堂，而传奇则来自民间（当然也来自郑振铎所说的道释两家的仙迹传说）。两者几乎不相干。但在这不相干的历史场景里，由于古文提倡散文、提倡文章回到先秦，而传奇所要讲述的故事，显然沿用四六骈文已经不再适应。传奇所要讲述的故事，用无对仗少声律的、或者用比四六文更随意的散文来写，更加地适应于它的接受者即更加地适应于大众。因此，传奇所用的散文文本，迎合了古文运动所倡导的反骈文思潮。正是这一看似不相干实则互动的古文运动与传奇，造就了传奇在唐一季文学史上的地位。同时也造就了由于唐传奇的展开和发扬光大的继承，在宋以后，开辟了诸如戏文、小说等新兴文学体裁特别是小说的兴起。在这一传奇兴起和发展过程中，郑振铎还进一步指出：“最好的传奇文，却存在别一个型式中”。那就是这种传奇不在仙人们“梦里的姻缘”，不再是“空中的恋爱”，而是“人世间的小小的恋爱悲剧”，是“更足以动人心肺”人间故事。把人取代神，这是欧洲十五世纪末十六世纪文艺复兴的核心。一部成书于二十世纪三十年代初的文学史著作，有如此精到的见解，显然得益于作者西学东渐后的新文化运动的恩泽。并将这一启蒙通过自己的文学史观，传布于大众的文学史书写实践。

《文学史》所述文学现象、所论文学观念、所示中国古典文学地位，大都出自新见，而且许多也只有郑氏可述可论可示。尽管像这样的文学史，在此之后有了许多不同的面貌，或者说在此之后有了许多更为详实的新材料的文学史。也就是说，1932 年《插图本中国文学史》的出版，确立了郑振铎的文学史史家地位。但真正显示文学史标高和文学史家标高的，不只是《文学史》，而是《中国俗文学史》。在《文学史》出版六年后，《中国俗文学史》（1938，上海开明书店，1954，作家出版社订正新版）的出版，标志着中国古典文学史研究的新高。如果说《插图本中国文学史》还算不得是中国近现代的第一部中国古典文学史；那么，几乎可以肯定地说，《中国俗文学史》是第一部中国通俗文学史。《俗文学史》上册第一章第一节，著者开宗明义地写道：

> 何谓“俗文学”？“俗文学”就是通俗的文学，就是民间的文学，也就是大众的文学。换一句许，所谓俗文学就是不登大雅之堂、不为学士大夫所重视，而流行于民间，成为大众所嗜好，所喜悦的东西。

这段话昭示了：一、什么叫“俗文学”，二、“俗文学”原来的地位（没有地位），三、本书要为“俗文学”正名和立传，即要为这一种有别于学士大夫专宠专营的文学式样写出一部史书。《俗文学史》把古代民间歌谣、变文、宋金杂剧、鼓子词、诸宫调、元散曲、明代民歌、弹词、宝卷等民间文学样式，第一次分门别类地开列出来，用近 40 万字的篇幅，讲它们的源流、它们的样式、它们的美学价值、它们对所谓学士大夫文学的影响、它们对整个中国古典文学成因及演变的贡献等。从这一意义上讲，《俗文学史》是一部划时代的文学史。特别是在介绍和研究戏曲的起源和变文对于中国文学的意义，几乎可以是开天辟地的事。

先说戏曲。郑振铎认为，当变文流行已久，且已脱胎为平话、诸宫调、说经之流时，戏曲便应而生。尽管戏曲连合了古代王家的“弄臣”即歌舞班的演唱。《俗文学史》之前的《文学史》，郑氏对此已有了深入的研究和对些看法的某种定型。在谈及戏曲时，近现代没有人能绕过王国维这座大山，也如郑振铎所说“王国维氏在《宋元戏曲史》上”“曾辛勤的搜罗了许多材料”而且“亦有很有些独到之见解”。但是，郑振铎却没有就此止步，郑氏认为王国维氏“其研究的结果，却不甚能令人满意”（刘案，其实郑振铎非常尊重王国维的学术成就，在《俗文学史》里多次引用王氏搜罗的材料）。尤其是在戏曲的源头上，郑振铎给予了最为重要的也是独特的认知。郑氏以为中国戏曲的主要源头来自印度（即郑氏的所谓“输入”）。一是来自印度的戏曲，二是来自佛经演唱演义的“变文”。在此，郑氏还讲了一个今天早已经没入到历史深处的故事。郑氏讲，几年前（刘案，1932 年时的几年前）胡孝骕在天台山的国清寺见到了很古老的梵文写本，摄照了一段去问通晓梵文的陈寅恪先生。陈寅恪读后，告诉说这写本是印度著名的戏曲《梭康特拉》里的一段。于是郑氏认为“这算是一个大可惊的消息”。因为在郑氏看来，“离传奇与戏文的发源地温州不远所在，而有了这样的一部写本的存在着”的事实与历史，决不会是一种巧合可以解释的。依郑氏所说的“输入论”，无论在当时还是现在，也许都会有人据理力争。但是郑氏在“歌曲、说白、科段三元素”、“戏曲的主角”、“戏曲开场的前文”、“戏曲的尾诗”和“戏曲的某些部分的典雅文体”等五个方面，力证“中国戏曲自印度输来”（见《插图本中国文学史》第四十章《戏文的起来》）。尽管在《俗文学史》里，郑氏稍稍修正了这定论，郑氏认为，宋金的杂剧也有可能来自本土宫廷的歌舞班的弄臣。但有一点，郑氏始终没有变，那就是郑氏给予过很高评价的“变文”。

变文于今天，应当是陌生的。无论它以佛经的故事演义还是对民间传说的演义，它们都似乎退出了历史舞台。正如它被埋藏在敦煌石室那样。但是，变文于今天并不是一个陌生的词。这是因为它在晚清民初的发现和研究。“变文”作为词条，1915 年初版、1964 年修订版、1988 年再次修订版的《辞源》里没有录入。“变文”一词录入在官方的词典是 1973 年试印的《现代汉语词典》。国内在线的“百度”录有“变文”，但却没有郑振铎，谈变文只谈变文发现者的罗振玉和后来编辑、注读变文的周绍良、王重民、白化文等（刘案，最新的即 1989 年 1 版、2016 年 2 版的《敦煌变文集补编》里，也看不到郑振铎的名字）。好在海外的“维基百科”“变文”条里，提到了郑振铎名字，并认定“变文”最初是由郑氏 1936 年首次命名。事实上，1932 年的《插图本中国文学史》里就已经提出。从一前一后的两部文学史来看，“变文”的研究，文学史家郑振铎作为奠基人之一，实在是功不可没。

在《文学史》里郑氏辟有专章即第三十三章《变文的出现》专门介绍。在这章里，郑氏从变文的发现（1907 年）、已存变文的总量、目前（1932 年）研究变文的现状等，第一次全方位地给予了介绍与作者自己不同于他人的研究成果。郑氏指出，变文的发现“就汉文写本而言，已是最大的发见”，而且“在历史，在俗文学等等上面，无在不发见这种敦煌写本的无比的重要”。在《文学史》里，郑氏也许是第一次指出：“宋人的‘话本’之由‘变文’演变而来”，在《俗文学史》里郑氏认为“诸宫调”是“‘变文’的嫡系子孙”等，就是一可依的事实与历史。由于《文学史》是涉及到多个门类的文学通史，再加上当时对于变文的材料运用（因为许多材料都不见于国内，而散见的材料又多数被个人收藏尚未公布）和研究尚处在草创或发韧期，因此，在《文学史》里只是一般性的介绍和还未定型定论的理论。到了 1936 年的《中国俗文学史》时，作者有了更多的材料和在此材料上的更深入的研究。

在《俗文学》里，郑氏在第六章即《变文》，用差不多一百页的篇幅来介绍变文。变文的出现（庙宇里从讲经到讲经的大众化）与消亡（宋真宗时代即十世纪末十一世纪初明令禁止）、变文的类型（佛经的演义与民间传说历史故事的演义）、变文的美学价值与历史地位、变文对于中国古典文学的改造和影响等。除了第一条外，其他三条，尤其中后两条，大都是《俗文学》作者的个人的不刊之论。在讲到变文的形式时，郑氏指出"'变文'是'讲唱'的。讲的部分用散文，唱的部分用韵文。这样的文体，在中国是崭新的，未之前有的"。而这一特征，给宋的话本和元明的戏曲提供了最为直接的化入作用。在谈及《维摩诘经变文》时，郑氏以为，把一部佛经变成一部不朽的文学名著（这种论定，是之前所有的文人和官方所从来没有的），正是得益于变文作者的才华和想像力。在谈及变文的美学价值时，郑氏不惜任何溢美之词。譬如郑氏在分析欣赏《维摩诘经变文》时指出（某一段）："'经文'只有十四个字，但我们的作者（刘案，即《维摩诘经变文》的作者）却把它烘染到散文六百十三字，韵文六十五句。这魄力还不够伟大么？这想像力还不够惊人么？"在分析欣赏《降魔变文》时，郑氏说，"这是'劝善'的教训歌，却写得是如此的不平常，令人读之，不忍释手，惟恐其尽。作者的描写伎俩确是极高超的。"在谈及变文对当时后世的影响时，郑氏写道：由于宋真宗的明令禁止，也由于变文文本不再出现，"变文的名称虽不存，她的躯体已死去，她虽不能再在寺院里被讲唱，但她却幻身为宝卷、为诸宫调、为弹词、为说经、为参请、为讲史、为小说，在瓦子里、在后来通俗文学的发展上遗留下最重要的痕迹"。如果我们不是专业的读者，如果我们没有触及到郑氏的这些著作（或与此相关的著述），那么变文为何物，以及对于变文的历史地位，我们便无从知道。在《俗文学史》里，郑氏论述的宋金元的"杂剧"、鼓子词、诸宫调等，要么受了变文这种艺术形式的影响，要么直接从变文中化出。但是，变文的发现和研究，似乎昙花一现，远不及与变文大致相同时间的另一重大发现甲骨文那样成为显学。而且，变文即使在敦煌学里，恐也不及其他方面的研究（譬如中西交通史、中西外交史、佛经艺术史等)。何与如此，原因可能有多种，但变文作为一种民间文学艺术样式，肯定是诸多原因中最重要的原因之一。为什么郑振铎要写通俗文学史？为什么郑振铎会对一种湮灭了一千多年才发现的变文投入巨大的热情？回到《俗文学》的开篇的题旨，那就是郑振铎坚守的“文学大众化”和“文学普及”。文学的大众化，是新文学运动的重要支撑点和重要资源，也是启蒙运动的题中之意。或者换句讲，通过诸如历代历朝的民歌、民谣、戏文，文人改编的诗、词、文、戏文，以及郑氏费力甚巨的变文介绍与研究，树立一种新的文学观和文学样式。同时也是对旧文化传统的反省与批判。一个时代有一个时代的文学样式、文学理想和文学激情。在变与不变之中，有一点是相同的。拿郑振铎的话来讲，那就是“增进听众的欢喜”，为了听众的欢喜，那就得“推陈出新”，那就得借鉴采用“民间所喜爱的故事”和“作风”，进而“改变群众的视听”，让“人间的故事”成为群众“欢迎”文学艺术作品。

优秀而杰出的史学家，不仅提供鲜见而周全的史料，重要的是提供有灼见的史观。在《插图本中国文学史》与《中国俗文学史》两书里，我们看到了郑振铎于两方面的努力和成就。

▲本文两书引文出自：1957年作家出版社的《插图本中国文学史》和1954年作家出版社的《中国俗文学史》。

秦九韶：数学史的超级天才

中国古老的算术题（《孙子算经》成书于四或五世纪）某："有物不知其数，三三数之剩二，五五数之剩三，七七数之剩二。问物几何？"

用现代的数学语言表述一般的"物不知数"问题，即：

已知一些两两互素的正整数，以及一个正整数 x 满足求 x 的值：

$$\begin{cases} x \equiv a_1 \pmod{m_1} \\ x \equiv a_2 \pmod{m_2} \\ \quad \vdots \\ x \equiv a_n \pmod{m_n} \end{cases}$$

求 x 的值

在《数书九章》第一卷的"大衍总术"中，$m_1, m_2, \ldots, m_n$ 称为定数，将它们的总乘积 $M = m_1 m_2, \ldots m_n$ 称为衍母，再将衍母除以各个定数所得到的商：$M_i = \dfrac{M}{m_i}$ 称为衍数。接下来他将满足 $k_i M_i \equiv 1 \pmod{m_i}$ 的正整数 ki 称为乘率，只要知道了各个乘率 ki，就可以得到方程组的解：

$$x = \sum_{i=1}^{n} a_i k_i M_i$$（此据维基百科）

这就是《数书九章》最具独创最具前沿的"一次同余式组"。1801 年，这一"一元不定方程组"，由数学的超级天才德国人高斯（1777-1855）得以系统地解决。而在 550 多年前的中国，宋人秦九韶（1208-1261）就已经解决。西人高斯的方法，竟然与 550 多年前的秦九韶一样。这便是秦九韶的传世数学巨著《数术九章》里的“大衍求一术”。“大衍求一术”是一次同余方程组问题的核心解法，现命名为“中国剩余定理”。

一

中国的二十世纪八十年代是一个希望在田野、硕果在田野的时代。

二十世纪八十年代的1987年5月21日，在中国，在北京，在北京师范大学，召开了“秦九韶《数书九章》成书740周年纪念国际会议”。这时距秦九韶仙逝的1261年，已经过去了726年；距《数书九章》1247年（南宋淳祐七年）成书，已经过去了740年！出席这个会议的有来自全国的科技史家五十多位，还有来自美国席文、焦蔚芳、比利时学者李倍始和日本学者道胁义正、吉田忠、川原秀城等。特别是给予过中国古代科技高度肯定并著有《中国科学技术史》的科学史巨匠李约瑟（J · Nedham），专门发电祝贺这一盛会的召开。大会共收到中、英论文60余篇、其中有30篇在大会上宣读。还专门就秦九韶的生平事迹和数学成就进行了几场专题报告。

自公元十五世纪欧洲的文艺复兴、大航海、工业革命以降，欧洲走出了古代时期进入到现代时间。无论文化、器物还是价值观，欧洲将其他国家抛在了身后，也由此产生了“欧洲中心主义”（十八世纪中后期）。也确实，在十七、十八、十九世纪三百年间，仅从数学而言，更是将其他国家甩得老远老远。特别是英国的牛顿（1642-1721）和德国的莱布尼茨（1646-1716）分别在英伦三岛与欧洲大陆两端发明了微积分。微积分的发明，这是数学史化时代的重大事件。微积分开启了现代数学崭新的天地，它给现代科学提供了最有力的数学支持。也由于“欧洲中心主义”，曾经辉煌过的远东（“近东”、“中东”、“远东”也是欧洲中心主义的地理称谓）中国，显然没有在他们的视野之内。直到十九世纪中叶，英国传教士伟烈亚力（Alexander Wylie，1815-1887）在《字林西报》（North China Daily News，英国人在中国创办的一份最有影响的英文报纸，1850年创刊直到1951年停刊）介绍了秦九韶及他的《数书九章》。这恐是《数书九章》及它的著者秦九韶第一次走向了西方世界。随后法国人、日本人也开始重视起这本二十万字的由汉字书写的数学巨著。

“秦九韶《数书九章》成书740周年纪念国际会议”，重新认识了中国这样位数学天才秦九韶和重新认识《数书九章》的数学史地位。事实上，这个大会是《数书九章》的世界数学史定位，以及重构了它的著者秦九韶。

二

秦九韶出生之前的普州（今四川安岳），不是一个随便可以在历史上忘掉的地方。如果把它置于巴蜀两核的成都重庆之间来观察，安岳都处在一个文明先发达区域。事实也是如此。1951 年新中国在巴蜀建第一条铁路“成渝铁路”时，在今资阳火车站附近发现了旧石器时代晚期的人类化石。这具化石，经专家们考证，有两点特别为人类化石所没有，一，这具人类化石是女性，是古人类发掘中唯一的女性；二，“她”的人头骨化石是中国发现的唯一早期真人类型，属晚期智人。由此，“她”被人类进化发展史上称作的“资阳人”。

“资阳人”是古人类的化石。而安岳石刻则是古人精神与文化的化石。据 2000 年 5 月的普查，历代石窟造像 218 处、造像 10 万余尊，是中国已知的佛教造像最集中的地方。安岳石窟始于南朝梁武帝普通二年（公元 521 年），盛于唐宋两代。从造像的历史和造像的造型与演变，安岳石刻上承云冈、龙门，下启大足。安岳石刻从佛教西来中土化的过程和历史，以及在此地经久弥新的存在，足可以表明普州安岳的人文渊薮是何等的灿烂。

隋时，安岳就是一个叫“资阳郡”的州治所辖。到了唐代，安岳属剑南道普州（安岳是普州治所）；到了北宋，它属梓州路普州；到了南宋，它属潼川路普州。南宋嘉定元年即公元 1208 年（或说 1202、或说 1207、或说 1209），秦九韶就出生在这样一个历史和文化底蕴都相当深厚的地方。

秦九韶在他的《数书九章》的署名为“鲁郡秦九韶”，为此，关于秦的祖籍地甚至出生地都争论不休。1987 年，在给“秦九韶《数书九章》成书 740 周年纪念国际会议”提交的论文中，有一篇题为《秦九韶籍贯考》（邵启昌）的论文，通过“鲁”与“普”的字形、唐宋郡县行政区域的划分以及某些文献就有了“普郡”一说等条证据，认定“鲁州”为“普州”之误。本文的写作，认同邵说。秦九韶是普州人氏而非鲁郡人氏。不过，随后的岁月，从这里出发，普郡秦九韶开始了他一生丰富多彩且仕途坎坷的人生。普州哪里知道，秦九韶哪里知道，普州为中国科学史、为世界数学史贡献了一位世界级的数学天才。

当然，自隋唐开科取士以来，至南宋几近六百年。学而优则仕，深入读书人骨髓。据 1993 出版的《安岳县志》载，普州一地，两宋朝就有 262 名进士。一样的，秦九韶的梦想，就跟他的父亲一样：苦读、考取功名、入仕、为官家、为朝廷、同时也可能如范仲淹似的居其庙堂忧其民。一句话，读书人的楚想就只有一个“入仕为官也为民”。我们从钱宝琮、徐吕方等撰写的秦九韶的年谱里知道，秦九韶一生并没有考取过功名。但这并不妨碍秦九韶积极入仕的信心和决心。

现在来看一看秦九韶的仕途吧：

绍定二年（1229），二十一岁，自南宋京城临安（今杭州）随父读书返乡。明嘉靖《郪县志》称"绍定二年，秦九韶擢县尉"。县尉，大约相当于后来负责治安的警察部门长官。一个返乡青年，一个并没有功名的读书人，怎么会得到这样一个官职呢？有说秦九韶是义兵首领，有说秦九韶是仕宦子弟等等，无论怎么说，反正秦九韶做郪县（今四川三台县南郪江）做县尉（一说1233年前后）始，秦便走上了一条没有功名但有官位的仕途。从绍定二年（1229）到淳祐四年（1244）近十年间，秦九韶经蒙古人入蜀浸扰之苦、投身抗元、顺川江流离，先后任过蕲州（今湖北蕲春县）副职通判、和州（今安徽和县）太守、建康（今南京）通判。淳祐十年（1250），四十一岁投于右丞相吴潜门下。吴潜嘉定十年（1217）状元，后因与权相贾似道理政观念不同受排斥。秦后来也投身于贾，这为秦的晚年的坎坷埋下了伏笔。宝祐二年（1254），四十六岁，离开吴门，赴沿江制置司参议官。四十七岁时定居湖州（今浙江湖州市）。据稍晚的宋末元初著名词人周密的《癸辛杂识续集下》讲，秦九韶在湖州的住宅"极其宏敞"，其中一间的楣亘之木足有七丈长，横楣是海棂之奇材做成，所有一切"皆出匠心"且"用度无算"。看来，秦九韶在湖州的日子是他一生中最惬意也最光芒的日子。宝祐五年（1257），四十九岁拜吴潜政敌贾似道，不久出任琼州（今海南琼县）代理知州，三个月后忽忽离职返回湖州。开庆元年（1259）五十一岁时再次投身于吴府，但因与周密齐名的南宋大词人刘克庄（时任工部尚书）反对，仕途受阻，仅得司农寺宰闲职。直到五十三岁时，才又了出任梅州（今广东梅县），不久"治政不辍"而"竞殂于梅"。享年五十九岁。

如果仅这一履历看，秦九韶就是两千多年文人和低级官吏的通常履历中的一个。如果这样的话，秦早就淹没在历史的深处，或者早在历史的云烟中飘渺无迹。如同杜甫与贾岛这般唐诗开山立派的杰出诗人，如仅就官阶，恐也无人识得在巴蜀近十年的工部员外郎杜甫、在秦九韶家乡普州任职司仓参军的贾岛……。但秦九韶不是诗人，也不是那些早已过去飘渺无迹的读书人和下层官吏，秦九韶是秦九韶。蜀人的独一，国人的独一，甚至可以说在他那个时代，也是世界的独一。

就在这一系列的为官旅途中。有三年时间，于秦九韶、于中国、于世界数学史，却是极为不平凡的三年。因为这三年即淳祐四年（1244）为丁母忧至淳祐七年（1247）间，秦九韶写下了天才般的著作《算书九章》。

三

于是，我们来到了《算书九章》成书 740 年后的北京。于是，我们来到了 1987 年北京“秦九韶《数书九章》成书 740 周年纪念国际会议”。

中国当代最权威的数学家和数学史家吴文俊、白尚恕、沈康身、李迪、李继闵等的“秦九韶及其著作研究专题组”给大会提供的论文指出:《数书九章》“是继《九章算术》等经典著作后一大革新”，其“大衍类可说是秦九韶的创作，其中，一次同余式组的解法达到了较完美的境界”，吴文进一步指出“秦氏在十三世纪发明的大衍求一术是有划时代意义的”，而且是“在当时仅有算筹作为唯一计算工具的条件下”得出的。吴文于此无比惊叹地写道：此大衍求一术“数据多而复杂，秦氏有非凡的计算能力，令人惊奇”。

时年 70 岁的南京大学数学系教莫绍揆提交的英文论文，将秦九韶的数学研究和成果放于中国数学史的长河里来考量。“In order to investigate Qin's contribution in the theory of equations we would sketch the history of the latter in ancient China”（笔者迻译：在研究秦的方程理论中，将勾勒出秦在古代中国的历史贡献）。莫教授说，从 Zhang Qiuhian（张丘建）、Wang Xiaotong（王孝通）、Jiaxian（贾宪）、Yanghui（杨辉）、Jiaoxun（焦循）等中国数学家所阐释的中国数学里的方程式解的历史里，可以看到 They both made great contributions（笔者迻译：他们都做出了巨大的贡献）。也就是说，莫教授认为，秦九韶在十三世纪所做出的杰出成就，与中国数学史在十三世纪之前，是领先于世界的。这篇讨论秦九韶数学成就的论文试图回答李约瑟之问：“尽管中国古代对人类科技发展做出了很多重要贡献，但为什么科学和工业革命没有在近代的中国发生？”

查有梁在《论秦九韶的“缀术推星”》里说：“从‘缀木推星’我们可以看到：‘缀木’逼近法在描述天体运行上是很科学的——这是后来牛顿所应用了的方法。从一般科学方法论看，这是把观察测量与数学演绎结合起来。由此可以看到：中国的传统科学的发展是可以通向近代科学的”。这是查有梁在研究了秦九韶数学成就之后的观点。遗憾的是，中国古代数学在到达秦九韶这一高峰后，便止步不前。至少说，当欧洲结束中世纪走向现代之后，中国的数学（包括整个科学）便被欧洲甩在了身后。

因此骆祖英在这个国际会议上呼吁：“正确评价《数书九章》的历史功绩，研讨秦九韶的学术思想，恢复秦九韶作为中世纪世界数学大家的应有地位，应当是数学史工作者不可推诿的历史责任”。

秦九韶生活在中国的历史里，生活在一个动荡的社会里，但秦九韶作为一位经世致用的传统中国读书人来讲，尤其是作为一位有着强烈“经世务、类万物”的科学家，北京师范大学的刘洁民指出：“在长期的社会实践中，他越来越深刻地认识到数学规律与客观事物运动规律的一致性，和数学作为科学技术及生产、生活实践的强有力工具的重要性，因此，他花费了十年光阴，倾注了无数心血，积累素材，去粗取精。……一方面，他继承了中国传统数学重视数学的实际运用；……一方面……第一个从理论性、系统性、严密性的高度去认识和研究数学的人”。

在考量秦九韶的数学思想和与中国哲学的关系，华中师范大学的周瀚光指出：秦九韶“不仅为数学的发展提供了诸如高次方和的数值解法和联立一次同余式解法等一系列重要成就，而且能够对数学本身进行反思，从数道关系的高度来考察有关数学的一系列根本性问题”。由此，周进一步指出秦九韶的“数道思想，既涉及到数学的起源和本质，数学在社会生活中的地位和作用，以涉及到算术和数理的关系、技艺和学问的关系等等”，由此这一切“无论对数学思想的发展乃至科学思想和哲学思想的发展，都具有很重要的价值”。因此，《数书九章》完整地表达了秦九韶“数与道统一”的思想。而这是其他数学家所不具备的。

李迪提供的论文转述许莼舫（1955）评价秦九韶的功绩：秦的大衍求一术的“解法比欧洲代数简捷得多”。

北京的这次具有历史意义的关于秦九韶和《数书九章》的学术大会，召开于中国思想大解放的时代，召开与中国向世界学习向世界看齐的时代。因此，大会上所提供的论文必然有关于秦九韶与世界关系的讨论。劳汉生的《秦九韶与 Avicenna 之比较》就是一篇重量级的论文。论文以李约瑟关于秦九韶的著名评价开始，集中讨论和比较了秦九韶与 Avicenna 同与不同。李约瑟关于秦九韶的著名评价是这样的“……可以断定他必然具有迷人的性格……在恋爱方面他的声誉同阿维森纳（Avicenna）不相上下”。阿维森纳，何许人也？

阿维森纳是活跃在十世纪末十一世纪初期的中亚自然科学家、医学家和哲学家。据称阿维森纳的著作达200多种，最著名的是《哲学、科学大全》和《医典》，前者是当时高水平的百科全书，后者直到17世纪时西方国家还视为医学经典。劳汉生认为，作为百科全书似的人，秦九韶不及阿维森纳，尽管《数书九章》里也一样呈现出秦九韶是一位百科全书般的人物。《数书九章》里涉及到的天文、地理、军事、贸易、营建、赋税等，这是之前的任何一位中国数学家都不曾涉及到的多样性。但作为数学家，劳文认为秦九韶远超越阿维森纳。在劳汉生看来，阿维森纳虽然对诸如欧几里德《几何原本》的阿拉伯文翻译有贡献，即阿拉伯对古希腊古罗马经典的翻译，一是保留了古希腊古罗马的血脉，一是为欧洲的文艺复兴提供了源头，但是，秦九韶的数学研究和数学成就“却是创世纪的”。

李约瑟所说的迷人性格，其实也包括了秦九韶作为人的多面性。譬如追逐功名利禄，譬如攀附权贵、譬如生活豪奢等。金无赤足，人无完人，古今中外，概莫如是，遑论一个生在乱世和末世的秦九韶。张秀琴在其《秦九韶评传》里，一方面指出秦九韶在人格上的缺陷，一方面哀叹“壮志未酬身先去，一代科学巨匠在官场倾轧中消逝了。”

……

四

如果，我们今天重返1987年那个初夏的日子，或者说，即或那个初夏已经过去了整整33年，我们依然会感受到正是这样一个高规格的国际会议上，才让世界至少让世界数学史，重新认识了秦九韶，重新定位了秦九韶。也因为这次大会，秦九韶进入到大众视野；也因为这次大会，推动了中国学术界对秦九韶和他的数学巨著的进一步研究。今天我们看到许多关于秦九韶的生平传奇和《数书九章》研究的著述，大都是这个会议之后的成果。

对于一个生于仕宦家庭、长于一个王朝行将灭亡的动荡时代的读书人，扬名立万，不是靠的功名，不是靠的官大，也不是靠的诗赋词曲，靠的是数学巨著《数书九章》。在《数书九章》的自序里，秦九韶开宗明义地写道：

> 周教六艺，数实成之，学士大夫，所从来尚矣。用其本太虚生一，而周流无穷。大则可以通神明、顺性命，小则可以经世务、类万物。

秦关于对数学的定义，显然基于道家的学说，同样也包括了儒家的思想。这是中国传统文化耳濡目染于秦的骨髓。秦九韶道、儒的结合，肯定数学这一艺可以“通神明、顺性命”。此处的“顺性命”并非有论者认为是数学神秘主义的表达，刚刚相反，由于有接下来的“经世务、类万物”的表达，可以看到秦九韶研习数学的功用和目的（即秦九韶所说的“以拟于用”）。秦九韶这一双重表达，事实上是对一个开科取士已成为那个时代那个社会读书人的必由之路的某种反叛，或者说，表明了作为一位数学家秦九韶准备或者开始与旧传统旧格局的决裂。这一反叛和决裂的标识就是《数书九章》。在这种前提下，秦九韶继续写道：

> 九韶愚陋，不闲于艺。然早岁侍亲中都，因得访习于太史，又尝从隐君子受数学。际时狄患，历史遥塞，不自意全于矢石间，尝险罹忧，荏苒十祀，心槁气落，信知夫物莫不教也。

这是数学天才何以成为天才的一段自注。虽然早岁对于四书五经不那么感兴趣，但却对周教的六艺（礼、乐、射、御、书、数），从来就没有失去过兴趣和信心。再加上年轻（大约十一岁到十四岁）时随父在京城临安学习天文，特别是得到高隐之士南宋后期著名道学家大家陈元靓（张秀琴，1987）在数学方面的指点。于是将自己闭关三年，写出了天才的《数书九章》。

> 立术具草，以图发之。

这便是秦九韶扬名立万的二十万字的煌煌巨著《数书九章》的前因后果。

这是中国数学史划时代的巨著和杰作！或者说，从公元五世纪《孙子算术》以来的八百年间的中国数学史的总结和高峰。

仅用三年时间写就一部高峰之作，不是天才是什么？不是超级天才是什么？所有的科学、艺术、文学等，除了勤奋和外部因素外，没有天赋，显然不足以成为大家的，更不要说成为如秦九韶这样卓然大家！正是秦九韶在十三世纪给世界贡献了“中国剩余定理”。

按照英国人斯科特撰写的《数学史》（英文，1967，中文译本，2008）的分期，自托勒密（？-168）去逝后，西方的数学（包括相应的科学）进入“黑暗时期”。二十世纪英国著名科学史家 WC.丹皮尔在其科学史巨著《科学史》（英文 1947，中文译本，2010）说“基督教的中世纪最坏一面：在科学研究所必需的特殊思想领域方面，是世纪是最虚弱的”。而这时的近东阿拉伯和远东印度与中国，却处在一个发展时期。印度有他们的数学天才巴拉马古（十二世纪），中国则有他们的数学天才秦九韶（十三世纪）。斯科特特别指出“13 世纪初是数学史上的一个相当重要的时期的开始”。从 1987 年北京“秦九韶《数书九章》成书 740 周年纪念国际会议”提交的论文看，秦九韶的《数书九章》正是这一“相当重要的时期的开始”的标识与标高。

遗憾的是，历史对《数书九章》的著者秦九韶并不太公正。二十四史最为芜杂的《宋史》竟没有秦九韶的传记。连与秦九韶最有关联的吴潜（《宋史·列传一百七十七·吴潜》、贾似道（《宋史·列传二百三十三·奸臣·贾似道》传里也无秦九韶的羚羊挂角。我们今天看到的秦九韶的生平行迹，大都散见在秦行迹的方志野史笔记里，或者说，有关秦九韶的行迹如碎片一般地散落在时间和空间里。比较完整的秦九韶的传记，是秦同时代的大词人周密《癸辛杂识续集下》关于秦九韶的笔记。不过这传纪，如徐品方、孔国平所著的《中世纪数学泰斗秦九韶》（2007）里所说“周密等人记载的失实，严重歪曲了秦九韶的形象”。确实在周密的这个秦九韶的小传里，对秦否多于臧、贬多于褒，但我们却在《癸辛杂识续集下》看到了其他关于秦九韶记录所看不到的，那就是秦九韶的天赋、好学、广博、多才、多艺。《癸辛杂识续集下》里说秦九韶：

性极机巧，星象、音律、算术，以至营造等事，无不精究。

再就是：

骈丽、诗词、游戏、毬马、弓剑，莫不能知。

除了四书五经，天下知识技艺，对于秦九韶来说，没有他不知道的，没有他不会的，甚至说没有他不精的。当然，正如这则序中所说言“愿意进之于道”。也就是说，他秦九韶在撰写的这部数学巨著，依然具有经用济世的功用和功利。确实也是，开庆元年（1259）在重新追随吴潜时，秦九韶将《数书九章》送与最高当局宋理宗，以求此书效力于国家，以求此书得到理宗的重视，或者说以求此书进阶于仕途高层。不幸的时，那时的南宋王朝已日暮西山穷途末路了。谁还有兴趣去关注一本与内忧外患无关的数学著作？《数书九章》在宋末的命运，就跟诞生它的王朝一样，在“文采与悲怆的交响”（《文采与悲怆的交响——话语中国（宋）》，2005）中，一部划时代的数学巨著生不逢时。

但这一切并没有湮灭《数书九章》的光芒，也没有湮灭秦九韶在数学上取得这般全才与天才的成就。秦九韶去逝两百多年后的意大利文艺复兴的巨匠们，哪一个不是天才、又哪一个不是全才（如达芬奇等）。事实上，秦九韶走在了他们的前面。当然，如果按传统的四书五经（南宋朱熹之后以经取士成为惯例）博取功名外，秦九韶的这些技艺显然是“不入流”的。于是，我们才会读到如周密、刘克庄等的某些挑剔、指摘、攻讦，以及不实之辞。

五

幸运的是，时间是公正的。

秦九韶不讳言自己的数学之根源于河洛、源于周易、源于八卦九畴，这看起来与西方近现代的数学理念有些相隔。但是，秦九韶生活的时代，整个西方还沉浸在神权的威势中，凡触及到与神相违的都会被视为异端：书遭焚毁、人遭火刑。而在东方的中国，秦九韶孜孜以求精研代数几何，探索数学的终极秘密和现实功用。秦九韶在写《数书九章》时就“信知夫物莫有数也”，于是“肆意其间，旁諏方能，探索杳渺”，求其“数与道非二本”。何谓“道”？“道者，盖万物之类，圣人之至赜也”（《隋书·经籍志》）。也就是说，中国的数学一开始就有追求万物本源的旨义，这与亚里士多德的“万物皆数”的西方数学概念不谋而合。或者说，秦九韶的“数与道非二本”的观念是一个极赋天才又极具先进的理念。而且我们还知道，“数学”一词，正是在宋元才取代了中国古老的“算术”一词，堂而皇之地走进中国学术领域。再如，西方的数学源于古埃及的因尼罗河的涨落测其产量和计算赋税，而《数书九章》共18卷，其中涉及到农业产量和赋税计算的就有7卷（五、六、七、九、十、十一、十二）。再如，西方数学史讲，数学与行政密切相关，《数书九章》里就有专门谈及行政与数学的关系有“赋役类”等。于此，数学作为一种“宇宙语言”（The language of the universe），在秦九韶这里，东西方是相通的。数学终极关注的空间与数量的关系和运算，也是《数书九章》研究、阐述和运算的对象。

中国没有忘记：

《数书九章》在明初的《永乐大典》（1408）录入；

《数书九章》在清中期的《四库全书》（1792）录入；

清道光二十二年（1842），“宜稼堂丛书”刻印；

民国二十六年（1937），王云五以万有文库“国学基本丛书”印行；

随着清末民初的西学引进，以中西观念对照研究《数书九章》在中国风起（在“秦九韶《数书九章》成书740周年纪念国际会议”上，李迪提交的论文《关于秦九韶与〈数书九章〉的研究史》，将中国与世界的“秦九韶与《数书九章》”的研究史分为四个时期，逐一评说，很是详实）；

当代数学泰斗吴文俊等编写的《中国数学史大系·两宋卷)》(1987，2000）的秦九韶篇，足足 436 页。这在中国古代数学家里，极为罕见。足见秦九韶在中国数学史的地位；

2012 年出版的《中国数学史最光辉的篇章：李冶、秦九韶、杨辉、朱世杰的故事》(2012) 一书里，评说的五位数学家，唯秦九韶，著者用“卓越的数学成就”专章论述。足见秦九韶在中国古代数学家的地位；

……

世界没有忘记：

集合论的创立人、十九世纪数学德国数学家康托称秦九韶发现“大衍求一术”是“最幸运的天才”；

同为十九世纪科学史家萨顿称赞秦九韶是“他那个民族，他那个时代，并且也是所有时代最伟大的数学家之一”；

1971 年，秦九韶收入美国出版的科学家辞典；

1973 年，美国出版《十三世纪中国数学》，李倍始（U. Libbrecht）撰写，全书共 6 编 22 章，仅“大衍求一术”在 23 章中就占了 9 章 200 多页；

二十世纪最杰出的科学史家李约瑟称赞秦九韶“具有迷人的性格”；

2005 年，牛津大学出版社出版的《数学史：从美索不达米亚到现代》，共录 12 位数学家，秦九韶是唯一的中国人；

新近，BBC 推出了大型纪录片《数学的故事》(共四集，每集近 60 分钟)。其中第二集《东方的天才》(The Genius of the East）讲述的是中古时期时的中国、印度和阿拉伯的数学史。在中国部份的 18 分钟的片长里里，数学家就只讲了秦九韶。该记录片用了“extraordinary stuff-highly”来称赞秦九韶。“extraordinary stuff-highly”一语，可以译作“非凡的”，也可以译作“登峰造极的”。如果按照 BBC 主持人的讲解，我认为“登峰造极的”符合秦九韶，因为秦九韶让“数学在中国完成了一次飞跃”，连同他的东方兄弟印度和阿拉伯的中古数学为西方近现代数学革命准备了一切；

……

秦九韶的家乡更没有忘记：

公元 2000 年，秦九韶的家乡安岳县建成了气势恢弘的秦九韶纪念馆。

从此，他乡遗骸无存的秦九韶落叶归根、魂归故里；从此，有了凭悼天才秦九韶的祭祀之地、有了象征天才著作《数书九章》的峨峨庙堂。

……

事实上，秦九韶和他的《数书九章》，早已经烙印般地写进了永恒的时间和广袤的空间之中。

茶的力量

清乾隆五十八年（1793），英国国王乔治三世派出马戛尔尼使团到北京，希望清政府在靠近珠山一小海岛，给英国商人提供商人停歇与收存货物的地方，当然，乾隆大帝断然拒绝了马戛尔尼爵士的这一请求。为此，乾隆大帝给英国国王写了一封长信。在这封长信里，乾隆大帝写道：

> 向来西洋各国及尔国夷商，赴天朝贸易者，悉于澳门互市，历久相沿，已非一日。天朝物产丰盈，无所不有，原不籍外夷货物以通有无。特因天朝所产茶叶、磁器、丝斤为西洋各国及尔国必需之物，是以加恩体恤在澳门开设洋行，俾得日用有资金，并霑余润。（《满清十三朝之秘史 · 清谭卷四 · 外交谈》，胡怀琛编，汪翰校，上海广益书局）

就笔者阅历，“茶叶”一词出自中国帝王之笔，这恐怕是天下第一次。而且，茶叶一物置于磁器、丝斤之前，可见在清一季，茶叶的重要，或者说茶叶贸易早已经超过了丝绸贸易与磁器贸易。尽管，茶叶出洋远迟于丝绸与磁器。但此时（十八世纪后期）的茶叶，已不再是中国的茶叶，而是世界的茶叶了！

一

“茶”，作为中国的原产植物，历史悠久。中古时期集茶及茶事之大成的书《茶经》里，陆羽（733-804）说，茶出自炎帝神农氏，后历代相传至唐。但追究，“茶”作为汉字不见于《说文解字》，也不见于《尔雅》，更不见于甲骨文。若按清人认定的“荼”即“茶”的话，“荼”也不见于甲骨文（《甲金篆隶大字典》，四川辞书出版社，2008）。段玉裁注《说文》时讲，“荼”籀文作“𦭜”，在《甲金篆隶大字典》里，“荼”最先出现在1942年出土的“楚帛书”（大约为战国晚期）。虽然“茶”不是最古老的汉字，但茶作为中国最古老又原生的植物，则是可以肯定的。在佛教东传的寺院里，因为可能的药用、僧众的修行所需，从南北朝开始到唐，茶及茶事已经足以可以让人为它专门写一部茶及茶事的百科全书《茶经》了。自班固《汉书》辟《食货志》以来，从唐始，茶及茶课便一直是历代《食货志》的重要部分。《旧唐书·食货志下》指出“贞元九年正月，初税茶。”贞元九年即公元793年。也就是说，茶及茶税进入正史的元年是公元793年。此后，茶课即榷茶法便一直为中央政府的官税。贞元九年设茶课定“每十税一”，自此“每岁得钱四十万贯”。饮茶者从寺庙里走出来，无论达官人，还是贩夫走卒，特别是当茶可以易中原之外域的战马后，种茶、制茶、贩茶，课茶税，便从民间逐步纳入和强行纳入到官方，到宋，已禁止私茶。在唐一季，茶课为盐铁使代管，在宋一季便有专门管理茶课的机构。《宋史·食货志》载：蜀茶“旧无榷禁，熙宁间，置提举司，收岁课三十万，至元丰中，增至百万。”《东京梦华录》记在外诸司专设“都茶场”。从《宋史》起，《食货志》里便专辟“茶法”，与盐法、酒法等共举。由于“茶之为利甚博”且“利尝至数倍”，嘉祐二年（1057）岁入一百二十八万，政和元年（1111）茶产一千二百八十一万五千六百余斤，收息一千万缗。到了明，茶事除了课税即“诸产茶地设茶课司”之外，《明史·食货志》还把种茶的户数、茶树植株数等，都列进《食货志》里内容，可见茶在明一季何等的重要。洪武年间（十四世纪后期），茶作为易马的重要货物和税科，茶业发展很快，汉中一地产茶三百万余斤（可易马三万匹）、四川产茶产一百万余斤。茶课为牙茶三钱、叶茶二钱，隆庆三年（1569），仅四川一地边茶税银高达四千余两。当然，茶业的发展和茶税的征收并非一帆风顺。嘉靖后期，由于陕西岁饥，茶户无所资。嘉靖末年（1566）御使潘一潘奏“增中商茶，颇壅滞，宜裁减十四五”。

二

就在明王朝单方面依赖茶税来支撑易马兴市和边关饷银时，再加上如陕西的岁饥，茶叶发展面临困境与茶农的困顿（《明史·食货志·茶法》记：嘉靖三十六年即1557年，“边饷告急，国用大绌”）。但是，因世界格局变化、地理大发现时代的来临，茶叶，本是中国的一种重要的经济财政来源，哗变成了中西贸易的主角，哗变了世界级的产品。

就在 1557 年两年后即 1559 年，欧洲人（也许通过葡萄牙取得了居住权的澳门，或其他地方）首先提到了茶——中国的茶！从此，茶成了“第一个具有世界影响的真正的全球产品”（《绿色黄金》）！在此之前，茶叶已在公元八世纪（另一说为六世纪）以佛教的方式东渡日本伽蓝，但那时的茶在日本还不是后来的茶于日本文化的重要构件，而只是作为药用的引进。闻名于世、后来又返回中国，影响中国的“日本茶道”，要等到宋代（十二世纪后期）的“茶斗”传入日本之后的十五世纪才形成和定型。茶到欧洲一个世纪之后，才姗姗登陆英伦三岛。谁会预料道，这一登陆，不仅改变了英国人的生活方式，从而改变了世界。

1662 年，葡萄牙公主凯萨琳嫁给了英国国王查理二世。凯萨琳嫁妆的清单里，除了摩洛哥的军事重镇丹吉尔、印度大陆的明珠孟买外，还有价值 80 万英镑的财宝。这些财宝里就有中国的茶叶与中国的茶具。随后，1689 年第一船中国茶运抵英国。开始是贵族，很快便在新兴的资产阶层，以及工人、贫民中，茶业成了英国人的日常必须品。2003 年牛津大学出版社出版的《牛津经济史百科全书》（英文）有关茶的数字记录是这样的：茶叶作为贸易大宗货物，1610 年抵达阿姆斯特丹，1657 年被英格兰公众所知道。从此，茶于英国与中国之间建立起了重要的关系。茶的消费高速增长：1678 年 4713 磅、1725 年 370323 磅、1775 年 5648000 磅、1801 年 23730150 磅。可以说在第一波全球化即地理大发现时代（十五世纪中后期至十八世纪），这个星球上，没有任何一件商品，像中国茶如雷霆般席卷英国，也没有任何一件商品有中国茶这般高利高税。到了十八世纪后期至十九世纪初期，英国的税收每 10 镑中，就有 1 镑来自茶叶的进口与销售。1711-1810，英国政府从茶业贸易中获得的税收，高达 7700 万英镑。十九世纪中后期，英国每天要喝掉 1.65 亿杯的茶，也就是说，英人每人每天至少要喝 3 杯茶，英国人每天摄入到人体内的液体有 40% 来自茶水。在英国，茶打败了所有饮料，包括先前的酒精饮料和后来风靡欧洲大陆的咖啡。由于饮茶，英国人的生活变生了几乎可以说得上天翻地覆的变化。《绿色黄金》转引英国著名小说家、记者和社会评论家乔治·奥威尔的文章：“一般来说，他们（英国人）连略微品尝一点处国菜也不愿意，……但如果没有茶和布丁，日子简直没法过。”1938 年英国的《每日电讯报》的评论文章讲：（英国人）“一星期不喝茶，世界就会乱成一片。”据说有一支英国民谣对于茶是这样颂扬的：“当时钟敲响四下，世上一切瞬间为茶而停了。”这就是直到今天还保留的英式“下午茶”（Afternoon Tea）。

由于饮茶，英国的文化传统也变生了变化。英国人与日本人在研究茶的推广、普及，以至于征服茶客时，有一个共同点就是：茶除了有药用的镇静或有时的迷幻作用外，最重要的是茶饮的过程。茶的冲泡，端茶给客人，与客人对饮或几人共饮。茶饮与酒饮有一个本质区别，在于茶饮的平净，更在于茶饮的相互平等和相敬如宾。日本茶道所追求的“单纯”、“清澄”、“调和”、“侘”和“寂”，尤其是“寂”，构成了日本人审美三大关键词之一（见《幽玄、物哀、寂——日本美学三大关键词研究》，[日] 大西克礼，中译王向远）。茶饮，带来了人的精神享受。同时，茶饮带来的平民化，正符合十七、十八世纪英国新兴资产阶层的崛起，也符合英国人的可以通过船坚炮利征服世界的另一种方式：绅士的方式。由此，茶饮的平民化又让茶饮具有仪式的意义。这与英国人信奉的基督教，有着千丝万缕的联系。这与日本茶道里的禅宗精神和气氛异曲同工。

三

茶，作为一种东方从未见过的商品进入英国，一开始是偶然，接着是必然。但无论偶然还是必然，茶进入英国时，原本只是作为一种饮料，并没有立即赋予茶的文化特质和文化价值。但英国人一开始便觉察到了来自中国的茶，有它的文化意义和文化符号。1686 年，英国议员 T · 波特，通过一份中文资料，列出茶的 20 种益处。20 种益处的前 19 种都与茶的药用功用相关，如 1. 净化血液，3. 缓解抑郁，8. 疏通阻滞，9. 明目等。但在最后一项即第 20 项时，T · 波特给来自茶贴了这样一个标签：“让人宽厚待人”。这一伦理的标签，也许是英国人已经感受到了茶饮带给茶客们相互间的平等，但这一标签却源于中国。

陆羽《茶经》第一句开门见山地写道：“茶，南方嘉木也”。也就是说，茶天生丽质，非一般树木可比，它表明唐人对茶树的伦理性认定。接着陆羽《茶经》的第一章里又说：茶，“最宜精行俭德之人”。如果说“茶，南方嘉木也”还只是对茶植株的美好评价，那么“最宜精行俭德之人”则赋予了茶的儒家伦理观念和儒家理想。茶，能在中国生生不息，以及东渡日本、西越欧陆英伦和美洲生根发芽光大（包括茶的贸易和茶的本土化），除了茶是一种既有药用功效且又便宜的饮料之外，与茶的儒释道（特别是儒家）伦理的赋予与植入密不可分。《茶经》以降，关于茶的种植、制作和茶文化的著述，虽不如注“四书五经”那般的汗牛充栋，但茶事著述同样巨富，如清人陆廷灿的《续茶经》里讲中国茶书“不可枚举”。仅《续茶经》第一章《茶之源》所搜罗和引证的书目，就多达一百余种。茶书于中国，是国学的重要部分。

跳过宋代，说说明季。在明一季，特别是进入中后期即万历以后，明一方面，政治上似无所作为，但经济特别是江南的一带经济，发展与繁荣则是中国历史上的一个黄金年代。中晚明的文人、商人、士大夫，生活极为讲究，茶就充当了这一闲雅且奢侈的媒介与文本。如屠隆的《考槃馀事》、高濂的《遵生八笺》等里记载描述的茶事，许多都叹为观止，如《遵生八笺》里记录的一套茶具竟多达十六件（而且每件有每件的功用）！本文选择两个非专门的茶书文本，来看一看茶事在明季的厉害。一个是虚构文本《金瓶梅》、一个是纪实文本《陶庵梦忆》。《金》成书于万历流行于崇祯（《陶庵梦忆》里就记有用北调演唱《金瓶梅》之事），《陶庵梦忆》成书于清初。茶到了明已经多样化丰富化，《金》里就记有“土豆茶”、“木樨金灯茶”、“芫荽芝麻茶”、“南风团雀舌牙茶”、“六安雀舌牙茶”等多种茶品，而且记载了“甜水茶”。七十三回，潘金莲吩咐下人：“你叫春梅来，教他另拿小铫儿顿些好甜水茶儿，多着些茶叶，顿的苦艳艳我吃。”中国茶引入英国后，有一个重要的改变，尤其是红茶，英人会在茶汤里渗入奶和糖（至今，这是典型的英式茶）。十七世纪初成书的《金瓶梅》里所看到的“甜水茶”，也许是一种巧合——英人会知道这种“甜水茶”吗？在中国，酒比茶先进入到人的生活和社会中，从遗存和后来的发崛的上古青铜制品看，有酒具无茶具。那时的酒具一实用二祭祀用物。在大英博物馆的馆藏中，有一件大约公元四年的汉代漆杯。这只漆杯，色彩对比强烈，据《大英博物馆·世界简史》中文译本中册认定，这是一只酒杯。中国的酒具从土陶（新石器时代）到青铜（商）再到瓷（宋元），中间还出现过漆制酒具（漆制品一般为木胎上漆）。

茶的进入是因为药用和禅义，其场景是净和闲，与酒的热烈和祭祀，完全不一样。《金瓶梅》凡写酒的场景，无不热闹，许多时候还是胡闹或者情色之前的暖场。写到茶就不一样了。凡是写到茶时，都是平静而且和谐的。二十一回“吴月娘扫雪烹茶　应伯爵替花勾使”里，吴月娘雪中烹茶写得如诗一般意境：“端的好雪。但见：初如柳絮，渐似鹅毛。……衬瑶台，似玉龙翻甲绕空舞；飘粉额，如白鹤羽毛连地落。……吴月娘见雪下在粉壁间太湖石上甚厚。下席来，教小玉拿着茶罐，亲自扫雪，烹江南风团雀舌牙茶与众人吃。正是：

白玉壶中翻碧浪，紫金杯内喷清香。”扫雪烹茶这一意象，是禅的意象，也是道家的意象，事实上它是儒家的意象。一个没有诗书传承的西门庆家，竟然出现吴月娘扫雪烹茶的场景，这不能不说哪怕对于一家暴发户，茶，依然有着它的地位和力量。甚至可以在这里嗅到茶“正能量”的象征意味：吴月娘可以善终（西门庆则是酗酒后纵欲而亡）。

遗民张岱在明清季替时，感“国破家亡”而“无所归止，披发入山”后写成的《陶庵梦忆》，所写之物，极尽晚明奢华。其中多次涉及到茶。卷四里提及二十四桥中的茶馆酒肆的繁华为“纱灯百盏，诸妓掩映闪灭于其间”（此繁华，与宋人的《东京梦华录》近似）；卷三“禊泉”一节里提及，此泉水“试茶，茶香发”；卷八，张岱为一名“露兄”（典出宋人米芾“茶甘露有兄”）茶馆撰写了《斗茶檄》，其檄最后一节为：“八功德水，无过甘滑香洁清凉；七家常事，管柴米油盐酱醋。一日何可少此，子猷竹庶可齐名；七碗吃不得了，卢仝茶不算知味。一壶挥尘，用畅清谈；半榻焚香，共期白醉。”茶之功德文章几于在此。卷三，张岱介绍了两种茶，一是兰雪茶一为闵老子茶。兰雪茶，产于越王铸剑之地。因此这茶“意不在雪芽”而在于“有金石之气”。在张岱看来，吃这种茶，不是吃茶的清香而是吃的历史和文化。在张岱眼里，兰雪茶就是作者国破家亡后试图奋起（复明）的寄托。张岱在这一节里详细地介绍了这种茶的制作方式和过程：“扚法、掐法、挪法、撒法、扇法、炒法、焙法、藏法，一如松萝。他泉瀹之，香气不出，煮禊泉，投以小罐，则香太浓郁。……取清妃白，倾向素瓷，真如百茎素兰同雪涛并泻也。”这段话，在我看来，比所有专业的茶书，更专业更有文化。在介绍“闵老子茶”时，张岱则是一副东方朔的派头：“……余曰：‘慕汶老久，今日不畅饮汶老茶，决不去。’汶水喜，自起当炉。茶旋煮，速如风雨。导至一室，明窗净儿，荆溪壶、成宣窑磁瓯十余种，皆精绝。灯下视茶色与磁瓯无别，而香气逼人，余叫绝。余问汶水曰：‘此茶何产？’汶水曰：‘阆苑茶也。’……余问：‘水何水？’曰：‘惠泉。’余又曰：‘莫绐余！惠泉走千里，水劳而圭角不动，何也？’”.

仅从明人的这两个非专门茶事的文本中，便可以看到中国茶事与茶文化的丰澹、滋润、多姿、多彩！

四

从公元一世纪到公元十八世纪。由于张骞偶然的发现，从太平洋到地中海长达约 6500 公里的横跨欧亚的通道（先陆路后海路）渐次被打开。东汉时，希腊人用“赛儿（Ser）”即蚕代指中国，四世纪到八世纪，丝绸和蚕是中国的代名词。十三到十四世纪，蒙元帝国恢复和拓展了汉唐时期的丝绸之路。此时，瓷器（尤其是清花瓷）成了中国的代名词（大写 C，“China”成了中国，小写 c，“china”便是瓷器）。到了十七、十八世纪大航海时代的到来，航运工具的现代化，大宗商品运输成为可能，中国的代名词不再是丝绸与磁器（事实上欧洲已不再需要这两宗商品），而是茶叶（据说“Tea”是澳门广东话“茶”的发音）。当茶成为中西贸易的主角时，中国的丝绸和磁器便退出了历史舞台。这时的中国，西人称之为“茶叶帝国（The Empire of Tea）”。

茶进入英国后，迅速成为英国各阶层的新宠和必须品。而且，茶与英国的文化形态和正在崛起的世界霸权，几乎一拍即合。在《绿色黄金》一书里，有一专章叫《着迷》。写茶事与英国人、英国政治密不可分。如：“漂亮的女人在泡茶时最漂亮”；“茶，让男女老幼几代人都聚会在一起共享天伦之乐”；“下午的茶派对，让人们更加礼貌和蔼可亲”；“茶店和休闲公园非常契合英国中产阶级以家庭为中心的伴侣式婚姻”；“茶成为 19 世纪反对酗酒的禁酒重要符号和有力武器”；“茶成为许多政治俱乐部的中心，为议会民主制的崛起贡献巨大”；……从个人到群体、从女性独立到家庭和睦、从禁酒到催生议会民主，茶于英国无所不在！茶的影响和重要，此已远胜于茶的故乡。再就是，茶事引发的与茶相关的诸种器物、场所，获得了更新和创造机遇。在英国进口中国茶壶的同时，英国开始了自己制作英国人趣味的茶具。当时中国的磁器出口仅仅作为茶业运输的压舱之物，而此时的英国茶具，已制作得美轮美奂。大英博物馆的馆藏中有一套维多利亚早期（十九世纪中期）英国制造的茶具“炻瓷镶银茶具”。《大英博物馆 · 世界简史》中译本下册里，专章介绍了这一茶具。这套茶具共三件，呈红棕色，一个约高 14 厘米壶嘴短的茶壶，一个糖罐，一个奶罐。茶具底部标有制造商的名字“伊特鲁尼亚工厂”。伊特鲁尼亚工厂位于斯塔福德郡斯托克城，而斯托克城是英国乃至整个欧洲的制陶中心。中国的茶，如此影响和改变一个国家和民族，这是世界史从来没有过的事（尽管，茶于日本文化中占有相当的地位）。但也正是因为茶和茶的贸易，世界格局发生了重要变化。

中国茶进口英国，从 1678 年 4713 磅，1801 年一跃达到 23730150 磅。不到 150 年，茶的进口翻了 5000 多倍！这是一个惊人的数字。在这个惊人数字的后面，则是一系列的故事。茶业贸易在1833年之前，一直由英国东印度公司垄断经营。东印度公司是英国殖民印度和殖民整个亚洲的“全权代表”和重要力量，它有自己的军队、战船、武器、商品贸易公司，以及传教、文化传播等。在经营茶业贸易过程中，东印度公司一是发现与中国政府不好打交道（如文前提及到的乾隆给英国国王的信中所讲），一是太远。于是在印度次大陆寻找与中国茶树一样树种，以便取代中国。东印度公司在1824年占领了当时还不是印度领土的阿萨姆邦。按照中国茶园的建制，并请来了中国制茶工人，经过若干年的经营（最高时阿萨姆邦有420000英亩茶园），东印度公司在印度的茶已据相当可观的不平。但是，这种茶依然达不到从中国茶的质感与味道。再加上1833年，东印度公司失去了垄断经营茶业贸易，需要某种机遇出来挽救这一颓势。一个叫罗伯特·福钧（Robert Fortune）植物猎人出现了。福钧被东印度公司派到了福建。福钧到中国的目的只有一个，选好的茶树和茶种，偷运植株与茶种到印度或者欧洲种植。当时中国的茶树植株和茶种，就如汉唐时的丝绸和蚕子一样，绝不允许输入他邦（尽管1728年荷兰人已经把茶的植株带到了好望角与锡兰，但直到1828年才有了像样的茶园）。福钧，不辱使命，在1849年运出了13000植株和10000颗茶种（在此之前东印度公司花了十多年时间试图运送中国茶种都告以失败）。不幸得很，这批植株与茶种到了印度，植株只有1000株活着（种植后存活只有3%），10000颗茶种无一颗发芽！不过，英国人在大航海时代、特别是在维多利亚时代，英国对于外部世界和自然界，有着异乎寻常的热爱和冒险精神。通过改进运输方法，1851年，福钧再次成功运出10000多植株，到达目的地时，有12838颗植株存活了下来（福钧的故事见《茶业大盗》，［美］萨拉·罗斯，孟驰译）。

这时的中国，茶叶依然是南方诸省的重要经济作物，茶税依然是财政的重要支撑。尽管乾隆二十二年（1757）乾隆大帝发出上谕“永禁出洋贩运”，但是，茶业的中西贸易并没有乾隆的禁运而中断，相反的是年盛一年。《清史稿·食货志》把茶法仅排在盐法、钱法之后，足见茶税及在清一季开始的茶业中西贸易的重要。咸丰三年（1853）因茶正式在福建设置海关，同治元年（1862）洋商已深入内地，只要持有官府发予的“运照”，茶叶便可经营。《清史稿·食货·五》说，“是时，泰西诸国嗜茶者众”，每年大约输往英国的茶业八十九万八千石左右。而且茶质远胜日本、印度、意大利、锡兰、爪哇等国。虽然此时中国已经开始进口日本的茶（同治十二年已呈逆差），但中国茶业依然成为中国最大宗的出口货物。就在这之前之后，整个东半球的地缘政治发生了翻天覆地且根本性的变化。

由于英国的茶业贸易，多年与中国处于一种逆差。绿色黄金茶进入英国，白银流进中国。对于一个十九世纪的超级大国，显然这不符合英国的利益。东印度公司一直在寻找替代茶业贸易逆差的商品。1758 年东印度公司获得制作鸦片的许可，1773 年，英国把葡萄牙对中国的鸦片贸易权夺走，1776 年，东印度公司向中国输入了 60 吨，至 1830 年，英国出口中国的鸦片已经高达 1500 吨（《茶叶大盗》讲过，"英国一些最漂亮、血淋淋的功绩就是东印度公司干的"）。到了 1840 年，中英鸦片战争便不可避免的爆发了。从 1793 年到 1840 年，不到 50 年时间，乾隆大帝曾经豪气万丈自诩的天朝大国，迅速步入到积贫积弱的时代。如果从这个角度观察，茶（Tea），在改变世界的同时，也改变了中国自己。

中国茶的茶源与茶榷及其他

“茶”，作为中国的原产植物，历史悠久。唐人陆羽（733-804）在《茶经》里说，茶出自炎帝神农氏，后历代相传至唐。但追究，“茶”作为汉字不见于《说文解字》，也不见于《尔雅》，更不见于甲骨文。若按清人认定的“荼”即“茶”的话，“荼”也不见于甲骨文（《甲金篆隶大字典》，四川辞书出版社，2008）。虽然“茶”不是最古老的汉字，但见于《尔雅》、《说文》的“荼”则是一古老的字。在《甲金篆隶大字典》里，“荼”最先出现在1942年出土的“楚帛书”（大约为战国晚期），后见于长沙出土的西汉印。段玉裁注《说文》时讲，“荼”籀文作“莽”。这一说法，不知段的依据何在。虽说，从文字考源来看，“茶”虽不是汉之前的古汉字，但由于“荼”的存在，茶，作为中国古老又原生的植物，则是可以肯定的。

一

当然，从植物的“荼”或“茶”，进入到中国人食谱（饮料），则并不是自古就有的。在清人王夫之看来：“茶者，古所无也，无茶而何税也？《周礼》仅有六饮之制。《孟子》亦曰，‘冬则饮汤，夏则饮水’而已。”（《读通鉴论·五代上》）何谓“六饮”？查《礼记·内则》“六饮”之六，为“醴（甜酒）”、为“黍酏（米粥）”、为“浆（稠的液体”、为“水”、“醷（梅浆）”、为“滥（泉水之类）”。这与陆羽所说茶作为饮料的时间，相去甚远。笔者相信王说，不相信陆说。因为，自宋始，怀疑古史，尤其是怀疑上古史，已经成为史学界的一个共识。到了清到了二十世纪二十、三十年代的以钱玄同、顾颉刚等为代表的“疑古派”，更是对上古史发起最猛烈的挑战。王夫之就是宋至民初这一“疑古”潮流的重要人物。一部惶惶巨制《读通鉴论》，就是一“疑古”的重要著述。王夫之断然否定了茶作为饮料在上古就有的说法。

清人陆廷灿，仿陆《茶经》体例，所编的《续茶经》集有史以来最全的关于茶及茶文化相关的文字记录。在述“茶之源”时，最先录汉许慎的《说文》（成书约二世纪初期）“茗，荼芽也”，然后是唐、是宋。其中有一关节录《唐韵》（成书约七世纪初期）“荼字，自中唐始变作茶”。但是，《续茶经》未注意到约四世纪中期的所著的《华阳国志》对“茶”的叙事。《华阳国志·巴志》里写道：“其地东至鱼复，西至僰道，北接汉中，南极黔、涪。土植五谷，牲具六畜。桑、蚕、麻、纻，鱼、盐、铜、铁、丹、漆、茶、蜜、灵龟、巨犀、山鸡、白雉，黄润、鲜粉，皆纳贡之。”如果对常璩（291-361）这一说持肯定的话，那么“茶”，一是作为“荼”的同义另字、二是作为饮料，最迟不会晚于汉代。因为，作为县治的“僰道”即今四川宜宾为汉所置。唐人最先记茶的当数欧阳询（577-641）。在其所著的中国最早的类书《艺文类聚》里，卷八十二草部下录“茗”。引《尔雅》（成书战国或汉之间）“槚，苦荼”，晋人郭璞（276-324）注“早采者为荼，晚取者为茗，一名荈”。《玉篇》（成书大约六世纪中期）释“荈”为“茶叶老者”。欧阳询引《吴志》“韦曜饮酒不过二升，初见礼异，密赐茶茗以当酒”。“茶茗”同义并列成词，此为首次。“茶”这一新字，并非“荼字自中唐始变作茶”。如依词典类书《艺文类聚》，“茶”见于初唐而非中唐；如依地方志《华阳国志》，“茶”见于四世纪。

“茶”从植物变成“饮料”，最晚成于上古（秦汉）末期至中古（唐宋）前期之间即魏晋南北朝时期（公元三世纪后期到七世纪初）。“茶”作为植物，后来怎样成为中土家家户户普及的“饮料”了呢?

这不是一个好回答的话题。或者说，这是一个几乎不能回答的话题。不过，不好回答或不能回答，并不一定妨碍去探究这一话题。天宝十五年（756）进士封演在其《封氏闻见记》第六章时说，“开元中，太山灵岩寺有降魔师大兴禅教，学禅务于不寐，又不夕食，皆恃其饮茶。人自怀挟，到处煮饮。从此转相仿效，逐成风俗”。如果照此看，茶是伽蓝开始的。也就是，当参禅学法的和尚疲倦，“茶”作为一种清醒剂或兴奋剂，缓减了打坐者的疲惫。进而从伽蓝寺院，走向俗处走向民间。这与茶宋（“茶斗”十二世）明主要是明（日本人桑田忠新的《茶道六百年》可证）东渡日本时几乎一样。茶。最先是伽蓝里的饮品。减泛的、镇静的、甚至是药用的。关于药用，《续搜神记》就讲过一个故事:“有人因病能饮茗一斛二斗”。当然，历史也许还从另一方面让植物的茶成为饮料的茶提供了另一种叙事。即《艺文类聚》引吴志所说“荼茗以当酒”。《封氏闻见记》也有类似的记载“韦昭饮酒不多，皓密使荼茗以自代”。也就是说，某一年某一天，用植物的一种叶片即茶树叶煮沸的水（或汤），替代用粮食或用果实发酵的酒。由此，茶“沫沉华浮、焕如积雪、晔若春敷”（《艺文类聚》引晋人杜育《荈赋》）进入不同阶层（一开始可能是达官贵人和士子）。饮茶从寺庙里走出来后，惠及皇亲国戚、达官贵人，贩夫走卒，迅速成为风俗。

二

按《封氏闻见记》记载，自唐开元“人自怀挟，到处煮饮。从此转相仿效，逐成风俗”。转相仿效，一定不是各自关起门来仿效，而一定是通过市场来交易。公元前一世纪，蜀人王褒（前 90-前 51）在其《僮约》（案，中土最早之一的交易契约）里写道“武阳买荼”一事。与《华阳国志》所述的“五谷”、“六畜”、“桑蚕”、“麻纻”，“盐”、“铜铁”、“漆”等一样，茶（当时还叫“荼”）的交易在公元前就已经开始了。同时表明，蜀茶的历史和蜀茶交易的历史在中国可能是最早的。王夫之就言之凿凿地讲，茶源自蜀:“至汉王褒僮约始有武都买茶之文，亦产于蜀，唯蜀饮之也”（《读通鉴论 · 五代上》）。《华阳国志》所说的蜀茶在汉已作为贡品上达皇室。这也是茶作为贡品的最早记录。公元前一世纪的“武阳买荼”一事，表明茶的交易已经成为市场商业的一部分，有交易便有交易成本，交易成本之一的税也就会出现。不过，茶税的出现，要等七个世纪之后的如王夫之所说的，在唐才出现的。

自班固《汉书》辟《食货志》以来，《食货志》记载了农、工、商、财、重要货物和财政制度大事。不过，《汉书 · 食货志》没有茶或“荼”的记录。《后汉书》又没有“食货志”。直到唐，《旧唐书 · 食货志下》说“贞元九年正月，初税茶”；又记贞元九年设茶课定“每十税一”，自此“每岁得钱四十万贯”。贞元九年即公元 793 年。也就是说，茶税进入正史的元年是公元 793 年。贞元九年设茶课定“每十税一”，自此“每岁得钱四十万贯”。从此，茶课即茶榷便一直为中央政府和地方政府的官税。

在茶和茶课进入宋之后，茶课、茶政都发生了重要变化。首先是茶政的变化。在唐，茶课没有独立机样所关，茶课为盐铁使代管。到宋，有了专门管理茶课的机构。《宋史 · 食货志》载：蜀茶“旧无榷禁，熙宁间，置提举司，收岁课三十万，至元丰中，增至百万。”这条所记，有三层意思。一、蜀茶虽早虽丰，但在唐时并没有官管，至宋才有；二、在蜀地，茶政专设一“提举司”所管（除了民间的，还有专为皇室提供的，如《东京梦华录》便记有在外诸司专设“都茶场”）；三、蜀茶的茶税甚为丰硕。这一变化，是唐所没有的。它表明“茶”和“茶税”及“茶政”在宋代财政及国家制度方面的重要性。另一变化是，在宋一季已禁止私茶。禁私茶这一制度一直到明。洪武三十年有一榜例，其中一款为：“本地茶园人家除约量本家岁用外，其余尽数官为收买。私卖者茶园入官。”从这一变化出发，“茶税”与“茶政”又带来另一个变化，那就是在唐及《旧唐书》的基础上，将原来的临时茶政定为永久性茶政。《宋史·食货志》里便专辟“茶法”，与盐法、酒法等共举。这一“茶法”延续于成明、清。

在宋，由于“茶之为利甚博”且“利尝至数倍”，嘉祐二年（1057）岁入一百二十八万，政和元年（1111）茶产一千二百八十一万五千六百余斤，收息一千万缗。除了茶税的丰厚外，茶在宋，已经成为上达皇室下直黎庶的普惠之物。宋徽宗在《大观茶论》里说“本朝之兴，岁修建溪之贡”。茶贡，在宋之前，虽有但没有形成制度，而在宋，如宋徽宗所说，宋太祖建宋时就开始了茶贡。茶税、茶政、茶有文化，在宋朝一季，可谓繁荣昌盛，登峰造极。名臣、大书法家蔡襄（1012-1067）专述《茶录》进奉天庭。其“序”说“臣退念莫木之微”，且“进上品龙茶，最为精细”；在“后序”中说，因“仁宗皇帝，屡承天问”，于是“密造《茶录》二篇上进”。《茶录》上篇论茶，计有“色”、“香”、“味”、“候汤”、“点茶”等十节；下篇论茶器，计有“茶焙”、“茶笼”、“茶罗”等九节。《茶录》并非第一部关于茶与茶器的著述，但却是第一部升格成皇室（即国家）茶艺（茶文化）的制度性著述。显然，这一著述对茶后来东渡日本发挥了重要理论和实践的启发性和仿照性作用。在大臣蔡襄的《茶录》后不久，“茶艺”和“茶文化”更升格成国家和皇室的重要礼制。这就是宋徽宗（1082-1135）《大观茶论》。《大观茶论》列“序”、“地产”、“天时”、“采择”、“蒸压”、“制造”、“筅”、“瓶”、“水”等关于茶叶生产的产地到茶的制作再到茶的饮艺诸方面，几乎无所不包。一个管理着一亿人左右大国的执政者，竟会沉下心来，著述一部茶生产茶工业茶艺的茶的百科全书！可见，茶、茶税和茶艺在宋一季的重要性。如果说茶在宋进入到国家本制的框架，那么到了明尤其是明中后期后，茶在士大夫在市井阶层风云际会蔚为大观。一说是《金瓶梅》的作者屠隆在其《考槃余事》一书里，专有茶事一章，计有“茶品”、如“阳羡”、“六安”、“龙井”计有制茶如“采茶”、“日晒茶”、“焙茶”、“藏茶”等，计有器物如“袖炉茶笺”、计有“择水”如“江水”、“长流”、“井水”等。专写晚明繁华的《陶庵梦忆》，茶事是其重要部分。除了写有“兰雪茶”、“悯老子茶”等之外，详细周全地写了许多明代时的茶事，如“露兄”一节里写的《斗茶檄》，“悯老子茶”一节里讲的泡茶用水等的故事都生动如今。《金瓶梅》虽是虚构，但在这部明中后期的百科全书里，茶事茶事包括家庭、朝廷（如蔡太师）、青楼等所有场所。至于茶品，可谓千百态，数不胜数。“苦芽茶”、“林犀金灯茶”、“蜜饯金菊茶”、“芫荽芝麻茶”、“苦艳茶”、“芝麻熏笋茶”等。

当南方（包括巴蜀浙闽甚或至更南的两广滇黔等）茶，可以以货易货或经茶税兑币以币易货，与中原之外（包括长城以北和青藏地区等）的战马交易后，种茶、制茶、贩茶，课茶税，更是强行纳入到官方系统。到了明代，这一重要性更加放大。茶政除了专门的中央机构“诸产茶地设茶课司”外，《明史·食货志》还把种茶的户数、茶树植株数等，都列进《食货志》里内容。可见茶事、茶政在明一季何等的重要。洪武年间（十四世纪后期），茶作为易马的重要货物和税科，茶业发展很快，汉中产茶三百万余斤和四川产茶一百万余斤。这时的茶课为牙茶三钱、叶茶二钱。隆庆三年（1569），仅四川一地边茶税银，就高达四千余两。《明史·食货志·茶法》记“番人嗜乳酪，不得茶……。自唐、宋发来，行以茶易马法，用制羌、戎”。其实，“以茶易虏马”之制在宋熙宁间（1068-1077）就已成定制。由此的经营，便是后来所说的“茶马道”的肇事开始。明太祖时，“令商人于产茶地买茶，纳钱请引。引茶百斤，输钱二百”。洪武时，“凡卖茶之地，令宣课司三十取一”。川、陕、甘茶第十株“官取一”而无主茶墨盒，由军士薅采，“十取八”，以易番马，设“茶马司”于秦、洮、河、雅诸州。行“茶之地五千余里”。这一段明史的记载表明：一、茶政、茶事的重要；二、以茶易马为国家的重大政策和重要事情；三、茶的产地和茶税的主要来源，已经从魏晋南北朝的江南一带经唐宋完全转移到了西南地区的川、陕、甘（后滇加入）。洪武时，汉中一地产茶三百万斤易马三万匹；永乐时，茶八万余斤易马本十四匹；弘治时，茶四十万斤易马四千匹；嘉靖时，茶五六十万斤易马万匹；万历时，茶五百引（案，一引为 100 斤）易马一千九百余匹……。《明史·食货志·茶法》为之前所有正史最为详细的“茶事”、“茶税”和“茶政”。

当然，茶业的发展和茶税的征收并非一帆风顺。嘉靖后期，由于陕西岁饥，茶户无所资。嘉靖末年（1566）御使潘一桂奏“增中商茶，颇壅滞，宜裁减十四五”。此时，由于官茶的窘境，私茶开始进入茶的交易市场（包括以茶易马）。如汉中府岁办官茶时兼以巡获私茶。仅获一私茶四五万斤。弘治间，都御史杨一清虽力尽在川陕甘复兴茶法。尽管隆庆三年（1569），四川一地边茶税银依然高达四千余两，但此区域的茶产、茶税和茶政已江河日下。茶到清，则是另一番天地。

三

首先茶产地发生了重要变化，因清代茶马易市不再是重要国事，依托川、陕、甘茶产、茶课的格局不再具有。《清史稿·食物志·茶法》一开始便写道：“我国产茶之地，惟江苏、安徽、江西、浙江、福建、四川（案，唯有川茶依然重要，据《清史稿》载，清在川设有“盐茶道”而且茶引分为“腹引”、“边引”和“土引”。）、两湖、云、贵为最”。江南诸省已经成为中国关茶重地和茶课重镇。这为清中后期茶的外销，外国人打探种茶制茶一事打下了基础、奠定了平台。此时的茶法分：官茶、商茶、贡茶。仅川茶一项，年课一万四千三百四十两，年税四万九千一百七十两。乾隆后期，茶开始偷渡出洋。这给中国原产的茶既带来机遇但更多的是带来了挑战。这时发生了一件关于茶的大事。

清乾隆五十八年（1793），英国国王乔治三世派马戛尔尼使团到北京，希望清政府在靠近珠山一小海岛，给英国商人提供商人停歇与收存货物的地方。当然，乾隆大断然拒绝了马戛尔尼爵士的这一请求。为此，乾隆大帝给英国国王写了一封长信。在这封长信里，乾隆大帝写道：“向来西洋各国及尔国夷商，赴天朝贸易者，悉于澳门互市，历久相沿，已非一日。天朝物产丰盈，无所不有，原不籍外夷货物以通有无。特因天朝所产茶叶、磁器、丝斤为西洋各国及尔国必需之物，是以加恩体恤在澳门开设洋行，俾得日用有资，并霑余润。”（《满清十三朝之秘史·清谭卷四·外交谈》，胡怀琛编，汪翰校，上海广益书局）就笔者阅历，“茶叶”一词出自中国帝王之笔，这恐怕是天下第一次。而且，茶叶一物置于磁器、丝斤之前，可见在清一季，茶叶的重要，或者说茶叶贸易早已经超过了丝绸贸易与磁器贸易。事实上，乾隆话音刚落不久，一场猝不及防的鸦片战争暴发。中国原来的“天朝物产丰盈无所不有”的神话被打破。

同治年间，茶课，上色（等）百斤税一两、中色六钱、下色四钱。即便光绪中茶出口达一万九千余斤，税二两五钱。此时，日本、印度等已向中国出口茶业，加上世界用茶大户英国，不再像鸦片战争前完全依赖中国原茶，而是一用印度茶替代二用自己从浙江福建偷运茶种自种成功的茶。到了此时，中国的茶产和茶政已经勉为其难了。如《清史稿 · 茶法》最后所说“夫吾国茶质本胜诸国……然则奖励保护，无使天然物产为彼族人力所夺，是不能不有望于今之言商务者。”呜呼，原生的中国茶、曾经不可一世的中国茶，在这段语焉不详难于言说又语焉甚详中走向衰退的命运。与此同时，在宋明两朝逐渐精致起来的茶艺，也走向粗鄙和大众。而从中国宋明（主要是明）东渡的茶事、茶艺尤其是茶艺，却在日本近六百年间形成了日本文化的重要组成部分的“茶道”。关门充大的时候，就是走向衰落的时候。连一种原产于中国的“绿色黄金”（英国人艾伦 · 麦克法兰语）茶叶及茶事、茶政也一样逃不脱这一定律。

从乾隆与光绪致英国国王书看中西文明在近世的节点

公元 1793 年 9 月（乾隆五十八年八月），英国使臣马戛尔尼在出使大清就要结束时，收到乾隆致英国国王的信（但马戛尔尼并没有亲见）。法国人佩雷菲特的《停滞的帝国——两个世界的撞击》（中文译本，三联书店，1993）全文录用了这封清皇致英皇的信。《停滞的帝国》说："原文是用中文古文写的，里面不断使用高傲的妆近于侮辱人语气"，因此，将原文"译成拉丁文的传教士仔细地删除了最傲的词句"即把"任何带有侮辱性的语词"删去。因此，我们在《停滞的帝国》看到这封信法文转译成中文时，内容和语气都较为轻松。这封信的中文曾载民国八年（1919）上海广益书局印行的《满清十三朝秘史 · 卷四 · 外交》里看到：

> 上敕谕吉利国王：尔远慕声教、向化维殷。……朕鉴尔国王恭顺之诚，令大臣带领使臣等瞻观……天朝物产丰盈，无所不有。原不籍外夷货物以通有无。特因天朝茶叶磁器丝斤，为西洋各国及尔国必需之物，是以加恩体恤在澳门天设洋行，俾得日用有资，并沾余润……天朝加惠远人，抚育四夷之道，且天朝统驭万国……

这段话在《停滞的帝国》第四十六章里是这样的：

> 咨尔国王远在重洋，倾心教化……。具见尔国王恭顺之诚，深为嘉许……天朝抚有四海，惟励精图治，办理政务……

现在很难考《满清十三朝秘史 · 卷四 · 外交》和《停滞的帝国》所录此文（据说此文本现藏大英博物馆）孰真孰赝。无论真赝，乾隆大帝在英国使臣面前，都如泰山视群峦：你个蕞尔小邦，来到天朝，就两件事，一件是观瞻大清国的教化文明，二是沾我大清国的便宜。前者说的是，大清的文明与英国比，英国就是未开化的国家；后者即便贸易往来，也是蕞尔小邦来我大清跟着大清国发财。

一个新兴帝国正在敲老牌帝国的大门；一个老牌帝国的大门却依然紧闭。

事实上，乾隆后期已经外强中衰了。

《清史稿 · 卷十五 · 高宗本纪六》记乾隆五十八年，年始就河南五县陕西三州春旱，紧接直隶二十一州大旱。上年即乾隆五十七年，河南二十五县大旱。乾隆五十七年至五十九年，旱灾水灾连连，虽然如往地在灾区（如河南、山东、直隶）减免“逋赋”（未交或偷漏的税赋），这与乾隆初下江南（乾隆十六年）时的“康乾盛世”，清王朝与往已经不能同日而语了。此时（十八世纪后期）的英国在工业革命的洗礼中，英国的领土从英伦三岛扩展到了北美、澳州、印度等（见《全球通史——1500 以后的世界》，［美］斯塔夫里阿诺斯著，中译本，上海社会科学出版社，1999）。而康熙二十八年（1689）与正在强势东扩的沙皇俄国签订了中国近世的第一个关于领土的《尼布楚条约》。《尼布楚条约》将未定的原来可能是清祖上的即外兴安岭及其以北的大片土地确认为俄国所有（我们后来看到，自《尼布楚条约》的签订，东北的领土割让，就如多米尼骨牌一样）。此时的英王乔治三世派马戛尔尼到清“希望传播英国的先进技术”以期望英、清的“贸易正常”（即非“朝贡”与“加恩”的关系），并“使之扩大”，进而“开辟新的市场”。但马戛尔尼进京却异常艰难，仅仅英使臣的“脱帽”、“跪”、与“半跪”之间，清英就争执许久（最后以半跪形式）。《清史稿》里记载的是：“上御万树园大幄，英吉利正使马戛尔尼副使斯东等入朝觐”。

从乾隆致英王的信上来看，乾隆认定：一、“天朝统驭万国”；二、与他国贸易只是“天朝加惠远人”；三、既便如此，也是天朝“抚育四夷”、“共沾余润”；四、“天朝体制”须“向使臣等到详加开导”。一、二、三、四，一句话，除大清天朝，任一他国，只是未开化的蕞尔小邦。拿法国人佩雷菲特的话讲，乾隆以为大清帝国就是“世界上唯一的文明”。

乾隆五十八年后二年来到了嘉庆，嘉庆二十五年后来到道光，道光三十年后来到咸丰，咸丰十一年来到同治，同治十三年后便来到光绪。这一百年间，是清从盛世缓慢到急速走向衰退和败亡的一百年。这一百年，也是外来文化和外来势力从缓慢到急速进入中国的一百年。当然，这一百年也是内乱外患的一百年。内乱，从嘉庆起的白莲教到咸丰元年的洪秀全金田起义。这一内乱直到同治三年太平天国灭亡至。从同治到光绪，清在面对内乱与西洋进入的双重危机，以一个女性之力开启了所谓的“同光之兴”的“中学为体西学为用”的洋务运动。当然，也是这个女性的骄横与愚蠢，先是甲午（1894）输光了洋务运动的本钱，接着因“庚子拳乱”，1900 年 6 月 21 日，清向英、美、法、德、意、日、俄、西、比、荷、奥 11 国同时宣战。大清惨败的光绪二十七年（1901年），清与英、美、法、德、意、日、俄等 11 国签订了丧权辱国的《辛丑条约》。《辛丑条约》的签定，可以说大清的气数基本已定。

在这一系列对清打击期间，先是洋务运动失败，后是戊戌变法（1898）流产（仅百日），但历史的吊诡与奇迹在于：并没有因为这两次中国近代史上的重要变革的失败而埋葬，相反的是，洋务运动积累的经验和留下的资产，戊戌变法留下的新思想，在十九世纪末到二十世纪初，则开启了东向日本西向英美学习的道路。同样是实际执掌“同光”大权的女性慈禧，决定或者同意了这一系列向西洋学习的决策。

这便有了光绪帝于光绪三十一年（1905 年）致英国国王的国书。信全文如下：

> 大清国大皇帝敬问大英国大皇帝：中国与贵国通好有年，交谊益臻亲密。夙闻贵政府文明久著、政治日新，凡所措施，日臻美善。朕，眷恋时局，力图振作，以亲仁善邻之道，为参观互证之资。兹特派署兵部侍郎徐世昌、镇国公载泽、商部右丞绍英前赴贵国考求政治。该大臣等究心时务，才识明通，久为朕所信任。爰命恭国书代达朕意，惟望大皇帝推诚优待。俾将一切良法美意从容考究，用备采酌施行。实感大皇帝嘉惠友邦之厚谊。大清光绪三十一年八月初九。（原件藏台北故宫博物院，本文作者句断）

至清光绪帝，虽然还自称是大皇帝，但通篇言语和语气，就是一位小学生向一位老师请教（治国理政的）学问的言语和语气——极谦恭言语和极谦恭的语气——与他的爷爷的爷爷乾隆相比，用俗语讲，真的就是“风水轮流转、各自三五年”了。

何以如此落后了。无论是文明的无形资源还是文明的有形资产，此时的大清都远远落后于领现代文明重要发祥地之一的英国。英国最先敲开了中国的大门（1840），终于，被敲开了大门的大清转身去学习。向东学习打败了北洋水师的日本（原来汉字文化圈的学生或小兄弟），向西学习最先敲开了中国的大门的英国。历史如此的残酷和残忍，在此，丝毫没有给老大帝国清帝国留下一丝丝情面。

为什么会这样？

《停滞的帝国》有一段可以说明。这段话是：

> 尽管在许多民族的行为中可以发现变态的迹象，但没有哪个国家比满族统治的中国在这方面走得更远了。对于一个民族——一种文化，一种文明——来说，这种变态不仅表现为自视比他人优越，而且在生活中认为世上唯有他们才存在。我们可以形之为集体孤独症。

“集体孤独症”，不仅仅批评了满清的皇帝，同时也批评了这种文化治化下的国民。

从乾隆大皇帝的“远慕声教向化维殷”到光绪大皇帝的“文明久著政治日新”，我们看到了近世的“集体孤独症”带给中华文明的损害和破灭。同时，我们又看到这个古老文明的衰变更新时的内生机制与外来因素。从晚清民初来看，这一古老文明的更新与再生，更多的源于外来因素。

因此，在这则小文结束之前有必要再讲到另一件事：光绪的这封致英国国王的信，当是中国近代史最著名也最重要的一件事，即五大臣出洋学习（学习是为了“预备立宪”；而出洋时反满的革命党人炸了五大臣乘座的火车，为后来的暴力反清树立了的榜样），但《清史稿·卷二十四·德宗本纪二》却没有记录“五大臣出洋”之事和光绪致英国国王的国书的事。同样，《剑桥中国晚清史》（[美] 费正清等编著，中译本，中国社会科学出版社，1993 年）也没有记录这一事件。此事便有些蹊跷：未必然，撰写《清史稿》的民国史家，不愿去碰这一有伤中国满清皇帝面子的事。那么《剑桥中国晚清史》西洋东洋（其第七章《1901-1911 年的政治和制度的改革》是由日本人古宙三撰写的）的外国史家，怎么也会回避“大清国大皇帝敬问大英国大皇帝”这一国书之事呢？

《易》，在城市文化重建的一种路径

“城市化（Urbanization）”是自工业革命开始的概念，更是二战后的概念。城市化的过程就是工业化的相伴相生相辅相成的过程；城市化本身，也是这一过程不断长成的硕果。中国的“城市化”——现代意义的城市化——自二十世纪最后十年和二十一世纪第一个十年，不仅步了快车道，而且在短短二十几年间，就敢与世界城市化水平比肩。中国的城市化，是中国改革开放最重要的成就，也是世界版图进入到二十一世纪最重要的景观和改变。但是，与世界的城市化一样，中国高速发展的城市化面临世界城市化所面临的城市病一样，让中国猝不及防。加上地方对城市化的“政绩”需要，更让中国的城市化中的城市病直接而尖锐地面对我们：人口膨胀、交通拥堵、环境恶化、食品安全、就业困难、身心疾病（譬如 2003 年京、广等大都市的“萨斯”，让全中国 13 亿人跟着受惊吓；再譬如埃博拉对欧美的恐惧）、日重一日的雾霾等。除了这些世界城市病通病之外，中国的城市化还有自己最为独特的城市病：盲目向周边摊大饼式的扩张所引发大量耕地被占、地产泡沫、人地矛盾尖锐、城乡居民对立、管理者与被管理者对立，从而诱发的暴力屡见不鲜，以及拌生的贪腐等等。除此之外，中国的城市化还拌随另一个具有自家特色的城市病，由于贪腐、贫富分化和道德瓦解，特别是道德式微，跟城市化的文化建设，带来诸多病灶和矛盾。从这一点讲，如何重建城市文化，或者说如何拯救城市，并非一个伪命题。

解读这一命题有多种路径，笔者想起中国“六经”之一的《易经》，也许可以作为一条路径试试。

周文王所演“易”的吉卦凶卦，恐怕正是人面临无比尴尬的无可奈何之举。儒家和道家，都从《易》里获得营养，或者两者的源头都是《易》。《论语》“子罕”篇里有吉凶相互联系相互转环的论述。在有人称颂孔子“伟大”时，却说孔子无名。这时的孔子就说，“吾何执？执御乎？执射乎？吾御矣”（“我干什么呢？赶马车呢？做射手呢？我赶马车好了”——杨伯峻译文）。也就是说，什么才能叫“有名”呢。对于他人，做君做师，是人最高目的也是最高境界（也因此带来的仇杀、血腥、阴谋以及追名逐利）。但对于平民孔子，孔子一本正经却又自嘲地说，一个人做一个马车手就很不错的了，或者说，就可以安身立命了，何非去仰慕“高大上”或就成全“高大上”呢？先知孔子看得清楚：做君者时时惴惴，做师者也会日日惴惴。做马车手，便会用不着那样成天提心吊胆。在凡人与伟人间，别人（尤其是后人）讲孔子不是凡人是伟人，而孔子呢则认为选择做凡人才是正确的。在《老子》里面，这样的论述就不胜枚举了。如:“有无相生、难易相成、长短相形、高下相倾、音声相和、前后相随”；如:“生而不有、为而不恃、成功不居”；如:“多言数穷，不如守中”；如:“以其无私故能成其私”；如:“视不可见、听不足闻、用不可既”；如:“柔胜刚、弱胜强”……至于说到庄子的“桂可食故伐之，漆可用故割之”，更是把万事万物的转环推到极至。从历史的一般进程看，城市与乡村，城市往往代表文明和先进，对应之比，乡村往往代表愚昧与落后。殊不知文明与愚昧、先进与落后，或者说，以“后现代（Post-modern）”的观点看，“文明（civilization）”与“愚昧（ignorance）”、“先进（advanced）”与“落后（lagging behind）”，并非一成不变。

众所周知，《周易》是一部上古（两周）时代的“算命”的书，即“贞吉”“贞凶”的书，也就是占吉占凶的书。那么肯定是有关问天、问地、问人和问史的书。天象、天气、农时、农事、筑城、建房、起灶、婚媾、战争、封王、成侯，殷鉴、凶兆怪异、……不一而足，无所不有，无所不包，都在文王的蓍草里，也都在文王的筮辞里。尽管《周易》里充斥着的臆想和心理暗示，但它对中国文化和中国人有着不可抗拒的力量。或者说，像《周易》里的这些臆想、暗示，充满着无穷的魅力。本来，贞（“贞”即“占”）吉贞凶，一般地说是要指具体物的，如天象、地理、灾难、丰歉等。《周易》的另一伟大在对一种很难说得清的非具象的“德”，也发出了“贞”。在《周易》“讼”里，《周易》指出:“六三，食旧德，贞厉，终吉。或从王事，无成”。什么意思呢？人的道德，也可能就像日蚀月蚀那样，一定是有残损的。既然一定是有残损，那么就应该按照过去已经形成了的一套道德规范来约束、来管理自己，那样才不会有危险。如果不这样，无论做什么事（包括王事），都会一事无成的。于是，我们看到了一部占卜天、地、自然的书，对非具象的人的道德，原来是很关心的。在《周易》里，中国文化，即使在战乱频繁、灾难频繁的初民的年代，道德是十分重要的元元素和元构件。而且由这么一句“取象之辞”，最初建立起了中国人的道德谱系。在《易》里，“豫”里有“成有渝”；在“随”里有“官有渝”。“豫”里是这样说的：“上六，冥豫，成有渝，无咎”。在“随”里是这样说的：“初九，官有渝，贞吉，出门交有功”。“渝”即堕落、败坏之义。也就是，文王演此卦时，文王意识到：如果整个城市堕落了，败坏了，那不仅城市没有救，而且城市里的人也无可救药。不过，万物并非一成不变。也就是说，倘若我们先前就知道、就来认识、就来预防。那么，我们有可能“把坏事变好事”式地得到一个没有灾害的年份和城市。可见，在《易》里，有无道德，成了一个城市有无灾害、是否得利的基础和原点。而且，可能从中获得经验、教训，以及促使城市繁荣与和谐的启示。

对于统治者和管理者来说，以德服人是重要的，如历史上尽善尽美的“二帝三王”（尧、舜、夏禹、商汤、周文王），就一直对于中国历史起到其他力量不可代替的作用，尽管他们的尽善尽美，很多是后人的臆想和伪托，也未必可信。但毕竟作为一种理想，有它存在的意义和价值，也作为对后世治理模式的一种反观。《易》临卦有：一，“初九，咸（感动—引者注。下同）临，贞吉”；二，“至（信服）临，无咎”；三，“敦（敦厚）临，吉无咎”。“临”作管理、管制、统治讲。在《易·临》里，文王所演的卦，几乎全部与管理者的道德相关。也就是说，用能使人感动的、能使人信服的、能使人敦厚的管理、管制和统治的方法，社会和人，才能让其管理和统治。当然，作为王或立志成王和即将成王的文王的卦书，仅有道德是不够的。就在《周易·临》篇里，还有两条这样的筮。一条是“九二，威临，吉，无不利”；另一条是“六三，甘（严）临，无攸利，既忧之，无咎”。这两条说的是，对于一个管理者和管制者来说，还得“以威管理”和“以严管理”。只有这样，天下才无咎，天下才会大吉。不过，《易》里这些“威”也好，“严”也好，都是建立在管理者的道德平台上的。于此，“威”、“严”的法治当然是重要的，但基本却是以德的方式对人的感化与约束。对于一个异常庞大且又异常复杂的城市，城市病的治理和疗救，法治在前，德治在后，或者说，法、道共治。不是没有办法的办法，而是一种可能的必须。

《周易》的道德观，在《论语》，成了中国文化后来的主旋律和传统；在《老子》，成了天地的自然生成生长规律。一《论语》，一《老子》，都从《周易》处发墨。前者在仁在礼，后者在天在道。前者规范行为，后者揭橥事由。《易》显现出来的许多玄而又玄的卦，事实上弥散着先秦就已经有了道德观和道德实践——形成并影响两千多年来中国文化和中华文明的道德谱系。城市除了自然生长，还应在道德里生长。由于中国农业社会的长久，使得“德”主要依托于乡村（无论士绅阶层，还是农人本身），在“渔樵耕读”与“晴耕雨读”的传统中生生不息。但在城市里，几乎找不到它们的印迹。尽管明清两季晋、皖商业的兴起和晋、徽商人的成长，极大地改变了中国大一统的农耕社会面貌。但是，无论晋商还是徽商，虽说德对于商业的诚信，起到了奠基的作用，但对于城市的构建，并没有起到过大的作用。相反，在中国传统社会里，“农本商末”成了中国几千年社会经济的主旋律，更有甚者，“无奸不商”成为农业文明反动的代名词。直到清中后期的士子学人，无论治经的还是治史的，不是在朴学上缁铢必计，就是在陈、朱、陆、王伦理学上绕来绕去，在他们的著作里，很难找到德与城市相关的话题（德与人的关系倒是汗牛充栋）。现代城市化，是欧风美雨引入的概念和术语（费孝通的 China's Gentry《中国的士绅》就持这种观点）。进入二十世纪的前五十年，中国忙于推翻帝制、建立共和、反抗外敌以及不断的革命，没有精力考虑城市问题。民国时期，倘若有，积极有为的如 1934 开始的“新生活运动”；消积无解的是 1948-1949 的城市金融保卫战。直等到了 1949/10 新政之后，城市化问题历史地摆在了新政面前。1954 年以中华人民共和国第一届人民代表大会为标识的城市化的进程，但不久的 1957 年反右和随后的冒进（大跃进、人民公社等），使得五十年代初期欣欣向荣的城市化进程嘎然而至。进入二十一世纪的当下，城市化对于当代中国，既是亢奋的，有时也可以说是茫然的确。前者，高速发展取得的业绩，让世界瞠目结舌；后者，问题多多，让国人埋怨。城市发展与城市问题，城市的伦理与城市杂乱，共生共长地摆在了当下。

好莱坞有不少的电影涉及到城市的堕落和溃败，最后得以解决的大约有两门武器，一是“爱”，二是“公正”。这两门武器，虽然有些先验，也有些抽象，但它至少表明了人类的一个共同愿望，那就是可能属于人本身的道德力量，可以以独立姿态出面来治疗城市病。出于自然性质的即人性的“爱”，或出于非自然性质的“公正”，这在《易》里都会找到它们的因子，甚至可以说，都没有超出《易》里的“咎”与“无咎”的道德谱系。西方有一种叫“城市空间学（Urban Space Science）”的理论，其中一条即是“城市的本质是关于人的（Cities are fundamentally about people）”。关于人于城市关系及本质的，有三个必要条件即：人的居住（people live）、人的走动（people go）、人的相遇（people meet）。无论居住、还是走动和相遇，特别是走动和相遇，都与道德息息相关。我原一直对道德至上持怀疑态度，原因有四：其一、“德”的内容是什么（孔子的“仁”和“恕”）？其二、“德”有没有一个普世而永久的标的？其三，由谁来执行和监督“德”的推广？其四，君王的言行是否就是“德”的化身？具体到以德治（城）市方面，德又将以什么样内容展示，以及又以什么样的方式介入？似乎没有从理论层面上来思考，更没有从技术层面上来推进。当中国高速城市化的过程中，既然法不能全部直面城市病时，或者说法不能彻底化解城市化困境时，可不可引入到道德上来？回到道德，构建城市伦理，不是临时抱佛脚，更非饥不择食，也许，我们可以由此打开另一扇门。从文化自信上讲，这可能也是具体的表征之一。而这，在几千年前的《易》里，给了我们一些昭示。

“恕”的当代意义——兼议《儒家角色伦理学》

一

在《论语》词汇里，或者在儒家词汇的关键词中，“仁”、“智”、“礼”、“义”、“信”等很重要。因为这五词深深地打上了儒家先天的、也最为核心最为根本的基因，同时又被一代又一代的注经家、解经家们打上不同时期的烙印（譬如汉儒、宋儒等）。或者说，由这五词建构的儒家核心伦理与思想，为我们所熟知。就《论语》文本来看，确也如此。根据近人治《论语》大家杨伯峻的统计，这五词在《论语》里出现的词频依次为：“仁”109次、“礼”74次、“信”38次、“智”116次（《论语》里无“智”一字，只有“知”。当“知”作“智”讲时，共25次，“智”在《孟子》里31次）、“义”24次。五词之外，儒家伦理里还有一个重要的词即“忠”（“忠”在《论语》里出现18次）。按照一般的注经家来看，“仁”、“智”、“礼”、“义”、“信”更多地是指个人对自己与社会对自己的要求（这也是儒家传统的核心构件，即儒家伦理的一个支撑点和原着点：“修身”），而“忠”，按照杨伯峻的理解，认为“忠”，是“有积极意义的道德”，但“未必每人都有条件来实行”。也就是说，“忠”于个人的修身来讲，是一个更高层次的伦理层面。或者说，“忠”于个人的修身，涉及那一个单独人的条件。倘若那一个单独的个人，不具备“忠”的条件，（譬如，我们常常犯难的所谓“忠孝不能两全”的时候）就没有必要去要求那一个实行。“仁”、“礼”、“义”等儒家关键词汇，在《礼记》（《礼记》有可能成书比《论语》晚）

里已经高频出现，但是“恕”却神龙见首不见尾。虽然在《礼记·大学》里有“所藏乎身不恕”之说，但是孔子定义的“恕”，则开辟了儒家伦理的另一个原则或儒家的最高理想。

“恕”在《论语》文本里是一个极重要的词语，但“恕”却是一个比“仁”、“智”、“礼”、“义”、“信”及“忠”出现频率少得多的词语。《论语》大约12000字，“恕”一共只出现过两次。一次在《里仁》章：

> 子曰：“参乎！吾道一以贯之。”，曾子曰：“唯。”子出，门人问曰：“何谓也？”曾子曰：“夫子之道，忠恕而已矣。”

一次在《卫灵公》章：

> 子贡问曰：“有一言而可以终身行之者乎？”子曰：“其恕乎！已所不欲，勿施于人。”

从这两段叙述所展示的场景以及它背后所生成的词语能指与所指看，“恕”甚至是一个更基础的词语。《里仁》里讲得是，门人不懂孔夫子所说的“一以贯之”为何物，作为十六岁便拜孔子为师且又勤奋好学，显然是很得老师传道旨义的优秀学生曾子。因此，当孔夫子走后，曾子便给门人们揭秘，说老师的“一以贯之”的道就两字，一字为“忠”、一字为“恕”。子贡是一个比曾参更优秀的学生，或者更为知晓老师道统根本大义的学生之一（另一恐怕便是颜渊）。就在《卫灵公》章里，子贡连续问学问道：先是问“行”，何谓“行”，孔子说，忠厚严肃的行为才叫“行”（“行笃敬”）；再问“仁”，何谓“仁”，孔子说，培养仁德，要敬奉官员里的贤人，要敬奉与他们相交的仁人（“事其大夫之贤者，友其士之仁者”）；三问“一言而终身行之者”，孔子说：就是恕罢！自己不想要的任何事物，就不得强加于他人（“其恕乎 !已所不欲，勿施于人”）。“恕”在《论语》文本里只出现过这两次，一次来源于学生的转述，一次来源于夫子自己的声明。仅这两次，无论是转述还是夫子自道，都是孔子做人做事的基准和根本，同时也是孔子希望他人做人做事也这样。如果说儒家倡导并由孔子身体力行的“修身齐家治国平天下”是儒家“内圣外王”精髓所在的话，那么，建立在“修齐治平”基准点的不是“仁”，不是“智”，甚至也不是“礼”（从社会伦理和等级来看，孔子对于“礼”的看重比“仁”更重要），而是孔子对自己的要求“恕”。

何谓“恕”，孔子一言以敝之：“已所不欲，勿施于人”。

二

关于“恕”,历代注经解经有过不少精当的说法。《儒家角色伦理学》([美]安乐哲,[美] 孟巍隆译,田振山等校,山东人民出版社,2017 年 3 月初版一印)给予“恕”的解经,是笔者近期看到的很高的评价。主要有:一、“‘恕’是儒家伦理核心的重要词汇,‘恕’所表达的,既是道德困惑,也是对找到最恰当回答的开创性探索”;二、“‘恕’有一种认知与谋虑功用”,是一种最恰当最便捷的“推己及人”本体与示范工具;三、“恕”应当而且“必须要理解成为欣欣向荣的社会培养出人与人之间的相敬风气”;四、“‘恕’在根本上是一种审美倾向”。在美国知名汉学家、美国大儒安乐哲看来,“恕”就是儒家角色的伦理基础。《儒家角色伦理学》是一本专门讲述并论证儒家在世界文化“场”里的独特地位和现代化意义的专著。该书从儒家的角色伦理契入,认为儒家是一种可以打破西方基督文明试图同质全球的并获得普适意义的一种文化和文明。显然,这一对儒家文明是一种全新的注读。也就是说,当西方自十五世纪开始的文艺复兴到后来的工业革命以降所开创的现代化意义的现代文明与现代器物,让原来长期保持着先进文化的中国文明沦落。如《十九世纪欧洲思想史·导论》([英] 约翰·西奥多·梅尔茨,周昌忠译,商务印书馆,2017 年 2 月初版二印)就说过,欧洲的十五世纪的文艺复兴的世纪、十六世纪是宗教改革的世纪、十八世纪是哲学的世纪、十九世纪是科学的世纪,在这一系列的变化与变革中,“高度复杂但停滞不前的中国生活也只有短短的历史记载——好几千年占的篇幅还不及现代欧洲史的几天”。该书为此还强调“欧洲的 50 年胜过中国的一个轮回”。这种中国现代文明不如以欧洲为中心的西方文明的论调与论断,可以说是自大航海时代以来欧洲思想界对中国文明和中国传统文化的共同看法。因此,《儒家角色伦理学》给予中国以儒家为中心的中国文化传统以新的注读。在安乐哲看来,儒家文化是一种可以与基督文明并行共治的文明,解救并获得某种普适意义的文化样态——多元文化中的一种样态。著者就此以为以欧洲近现代文明认识中国,其实是对“中国文化传统整体结构性的误解”。安乐哲由此指出:“这是西方哲学本身造成”的后果。可以说,这一新的注读,是西方文明重新认识儒家文明的一种新的注读样式。也就是说,当西方文明在战后的高速发展以及冷战结束后于当下所面临的一些棘手的外在与内在的矛盾与问题,反躬自问式地寻找新的文化元素时,重新面对晚清民初以降不屑一顾的儒家文明，并且力图从儒家文明中寻找为当下的社会和当下的人自身的救治伦理和救治途径。

《儒家角色伦理学》把儒家的关键词汇如“仁”、“智”、“礼”、“义”、“信”、“忠”、“恕”等放置在全球文明的背景前，逐一注读与解经。并得出“儒家思想不是诉诸一套什么外在的‘客观性原则’，而是提倡一种人要努力活得有德性的路径”。在安乐哲看来，人与人的关系，以及由不同的角色所构成。所构成的不同角色决定了人与人、人与家庭、人与社会的不同身份，以及由不同身份承担的家庭与社会的不同责任。在安乐哲看来，由于《论语》所提供的丰富性，由于孔子的言传身教，人（某一单个的人）可以赋予有多种角色和身份：作为关爱家庭的一员、作为良师益友、作为慎言慎行的仕宦君子、作为热心邻居与乡人、作为问政持异见者、作为对先祖感恩戴德的子孙、作为文化遗产的热忱继承者、作为“冠者五六人、童子六七人、浴乎沂、风乎舞雩、咏而归”（《论语·先进》）中之人等等。孔子或许集有这如此众多身份的人。但并不表明他人与孔子会一样，或许正式因为不一样，孔子才有他的导师、先知的意义：在这不同的角色与身份的共生、共成、共长与转圜中，获得人对宇宙、对社会、对人生的“根本性宗教元素”，促使不同角色与不同身份的人去理解作为个人的“至刚与归属”与“至大”，让生命在宇宙与社会中充满意义地生活。显然，安乐哲，赋予了通过“仁”通过“恕”、甚至通过“忠”来践行一种有别于西方原教旨主义的个人主义的人的角色与行为。由此出发，儒家哲学与伦理便获得了一种新生。

三

儒家思想的当代性注读与重构（或解构），或者说儒家思想的当代意义的表达（表述）与传播，显然已经成为中国进入第三个千禧年的第一个世纪最重要的文化现象。这一现象，大约有三个源头：一是源于台港上世纪五、六十年代（以唐君毅、牟宗山、徐复观等）新儒学的呼唤，二是源于西方学界（以美国新汉学家为主的）对二十世纪 100 年中国革命与世界关系的反思，三是源于中国大陆近年文化复兴的要求。譬如本文提及到的儒家核心词汇“恕”的解读与重构，譬如如何去看待一个美国人对儒家学说和儒家伦理的表述与高度评说。《儒家角色伦理学》在对儒家角色的注读与解经中，所给予的几乎是前无古人的肯定与赞美。但事实上，与所有注经解经一样，都会存在着一些不能自圆其说甚或至致命的注读。就拿该书主要讨论的角色理论并由角色理论引导的儒家"修齐治平"于当代社会的积极作用以及所具有宗教情怀。本书的最大贡献在于，对儒家角色的界定、评说以及由此的积极意义。但是，在注读与重构儒家角色时，忽视了（或回避了）角色的产生、角色的分配，关键是角色的形成。如《儒家角色伦理学》所述的诸种角色，它们是如何产生的，而且它的产生断不像安乐哲那般善意和美好。即使在《论语》的文本中，就不像安乐哲这样乐观。譬如，人的层级"君君臣臣父父子子"（《论语·颜渊》），由层级决定的尊卑贵贱包括性别如"唯女子与小人难养也"（《论语·阳货》），是否使得角色的产生出于平等的怀疑，还由于不同的背景，以及角色的分配，是先验的还是后天理性的？没能做出令人信服的注读。这也许还不是主要的，因为，无论哪一种角色，"人人皆可以为尧舜"（《孟子·告子章句下》）的煽情文本，很可能是儒家最能感召人积极向善、向上的原初设计。或者说，通过"修身"与"齐家"即"善（GOOD）"来实现不同角色的圆满进程（佛教从这里进入，与儒家达成了共生共荣的关系）。但是，问题在于。人与家，家与国，虽然在儒家、尤其是在朱熹《四书章句集注·大学》里可以看成是一个呈正秩序的过程与关系，也就是只要人达到"修身"的要求，便能达到了"齐家"的"目的"，进而达到"治国"的"大目的"，最终实现"平天下"的大同境界，从而践行了"内圣外王"的伟大理想。在此过程中，"恕"无一不在明里暗里得到显现。

《儒家角色伦理学》说："是个人在角色与关系中获得充分实现自己的机会"，然后在"家庭中建构自己"，然后"向更广阔的社会延伸"。这当然是尽善尽美的途径。但是我们却悲观地看到：如果历史、社会以及历史和社会中的人都如此，那么我们将不会看到舜时代的道德败坏的瞽叟与后母，我们也不会看到钉在人类耻辱柱上众多的"恶人"与"坏人"！显然，角色本身，并不能决定角色的善恶；角色背后的人，同样不会因为角色决定人的善恶。在这里，角色伦理的困境，它所遇到的不是它的内因或内循环所呈现的正秩序，往往它会因为外因或外循环来决定。儒家思想本不是一个外在的客观性原则所引发生产生（尽管在"礼崩乐坏"的孔子时代，外在的因素是其重要因素之一），但是，当我们将儒家思想工具化（这既是儒家思想两千多年行走过的历史，同时也是儒家当代性重构的重要命题）时，我们不能排除和不能避开，儒家思想实行与践行的"客观性"存在。对此，就连安乐哲也承认"致力于社会兴旺"的角色"事实上是从某些先决于具体经验的复杂性中抽象而来的"。即使自然的（譬如血缘关系）角色如“父亲”、“母亲”、“儿子”、“女儿”、“丈夫”、“妻子”等关系和角色，从社会角度看，也都是先验抽象出来的。先验的与抽象的，从理论本身讲都可以圆其陈说与新说，但却不可能与理性的与具体的完全吻合。

四

现在说回到“恕”来。就《论语》文本来讲，“仁”与“礼”的重要性相比“恕”不言而喻更重要。无论出现的频率（“仁”第一，“礼”第二），还是它所表达的核心旨义和多种阐述，以及孔子对“仁”与“礼”的看法，都比“恕”更多义和更复杂。而且就孔子本人的态度来看，“仁”与“礼”的诉求，比“恕”更迫切也更直接。《儒家角色伦理》用两节来讨论“成人至仁”。以“仁”：作“率性之为”来注经与解经，显然不是中国式的解经与注经传统，但仅从这一点观察，“仁”即便是今人看来，也是儒家思想的重中之重。至于“礼”，安乐哲认为，“礼”的存在关乎人的“廉耻”。事实上，在《论语》文本里，孔子对仁对礼有过不一样但却重要的诉求与表达。关于“仁”，孔子说“我欲仁，斯仁至矣”（《论语·述而》）；关于“礼”，孔子说“郁郁乎文哉吾从周”（《论语·八佾》）。前者在孔子看来，也许仁距我们尚远，但是只要我们持之以恒地去追求去实践，“仁”就会来到我们的面前。后者在孔子看来，面对礼崩乐坏的时代，孔子思恋追忆并且坚定地表明自己的态度：坚守周的秩序。唯有“秩序”才能解决“今不如昔”的问题，也才能解救道德沦丧中的人。儒家没有如基督一般的“救赎”的理论、意识和行为，但并不排除儒家自我更新的观念与行为。事实上，儒家的内外兼修便是一种自我更新自我拯救。在这一过程中，“仁”与“礼”便显得如此重要。但正是在这一如此重要的关节处，孔子却把自己能一以贯之的“道”定义为“恕”。可见“恕”在孔子伦理层级和理想层级排列上的重要性。

这里还及到“忠”与“孝”。“忠”与“孝”相比于“恕”，“忠”与“孝”是秩序。“孝”主要适用于血缘关系里的长 / 幼；“忠”主要用于非血缘的长 / 幼、高 / 下与贵 / 贱。因此，我们可以看到，“忠”与“孝”事实上存在一种强制性。也就是说，在血缘与非血缘的长 / 幼关系里，某一端对某一端具有强制性（或者拘束性）。往往是长对幼（或高对下）具有强制性，而幼对长（或下对上）有一种义务或责任。如果不是这样，那么我们很难理解“忠孝不能两全”这一说法以及这一说法面对的伦理困境和实践困境。也就是说，当“忠”与“孝”发生冲突时，或者只能在两者中选择其中之一时，你选择谁？在我们的政治伦理传统里，历史留给我们的，又往往是选择“忠”而放弃“孝”。这种困境与选择，事实上指向了人与家庭，人与国家的困境与冲突。因此，这安乐哲所说的由人到家庭再到国家的必然与和谐的梯次结构相悖。如果从这一角度观察，“修齐治平”梯次正秩序结构或“修齐治平”的循环结构也可能面临解体。事实上，这正是中国思想史非儒的关节和缺陷。早在与孔子大致相同年代的墨子在《非儒》里就指出，“亲亲有术尊贤有等”面临一些具体事件如丧礼时，很可能会出现“求其人矣，以为实在，则赣愚甚或矣；如其亡也必求焉，伪亦大矣”。在此基础上，《淮南子·俶贞》甚至指出（包括把墨家一并等同儒家骂了）：“孔墨之徒，皆以仁义之术教导于世，然而不免于儡”。儒家思想里的“仁”与“礼”，并不能完满地回答或者工具性地解释人与人、人与社会、人与宇宙的所有关系。甚至很难圆满地解决人在社会（或在历史）中的角色的生产（再生产）、分配、功能以及社会效应。

幸好，这一切有可能在孔子的“恕”里得到挽救与拯救。

孔子的伟大在于，他知道“忠”（包括“孝”、“义”等）比“恕”难，或者说，孔子知道，“忠”（包括“仁”与“礼”）不是任何一个人都可以去实行践约的，而“恕”则可以。因为“恕”只对个人的内心和行为发出一种自足的要求即“己所不欲勿施于人”。回到《儒家角色伦理》一书对“恕”的认知。安乐哲认为，“在社会中每个人都置身自己角色和关系的活泼动态之中，这些角色与关系只有在人与人之间恭敬条件下才能实现积极地驱动。”也就是说，当社会的第一个人——不分长／幼、高／下、贵／贱、男／女等的不同角色——都以“恕”即“己所不欲勿施于人”时来要求来满足，人的角色便是平等的，人与人的关系也才是平等的，进而人与社会、人与宇宙的关系也有可能才是平等的。人的角色力量，才有可能在不同的角色与他人达成共生、共长和共识的释放。“恕”与“忠”等的最大不同在于，“恕”只对人自己发出命令与诉求，而且这一命令与诉求与他人无关，如果相关的话，那也只能把自己对自己的命令与诉求，跟他人同样的发出。而不是自己对自己一种而对他人又是一种。或者说，与“忠”相比，“恕”不具备强制性，即不具备对他人的强制性。在孔子看来，也许这样想这样做，无论是“仁”也好、“礼”也罢，或者无论是“忠”也好，“孝”也罢，人与社会才有可能走上它们的坦途。

第二个千禧年就要结束的 1998 年，在联合国教科文组织的牵头与推动下，世界 100 多个组织发出二十一世纪的“伦理宣言”。在这一宣言里，“己所不欲勿施于人（Do unto others, as you would have them do unto you）”成为宣言的关键词和重要内容，且以“黄金法则”加以标志。可见，两千多年儒家思想的普适性和当代意义。事实上，凡具有普适意义的思想与观念，都会永久的站立和存在。因为它揭示了人自身及人与人、人与社会、人与宇宙关系的基本准则，以及它的历史与当代可行性。于当下。“恕”的原生注读与解经，显然需要与当代相契合的机缘。机缘在哪里？也许，儒家思想的现代化重构，具体到“恕”的重构，当与它的有可能的工具化联系在一起。“恕”不仅是儒家对人的内在的没有强制性的表达与诉求，同时也可能成为整个社会的表达与诉求。“恕”，作为我们社会每一角色所遵守的“最低伦理准则”（当然也可能是“最高伦理准则”）来规约社会的每一人。如果，社会中任何一个人去践行“推己及人”即“己所不欲勿施于人”的“恕”，那么还会出现“天下汹汹”吗？

《天工开物》里的人文精神

《天工开物》印行于1637年。欧洲自14世纪开始的文艺复兴以来，进入到17世纪。无论从人的解放和确立，还是科学技术的飞速发展，以及社会制度的重构，都发生着翻天覆地的变化。事实上，从今天来观照，明后期及明末，某些领域是感应了世界的这一变化。意大利天主教传教士利玛窦（1552-1610），于1601年登陆北京城传教，便是这一感受的最佳证物与象征。利玛窦在中国一住十年，于1610年终老北京。利氏在中国十年，广泛与中国各式人物交际。在其西洋的宗教、文化和科技的传播和影响下，如徐光启这样以“四书五经”获得的文渊阁大学士和内阁次辅，喜欢上了西洋的科技，并身体历行地在中国首次翻译了西洋数学经典《几何原本》，并著述了中国第一部系统的农政著作《农政全书》以及对先秦工艺《考工记》的注解。如果涉及到另两本科技著作《本草纲目》和《徐霞客游记》，与《天工开物》一起，共同建构了中国近古时期科技辉煌的地理版图。而此时的东亚，一、日本正式确立了闭关自守的“销国”政策。据井上清的《日本历史》记载，从公元1604始海禁，到1635这一年，朱印船（即幕府发给盖有红色印章的准予海外航行的证明）仅有355张（见《日本历史》天津人民出版社，1974年版）。与此时的日本船只了了的景况相比，当时明代的船，大且多。在《天工开物·舟车》一节里，宋子写道，多为“万国水运以供储”，大为仅运河漕运的船“其量可受三千石”，海运则以竹筒贮水解决了淡水问题，而且都为楼船。二、朝鲜半岛（朝鲜半岛是汉唐文化向日本输出的重要地理节点，另一是海上）在1637年这一年，正式成为建州（《天工天物》多次提及到建州与关内不同的物产和耕作制度）满族皇太极的藩属，即史称“丁丑下城”（1637即华历丁丑年）。在“国际贸易”中，尽管明朱棣后期实行的海禁并没有明文解除，但事实上，如泉州作为东方乃至世界著名的海港，已经享有盛誉。葡萄牙人开始的15世纪地理大发现，未见得明后期就没有受益。事实上，就在《天工开物》里就记有与海外贸易的事。譬如在“五金”一节里就记有“日本铜”即“东夷铜”的冶炼方法；在“佳兵·火器”一节里专门记有“西洋炮”的制作方式与“红夷炮”的器型与威力的区别等。也许正是在这一背景下，明代中国1637这一年印行了皇皇的工艺科技百科全书《天工天物》。就在1637年，西洋法国的笛卡儿，创建了解析几何。众所周知，解析几何的创立是数学史的重大事件，它与同为17世纪创立的微积分，共同开创和奠定了现代数学。

再回到《天工天物》。在《天》里，宋子有一重要思想即，在与自然打交道时，要靠人力不靠巫术。在人类文化学的皇皇巨著《金枝》里，费雷泽指出，由于“水是生源之源”，“而在许多国家里水是靠下雨提供的”，因而“祈雨法师是位极其重要的人物”。就在这本巨著中，费雷泽引用了中国关于“龙”以及“求龙祈雨”的例子。费氏说，由于“中国人擅长于袭击天庭的法术”，所以当需要雨水时，就“用纸或木器厂头制作成一条巨龙来象征雨神”作巫术祈祀。对于中国的民间（或50年前），“龙王（君）庙”还广泛地存在于乡间的事实和历史，我们清楚地知道，费氏的这个举证是相当的准确。也就是说，在人类文化历史和心态中，于中国民间尤其是中国乡间，由于水的极端重要性，作为雨神的“龙”（龙在中国还有王权的象征——按照费氏的理论，即君神一体）便在民间享有崇高的地位。在这一基础上，祈龙便必然成为了民间尤其是乡间最为重要的巫术之一。因此费氏进一步指出，“龙是中国古代神话四灵之一，唐宋以后，人们开始认为龙王之职就是兴云布雨”，“龙王治水则由此成了民间普遍的信仰”（以上引文出自《金枝》，新世纪出版社，2006年版）。

华人的巫术不仅历史悠久长远，先民对巫术确也信赖有加。《礼记》就说“殷人尊神，率民以事神”。据中国人自己的考证，信巫以及巫术相关制度、心理、工具一直到了唐还很盛行。以至大周重臣狄仁杰才不得不下决心予以对与此相关的庙、宇、祠进行强制撤除和捣毁（仅江南一地就焚毁1700多处淫祠）。不过，当我读了《天工开物》后，了解到中国的民间尤其是乡间对此并不尽然，而且，面对农耕这一中国农业社会最重要的生产方式和生产力，中国的乡间更多地是依靠人力本身——这当然包括人的智慧本身。在《天工开物》

“乃粒”一章里，除了介绍其中国南北粮食主要作物时，专门辟了“水利”一节。在这一节里，宋子说，由于水对稻来说是“独甚五谷”，因此“防旱藉水”便成为种植水稻农耕中重中之重。于是宋应星为此专门介绍了与水利相关的“牛车”“踏车”“拔车”“桔槔”“风车”“辘轳”等机具，还介绍了人工修建的“浅池”“小浍”（“浍”田间水渠）等小水利工程（不知为什么，宋应星没有介绍秦筑的都江堰和更早一些的灵渠）。在《天工开物》里不仅有这些文字介绍，而且还配有与此相关的白描图谱（顺便一说，明后期，各式图书插图的精美达到中国历史上无以复加的地步，笔者曾就《牡丹亭》的插图专文论述过）。我在上个世纪 70 年代初在乡下当知青时，这些被宋子介绍的水利机具和水利工程，好些我都亲见和使用，如水车、筒车和高转筒车。再如“堰”，就更熟悉了。在我们住有 7 个知青的房屋面前坎下，就是一条长约五、六华里的蜿蜒山堰。这条堰穿过楠竹林，一直要灌溉下半个生产队的稻田。我们几个知青的吃水大多数就是靠这条山堰提供的。至于说到“陂”，即川南一带特有的“山平塘”，直到今天，可以说，哪个村哪个组都能看到！

《天工开物》所涉之物，均是自然所赐和人力所为。无论食、住、用、具等，都写得明明白白，许多还涉及物产与器物制作制度由来和历史。譬如蔗与糖的生产，在“甘嗜”一章里，宋子说，蔗原产于闽，但“凡蔗古来中国不知造糖”（中国最早的糖一是源于蜜糖，一是源于粮食的麦芽糖），造糖的历史源自唐大历（766-779）年间，一西土（印度）僧人云游四川遂宁，“始传其法”，蔗糖方于中国出现（季羡林的专著《糖史》，以梵文的 sarkara 证实了这一切）。也就是，《天》不仅记录和描述了书中所涉器物，有时还对所涉器物及器物制作制度的历史和源流进行考辩。除了“糠”这一影响了世界史进程的物产与制作制度个案外，《天》里还有许多类似的考辩。譬如“珠”。宋子说，珠产于雷（今雷州市）、廉（今北海市）二池。而且纠正关于珠从何而生的一些谬说，宋子说，珠只于蚌腹，“其云蛇腹、龙头、鲛皮有珠者，妄也”。在“曲糵”一章里，宋应星坚定地讲道，“曲”的神奇“惟是五谷菁华变幻”，“乌能竟其方术哉”！这一系列的认为是人力非神力的考证与辩诬，显见宋应星实事求是的态度，而这正是欧洲文艺复兴以降的现代科学精神。“天工”者，人间能工巧匠也！

正是基于这一工具理性（《天工天物》是否承担起西方所定义的“工具理性”，也许可以另当别论，但它的实际意义却与此相关相近相似），我们已经看到，无论是水利的机具，还是水利的基础工程，都不是龙王所赐，更非道士、端公、风水先生所予。而是农人们、工匠们在与自然、在与器物制作生产过程中的人力自身所为。为此，《天工开物》对此有许多的记述：

关于筒车："凡河滨有制洞车者，堰陂障流，绕于车下，激轮使转，挽水入筒，一一倾于枧内，流入亩中。昼夜不息，百亩无忧"；

关于风车："扬郡以风帆数扇，俟风转车，风息则止"，此车既可"救潦"（火案，"潦"即积水），又可"济旱"，"去水非取水也"，"以便栽种"；

关于"物害"："防驱之智是不一法，唯人所行也"；

关于"结花本"："天孙机杼，人巧备矣"；

……

这些记录与描述，文字相当的动情（至少与工具理性的角度来看，是动情的），显示出《天工开物》的作者对农耕的艰辛、农人的劳作和匠人们的由衷敬意。同时也显现出了《天工开物》作者对其人力和智慧的尊重。所以宋应星果敢地说道："天泽不降，则人力挽水而济。"对人的尊重，不仅仅是对神的怀疑，同时也是对皇权的挑战。在《天》里，时不时地，宋子的这些看似闲笔，或者看似横插一句与生产无关、与工艺无关的话，却有着它深厚的人文底蕴。譬如在写"布衣"一节时，宋子写道："凡棉布御寒，贵贱同之"。一句"贵贱同之"，包涵了多么丰富的平民意识和人文精神！也就是说，天冷时，人人都需御寒，无论贵贱，谁也不存在谁的恩赐，人人都应享有这样平等的权利。譬如在谈及井盐时，在具体记录并描述井盐开凿、转送、火煮等工艺时，《天》记住了这一系列工作和工程背后工人（匠人）的身影。宋子写道，"凡滇蜀两省，远离海滨，舟车艰通"，又说"造井工费甚艰"等。譬如，在"冶铸"一章里，宋子虽然首先介绍的是鼎、钟一类的礼器，不过当宋子介绍到民用的器物时，态度便从仪式的庄重转到了实用的亲近意义上，"凡铸铜为钱以利民用"。譬如在"粹精"一章的小序里，宋子写道："天生五谷以育民"。等等。

为此，在《天工天物》"乃服"一章里，宋子明确写道："人为万物之灵"。我们后来知道，1610 年，伟大的人文主义者莎士比亚在其《哈姆雷特》里写过"人是宇宙的精华，万物的灵长"。如果从中西比较学来观察，那么，宋子的"人为万物之灵"与世界近代史的人文精神同步（满人入关带来的倒退，那不是这篇文章所涉及的话题）。"民重君轻"本是先秦哲人的重要思想之一，但是这一思想后来并没有成为官方的意识形态。相反在明初洪武重刻《孟子》时删掉了“民为重，社稷次之，君为轻”。但随着明中后期商业的繁荣，市民社会的兴起，科举不再是底层或读书人唯一出路，也许还因为前文说到的皇权怠政，以及西洋文化与器物的引人，整个社会呈现出活跃和多元。明的后期，小说以《金瓶梅》为代表、戏剧以《临川四梦》为代表的平民文学艺术异常繁荣，特别是明后期出版业的飞速发展，更给予了平民文化的广泛传播。而这一文化文学艺术的大格局，可以从另一侧面印证了《天工开物》与之前类似著述不一样的理性追求和精神追求。

原本一部专门的、专业的科技（欧洲人认为是手工艺，其实不然。在《天》里的如“井盐”“舟车”“冶铸”等章节里，早已经超出了手工艺的范畴，而进入一种社会化的合作范畴。如书中的一些插图所示，这些所谓的“手工艺”都非一个人可以完成的）百科全书，大约是不可能涉及到人的精神层面的。但是《天工天物》的伟大就在于，宋子宋应星在撰写这部著作时，它不是一部呈送给皇室和官方看的书，它是一部为民间为社会写的书。正因为如此，宋子在其《天》里是一种来自市民来自平民的自由的想法。于是我们才会看到，本文以上所引所述的关于《天工天物》里的有关平民有关人文的思想的叙述。

这是一部了不起的著作。它不仅是一部被西人称之为“手工艺百科全书”，而且是一部人文精神充沛的科技百科全书。尽管它诞生在中国的近古，已经足见我们古人的精神、智慧和才情，足见在中国文化里，我们还有可能去触摸到我们不曾注意到的更为宏大更为精彩的篇章。

鱼，华夏文明中最早的符码之一
——《山海经》里的鱼与怪鱼

《山海经》所载而咸怪之，是不怪所可怪而怪所不怪也（[东晋]《〈山海经〉叙》）。

一

据说，《尔雅》是汉语的辞书之祖。《尔雅》第十六“释鱼”节里，从现代分类学来讲，是极其混乱的（显然这不能责怪古人）。除把蚌记人“鱼”外，还把爬行的蜥蜴和龟等也记在了“鱼”类里。而且《尔雅》记鱼不足 30 余种，远不如《山海经》里丰富。我们知道，《山海经》成书比《尔雅》早。据清人考证，《山海经》原典十八篇出自“唐虞之际”（转引袁珂《山海经校注》），而《尔雅》出自战国。为什么后人的著作举例反而比前人还少，这不能不说是一个问题（当然不是本文所论）。却从另一角度讲，可见《山海经》内容的丰赡。《山海经》的丰赡不只是奇异，还在于它所记载的事物多，也在于它所记载事物的仔细，这便不能不说是《山海经》的巨大贡献了。当然，如果把《山海经》看成神话，也无大错，因为它所记载事物的怪异，确实与事物有些距离。但是它的丰瞻，却是可以让人叹为观止的。仅鱼一类，在《山海经》的《山经》五篇（即南、西、北、东、中）里，有名有姓的就有 50 种左右。在古代动植物学分类学还未建立（一般认为，现代分类学是由十八世纪的瑞典人卡尔·林奈建立的）的时候，这不能不说是一件了不起的大事。事实上，《山海经》的时代，就如“创世纪”里从第一天到第六天般地混沌和初创。就鱼而言，简直可以算得上是中国本土分类学的开山鼻祖！尽管一些鱼，现在早没有了它们的踪影，而且在当时就有可能是活在神话里的。

东汉的《说文解字》释“鱼”为“水虫”。也就是说“鱼”，它是水生动物，而非陆生动物，甚至不是水陆两栖动物。这一说法或这一分类，显然比《尔雅》有进步。而《说文》里的这一“水虫”的界定，又正好与《山海经》所记“鱼”的基本符合。《山海经》里所记的鱼大都为水中生活的动物。特别让今人觉得神奇的是，我们会看到，《山海经》所记的“鱼”与我们今天的鱼及鱼的命名，竟有许多一脉相承。一、古／今熟知，鱼的名字没有变化的，如鲤鱼，如鳜鱼，如鲫鱼等。二、古／今名虽不一样，但鱼则为古今同一鱼的，如鳝鱼，《山海经》里一称“滑鱼”，一称“鲋（音 hua）鱼”；如鳋鱼，今称鳇鱼；如鱤鱼，《山海经》里虽称鱤鱼，但它的另称或俗称则是“黄颊”、“黄钻”。三、古／今同一名，但古今同名则不同物。如鮨鱼，古今都有这名，但今鮨鱼指的是鮨科鱼类，它包括鳜属和鲈属以及石斑鱼属（见 1978 年版《辞海 · 生物》）。在《山海经》里鮨鱼是这样描述的：“其中多鮨鱼，鱼身而犬首，其音如婴儿”。这种描述很接近今天民间俗称的人鱼即娃娃鱼，也就是两栖类的大鲵（今国家二级保护动物）。四、《山海经》里的一些鱼，今天早已见着了，如冉遗鱼（蛇身六足），如鲑赤鱬（音 ru）这样鱼身人面的鱼等。由于《山海经》的先民性和远古性，再加上它的神话性，无论哪种鱼，也就是说无论是“在的”还是“传说的”，尽管有些显得不准确（谈何容易），描述却很生动。譬如有脚的鱼（或是今天的两栖动物，或是神话性质的动物），有翅的鱼（会飞的鱼到了今天还有许多，包括咸水的和淡水的），活灵活现，就跟真的一样。

《山海经》的这些关于鱼的记载或描述，达到的观察细致程度，或以让后人自叹莫如。譬如《尔雅》那样一部辞书，就“释鱼”来说，简单得只有一个物的命名（其实，《尔雅》里“释鸟”、“释兽”等几乎与“释鱼”一样），而没有它注。《山海经》就不同了。《山海经》里这些观察（当然不排除《山海经》里的一些是道听途说来的）所得来的注释和具有神话意义的描述，客观上形成了《山海经》里关于鱼类分类学方面的某种命名，或者说造就了《山海经》分类学上的成就。

《山海经》里的记载与描述有：

——“渭水出焉，……其中多鮨鱼，鱼身而犬首，其音如婴儿”；

（袁柯《山海经校注》巴蜀书社，1992 年出版。本文《山海经》引

文均出此书）

——“黑水出焉，……其中多鱄鱼（音 tuan）鱼，其状如鲋……，其音如豚”；

——“枳水出焉，……其中多箴鱼，其状如鲦，其喙如箴”；

——“禺水出焉，……其中多鲜（音 ban）鱼，其状如鼈，其音如羊”；

——“其中有鮨（音 xian）父之鱼，其状如鲋鱼”；

——“是多文鳐鱼，状如鲤鱼”；

……

这样的记载与描述，我们可以把它看成是动物分类学上意义的注释。尽管它的注，有些很难说是准确的。如，对“鱄鱼”的注就很难说准确。“鱄鱼”即今民间所说的“团鱼”，也就是一般常态下所说的“甲鱼”，学名叫鳖。它不是鱼类，也不是两栖类，而属于“爬行类”。“鳖”为爬行纲“鳖”科（《辞海·生物》，上海辞书出版社，1978 年初版）。但在《山海经》里的注却是“其状如鲋”。“鲋”是什么呢？鲋其实就是鲫鱼的一种。而鲫鱼与团鱼，无论类属，无论体态都相去很远。尽管如此，《山海经》里对鱼（当然还有诸如鸟、兽、木木及植物等）的其他一些注释，譬如对鲫鱼（鲋鱼）、鲤鱼的分类归属就下了很“专业”的功夫。再加上《山海经》的文字洗炼和生动描述，后人读起这些古而怪之的鱼，并不觉得呆板与陌生。这样的写作方式所构建的文本，所具有分类学上的意义，以及它为后来的分类，起到了筚路蓝缕的作用。因此，在读《山海经》时，我们不能因为《山海经》的神话成分很浓，仅就鱼来讲，我们不能忽略了《山海经》其实还是一本科普读物，而且在分类学上有其独特贡献的科普读物。

二

给自己的家族（宗族）、村庄，进而给自己民族挑选项吉祥物，中外古今大都相似。吉祥物的生成、命名以及推广和使用的前世与今身，表明人类希冀美好事物的共同愿景，同时也是人类学里的一个共同的常识。尽管我们知道人类学的产生与兴起，是与近现代“殖民主义阴影”密切相关，不过，我们则可以以人类学的观察方式来来看待这一话题。吉祥物如有不同的话，只是在挑选什么作为吉祥物时，各自有各自的文化背景和各自的传统不同罢了。这，我们可以从专门的人类学巨著《金枝》（[英] 费雷泽著，[中] 徐育新等译，新世界出版社，2006 年初版，下引《金枝》皆出自此版）里看得清楚。

一直以来，鱼，是中国人类学，或者通俗地说是民俗学里，最重要也最常见的吉祥物。因“鱼”而产生出来的“年年有鱼”或“年年有余”就是最直接地说法。《说文解字 · 鱼部》释“鱼”：“水虫也。象形。鱼尾与燕尾相似。凡鱼之属皆从鱼。语居切”。“語居切”音，可见“鱼（yu 阳平）”音，古今同。“余”音《说文解字》标“以諸切”，即（yu 阳平）。由于“鱼（魚）”是“余（餘）”的同音词，所以给现世的人们有了一个想象的空间和美好的愿景。也就是说，在一个物质缺损的年代，“有余”或“富裕”是人们共同的诉求和愿景。这样，先民或后来的人们便挑选了这么一个音同形美的具象“鱼”，等同了“有余”的“余”，进而成为“富裕”的“裕”。但是，这并不是“鱼”的全部人类学（民俗学）的密码所在。在中国文化传统里，“鱼”成为吉祥物，还具有它不同于“余”等值的在发生学意义。鱼，由于能在水里自由地游弋，没有了人们在现世中水隔水阻的窘境，因此，“鱼”便作为了与“鸟”（更具体一点就是“大雁”）一样语言文本的转喻功能，也就是自由的被喻。这一“自由”有可能只指身体也有可能指的人生价值，或同时两者皆具。如果“鱼”转喻为自由的话，那它就比“年年有余”更为宽泛。或者说“年年有余”这一吉祥的指代，并不是“鱼”的语音系统一开始的吉祥喻体。“鱼”的表义即象形字体还具有自由游弋的喻体。从《说文解字》看，“鱼”（魚）从语言的发生学来讲，从“鱼”这一汉字的六义之一义的象形，许慎指出“鱼尾与燕尾相似”，因此“鱼”与“雁”便具有相同性。鸟，在天空中飞翔且不受任何羁绊，成为自由的喻体，或许比“鱼”更早一些（尽管从进化来看，鸟这一陆生动物是从鱼这一水生动物进化的）。由于——如许慎所讲“鱼尾与燕尾相似”，鱼也就自然地过渡到与鸟一样的物体了。这样，“鱼”也就与“雁”共同生成为“书信”的代名词。于是，“鱼”在“年年有余”的符号指代上又转换成了“书信”。

事实上，“鱼”作为“书信”的代名词，也许远比作为“年年有余”的吉祥指代，使用更早也更为宽泛。这便是“鱼传尺素”的故事。

专写猜谜诗的唐代诗人李商隐在《寄令狐郎中》写道：“嵩云秦树久离居，双鲤迢迢一纸书”。一双鲤鱼，不仅是书信的指代，而且也是爱情的符码。更早的如蔡邕的《饮马长城窟行》里的“客从远方来，遗我双鲤鱼。呼儿烹鲤鱼，中有尺素书”。蔡邕时的鲤钱，还没有完全转换的书信的符码。也就是说，蔡邕诗里的鲤鱼与“尺素”，还是一相生相成的两个符码。但是，也许从蔡邕此诗始，“鱼书”与“尺素”，便成为“鱼传尺素”的原典。后来，“鱼”也就干脆地脱变为“书信”的符码了（譬如刚引的李商隐的诗）。但在许多时候，“鱼”与“书”仍然是一双向共构的符码。而且“鱼书”一词，还开发出了它的近义词。“鱼书”的近义词叫“鱼笺”。唐诗里有“蜀国鱼笺数行字，忆君秋梦过南塘”（唐·羊士谔·寄江陵韩少尹）；“长江不见鱼书至，为遗相思梦入秦”（唐·韦皋·赠玉箫）等。当然，我们看到，与“年年有余”一样，无论“鱼书”“鱼笺”都指向一种吉祥的事情，这是无疑的了。“鱼传尺素”后来就直接称作“鱼素”了。如“忽报秋江鱼素到，似言山色马曹多”（明·王世贞·答滁阳罗太仆）。至此，“鱼”作为书信的指代符码，得以定型。后来还从一般书信演变成特殊书信。如“鱼符”。“鱼符”是隋唐朝廷颁发的凭信（甚至与“勋章”相类似），这种凭信（或“勋章”）把金、银、铜、木等作为鱼型样颁发给各地官员，以示官职大小和通行、视察、管制地方所用。《唐六典》规定，“随身鱼符，所以明贵贱”。可见鱼符样式和颜色的不同表明等级的不同，因鱼符需要携带，又派生出了“鱼袋”，而鱼袋的颜色要相匹配，于是又有了鱼袋的不同样式与颜色。但无论鱼符也好，鱼袋也罢，都是吉祥的符码，这是无可置疑的。

无论鱼作为“有余”的符码，还是作为“书信”的符码，它的意义都指向吉祥，这大约是没有可以置疑的。还有一些与鱼相关的指事物，同样与吉祥和睦有关。譬如“鱼水”。“鱼水”直喻两者（无论君臣还是朋友等）融洽，后来又喻夫妇和好。当然“鱼水合欢”也有了两性交合的转喻了，这转喻自然也是吉祥的。

鱼，作为一种具体指事物，在《山海经》里具有生物学（分类学）的意义。同时，它又生成为别一事物的指代。指代作为符号的基础元素和平台，《山海经》里的“鱼”，并不是后来才生成吉祥物指代的。它在《山海经》里已经发生和生成。《西山经》记载了一种鱼叫“文鳐鱼”。“文鳐鱼”，一种有翼可飞的鱼。这种鱼不仅会飞，而且会夜飞。《山海经》记载“是多文鳐鱼，状如鲤里，鱼身而鸟翼，苍文而白首赤喙，常行西海，游于东海，以夜飞。其音如鸾鸡，其味酸甘，食之已狂，见则天下大穰”。也就是说，只要这种鱼一旦出水，那么“见则天下大穰”。“大穰”就是大丰收。这也许是中国古籍里最早把鱼与丰收相连在一起的记载，或者说是汉文古籍里最早把鱼与丰收相连在一起的原始符码。“年年有鱼”（或“年年有余”），或许便从这里转换生成的。“年年有鱼”这一吉祥的人类学意义符号，其出生证，真的早着呢！鱼，不仅是吉兆符码的唯一能指，在《山海经》里，这一吉祥符码，还因鱼的不同性状时有增加。譬如“飞鱼”便是。《山海经》记飞鱼一出，“可以御兵”。鱼作为一种符号，不仅可以预见丰收，还可以真接用于“实战”（当然是实战的预期了）。这是鱼在《山海经》里作为一种符码能指扩大的具体表达。换着另一种说法，那就是对美好和吉祥意义的递增。鱼作为吉祥的指事物，构成了中国文化传统的重要组成部分即对美好事物的向往与打望。由于鱼的出现，对美好事物的向往与打望，成为中国自己的人类学（或具体的民俗学）的物征之一。于此，《山海经》功莫大焉。

不过，在《山海经》里，鱼以及鱼的出现并不全是吉祥的指示物。在《山海经》里，我们还看到，鱼以及鱼的出现有时则是凶兆。在《山海经》里的“南、西、北、东、中”五山经里都有过类似的记载。如:

——蠃鱼出，“鱼身而鸟翼，音如鸳鸯，见则其邑大水”。

——堪予鱼，“见则天下大水”。

——鮹鱼，“见则天下大旱”。

——鳋鱼出，“动则其邑有大兵”。

——条蟒出，其状如蛇，“出入有光，见则其邑大旱”。

前四者都是真正的鱼——当然是在《山海经》里记载的鱼，这些鱼大都具有神话的意义——而后者是一如水蛇之类的有脊有鳞有翼的主要生活在水中的水陆两栖动物。我们在这里看得十分清楚，一些鱼的出现，并不表明吉兆。相背显现的是凶兆。在一个靠天吃饭和靠天劳作的洪荒年代，风调雨顺，是人类的最大的期盼。无论水灾还是旱灾，都是人类的敌人，而且往往是不可战胜的敌人。因此，在这些大水大旱来临之前，我们总希望是不是有那么冥冥之中的预兆。也就是说，在不可测的灾害来临之前，有那么一种显示。以求先期通知我们，以便我们能更好预防和改过。事实上，改过也是人的一种善行。无论帝王（“罪己诏”便是一种专属于帝王善行的符码）还是百姓。继续来看《山海经》里凶兆。“鳋鱼”的兆是关于战争的。战争对于先民（同样也包括今人）本身不是一件值得庆贺的事。凡是战争（孟子说过“春秋无义战”），都一定会给人们（尤其是平民百姓）带来灾难。因此，和平，总是人最美好的期冀。通过某一种预兆，规避战争和防犯战争，显然是先民的诉求与愿景。于是以某些特别的“鱼”作为对自然灾害或战争的先兆，也就成了鱼在《山海经》里另外一种符码。鱼，作为灾难的先兆物，后来便有了“鱼孽”一说。《汉书·五行志》中多次提及和描述不同式样的凶兆，其中“鱼孽”便是一凶兆。譬如“寒气动，故有鱼孽”；又譬如：“秦始皇八年，河鱼大上，刘向以为近鱼孽也”等。因为有了这样的先兆，我们人类便可以做一些力所能及的防范。无论是物质上的准备还是心理上的准备。从原始角度上看，往往心理上的准备更重要些。这不仅仅是有了行为之前的准备，而更重要的是心理上的安慰。由于人的主观和意志，人是可以预先知道一点天的秘密或神的秘密的。于是，某一物的突然出现，如某种特定的鱼（《山海经》里的鱼）的出现，我们原来不可知的事件，便有神来通知我们。鱼作为吉凶之预示物或警示物的符码，以及它的人类学意义，古人早就意识到了这一点，西汉光禄大夫刘秀指出：“禹别九州，任土作贡，而益等**类物善恶**（着重号为本文作者加），著《山海经》，皆圣贤之遗事，古文之著明者也”。

三

在《山海经》里，鱼不只是作为吉祥与凶事的预兆符码，鱼作为一种食物已被先民认识。即使像“文鳐鱼”这样的吉祥指事物本身已是可食之物。《山海经》是这样描述的。“文鳐鱼”，“状如鲤鱼……其味酸甘，食之已狂”。也就是说，虽说人吃了这种鱼有些问题，但同时表明了先人是会吃这种鱼的。至于《山海经》里记载的另一些鱼就完全是作为食物来叙述的。如鲤鱼、如鲋鱼、如鳜鱼等。鱼可作人之食物，与天上飞的（如鸟），地上跑的（如兽），一样为人所果腹（“年年有鱼”的“鱼”便是供人吃的）。而果腹于人的食物（包括后来的种植物），在先民看来，本身就是神灵的赐予。

既是神灵的赐予，在这样一部带有神话意义的科普读物，我们还看到如下的事实。先民在生产、交际、梦境、冥想等一系列人类的活动中，由于山川阻隔，认识肤浅，生产工具原始，梦境和冥想以及其衍生物往往就会成为先民自我安慰、期冀吉祥和预警凶事的主要方式。先民在记载或描述自然景象时，我们便会看到，许多时候都处在一种对所记对象的敬畏状态之中。敬畏，让先民产生出灵巫的观念。什么是灵巫呢？在我看来，灵是一种信仰，巫是一种崇拜。所谓“灵”，就是人在其与对象交流的过程中，对其自然对象（包括自己与自己这一对象）相互作用的吸引，或者说是对其对象不加分辨的肯定以及由肯定升华后的崇拜（或叫“迷信”）。《山海经》里，鱼有时就起到了这样一种作用。

如，当一种叫“𩶛（音 ru）和魮（音 bi）”鱼出现时，不但“音如磐石之声”，而且“是生珠玉”。一旦这种鱼出现时在人们面前时，珠玉也就出现了。对某种鱼的一种信念和迷信，直到今天或许还存在。我国的一些少数民族或某些独立的社群，不吃鱼而把鱼当成一种不可侵的圣物来供奉的。从这一点观察，自然不仅仅是形式化的祭祀，而是潜于心底不可磨灭的灵的祭祀。当这样一种信仰向依附过渡时，“巫”就自然而然地固化成观念，进而演变为一种仪式。什么是“巫”呢？费雷泽认为“巫”是建立在两个原则上的。其一，因“同类相生”引起的果必同因；其二，接触某一物体后虽中断也会因再次接触而产生同感。费雷泽认为：一为“相似律”，二为“触染律”（《金枝》第三章）。我们拿这一观念来观照《山海经》里的鱼，我们就会看得很清楚：鱼在《山海经》里不只是生物学方面的意义，也不只是符号学的意义，鱼，还是灵巫尤其是“巫”方面的意义（当然，“灵巫”也可吧看成是符号学的转喻）。

在《山海经》里，我们已经看到，鱼作为吉祥物并不是天生的。这表明先民对凶事的重视。或者，从某种角度讲（譬如以现代角度看，以为当时的生产力低下），对凶事的重视有可能比对吉祥的期盼更重要。这样，我们就看到了由此衍变的关于凶事“预警”的记载。《史记·项羽本纪》里讲：“如今人方为刀俎，我为鱼肉”。何谓“鱼肉”，即可食之物。只不过，在司马迁的这段议论中，“鱼肉”成了可任人宰割的指事物及由此转喻的符号。这样，《山海经》里的“鱼”，就成了神灵的预示物和警示物了

从原发性来说，“巫”是从禁忌或恐惧开始的。《山海经》里记载的鱼，除了常态的即我们今天所接触到的鱼（鲤鱼、鲫鱼之类）外，还有许多非常态的鱼，即像羸鱼、冉遗鱼等怪鱼。《山海经》的第一篇《南山经》一开始就记载道：南山“又东三百八十时，曰猨翼之山，其中多怪兽，水多怪鱼，多腹虫，多怪蛇，多怪木，不可以上”。在这里我们十分清楚地看到，“怪物”即是“巫”的原发性指代物。而其中的“怪鱼”就是之一中。那么这些怪鱼会以什么方式影响着我们的先民呢？

——文鳐鱼，“食之已狂”；

——䱗鱼，亦“食之已狂”；

——鱳（音 zao）鱼，“食之已疣”；

——䰼（音 fu）鱼，“食之杀人”；

……。

“狂”，即是因中毒引起的迷幻、迷乱，这与食了毒蘑菇的症状极为相似；“疣”，即引起的皮肤过敏，严重时皮肤上会长出难受死的肉疙瘩；“杀”，自然就是食了这种鱼后很可能会让人一命呜呼（我们今于得知的河豚即是）。于是在先民看来，对待这些鱼，一是敬而远之，二是倘若亲见了这些鱼一定要给予一定的祭祀。尽管在记载和描写这些鱼时，《山海经》没有直接表明祭祀的方式。但是，我们却依然能在《山海经》里读到多处写有“可以御凶”的话语：

——冉遗之鱼，鱼身蛇首六足，其目如马耳，食之使人不眯，可以御凶；

——正回之水出焉，而北流注于河。其中多飞鱼，……服之不畏雷，可以御兵。

——休水出焉，而北流注于洛，其中多鯑鱼，……食者无蛊，可以御兵。

这里我们看到，鱼，无论是吉兆之物的符码，还是凶兆之物的符码，就物质形态上讲，《山海经》里的鱼，一些鱼是不能吃的，食之有疾；一些鱼，食之却可避害。这涉及到人类学上的重要内容即禁忌（taboo）。我们知道，禁忌所产生的一系列人类的心理和行为，包括它衍生的仪式，从先民一直影响到现在（现代的器物和科技高度发达和昌盛，但依然有禁忌，或者还可能出现新的禁忌）。禁忌，在《山海经》时代，由鱼生成的灵巫观念和行为，反映了华夏先民的一种认知。而“蛊”，则是中国文化里特有的一种禁忌。其中“蛊”，是中国文化里特有的一种禁忌，以鱼御“蛊”，以鱼治“蛊”，显示了中国传统文化的某种祸福转换的辩证思维和认知。这种的认知，不仅扩大了对自然界认识，同时，也是扩大了对人自身的认识（如心理、观念、价值等）。鱼，特别是那些记载的怪鱼，作为华夏先民的一种重要的文化符码，历史悠久。在河姆渡文化（约 7000 年前）遗存中，有鱼的木雕（鱼纹在青铜器里是常见的纹饰）。这一物证，与《山海经》最初的篇章即清人考证的十八篇原典有可能出自“唐虞之际”（大约 5000 年前）的时间很接近。因此，河姆渡文化里的鱼的木雕，给我们留下许多相想象空间：鱼作为先民的人类学意义还是它的文化符码（无论它代表吉还是代表凶）在 7000 年前就已经成立。再就是，《山海经》发端于中原，而河姆渡则在南方。《山海经》里文字的鱼的记载和描述，竟然与南方的鱼（当然二十世纪七十年发掘之后才知道的）这样的亲缘，仅从这一点上讲，《山海经》便具有现代考古学和现代人类学，以及现代分类学上的意义。

“蛇”的神性与伟力——《山海经》里的蛇

一

“蛇”，在《山海经》里是一个高频词。依《四部丛刊·子部·山海经》顺序[1]。“经”，依袁柯（1916-2001）释《山海经》之“经”，非“经典”之“经”，而是“经历”之“经”。即山与海（水）的经历和自然的生物与神性的生物的经历，其中自然的“蛇”与神性的“蛇”的经历，计有：

南山经 4	海外南经 3	海内南经 3	大荒东经 3
西山经 5	海外西经 4	海内西经 7	大荒南经 6
北山经 5	海外北经 7	海内北经[2]	大荒西经 3
东山经 5	海外东经 7	海内东经 1	大荒北经 10
中山经 12	海内经 7		

“蛇”在《山海经》里总计 92[3]。据《正统道藏·太玄部·山海经·序》称，《山海经》总字数为 30990 字。92 次，在 3 万余字的总量里不算多，但《山海经》里出现的动物、植物和人、神里，“蛇”是一个高频词。《山海经》里除

---

1 袁柯《山海经校注》顺序，即为此顺序。本文所引《山海经》，一是袁本《山海经校注》、一是《四部丛刊子部·山海经》影印本。

2 《山海经》十八卷，惟《海内北经》无“蛇”。但《海内北经》出现三次“贰负”。何谓“贰负”？“贰负”，古天神，人面蛇身。“蛇”虽没出现，但与“蛇”的相关物依然出现。

3 正负误差 5。

地名“山”之外，恐无第二个词超过“蛇”。如按现代统计学原理，凡高频出现的，一定是重要的。如按索绪尔的现代语言学的“能指”与“所指”看，“蛇”的高频出现，从“能指”角度，可以观察到《山海经》写作当时对“蛇”的认知超过了其他动物的重视和理解；从“所指”看，可以观察到《山海经》写作时，“蛇”作为自然生物的一种与神话学意义的代指，超过了对“龙”认知和修辞[4]。

二

“蛇”，《说文》（成书于东汉）作，据说它源于甲骨文“它”（《说文》作）。据《甲金篆隶大字典》，“蛇”在马王堆（西汉初期）出土的《老子乙》里作用。“蛇”在《尔雅·释鱼》（成书于战国）里，正条无“蛇”。正条“螣”，附条释“螣”为“螣蛇”（即会飞的蛇）；正条“蟒”，附条释“蟒”为“王蛇”。《尔雅》“蛇”作“虵”。“虵”在武威简（西汉末）作。从先秦典籍看，“蛇”，无论作为字符，还是作为词条，以及“蛇”修辞的借喻、转喻、暗喻，都是出现得很早的一个词。《春秋》、《国语》、《仪礼》、《诗经》、《老子》、《庄子》、《孟子》等都有“蛇”字的出现（奇怪的是《论语》无“蛇”）。因此，在讨论《山海经》里的“蛇”之前，我们来看看“蛇”在先秦典籍或在编纂《山海经》汉时典籍里涉及的“蛇”的模样。

《诗·小雅·斯干》“维虺维蛇”

《国语·吴语》“为虺弗摧，为蛇将若何”

《左传·襄公二十八年》“蛇乘龙”

《老子·乙德经》（马王堆出土简）“蜂疠虫蛇弗赫、据鸟孟兽弗捕、骨筋弱柔而握固”（朱谦之《老子校释》作“毒虫不螫、猛兽不据、攫鸟不搏、骨筋弱柔而握固”

《仪礼·乡射礼记》“龙首其中蛇交”

《楚辞·招魂》“蝮蛇蓁蓁，封狐千里些”

4　“龙”逐渐成为华夏民族图腾前（至少在《山海经》成书的战国或汉刘向、刘歆编纂时还没有），即便《易传》在释“乾”时，“象传”、“象传”给予“龙”以“利”的肯定，但都没有上升到“神”的地步。“龙”在《山海经》里出现的词频不足30次。计：南山经3、西山经3、北山经1、东山经1、中山经1、海外南经1、海外西经3、海外东经1、海外内经1、海内东经1、大荒东经3、大荒西经1、大荒北经3。

《庄子·外篇·秋水》“夔怜蚿，蚿怜蛇，蛇怜风，风怜目，目怜心。……”

《庄子·杂篇·寓言》“予蜩甲也，蛇蜕也，似之而非也”

《庄子·杂篇·天下》“龟长于蛇”

《孙子·九地》“故善用兵者，譬如率然。率然者，常山之蛇也”

《孟子·滕文公下》“当尧之时，水逆行，泛滥于中国，蛇龙居之，民无所定；……禹掘地而注之海。驱蛇龙而放之菹”

……

如果，我们今天确定《山海经》为战国时期（公元前475-前221）或者战国前即春秋（公元前770-前476）时所做，那么上述所引先秦典籍也大多这一时期所作（《国语》宋人和清人以为汉时刘歆所作）。这一时期所作里的“蛇”，《尔雅》作“虵”。即会飞的蛇“螣”和蛇之最大者“蟒”。上述所引的“蛇”，除后人注《左传》“蛇乘龙”之“蛇”为星宿名之外，多为自然形态即某种生物（动物）[5]的具化及这一具化的命名。譬如，《庄子·天下》“龟长于蛇”说法是，龟的寿命要长于蛇的寿命；《孙子·九地》中“常山之蛇”所说的“常山蛇”是一种首尾相交的蛇。前者完全是自然形态的某一生物，后者有传说成份，但依然可以看成是一种自然形态的某一生物即一种有别于蛇之它者的一种独特形状的蛇。即便《庄子·秋水》里的“蛇”有拟人化的指向和旨义，但大约还是一种自然形态的生物。《庄子·秋水》里的“蛇”的拟人化是这样的：“蚿谓蛇曰：‘吾以众足行，而不及子之无足，何也？’蛇曰：‘夫天机之所动，何可易邪？吾安用足哉！’蛇谓风曰：‘予动吾脊胁而行，则有似也。今子蓬蓬然起于北海，蓬蓬然入于南海，而似无有，何也？’”《秋水》篇，将几种自然现象放在一起比谁快：有脚的不如无脚的，无脚的不如无形无影的。这是庄子的人生观和价值观的一种比附。

这些早于《山海经》先秦典籍的“蛇”，基本上是作为一种自然生物来描述、来命名、来界定的。也就是说，“蛇”于这些典籍不具备（或不完全具备）神话意义和神话学意义。那么与《山海经》大致成书（或大致编纂定形）的典籍，又会是一种什么状态呢？

5 《尔雅》将“蛇”列入“释鱼”部，《艺文类聚》列入“鳞介”部。无论先秦的《尔雅》还是唐人的《艺文类聚》，蛇属于水生动物。就现代的生物分类学看，蛇，属爬行纲蛇目。

《淮南子·俶贞训》“是故至道无为，一龙一蛇，盈缩卷舒，与时变化”

《淮南子·俶贞训》“百围之木，斩而为牺尊。镂之以剞劂，杂之以青黄，华藻镈鲜，龙蛇虎豹，曲成文章”

《淮南子·览冥训》“今夫赤螭、青虬之游冀州也，天清地定，毒兽不作，飞鸟不骇，入榛薄，食荐梅，噆味含甘，步不出顷亩之区，而蛇鳝轻之，以为不能与之争于江海之中”

《淮南子·览冥训》“当此之时，禽兽蝮蛇，无不匿其爪牙，藏其螫毒，无有攫噬之心”

《淮南子·精神训》“越人得髯蛇，以为上肴”

《淮南子·泰族训》“腾蛇，雄鸣于上风，雌鸣于下风，而化成形”

《战国策·齐策二》“楚有祠者，赐其舍人卮酒，舍人相谓曰：‘数人饮之不足，一人饮之有余。请画地为蛇，先成者饮酒。’一人蛇先成，引酒且饮之，乃左手持卮，右手画蛇，曰：‘吾能为之足。’未成，一人之蛇成，夺其卮曰：‘蛇固无足，子安能为之足？’遂饮其酒。为蛇足者，终亡其酒”

《风俗通义·怪神》“时北壁上有悬赤弩，照于杯，形如蚰。宣畏恶之，然不敢不饮……后郴因事过至宣家，窥视，问其变故，云：‘畏此蛇，蚰入腹中。’郴还听事，思惟良久，顾见悬弩，必是也。则使门下史将铃下侍徐扶辇载宣，于故处设酒，杯中故复有蚰，因谓宣：‘此壁上弩影耳，非有他怪’”

……

《战国策》，一部记述战国时期的纵横家的政治主张和策略的国别体史书。编撰者刘向（公元前 77 年-前 6 年），正是编纂《山海经》的编者之一（另一是刘向的儿子刘歆）。这节文字里有两段历史（故事）后来成为两个成语，一、“画地为蛇”，二、“画蛇添足”。前一成语表明“小”（这与“龙蛇”并列区分蛇小之义等同），后一成语表明多余。东汉的《风俗通义》中的这一故事，后来形成成语“弓杯蛇影”。无论带地的“蛇”还是杯中的“蛇”，“蛇”依然是一种自然形态的具像即某一生物的命名与定义。这与刘氏父子最后编定的《山海经》里的“蛇”的能指与所指完全不同。《淮南子》早于《战国策》和

《风俗通义》。《淮南子》的作者刘安（公元前 179 年-前 122 年），汉高祖刘邦之孙。刘向，刘邦叔伯兄弟刘交五世孙。本文所引《淮南子》“蛇”词多条，表明在刘安的《淮南子》里，“蛇”虽然有神话及神话学的意义（如《淮南子·泰族训》“腾蛇，雄鸣于上风，雌鸣于下风，而化成形”等），但多数是“蛇”的自然形态。神话文本和神话元素自汉后，就不如先秦典籍多了。或者变一种说法，自汉后，神话就逐渐地退出了典籍主脉，尽管唐宋典籍里依然时隐时现，毕竟进入中古后，神话再不可能像先秦那样居有重要的地位。这与人类发发展史和文明史密切相关。而《淮南子》则是两汉保存上古神话元素最多的典籍之一，或者说，《淮南子》里的一些神话元素，既是对先人的继承，又为作者原创。作为神话最重要的文本依存“蛇”却是在《淮南子》里神话因子不重的符号。《淮南子·精神训》所记，居然还有人吃蛇：“越人得髯蛇，以为上肴”。“蛇”于此，竟是一种自然形态的食物 !这或许是人吃蛇的第一次记录：当“蛇”成食物时，竟是美食！

无论先秦典籍里的“蛇”，还是与《山海经》大致成书的年代的典籍[6]这与《山海经》里的“蛇”，其指向和旨义都完全不同。

三

“蛇”在《山海经》里的分类和形态，是五花八门且多姿态多彩的。

《南山经》第三节：“又东三百八十里，曰猨翼之山，其中多怪兽，水多怪鱼，多白玉，多腹虫，多怪蛇，多怪木，不可以上。”不能说古人少见多怪，而是自然所呈现的和没有呈现的但存在的现象是复杂多样的。因此，在古人看来，草、木、兽、鱼、虫、蛇等都有人们所不常认识的。不常认识的，当然便谓之“怪”。“怪”的本身就具有神性。这是古人的世界观之一，或许至到今天，“怪”依然可以看成是神性的另一种称谓。尤其像蛇这种既可以陆上行进（爬行）又能在水中游泳，有的还可以在天上飞行的物种，再加上它们不同的颜色、长短大小不一、不同的种类（据今人所知，蛇大约有 3000 余种）等等，“蛇”，一定是一种奇怪的生物、一定是赋有灵性的生物、一定是赋有神性的生物。因此，《山海经》里多次重复了“怪蛇”一说。

6 唐人欧阳询编撰的《艺文类聚》的“蛇”（《艺文数聚》作“虵”），列举了自《尔雅》至晋文献里的一些重要的关于“蛇”的记录。除录《山海经》“巴蛇吞象”和《蜀王本纪》“五丁迎女”见蛇踏蛇外，其他“蛇”的记录大都是“蛇”的自然形态。

先说颜色。《山海经》里记有或描写有：赤蛇、青蛇、黑蛇、玄蛇（玄即黑，为什么玄蛇与黑蛇要区别？）、黄蛇、白蛇、虎纹蛇等。

再说形状。《山海经》里记有或描写有：腹蛇（大蛇）、大蛇、蠕蛇、长蛇、化蛇、鸣蛇、象蛇、育蛇、虺（毒蛇）、蛟（一说四脚蛇，一说介于蛇与龙之间的大蛇[7]）等，《山海经》在记录或描写不同形状的蛇时，有详有简。简者只说蛇名，详者便有描述。如肥鳢蛇“六足四翼”、长蛇“其毛如彘豪，其音如鼓柝”、黄蛇“出入有光”、鸣蛇“其状如蛇而四翼，其音如磬”、虎纹蛇“首冲南方”、化蛇“其状如人面而豺身，鸟翼而蛇行，其音如叱呼”、螟蛇“木食”、玄蛇“食麈（鹿）”、巴蛇“食象”等。

“蛇”在《山海经》里是一个高频词，而且在《山海经》里同样记录了蛇多的自然现象。《中山经》里记有“蛇谷”，《海内经》里记有“蛇山”和“蛇水”。也就是说，在《山海经》的话语在场或者上古的认知在场来看，“蛇”是一种弥漫于山水之间的生物。或许，正是这种弥漫于山水之间的在场与状态，“蛇”便从蛇的生物性向蛇的“灵性”和“神性”转移和转换，最终成为上古（或者直到中古与近古）神话里的重要元素和文本标本。

四

大蛇、蠕蛇、长蛇、黄蛇、白蛇、虎纹蛇等不同形状和不同颜色的“蛇”，应当说还只是自然形态的蛇，也就是这些“蛇”还不具备神话意义和神话学意义。从《山海经》“山海经第一”《南山经》来看，“怪蛇”一词便具有两层所指。一层所指是自然的蛇、另一层转喻或暗喻便不再是自然形态的蛇，而指向非自然即人们赋予其神性意义。到了“神于儿操两蛇”（《中山经》）、“窫窳人面蛇身”（《海外西经》）、“凤凰戴蛇践蛇”（《海外西经》）、“禺彊珥践青蛇”（《海外西经》）、“夸父追日”（《海外北经》）、“相柳九首人面蛇身而青”（《海外北经》）、“神衔蛇操蛇”（《大荒北经》）等时，“蛇”便具有神话意义和神话学意义。袁柯在校注《山海经·海外西经》“轩辕国人面蛇身尾交首上”时，注意到了这一点。袁案“古天神多为人面蛇身。举其著者，如伏羲[8]、女娲、共工、

7 《述异记》（南北朝）记：“虺五百年化为蛟，蛟千年化为龙，龙五百年为角龙，千年为应龙”。

8 《山海经》里并没有伏羲。与“伏羲”同义别称的“庖羲”、“包羲”出自《易传》，“宓羲”、“伏戏”出自《庄子》、《淮南子》。“伏羲”与“女娲”之完整表述，出自唐司马贞《史记补·三皇纪》。

相柳、窫窳、贰负等是也”。特别是中华人类始祖之一女娲的出现。“蛇”及“蛇身”便具有完整的神话意义和神话学意义。

“女娲”出自《大荒西经》：

有神十人，名曰女娲之肠，化为神，处栗广之野，横道而处。

最先给《山海经》作注的郭璞（276-324）在此注为：“女娲，古神女而帝者，人面蛇身，一日中七十变，其腹化为此神”。最后成书于汉的《山海经》里的女娲是神但还不是“人面蛇身”。到了晋，女娲不仅是“人面蛇身”的神而且成了华夏民族的“帝”（郭璞之“帝”或源于《山海经》里的“处栗广之野，横道而处”）。“女娲”一说，始见于屈原（公元前 340-前 278 年）《楚辞·天问》“女娲有体、孰制匠之”。形成于战国、成书于汉、解字于东汉、注于晋的《山海经》，“女娲”逐渐从女神的“造人”即《说文解字》释“娲”为“古之神圣女，化万物者也”。后来再进一步，不仅造人而且补天。汉代典籍最具神话元素的《淮南子·览宴训》对此有详尽的解读：

往古之时，四极废，九州岛裂，天不兼覆，地不周载，火爁炎而不灭，水浩洋而不息，猛兽食颛民，鸷鸟攫老弱，于是女娲炼五色石以补苍天，断鳌足以立四极。杀黑龙以济冀州，积芦灰以止淫水。苍天补，四极正，淫水涸，冀州平，狡虫死，颛民生。背方州，抱圆天，和春阳夏，杀秋约冬，枕方寝绳，阴阳之所壅沈不通者，窍理之；逆气戾物，伤民厚积者，绝止之。

自此，造人且补天的“人面蛇身”的女娲，其功其业，便有了完整的谱系。为什么，神话会愈到后来才愈丰富愈充足？顾颉刚（1893-1980）的“层累说”，解释了这一切。所谓“层累”就是“发生的次序和排列的系统恰是一个反背”。也就是说，在周人心目中最古的人王是禹，孔子时代有了尧舜，战国时有了黄帝神农，秦时有了三皇，到汉之后便有了所谓“盘古”开天辟地的神话。女娲，也一样，在战国时，只是“人面蛇身”的神，到了两汉，女娲不仅化育万物（即造人），而且炼石补天和诛杀猛兽怪物。女娲于此，已经成为了神话中的超级英雄！

现在要回答的是，为什么“古天神”多为“人面蛇身”而不是后来的“人面龙身”？也就是说，“蛇”有何伟力以及有何神力？

还是在《山海经》里寻找吧。

先看“蛇”的来历。在《海外南经》里写道：“自此山来，虫为蛇，蛇号为鱼”。何谓“蛇号为鱼”？《庄子·逍遥游》“北冥有鱼，其名为鲲。鲲之大，不知其几千里也”。可见“鱼”的神力（关于对鱼的解读，可参见刘火《〈山海经〉里的鱼及怪鱼》，见《中华读书报》2017、8、9）。也就是说，在神话和神话学里，“蛇”的出身原始就具有神性和伟力。这才有了《海外南经》里的“巴蛇食象”和《海内经》里的“黑蛇食象”等的记载。蛇食象，同样源于《楚辞·天问》“灵蛇吞象、厥大何如”。“巴蛇”在巴蜀，“灵蛇”在荆楚。可见，“蛇食象”一说源自南方。就此一端，笔者以为《山海经》有可能是甘陕以南的南方人所著（甚至就是巴蜀原住民所著的），即源自巫文化盛行的巴蜀荆楚。我们知道，神话的源头之一就是“巫”。人类学巨著《金枝》在考察了喀麦隆、澳大利亚、印第安人等原始部落后指出，在土人的信念里，选择与之建立的动的关系，事实上是人与动物之间的一种“血盟”关系。也就是说，当这种“巫”的关系建立之后，某兽死，也就亡了。或者人死，某兽也就亡了。而这些动物里面就有大象、鱼和蟒蛇。《金枝》里还特别指出在中南美三大文明（阿兹特克、印加、玛雅）中的阿兹特克文明（14-16 世纪）里有就“双头蛇”图腾。现在还保存完好的“双头蛇雕像”生动地传达了阿兹特克文明对“蛇”的尊重和信仰。对于“蛇”，费雷泽（1854-1941）还举证卡菲尔人（18 世纪之前的南非人）非常害怕巨蛇、马德拉斯人（印度）人认为杀死了眼镜蛇等，就是犯下了弥天大罪等关于蛇崇拜的许多例证。“巫”及由此的图腾，费雷泽说“图腾实际是人储放自己生命的藏器”。作为自然形态的“蛇”，特别是作为神话意义的“蛇”，在《山海经》里持位和意义与《金枝》所讨论所论证的几乎一样。即：

“人按照自己的形象创造了神”（费雷泽语）！

再来看看《山海经》对“蛇”的其他方面的行为的记录和描述。“蛇”的声音：朋蛇“其音如牛”，鸣蛇“其音如磬”，长蛇“其音如鼓柝”，化蛇“其音如叱呼”，象蛇“其鸣自詨”（“詨”，呼喊或大叫）等。今天，我们谁听到蛇的这些声音？这些声音在当时可以威慑天下，在今天可以穿越时空。这便是神话的重要构件和持久魅力。“蛇”的形状：肥遗“一首两身”，长蛇“其毛如彘豪”（蛇，不仅有毛，而且跟猪毛一般大小，可见此“蛇”之威武）等，我们可以看到古人对“蛇”的五体投地。仅此一见，都可观察到上古时期人们对“蛇”的灵性与神性和伟力的崇拜，当然也不能排除恐惧和害怕。恐惧和害怕，正是“巫”的原发点。“巫”及“巫术”是先民们特殊的一种行为、一种状态，按照人类学家马林诺夫斯基（1884-1942）的话讲，这种行为和状态是以人类的理智、情感和意志作为基础的。也就是说，巫术和神话并不是非理智的认知。这种行为和状态，既是个人的经验也是一种社会现象的反应。或者说，这种群体与个体相交结、相纠缠的行为和状态，塑造了神话，也建构了神话学。

三看“蛇”的旺盛繁殖。在先民们看来，一个种群的生存、发展与壮大，首先当建立在它们的生殖能力上。《山海经》里有多处叙事“蛇”的繁衍话题。这就是《山海经》里写道“蛇山”、“蛇谷”、“蛇水”。何谓“蛇山”、“蛇谷”、“蛇水”？即是“蛇”于“山”、于“谷”、于“水”里布满了蛇。换个角度讲，如果不是蛇多，如果不是蛇的旺盛生殖能力，那么不可能出现“蛇山”、“蛇谷”、“蛇水”。《山海经》写了许多动植物特别是写了许多动物（尤其是《西山经》），地上跑的如牛、虎、猿、犀、兕、熊、罴等，水里游的鱼如鱄鱼、鲋鱼、鲤鱼、鳋鱼、嬴鱼等，天上飞的如鸾鸟、蝺渠，山鸡、鹦鹉等。都没有这些任一动物命名过如“虎山”、“山鸡谷”等，唯“蛇”才有“蛇山”、“蛇谷”、“蛇水”。在《西山经》里记：“又北百八十里，曰诸次之山，……是山也，多木无草，鸟兽莫居，是多众蛇。”这一记载，更可以看到先民们（至少编写《山海经》的古人们），是如何看待“蛇”在动物中的地位（尽管这些“蛇”有的并不是自然界里，而是传说和神话场里动物）：也许任一动物都没有“蛇”这般的繁殖能力！图腾物的繁殖和兴旺，以及由此产生的仪式，是神话和神话学里的重要表征。仅此一点，便可以看到《山海经》里的“蛇”，于中国神话和神话学里的重要地位和重大意义。这一点，“蛇”于神话和神话学的研究，显然是薄弱的。

四看《山海经》里的“蛇”的灵性与神性。在《海外北经》、《大荒北经》和《大荒东经》里，都提及到了一个叫“禺彊”（或名“禺虢”）的神。这个神不是“人面蛇身”而是“人面鸟身”。但即便这神不是“蛇身”但却与“蛇”密切相关，即“珥两青蛇，践两青蛇”。两只耳朵里各一青蛇，两个脚各一青蛇，表明“蛇”的护佑和对他物的威慑。《海外北经》里有神名“奢比”也非“人面蛇身”而是“人面兽身”，但也与“蛇”相关两耳穿蛇即“珥两青蛇”。人面人身的雨师妾“两手各操一蛇，左耳有青蛇，右耳有赤蛇”（《海外东经》）。“虎首人身”的“彊良”神同样“衔蛇操蛇”（《大荒北经》）。《海外北经》里记载了“博父国”“右手操青蛇，左手操黄蛇”的情状。《中山经》里记载的“神于儿”和“怪神”都是左右两手操蛇。本身就具有伟力的夸父（郭璞指出“夸父者，盖神人之名也”)，在追日时也是“珥两黄蛇，把两黄蛇”(《大荒北经》)。这此神要么“人面人身”、要么“虎首人身”、要么“人面鸟身”(《大荒西经》里的“弇兹”)，都非“人面蛇身”但都与“蛇”相关，无论头脚持蛇，还是两手操蛇，都可以证明一点，那就是“蛇”的灵性、神性和伟力的表征。由此我们可以想见古人对“蛇”的灵性、神性和伟力的崇拜和图腾。

五

《山海经》对“蛇”的记载、描述，以及神话意义上的重构。显现出了华夏民族先民时期的一种重要的人类学和文化学的标志：“蛇”的灵性、神性和伟力。尤其是对伟力的描写、肯定和赞美。前文已述，无论是“人面蛇身”中的“蛇”的力量，还是操蛇而行（如夸父追日）操蛇而威慑（如雨师妾）里的“蛇”的力量，都可以看到先民们对力量的尊重、敬仰和崇拜。现在再来一例。这例，出自《海内东经》：“汉水出鲋鱼之山，帝颛顼葬于阳，九嫔葬于阴，四蛇卫之。”从《史记·五帝本纪》和《竹书纪年》对三皇五帝（即华夏民族的“创世纪”）的历史看，颛顼是黄帝之孙、人文始祖之一。颛顼的存在（哪怕是神话学意义的上存在），就是中华5000年历史的理由之一。《山海经》此处是说，当颛顼和他的嫔妃们死后（神话里的神也是会死的，这是人类学里的一个重要观点），护卫他们的不是别的什么动物或别的什么神，而是“蛇”，而是东南西北四方护卫的四巨蛇！同此，我们可以观察先民们对“蛇”的图腾。每一个民族在他们还是先民时，他们会选择与他们生活、劳作、艺术、信仰相关的某一动物、某一植物或某一事件，作为他们崇拜的神。《山海经》里如此高频的“蛇”，现在还不敢肯定就是那时先民的独一图腾，但可以肯定地讲，“蛇”在《山海经》里是极其重要的神话元素和神话构件。

“蛇”于《山海经》如此浓笔重彩地叙事、描写、抽象、转喻和暗喻，表明了《山海经》对“蛇”的灵性（在《山海经》里，还有多处描述“蛇”可以预测灾禳、凶吉）、神性与伟力的赞美，由此表明了先民们在选择“蛇”的心态和行为。而得益于这种选择及选择后的叙事与描写所呈现的能指与所指，正是先民们得以向前的动力。人类对神性和伟力的赞美和图腾，是人类克服恐惧和战胜自然的武器。“蛇”，一种无脚无翅（在《山海经》里，一些蛇有脚亦有翅）的爬行动物，竟然如此强健如此生动地在《山海经》里生活着。这，不能不说是中国神话的奇迹！[9]

至于，“龙”何时取代了“蛇”成为“图腾”，那可能是另一篇文章所要叙说的。

9 在《山海经》里，帝王的守护是蛇而不是龙。这表明，《山海经》成书的战国到汉（公元前五世纪到公元一世纪），后来被认为的“龙图腾”还没有形成。或者说，“帝王是龙的化身”即“真龙天子”一说，在《山海经》里还没有形成（见刘火《〈山海经〉里“龙”与“龙祠”的文化意义——兼论帝王何时与“龙”互喻》）。虽然《山海经》里有“人面龙身”的动物，也有“乘两龙”的叙事。“真龙天子”这一后来的帝王叙事里，在《山海经》里还不存在。《山海经》的神性和伟力叙事的主角非“蛇”莫属。女娲（包括稍晚的“伏羲”）、共工、贰负诸神都是“人面蛇身”。

《山海经》里"龙"与"龙祠"的文化意义——兼论帝王何时与"龙"互喻

一、"龙"，作为汉字的溯源

"龙"，不见汉字最早的辞典《尔雅》（约形成于公元前三世纪至公元前五世纪的战国），即在"释虫"、"释鱼"、"释鸟"、"释兽"、"释畜"诸卷里没有"龙"字（因此后来的《尔雅注疏》也就不便提及"龙"）。东汉的中国第一部集字典词典为一体的《说文解字》（约成书于公元一世纪末二世纪初）里，有了"龙"字。《说文》注："龙，鳞虫之长。能幽能明，能细能巨，能短能长。春分而登天，秋分而潜渊。"这注，一、龙，作为一种属于"蛇"和"鱼"（包括后来我们知道的蜥蜴一类的动物）一类的生物，是生物学的存在物；二、源于《易》中的"龙"的转喻；三、由二义衍生，龙是一种可以变易的借喻。从纯文本字典和辞典看，"龙"字及义，经过了近五百年间才进入到官方即大汉王朝的汉字系统。

在此之前，"龙"在进入《说文解字》前，还有一个漫长的过程。

《周易》（约成于公元前八世纪、七世纪），"乾"、"坤"等里有"初九潜龙勿用"、"见龙在田"、"飞龙在天"、"上六龙战于野"等（此"龙"喻"君子之德"）；

《尚书 · 舜典》（约成于公元前七世纪、六世纪）"帝曰：'龙命汝作纳言，夙夜出纳朕命'"（此"龙"为舜帝的臣名）；

《春秋三传》（约成于公元前六世纪、五世纪）有"蛇乘龙，龙，宋、郑之星也，宋、郑必饥”（此“龙”为星座），“太皞氏以龙纪，故为龙师而龙名”（此“龙”为官名）等；

《论语》和《老子》均无“龙”，但在《史记 · 老子韩非列传》里将孔子和老子联结在了一起。《老子韩非列传》记孔子说“至于龙，吾不能知其乘见云而上天，吾今见老子，其犹龙耶”，此故事源自《庄子 • 天运》“孔子曰：‘吾乃今于是乎见龙。龙合而成体，散而成章，乘乎云气而养乎阴阳。予口张而不能嗋，予又何规老聃哉！’”（此“龙”为神与自然生物的合休）；

《庄子》内篇无“龙”，外篇《在宥》有“故君子苟能无解其五藏，无擢其聪明，尸居而龙见，渊默而雷声，神动而天随，从容无为而万物炊累焉”（此“龙”为神与自然生物的合休）；

《孟子》有“当尧之时，水逆行，氾滥于中国，蛇龙居之，民无所定，下者为巢，上者为营窟。”（此“龙”与“蛇”并列为某一生物）。

在先秦诸子中，《公孙龙子》（疑古先躯宋人疑为非先秦文本）“龙”的使用最为密集。《公孙龙子》共六篇，其《踪府第一》，“龙”高达 22 次（此“龙”均作人名）。

《诗 · 郑风》“隰有游龙”。（此“龙”为草名，三国 · 吴 · 陆玑《草木疏》释为“马蓼”）；

……。

在《尔雅》和《说文解字》之前，可见“龙”已经较为通常地出现在先秦文献里。更早的是，“龙”多次出现在十九世纪末和二十世纪三十代年代之间发现的甲骨文里。

徐无闻主编的《甲金篆隶大字典》（四川辞书出版社，2008 年初版），共录甲骨文“龙”8 个。《汉典在线》共录甲骨文“龙”24 个。于省吾主编的《甲骨文字诂林》（中华书局，1996 年初版）第二册选 3 个，分别为、、。《甲骨文字诂林》集甲骨文学者诸家释“龙”：

罗振玉几依《说文解字》释；

叶玉森释：“近世地质学者、考霰化石，乃决定为古代爬行动物。孔类种繁，或一栖可两栖，或有翼无翼。”叶又释：从甲骨文看，“乃断定龙头有肉冠，有两角、两耳，有髯，有胡，有四肢，有掌爪，身有甲或斑纹。”；

陈梦家释：若龙字铨释不误，“则龙方可以与匈奴有关”；陈引《左传》又释“夏代有学扰龙于泰龙氏者，以事孔甲，能饮食之，夏后嘉之赐氏曰御龙，……但龙非后世想像的飞龙，当是一种较大的蛇类而已”；

饶宗颐释：“殷人祀龙星，龙即苍龙。《淮南子·天文训》‘天神之贵者，莫贵于苍龙’”；

张秉权释：“龙，在此版乃人名”；

丁骕释：龙字在契辞中最早为地名曰龙方，即契辞中“帚姘伐龙方”；

裘锡圭释：“古代遇到旱灾还往作土龙以求雨”，并据已识卜辞，裘释“商代已有土龙求雨之事”；

……。

以上甲骨文方家所释甲骨文“龙”字，其义有：一、是一种自然物种；二、星座的名称；三、地名；四、人名；五、扎（用草或其他物件）龙求雨。如果，此诸方家所释都在理，那么，“龙”的原初能指和所指，除四义外其他四义都没有图腾的文本意义。

在“龙”字的溯源中，还有一点要补正。在甲骨文到篆到隶之间，还有一种文字即金文即在没有发现甲骨文之前金文是后来看到和识别的最先汉字。在[illegible]到[illegible]（此字形出《说文解字》）之间，《甲金篆隶大字典》共录金文“龙”六个，《汉典在线》共录 8 个，其中 2 个最具汉字演变发展的意义。一个是春秋早期的[illegible]、一个是春秋晚期的[illegible]。从[illegible]到[illegible]到[illegible]再到“龍”，我们看到汉字 3500 年间从始到定型的血脉一体。文字是某一民族、某一文化、某一文明最重要的标识。仅从“龙”字的造字到演变到定型，至少 3500 年，华夏文明自它生成、成熟到当下从未间断过。

二、《山海经》里的“龙”

从“龙”字的溯源和简要说明里，我们看到一个事实，那就是：“龙”在它产生和演变到至迟先秦诸子文本里，“龙”并没有成为华夏诸族的图腾，从神话阐释学角度看，华夏并非龙的传人。作为一部集史前（即文字史）文明的地理、动植物、历史和神话等为一体的《山海经》，“龙”作为一种具体指代的物，是中华文化重要的符码。

“龙”在《山海经》的分布与频率：南山 3、西山 3、北山 1、东山 1、中山 1、海外南 1、海外西 3、海外北 1、海内东 1、大荒东 3、大荒西 1、大荒北 3、海内 3，合计 25。此，远低于“蛇”在《山海经》出现的频率 92 次。仅从“龙”出现概率远低于“蛇”出现的概率，至少可以表明，在《山海经》形成的战国时代即公元前三世纪至公元前五世纪（《山海经》一书书名，最早见于司马迁《史记·大宛传》）时，“蛇”的地位显然高于“龙”的地位（见刘火《“蛇”的神性与伟力——〈山海经〉里的蛇》，《神话研究集》第三辑，2020、12）。“龙”在《山海经》的第一次出在“南山经”：“凡䧿山之首，自招摇之出，以至箕尾之山，凡十山，二千九百五十里。其神状皆鸟身而龙首”（《山海经》引文均出自袁柯《山海经校注》，巴蜀书社，1992 年）。第二次依在“南山经”：“自柜山至于漆吴之山，凡十七山，七千二百里。其神状皆龙身而鸟首”。此两者，“龙”有龙首和龙身，《山海经》里的龙也有了全形。但《山海经》并没有具体（也不可能具体）描述“龙”的形状。后人，大部分按照《说文》的“鳞虫”两类给予描形。如果从十九世纪末二十世纪初发现的甲骨文“龙”来看，后人对“龙”的肉冠、两角、两耳，髯须、四肢、掌爪、甲和斑纹的描绘，自汉（《礼记·礼器》有“天子龙衮”即后来的“龙袍”）至唐所描绘的“龙”，或许看到过甲骨文？袁柯校注的《山海经》里的“龙”图画即形状为清人所绘。清人所绘的“龙”大约已经定型，即如甲骨文。《南山经》第三次出现“龙”是这样的“自天虞之山以至南禺之山，凡一十四山，六千五百三十里。其神皆龙身而人面”。《南山经》在此完成了“龙”的定义：龙是一种神，即“龙”是神话域内的某一种特定的物种。这种物种的主要功用，是交通工具。

在《海经》里共有“龙”16 处，其中 6 处都用作交通工具。分别是：“南方祝融，兽身人面，乘两龙”（《海外南》）；“夏后启于此儛九代，乘两龙”（《海外西》）；“西方蓐瑕，左耳有蛇，乘两龙”（《海外西》）；“东方句芒，鸟身人面，乘两龙”（《海外东》）、“冰夷人面，乘两龙”（《海外北》）；“西南海之外，赤水之南，流沙之西，有人珥两青蛇，乘两龙”（《大芒西》）。龙作为交通工具，在与《山海经》大约同时期的《楚辞·九歌》里得到印证。“望夫君兮未来，吹参差兮谁思；驾飞龙兮北征，邅吾道兮洞庭”（《湘君》）；“乘龙兮辚辚，高驼兮冲天”（《大司命》）；“龙驾兮帝服，聊翱游兮周章”（《云中君》）；“驾龙辀兮乘雷，载云旗兮委蛇”（《东君》）；“乘水车兮荷盖，驾两龙兮骖螭”（《河伯》）。此处的“龙”作为一种能跑、能飞、能泳的超级交通工具，其功能主要用于神和人的“坐骑”。这时的“龙”距华夏的原初图腾还十万八千里。倒是此时的“蛇”已具超级神性或者已具图腾。袁柯在校注“冰夷人面，乘两龙”一条时有一长案，其中，袁斩钉截铁地讲道“古天神多为人面蛇身。举其著者，如伏羲、女娲、共工、相柳、窫窳、贰负等到是也”。此论，在笔者看来至理。共工、相柳、窫窳、贰负、禺彊、夸父等都是《山海经》里的神，这些神与“蛇”有关而与“龙”无关。从马王堆墓（西汉初公元前二世纪）发现的“T”字帛画里的伏羲女娲，以及不时出土的西汉、东汉的西王母造像，都是人面蛇身造像或者人身蛇交尾（转喻繁殖旺盛）造像。

三、《山海经》里的“龙祠”

史前文明（即文字史之前的文明），人，崇神崇巫。其女巫和男觋，是人与神的中介信史。这在英人费雷泽的煌煌巨著《金枝》里有许多事例和精到的论述。一如《山海经》里的许多动物（包括完全自然的山、川和自然植被植株）都具有神性，大都有自己的神祠。“龙”在《山海经》与这些具有神性的物种一样具有神性，这一标识，便是“龙祠”。

《山经》共有“龙祠”七处（《海经》无龙祠），计有：“其神状皆鸟身而龙首。其祠之礼：毛，用一璋玉瘗；糈用稌米，一壁，稻米、白菅为席”（《南山经》）；“其神状皆龙身而鸟首。其祠：毛，用一壁瘗，糈用稌”（《南山经》）；“其神皆龙身而人面。其祠皆一白狗祈，稰用稌”（《南山经》）；“其神状皆人身龙首。祠：毛用一犬祈，衈用鱼”（《东山经》）；“其神状皆马身而龙首。其祠：毛用一鸡瘗，糈用稌”（《中山经》）；“其神状皆龙身而人面。其祠之：毛用一鸡瘗，糈用五种之糈”（《中山经》）；“其神状皆鸟身而龙首。其祠：毛用一雄鸡、一牝豚刉，糈用稌”（《中山经》）等。何谓“祠”？《说文解字》释“春祭曰祠，品物少，多文辞也”。“祠”即祀的仪式和容器，而“祀”，先秦哲人讲道“国之大事，在祀与戎”（《左传，成公十三年》）”。从《左传》、《说文》对“祠”和“祀”的解读，《山海经·山经》里的关于祭龙的“祠”完全符合（只是不见“祭文”）。其祭品主要有（禽与畜的）毛、米（稻米）、鸡、鱼、犬（不知这三种动物是否是活物？）等。无论祭品的多寡还是生死，表明“龙”在《山海经》里已经开始作为一种神来看待。

只是，作为“祭”即“祠”的对象，“龙”并不是《山海经》里的唯一祭祀的神。《山海经·山经》里共有 25 处“祠”，其“祠”的对象有山神、人面蛇身神、羊身人面神、彘身人首神、人面鸟身神等。虽然带有“龙”（或龙身或龙首）的“祠”占比超出其他诸神，但从祭品来看，“龙祠”祭品与其他诸神相差无几即“简”与“俭”。如“其神状皆彘身人首。其祠：毛用一雄鸡祈，瘗用一珪，糈用五种之糈”，又如“其神状皆人面兽身。其祠之，毛用一白鸡，祈而不糈，以采衣之”；再如“其神状皆羊身人面。其祠之礼，用一吉玉瘗，糈用稷米”等。也就是说，“龙”与其他诸神同属一个档次和级别，没有什么特殊（由此，我们还看到，《山海经》里的这种描述和表达的世界观，类似印度教中的“万物皆神”的世界观）。而且，与“龙”祠不同的其他物种的“祠”，甚至比“龙祠”尊崇。一、祭祀仪式的浩大。祭山神的祭品远比祭龙的祭品丰富：“华山冢也，其祠之礼：太牢。羭山神也，祠之用烛，斋百日以百牺，瘗用百瑜，汤其酒百樽，婴以百珪百璧。其余十七山之属，皆毛牷用一羊祠之。烛者，百草之未灰，白席采等纯之”。可见，在先民那里“龙祠”与其他诸祠同等地位。二、使用了玉。我们知道，“玉”在史前文明的重要性，即“玉”是高贵、端庄、典雅和权力的借喻。《山海经》里的龙祠都无玉。可见龙祠并不高贵。在祭山神（不仅用“玉”，祭尧山时还用到了“酒”）与祭龙神的对话里，我们还可以观察到，《山海经》的作者（们）对大自然的崇敬与膜拜，远远高于对臆造之神的崇敬与膜拜。此，极具不可忽视的文化意义和文明意义：此处（《山海经》）此时（公元前三世纪到公元前五世纪），“龙”显然不是华夏先民的图腾！至少是自炎黄二帝到春秋时期。至于某首曾传唱的“古老的东方有一群人，他们全都是龙的传人”的歌，只是一首有点激情的文艺腔而已。

四、先秦典籍里的“龙”与天子

哪么“龙”是什么时候成为天子（王权）的喻体呢？

约成于孔子时期终成书于西汉的《礼记》在其《礼运》篇里有“何谓四灵？麟、凤、龟、龙，谓之四灵”。此“四灵”，《礼运》自注：“故龙以为畜，故鱼鲔不淰。凤以为畜，故鸟不獝。麟以为畜，故兽不狘。龟以为畜，故人情不失。”《礼记正义》唐人孔颖达释“谓之‘灵’者，谓神灵。以此四兽皆有神灵，异於他物，故谓之灵”。从孔释，我们看到，直到唐人，“龙”的原初义仍然是自然界的某一物种，虽然属于神性已经具备即神话语域里的物种之一。既便如此，“龙”并非独一和至尊，而是与其他三种并列。在此期间（公元前五世纪至公元一世纪），“龙”的转义在汉初生成。在《礼记正义·礼器》里，东汉郑玄说“天子龙衮，诸侯黼，大夫黻，士玄衣纁裳”；唐人孔颖达进一步坐实这一天子（人君）与侯与臣与士的等级关系，孔说“人君因天之文章以表於德，德多则文备，故天子龙衮”。“龙衮”即“龙袍”，“龙衮”作为天子服饰的标配，第一次写进“五经”（《诗经》《尚书》《礼记》《周易》《春秋》）的注疏里，后为清人所编的《十三经注疏》成为官学儒家正典而固化。同时，第一次将服饰作为"礼"（"礼"即秩序）的构件，并划出相应的等级（《礼记》在服饰等级上非常重视，有《缁衣》、《服问》、《深衣》等专卷论述）。阎立本的《历代帝王图》（现藏美国波士顿博物馆）中的十三位帝王（从前汉昭帝、后汉光武帝到隋炀帝）有服饰，其"龙纹"，可能是最早出现画幅的龙袍标识。到《唐太宗立像》（宋人摹阎立本，现藏台北故宫博物馆）时，唐太宗的"龙袍"就完全是以后来我们熟知的"龙"的形象了，龙袍上有龙四条，上胸下腹各一，左肩右望各一。从文字到图画的文本里，我们看到：自汉到唐，"龙"从"四灵"之一升格为天子的专属形制。此，准确说是在东汉王充（公元 27-97）的《论衡》里定型："祖龙死，谓始皇也。祖，人之本；龙，人君之象也。"

再回过头来看早于《礼记》的《周易》，如何将"龙"从自然物种演义为天子即人君的文化符码。

《周易·乾卦第一》"初九：潜龙勿用"。《周易正义》唐人孔颖达"正义曰：居第一之位，故称初；以其阳爻，故称九。潜者，隐伏之名；龙者，变化之物"。此时的"龙"既为具像的某物种又为抽象的某种指代即"龙"属于一种能自我产生变易的物。孔颖达释，潜龙"此自然之象，圣人作法"。在孔看来，此龙"龙"既是自然现象，同是也时圣人的指代。何谓"圣人"？圣人者大人也。在释"九五：飞龙在天，利見大人"时，《正义》讲："此自然之象，犹若圣人有龙德飞腾而居天位，德备天下，为万物所瞻睹，故天下利见此居王位之大人。"魏晋王弼、韩康伯注"龙德在天"。并进一步解读"龙德在天，则大人之路亨，谓若圣人有龙德居在天位，则大人道路得亨通。犹若文王拘在羑里，是大人道路未亨也。"此时的"龙"，已经由原来的两属性（自然与人格化）落脚到只一属性，"龙"即居王位的"大人"。

《周易·乾卦第一》共有八条，第一条总述"乾"即"天"的本质和面相，其后七条都与"龙"相关，从"潜龙"到"群龙无首吉"，从"潜"到早晨出现（"九二，见龙在田"）再到一天的不同形状，阐述"龙"作为自然属性与人格属性的变易和变易时的不同所指。由此可见，"龙"与"天"的关系，即"龙"与"天"大约等值，但"龙"于此关非"天子"。"龙"在此基础和平台上成为"天子"的等值，但"龙"等值于"天子"，大约完成于两汉五行说与儒学或东汉魏晋玄学。也就是说，这一等值即"龙"即"天子"是在《尚书正义》（西汉·孔安国集、唐·孔颖达疏）、《礼记正义》（东汉·郑玄注，唐孔颖达疏)、《周易正义》(魏晋·王弼、韩康伯注，唐孔颖达疏)、《春秋左传正义》(晋·杜预注，唐·孔颖达疏)等的注疏里完成的(事实上，直到唐，与其他诸灵，“龙”并无独尊的地位。孔颖达《春秋左传正义·序》“疏”里讲“麟、凤与龟、龙、白虎五者，神灵之鸟兽，王者之嘉瑞也”。)

在这一过程中，有一典籍得专门提出。这就是据说没有经历过“秦火”的梁(公元六世纪)沈约注本的《竹书纪年》(王国维等认为这是一部伪书)。《竹书纪年》上卷的五帝传，“龙”出现的频率逐渐增多。**黄帝轩辕氏**：“母曰附宝，见大电绕百斗枢星，光照郊野，感而孕。二十五月生帝于寿丘。弱而能言。龙颜，有圣德”；**帝颛顼高阳氏**：“母曰女枢。见瑶光之星，贯月如虹，感已幽房之宫，生颛顼于若水”；**帝喾高辛氏**：“生而骈齿，有圣德”；**帝尧陶唐氏**：“母曰庆都，生于斗维之野，常有黄云覆其上。及长，观于三河，常有龙随之。一旦，龙负图而至，其文要曰：‘赤受天祐’。眉八采，须发长七尺二寸，面锐上丰下，足履翼宿。既而阴风四合，赤龙感之。孕十四月而生尧于丹陵，其状如图。及长，身长十尺，有圣德，封于唐”；**帝舜有虞氏**：“母曰握登，见大虹意感，而生舜于姚墟。目重瞳子，故名重华。龙颜大口，黑色，身长六尺一寸。……舜服鸟工衣服飞去。又使浚井，自上填之以石，舜服龙工衣自傍而出”。此五帝家谱可以看到：一、五帝孕生，虽与神灵相关，但却与“龙”无关，“龙”的出现是在五帝生后才有的事；二、“龙”与帝即天子的关系已经密不可分；三、帝的服饰已经用“龙”作定制。但比对《史记·五帝本记》，《五帝本记》不仅通篇不见“龙”的踪迹，而且也没有五帝孕生的祥瑞。难怪清人指出，此《竹书纪年》的“五帝传”抄自《宋书·符瑞志》，而《宋书》即是沈约所编纂。而沈约距司马迁晚了整整600年！

近现代史学巨擘顾颉刚的“古史层累说”，有一重要观点，国史愈往后，便加上原来没有的内容，愈后愈加愈多。从司马迁的《五帝本纪》到沈约的“五帝纪”，我们就能一目了然地看到后人对前史所献奉的后人增加的内容。当然，这并不是沈约们的发明。《左传》所记载的文字史的“周共和行政元年”即公元前841年，《史记·五帝本记》没有给上古或者传说的五帝以“龙”的等值，却在《史记·高祖本记》里写道：“高祖，沛丰邑中阳里人，姓刘氏，字季。父曰太公，母曰刘媪。其先刘媪尝息大泽之陂，梦与神遇。是时雷电晦冥，太公往视，则见蛟龙于其上。已而有身，遂产高祖。”由此，在华夏文明里的文化机制里完成了“龙”与“天子”喻体与本体相互赋权，即“龙即天子”与“天子即龙”彼此赋权后的共同体。同时，这一彼此赋权的人神共同体，成为开国帝王的孕生祥瑞的标配（如唐太宗有“龙凤之姿”，明太祖母“梦神授药一丸”等）。吊诡的是，汉皇之前实现统一六国的秦始皇，却没有这种“龙即天子、天子即龙”的文化能指和所指（《史记·秦始皇本记》：“秦始皇帝者，秦庄襄王子也。庄襄王为秦质子于赵，见吕不韦姬，悦而取之，生始皇”）。未必然，这是司马迁作为大汉刘氏王朝子民臣子的天子（王权）至上的潜意识？

至司马迁时代，“龙等值天子”的文化符号和文化文本，业也完成。从实物来看，“龙”作为祥瑞的文化符号，可能比《周易》、《山海经》等先秦文字文要早。从商（公元前十六世纪到公元前十一世纪）始，龙形玉器从来没有间断过。商的蟠龙环、西周的交龙纹璜、战国的玉龙、西汉楚王墓的玉龙等，到唐宋元明蔚为大观。1971 年在内蒙古翁牛特旗三星塔拉发现的红山文化“C 字形”玉龙，则更早为新石器时期（约 4000 年前到 10000 年间）的龙形玉器，称为“中华第一龙”。但这些是否就如《周易正义》所释的王的标识，显然是很难圆说的。“中华第一龙”，经考古界认定，它就是一种祭品而非祭品对象。“中华第一龙”与成都金沙出土的“太阳神鸟”一样，或许就跟《山海经》里的“龙祠”里的祭品一样。不同的是，《山海经》里多用的是牺牲和粮食，而“中华第一龙”是玉器。《山海经》里多次提及除“龙祠”之外的其他“祠”也常用玉。祭品本身和祭祀对象，祭品虽然是如巫一样是人神的中介，但祭品决不等于祭祀对象。《山海经》里的“祠”已表述得十分清楚。

文末了，多说几句。如果我们认定《山海经》并非只是神话，而是一部集神话、地理、历史、人文为一体的书，“龙”显然不是华夏先民的图腾。而在孔子看来，“龙”只是某一类动物较高级的等级罢了。孔子说“龙食乎清而游乎清，螭食乎清而游乎浊，鱼食乎浊而游乎浊。今丘上不及龙，下不若鱼，丘其螭耶？”（《吕氏春秋·离俗览·举难》）孔子认为，我达不到最高的一层，也不会是最下的一层，我就是一个中间的吧。“龙”，在孔子那里，早就被解构了——华夏子孙哪是龙的传人？

（2022 年 5 月于八米居）

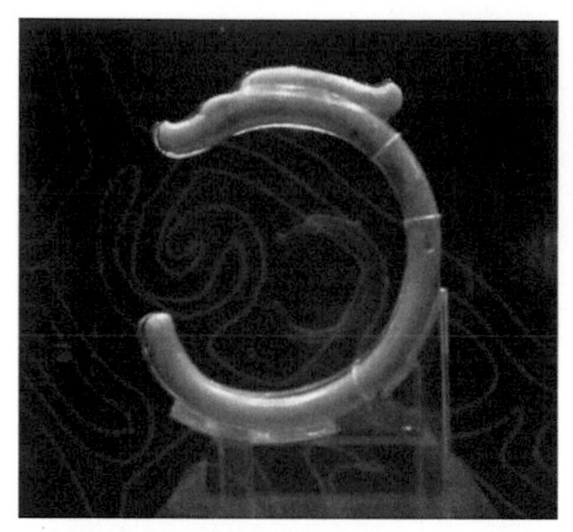

中华第一龙

商代蟠龙环

西周龙纹璜

战国的龙

宋人摹唐人画《唐太宗立像》

敦煌“变文”数量词的文化效应——此案以纯语言学角度看外来文化对本土文化的积极影响

弁言

虽然《辞海》（商务印书馆，1978）有“数词”、“量词”词条，也就是说官方认定了“数词”与“量词”在汉语词类分类学上的成立。但是这一认定似乎并非这般“铁定”。之前，《语法修辞讲话》（吕叔湘、朱德熙，1952、1954）把数词归入形容词类，没有量词条。后来，通过二十世纪五十年代（大陆）汉语语法的讨论、研究、推广、普及，在第一部（依英语语法为蓝本的）具有现代汉语语法意义的《马氏文通》（1898 / 1923）的基础上，在词法和句法上大致已经有了统一的说法。但是，关于“数词”与“量词”直到二十世纪的八十年代，“数词”与“量词”是否完全成立，依然没有定论。王力说：“数目字，归入形容词，不自成一类”；“量词，为单位名词，也不自成一类”（《现代汉语讲座》，1981）。《汉语造词法》（任学良，1981）是一部专门论及汉语造词规律的著作，但有关数量词造词的论述，则少得可怜。只在“并列”式谈及到两个词：“一二”和“再三”（而且，此两词也不属数词）。另一语法学家俞敏也认为“量词是名词的一个附类”（《现代汉语讲座》）。直到在“汉语知识讲话”系列丛书里才有专门的著述《数词与量词》（胡附，1984）。之前，王力和俞敏两先生的这种看法，与《马氏文通》几近一致都得益于英文语法。在英文语法的词法里，“量词”基本上是一个“黑洞”，也就是说，英语没有“量词”一说。

主要以英文语法模式编纂的《语言与语言学词典》(上海辞书出版社，1981)，就只有数词（Numeral）词条，没有量词词条。但是，在现代汉语里，“数词”与“量词”在汉语里广泛开存在，特别是具有汉语词汇词法学意义的“量词”，则是汉语的一个独具“个性”的存在。或者说，量词作为语法学意义的单独词条，在今天看来，也不再是问题。数词量词的运用，不仅具有语言学意义，还具有文化意义。

现在来看一看本文要讨论的话题：唐代（包括五代）“变文”[1]里的数词与量词。

“变文”的发现是敦煌石室重要的发现之一。“变文”的研究是敦煌学的重要内容之一。何谓“变文”？笔者在《“变文”命名考》(2019) 里说：“1907年，斯坦因在敦煌石室从王道士处带走的24箱唐人写本（另有5箱绘画本）里发现一种佛经讲经的特殊形式：既是散文的又有韵文的佛经讲经文本。”郑振铎在1932年，将此独特的文本样式正式命名为“变文”(之前有其他名字，譬如“俗讲”等)。郑指出这是既不同于佛经的散文，也不同于佛经的偈，更不同于中土的先秦至唐的散文和韵文，这“是一种新发现的很重要的文体”(《插图本中国文学史》，1932年)。郑振铎因此说，它叫“变文”[2]。变文，1907年从敦煌流出海外、散落民间，到从海外（法、英、俄、日等）抄写摄影和民间收集、到草创时期的研究和向民众介绍，二十世纪三十年代为第一个研究期即初创期。在此之后，进入五十年代，《敦煌变文汇录》(周绍良，上海出版公司，1954)、《敦煌变文集》(王重民、王庆菽、向达、周一民、启功、曾毅公，人民文学出版社，1957，上、下两集）等相继出版。“科学春天”之后，八十年代，相继出版了《敦煌变文集新书》(潘重规，中国文化大学出版部，1984)、

1 不知什么原因，“变文”没有存活到宋。今天我们看到的“变文”，绝大部分来自19世纪末到20世纪初敦煌石室的发现。但“变文”的这种散韵结合的文体，依然在后来的宋元戏曲等里能够见到。王国维《宋元戏曲史》(1913年写成，初名《宋元戏曲考》) 里列举宋元戏曲数百种，所列名录中，虽然没有佛经的影子。但是，王国维在引《都城纪胜》(大约公元十三世纪) 时讲，宋带有戏曲因素的“说话”共有四种：一小说、二说经、三说参请、四说史书。可见，“说经”在宋时，尚有一席之地。即便如说唱佛经的变文没有在宋留下遗绪，但它所留下的词汇，却一直于今。

2 据《敦煌变文汇录》(1954)，变文之首见唐人孟棨《本事诗·嘲戏第七》：“……张頍首微笑，仰而答曰：‘祜亦尝记得舍人《目连变》’”周绍良据此称“《目连变》之名始见于此”。但这并不妨碍“变文”一名为郑振铎所首次命名。因为“变”与“变文”毕竟有区别。

《敦煌变文集补编》（周绍良、白化文、李鼎霞，北京大学出版社，影印彩版，1989）等。本文所举“变文”的数词与量词均来自《敦煌变文汇录》（1954）、《敦煌变文集》（上下集，1957）、《敦煌变文集补编》（1989）三种的初版一印。

数词

一

在古代汉语里，一、三、六、九，既有确指也有泛指。一，则往往为“大”、“全”、“都”、“满”或“极尽”。

确指：玉环锡杖一条（《庐山远公话》）、贱妾只生一个子（《汉将五陵变》）、藏隐一食停一宿（《捉季布传文》）

泛指：一依前计具咨闻（《捉季布传文》）、一依处分不争论（同前）、一去三途更不回（《地狱变文》）

全部：佛为一切众生（《妙法莲花讲经文》）、一切大从皆（《双恩记》）、一切人皆看（同前）

二

二与两，有时通用，有时有区别。当独说“二”是数词时，往往说“两”。

入他汉界，早行二千里收兵却回（《李陵变文》）、一入虏庭，二千余里（同前）

两三文（《维摩诘经讲经文》）、一句两句大乘经（《八相押座文》）、点头微笑两眉分（《捉季布传文》）

三

确指：三乘五姓远流通（《维摩诘经讲经文》）、流泪两三行（《欢喜国王缘》）、一沾两沾三沾酒（《八相押座文》）、三年不食胸前乳（《季布诗咏》）

泛指：三三五五总波涛（《季布诗咏》）

特指：佛教语：三宝（佛、僧、经）、三昧（定、正受、等持）、三界（欲、色、无色）、三明（天眼明，宿命明，漏尽明）。恰如人得真三昧（《维摩诘经讲经文》）、纲罗割断抛三界（同前），“三明”见六字条[3]。

3 《春秋·襄公十一年》春正月作三军。《左注》：正月，作三军，三分公室，而各有其一。《公注》：三军者何，三卿也。作三军。……古者，上卿、下卿、上士、下士。汉语以数字打头的词汇，历史悠久，且源远流长。佛经汉译，则极大地放大了汉语的这种构（造）词法。

四

“四”，在汉语词汇里是一个极为重要的现象[4]。由“四”字打头的双音节词在《辞源》（第一册，商务印书馆，1979）里共收132、三音节42、四音节34。为《辞源》数字打头收词最多者之一。除数词确指外，有专用的佛教用语、儒家用语等。

确指：但将一领毡来，大钉四枚，医之立差（《叶净能诗》、钉之内四角（同前）

特指：佛教语。四流（见、欲、有、无明）、四生（胎生、卵生、湿生、化生）、四弘（度一切众生、断一切烦恼、学一切法门、证一切佛果）等。一志修行绝四流（《维摩诘经讲经文》）、四弘愿力难相并（《维摩诘经讲经文》）

五

确指：仿佛也高尺五（《燕子赋》）、是五百文金钱上（《不明变文》）、五百个童男五百个童女（同前）

特指：佛教语。五逆（杀父、杀母、杀阿罗汉、破和合僧、出佛身血）：四邻愤怒传扬去，五逆名声远近彰（《故圆鉴大师二十四孝押座文》。

六

确指：六尺之躯何处长（《季布诗咏》）、此时只要六字便答了（《唐太宗入冥记》）、

特指1：六铢，古钱币一种，古衣服一种。百宝冠中若瑞霞，六铢衣上绕光彩（《维摩诘经讲经文》）

特指2：佛教语：六通（神足通、天眼通、天耳通、他心通、宿命通、漏尽通）。世尊作号名曰大目连，三明六通具解（《目连变文》）／六镮（锡杖之一种）。解执六镮他界外（《维摩诘经讲经文》）。

“六镮”一词《现代汉语词典》（商务印书馆，1977）未收，《辞源》未收，“在线汉典”未收（在线汉典是今收词最丰的在线词典，六字头的词共收 229 词条，但无“六镮”）。锡杖有六镮八镮十二镮之别，六镮为常见。“六镮”一词并非生僻，如宋人郑侠赠友诗的诗题即《六镮助潮士钟平仲纳

4 《尚书》第一篇《尧典》便出现“四岳”（四方诸侯）。汉语以数字打头的缩略词，是汉语词汇的一个重要特质。就在《尧典》里，有“二生”、“三帛”“五典”、“五礼”、“五玉”、“五端”、“五刑”、“五器”等。

官辄辞赠以诗》，诗中有“六镮聊助君，鹭股难广献”、“急取慎勿辞，六镮如六万”等。

七

确指：七十二战（《前汉刘家太子传》）、有七人先来（《韩擒虎话本》）

特指：佛教语，七圣（信、戒、惭、愧、闻、施、慧）。信之七圣财之无胎（《维摩诘经讲经文》）。另，七圣法指唐代从西亚传入拜火教的神幻术。/七珍。佛教器物，供佛所用。世上七珍之宝偏除现在贫病（《维摩诘经讲经文》）。/七重，佛教语即位列七重。即须弥山下，第七重海外、第八重海里（《妙法莲花经讲经文》）。

八

确指：每日八人齐来（《韩擒虎话本》）、八水三川入掌内（《王昭君变文》）、四时八节眼前无（《盂兰盆经讲经文》）。

特指：八难（在地狱难、饿鬼难、畜生难、长寿天难、边地难、聋暗哑难、智辩聪难、在佛前佛后难）。三乘五姓远流通，八难四生令离苦（《维摩诘经讲经文》）。

九

确指：九年之中《前汉刘家太子传》）、九龙吐水早是议（《悉达太子修道因缘》）

特指：九种，佛教语。九种陌上为佳瑞，一国人中作吉祥（《维摩诘经讲经文》）

十

确指：去射垛十步有余，入土三尺（《韩擒虎话本》）、□国现有十硙水，潺潺流溢满□渠（《张义潮变文》）、贱奴念得一部十二卷（《庐山远公话》）、是时三十佳人齐至厅前（同前）。

特指。佛教语：十方（即大千世界无量无边）。又乃梦中见十方诸佛（《庐山远公话》）/十果，佛教语（即信心、念心、回向心、达心、直心、不退心、大乘心、无相心、慧心、不坏心）。当当来世界，十地果圆，同生佛会（《庐山远公话》）/十劫（指特定的一段时间长度）。与心往彼救时，胜得十劫财施（《维摩诘所说经讲经文》）

百、千、万

确指。其人问一答十，问十答百，问百答千[5]（《汉将王陵变》）、餐百字之珍膳，敕赐赤斗钱二万贯（《李陵变文》）、陵下散者，可有千人（同前）、酝五百瓮酒，杀十万口羊（《五昭君变文》）、一树死百枝枯（《孔子项托相问书》）、天地相却万万九千九百九十九里（同前）。

泛指：除“百”确指外，“千”、“万”、“亿”都可以泛指即批“全部”、“众多”或“所有”。地僻多风，黄羊野马，日见千群万群（《王昭君变文》）、单于重祭山川，再求日月，百计寻方，千般求情（同前）、空留一冢齐天地，岸兀青山万载孤（同前）、受罪既旦夕不休，一日万生万死（《目连变文》）、喜欢之心万万重（《妙法莲花经讲经文》）

序数

汉语的序数词从何时开始，并不太清楚[6]。但是敦煌变文里给我们提供了序数的完整谱系。这就是现藏原苏联符卢格的《十吉祥》：

文殊师利，此云妙德。正梵语云“曼殊室利”，此云妙吉祥。……何以名为妙吉祥，此菩萨当生之时，有十种吉祥之事。准文殊吉祥经云云。且弟一……；第二……；第三……；第四……；第五……；第六……；第七……；

5 “问一得N”句式，源于《论语·季氏》：陈亢退而喜曰：“问一得三，闻诗、闻礼、又闻君子之远其子也。”包括与此句名句式相近的“回也闻一以知十，赐也闻一以知二”（《论语·公冶长》）。此可见，本土的儒家文明在融会外来文明时所展现的本领。

6 鸠摩罗什（343-413）译的《般若波罗蜜金刚经》，是佛经汉译影响最广的一部佛经。此经共5000余字，分三十二篇。分篇都用“第”表序数，如“法会因分第一”、“一体同观分第十八”、“应化非真分第三十二”。也许，“第”这一序数词，就源自佛经汉译。

《墨子·七患》也可看着序数的发端，无序数词，用语尾助词表达。子墨子曰：国有七患。七患者何？……，一患也；……二患也；……三患也；……四患也；……五患也；……六患也；……七患也。以七患居国，必无社稷；以七串守城，敌至国倾。七患之所当，国必有殃。

《礼记·祭统》：夫祭有十伦焉：见事鬼神之道焉，见君臣之义焉，见父子之伦焉，见贵贱之等焉，见亲疏之杀焉，见爵赏之施焉，见夫妇之别焉，见政事之均焉，见长幼之序焉，见上下之际焉。此之谓十伦。

《论语·公冶长》提供了另一种序数的表达（无序数词，无语尾助词，用语前助词排列）。有君子之道四焉：其行己也恭，其事上也敬，其养民也惠，其使民也义。《礼记·中庸》还提供了“其次”这样的序数样式。

第八（案，惟“第八”用的是今天通用的序数词“第”，其他皆作“弟”）……；弟九……弟十……。有此十般希（通今“稀”）奇之事，所以名为妙吉祥菩萨……。只缘是事多欢喜，所以名为妙吉祥。

佛经西来进入中土，不仅充实或者说改造了中原的传统文化，从语言学的角度，最重要的是通过译经带来的汉语词汇（甚至语法）的极大变化。白话和简体字的出现，大约从公元一世纪到九世纪、特别是七世纪到九世纪三百年间，是汉语演变史、发展史和汉字史上最重要的时期。包括本文涉及到的变文的数词与量词。从译经的书面语到口语，再由如变文一般的说唱的口语又返回到书面，两两碰撞与交流交融，逐渐或最后形成了汉语发展史的两个方向：其一、汉字的简化一不可逆二速度加快（刘火《汉字的痛与逆——西夏文、徐冰的天书与流沙河的复繁》2016、《简化字真的不讲理吗？》2018）；其二、口语成为书面语最有活力的语言来源。据《汉语外来词词典》（上海辞书出版社，1984）共收录外来词一万余条，主要来源有三个：一、公元一世到九世纪的佛教语，二、十八世纪开始的英法俄德主要是英语，三、十九世纪开始的日语。这三个方面的外来语的进入，这此外语转译词汇，许多至今依然鲜活并且常用。如“觉悟”（梵语）、“米”（法语）、“汉堡包”（英）、“纳粹”（德）、“阶级”（日）等。《汉语外来词词典》在 1984 年之前所收录的一万余条外来词中，佛教语和日语为最多，前者为中古时期，后者为近代时期。前者，唐的海纳百川，主动接受外来文化（俗语为“西天取经”）；后者，因近世满清闭关和自大造成了与世界迅猛发展的极大落差而受辱，包括文化的落伍，十九世纪后期被迫降向西洋和东洋学习。日语以平假名的方式“大规模”地输入进汉语[7]。仅从外语转译成汉语来看，这两个时期，正是古代中国和近现代中国与外国交流程度最为深广的时期。虽然一为主动二为被动，但由于外来文化就本文角度讲是外来语的进入，成就了汉语的新生与发展。佛教语里的大量的数词，在转译成汉语里被植入进了汉语，与汉语原来的数词一道，构成了汉语词汇与其他语言（物别是印欧语系）相区别的一个重要语言现象。从这一角度讲，汉语数词特

7 《汉语外来词词典》在“C”目里，收外来词近 200 个，日语外来词就有 36 个。依词典词条的汉语拼音顺序为：财阀、财团、采光、参观、参看、参照、策动、插话、茶道、常备兵、常识、场合、场所、成分、成员、承认、乘客、乘务员、宠儿、抽象、出版、出版物、出超、出发点、出口、出庭、初夜权、处女地、处女作、创作、刺激、催眠、吋、错觉等。这些我们今天耳熟能详的词，语（词）源竟然不是汉语词汇（至少不是现代汉语词汇），而是来自日语。

别是形成了定式的数字词汇，以及它们的特定所指。如果说有佛教中国化的话，那么佛教里词汇便自然成为汉语词汇的一部分。“变文”的口语化及口语书面化，更加快了它丰富了汉语的词汇的速度。如“四”字带头词。《辞源》共收四字词汇 208 条（包括双音节、三音节、四音节以上等），其中佛教语词汇收 22 条。这一数据远远超过本土宗教道教 2 条的词汇量[8]。

量词

量词，是汉语词汇不同于拼音文字的一个重要特征。因此，中国语言学界最早一批接受英文语法的语言学家，自赵元任开始，大都不赞成量词这一说法，认为量词只是名词的一个附类。从量词的词性上看，大都也确实如此。譬如“万载”、“万年”里的“载”与“年”就是名词。但它们在数词后面，却不在具有名词的全部含义，而具有一种对数词起到比较或限定的作用。这一比较与限定，即是量词的语法能指与所指。即便是古汉语，量词，不仅存在，而且量大。前文已述，中国语言文字，在唐宋，是白话文从口语到书面语的转变的重要时期，作为这一时期的重要见证并取得重大进展的“变文”，量词是丰富的。

（一）个、個、箇

感得八个人，不显姓名，日日来听（《韩擒虎话本》）

相公前世作一箇商人，他家白庄也是一个個商人（《庐山远公话》）

个，是汉语量词里使用最频繁之一的词。几乎所有数词后面都可以跟“个”。个，不见《尔雅》，也不见《说文解字》。《说文解字》收箇，许慎释“竹枚也，从竹固声”。段玉裁注“竹曰个、木曰枚”。箇，从意来讲，是竹经人工之后一种材料；从字形来讲，是一象形与指事相结合。从“箇”到“個”再到“个”。我们看到汉字的简化历程。“个”不见十九世纪末出土的甲骨文，“个”收于《甲金篆隶大字典》（四川辞书出版社，2008），出自西汉的武威简（奇怪的是《甲金篆隶大字典》无“箇”“個”字条；《尔雅》“释草”“释木”都无这两字）。如果是这样，东汉的许慎应当是看见过“个”的，但《说文解字》没录。从“变文”看，个、個、箇三字义相似或相等，足见西汉时的偶尔简化已

8 《辞源》录四字头佛教词汇有：四天（四禅天）、四生、四苦、四相、四众（四部众）、四尘、四轮、四辈、四谛、四摄、四人天、四梵天、四天王、四分律、四食诗、四论宗、四面八方、四弘誓愿、四律五论、四十二章经。
录四字头道教词汇有：四大、四虚。

在唐时较为通常了。从而，我们看到白话文于量词的广泛使用。当然，在变文里，即便这种状态，没有量词的时候也多。就在《庐山远公话》里有这第一段：“例皆寻遍，不见一人。却至香炉峰北边，见一僧人，造一禅庵……化一箇老人之体”。

（二）量词独立使用

三**尺**白刃（《汉将王陵变》）
人执一**根**车辐棒（《李陵变文》）
更若为人十**只**矢（同前）
现有十**硙**水（《张义潮变文》）
不知江海有万**斛**之船（《王昭君变文》）
附马赐其千**匹**彩，公主子仍留十**斛**珠（《同前》）
收夺得驰马牛羊二千**头疋**（《张义潮变文》）
（案，**“头”“疋”**两量词并用，实为罕见）
锡杖一**条**（《庐山远公话》）即“一**条**锡杖”
每人纳绢一**疋**（《李陵变文》）即“一**疋**绢”
大哭号啕泪千**行**（同前）即“千**行**泪”
赤斗钱二万**贯**、紫磨黄金一万**铤**（同前）即“二万**贯**赤斗钱”、“一万**铤**紫磨黄金”

（三）名词与量词合二为一

雕弓每每换三**弦**（《汉将王陵变》）
大战曾经数十**场**（同前）
既是今日当值……何不巡营一**遭**（同前）

（四）特例

百**般**放圣谩依着，千**种**为难为口粮（《譬喻经变文》）

“百般”、“千种”看似已约定俗成的俗语或白话（也为佛教语转换），但并非专用词汇。在“般”或“种”可结构成“千般”、“万种”。可见，“般”与“种”具有量词属性即量词不为它之前或之后的数词所限定。

数词量词集成举例

敦煌变文，是汉语口语大规模进入汉语书面语的一个重要诱发端口和平台。从上述举证中，我们已可以看到，数词特别是量词的大量使用，这是口语的放大与讹变，也是口语转换为书面语的途径之一。上述举证大都在某一特定的单句，下面的举证一散一韵。

散

昔时大雪山南面，有**一**梵志婆罗门僧，教学**八万个**徒弟，善惠为上座。**六年**苦行，**八万**伽他之偈，并**五部**佛心，无有不识，无有不会。善惠却往还不，和尚又遗**三般**物色：一、是**五百文**金钱，二、**五百文**金舍勒，三、**五百个**金三故。过大雪山北面，言道王舍大城，有**一大箇**长者，常年**四月八日**，设**个**无遮大会，供养**八万个**僧：并是盲聋喑哑，无数供养。**八万个**僧，各布施**五百文**金钱，**五百个**金舍勒，**五百个**金三故。善惠**四月八日**，至到王舍大城，到是大富长者宅内，**四部**僧众齐坐念诵。善惠发**四弘**盛愿，言道**四部**僧众，……不是善惠却问僧众："大雪山南面，有一梵志婆罗门僧，教学**八万个**徒弟，曾闻不闻？"**四部**僧众却道："之闻。""**八万个**徒弟，上坐善惠，曾闻不闻？""曾闻。""既若知闻，某乙便是善惠。"**四部**僧众，便请为上坐。常年**四月八日**发愿，旧上坐数年发愿。……其大愿给孤长者，心中大悦，遍布施**五百个**童男，**五百个**童女，**五百头**牸牛并犊子，金钱、舍勒、**三故**，便是请佛为王说法。……给孤长者启王：王园计地多少？""其园**八十顷**。"……请佛园中说法。**千二百五十**人俱听法。……世尊到来，不用者**七珍八宝**，则要莲花转巽。有一个小下女人族逐水如而来，瓶中有七支莲花。便善惠言道："娘娘卖其莲花**两支**，与**五百文**金钱。"婢女言道：……善惠却便发心供养，**一支两支**便足，不用广多。……**七支**莲花都与善惠，同其一会，到**第二日**早去。世尊到来，善惠便是供养如行。世尊取其莲花**两手**如把**五支**僻着**一面**与行，**两支**僻着，**一面**与行。(《不知名变文》)

韵

……欲知**百**宝**千**花上，恰似天边**五**色云。……佛愿慈悲度弟子，学道专心报**二**亲。……**千般**锦绣铺床坐，**万道**殊幡室里悬。……锡杖敲门**三五**下，胸前不觉泪盈盈。……独自抛我在荒郊，**四边**更无亲伴侣。……耳边唯闻唱道念，**万**众**千**群驱向前。……守此路来经几劫，**千**军**万**众定刑名。……烟火**千重**遮**四门**，借问此中何物罪。刀山白骨乱纵横，剑树人头**千万颗**。……**七**分这中而获**一**，纵令东海变沧田。……手中放却**三楞**棒，臂上遥抛**六舌**叉。……**一**过容颜总憔悴，阿娘既得目连言。……**十**恶之愆皆具足，当时不用我儿言。……力小那能救慈母，**五**服之中相容隐。……左右天人**八部**众，东西侍卫**四方**神。……（《大目乾连冥间救母变文》）[9]

---

9 下面是两文本的繁体字文本（即原体抄本）。

散。

昔時大雪山南面，有一梵志婆羅門僧，教學八萬個徒弟，善惠為上座。六年苦行，八萬伽他之偈，并五部佛心，无有不識，无有不會。善惠卻往還不，和尚又遺三般物色：一、是五百文金錢，二、五百文金舍勒，三、五百個金三故。過大雪山北面，言道王舍大城，有一大笛長者，常年四月八日，設個無遮大會，供養八萬個僧：並是盲聾喑啞，无數供養。八萬個僧，各布施五百文金錢，五百個金舍勒，五百個金三故。善惠四月八日，至到王舍大城，到是大富長者宅內，四部僧眾齊坐念誦。善惠發四弘盛願，言道四部僧眾，不先是上界菩薩，不先是下界妖精魍魎，便是善惠口稱我是上界菩薩，不是下界妖精魍魎。不是善惠卻問僧眾："大雪山南面，有一梵志婆羅門僧，教學八萬個徒弟，曾聞不聞？"四部僧眾卻道："之聞。""八萬個徒弟，上坐善惠，曾聞不聞？""曾聞。""既若知聞，某乙便是善惠。"四部僧眾，便請為上坐。常年四月八日發願，舊上坐數年發願。今日是個童子替其某乙，心中便是發其惡心。你得佛聲佛酬，得人聲人酬，喫齋散來善惠。其大願給孤長者，心中大悦，遍布施五百個童男，五百個童女，五百頭牸牛並犢子，金錢、舍勒、三故，便是請佛為王說法。給孤長者問耆陀太子言道："某乙不知。"後問貧婆娑羅王，王卻問給孤長者"有其何事？"長者啟貧波娑羅王："別无何事，請佛為王說法。"給孤長者啟王：王園計地多少？""其園八十頃。"……請佛園中說法。千二百五十人俱聽法。……世尊到來，不用者七珍八寶，則要蓮花轉巽。有一個小下女人族逐水如而來，瓶中有七支蓮花。便善惠言道："娘娘賣其蓮花兩支，與五百文金錢。"婢女言道：……善惠卻便發心供養，一支兩支便足，不用廣多。……七支蓮花都與善惠，同其一會，到第二日早去。世尊到來，善惠便是供養如行。世尊取其蓮花兩手如把五支僻著一面與行，兩支僻著，一面與行。（案，此本为斯坦因 3050 号，王庆菽校录，见《敦煌变文集·下集》，省略号为本文作者所省。下同）

韵。

……欲知百寶千花上，恰似天邊五色雲。……佛願慈悲度弟子，學道專心報二親。……千般錦繡鋪床坐，萬道殊幡室裏懸。……錫杖敲門三五下，胸前不覺淚盈盈。……獨自拋我在荒郊，四邊更無親伴侶。……耳邊唯聞唱道念，萬眾千群驅向前。……守此路來經幾劫，千軍萬眾定刑名。……煙火千重遮四門，借問此中何物罪。刀山白骨亂縱橫，劍樹人頭千萬顆。……七分這中而獲一，縱令東海變滄田。……手中放卻三楞棒，臂上遙拋六舌叉。……一過容顏總憔悴，阿娘既得目連言。……十惡之愆皆具足，當時不用我兒言。……力小那能救慈母，五服之中相容隱。……左右天人八部眾，東西侍衛四方神。……（《大目乾連冥間救母變文》现

《不知名变文》是一篇缺漏和错讹甚多的短文（只有散文没有韵文）。《大目乾连冥间救母变文》（有散有韵），是韵多过散的一篇长文。不过，两篇都有一个共同特点，都为数词量词（还有序数词）最为密集的变文。它可以看作是变文数词量词的汇总范本。从两范本，可以看到本文所持的观点：无论数词还是量词，在敦煌“变文”已经十分成熟，而且运用已经手（书面）口（口头）如一。除了它为白话文的成长提供了生存平台和生长空间，同时也为汉语的词汇提供了增长平台和空间。这一数词量词的汇总范本，我们还可以看到（或者猜到），变文以散韵相间、说唱并举，又通过抄经者的努力，佛教作为一门在中土影响极深的文化现象，表明了宗教从庙宇从僧侣从知识精英走向了大众和民间。这在中国文化传统里是独一的现象。由这些数字带头的词构成了有别于原来文化里不同的文化基因。或者说，由这些佛教的专门词汇所建构的话语权力（Discourse Power），它不仅侵占了本土宗教道教的领地；还削弱了从汉开始建立起来的儒家文化与儒家文明为主导地位的汉文化与汉文明。或者说它让儒家文明里的某些元素（如善、如劝善等），成了佛教感化众生或者寻找自我安慰的言语（Speech）能指（Signifier）与所指（Referent）。就当时看，外来文化、外来文明的进入并非洪水猛兽，自汉至唐，尤其是唐，就佛教东传以来，恰恰相反，外来文化与外来文明成了庙堂与江湖 / 知识精英与大众平民共生共长的需要[10]。在这一文化和文明的衍变里，如此多的数词和量词为大众所接受、所运用，显现出这一语言现象和言语（parol）文本（Text）的内在力量。而且，这些词汇直到今天，依然深入骨髓地植入在汉语的机体和血液里，依然展示着它们的话语权力[11]。

不过，我却遗憾地发现，像《汉语白话史》（徐时仪，2007），虽然讨论了变文在白话文进程的作用，却没有讨论过在此过程的重要元素之一的数词与量词。更奇特的是，直到今天依然是敦煌变文字义研究的重大成就的《敦煌变

藏伦敦大英博物馆。文本见周绍良《敦煌变文汇录》）

10 历史上最大规模的一次灭佛发生在佛教东传中国化的唐代。“会昌（845）灭佛”的原因很是复杂，但主要一方面来自唐僖宗崇尚道教（这是唐王的传统），另一方面，来自僧侣们的势力壮大以及恶行扰乱了唐朝政权与天子的声威和安全。

11 五四经典作家。散文如鲁迅的《朝花夕拾 · 后记》“研究这一类三魂渺渺，七魄茫茫的学问，是很新颖，也很占便宜的。假使征集材料，开始讨论，将各种往来的信件都编印出来，恐怕也可以出三四本颇厚的书”。韵文如郭沫若《凤凰涅盘》，其中“一切的一、一的一切”就用了五次。此两例都来自佛教文化和佛经转译词汇。

文字义通释》（蒋礼鸿，中华书局，1960），更无涉及。《敦煌变文字义通释》共讨论和辨析了敦煌变文里的约800个词，却无一涉及到数词与量词[12]。可见，敦煌“变文”的语言学研究尚有空白和空间。而且，就变文来讲，语言学（除社会语言学）的文化研究似乎更具空间。这——自然是一件吃力不讨好的事。

写毕于新冠肺炎猖獗时的2020年2月叙州田坝八米居

12《敦煌变文字义通释》讨论了“千次”、“一向”等词，但这些词的词面的“数”和“量”的词，并非数词与量词之义，而是变文里的专用词汇。

文明之逆：西夏文、徐冰的天书与流沙河的复繁

先说西夏文

宋景佑三年（1036）即大夏元年，西夏王朝开国帝王李元昊命大臣野利仁荣（党项族野利部人）效仿汉文，创造夏字。经三年，共创夏字 6000 余字。蒙古人于 1227 灭了西夏，西夏文因西夏王朝被灭而灰飞烟灭，永远沉入到历史的深处。从人工创制到人为“灭门”，西夏文总共存活 200 年左右（这可能是文字史上最短暂的文字）。如果我们不是以殖民者的观点看待历史和看到不同的文化，我们会看到，每一民族，大约都应有与之相匹配的文化及文明。而文化与文明的传承的重要途径和方式，文字是重要的，而且是极为重要的（虽然至今仍有一些民族没有文字）。现在我们看到的是，伴随西夏的灭亡，西夏的文明也就灭亡了，至少被埋藏在历史的深处。如果不是后来地下的发掘，即使如此，我们现在知道西夏的历史依然很少。元人写前朝史，有宋史、有金史、有辽史，但独没有夏史。我们知道，南宋（1127-1279）、金（1115-1234）、夏（1038-1227）曾经三足鼎立，为什么元人写前朝史没有夏史。在笔者看来，其中原因之一，一定是文字的障碍。到近现代，拿极有影响的钱穆的《国史大纲》来讲，《国史大纲》里提及西夏只有两处。一处是“那时中国分为三部分：一宋、二金、三夏”；一处是“元人用兵，亦分三大步骤。先取金黄河以北地，灭夏”。除此之外，一部皇皇《国史大纲》再无西夏信息。此前，一部芜杂而又庞然大物的《宋史》，记叙和论及西夏的地方也少得可怜。为什么会这样？

因为，夏的文字，作为一种人工“定制”的文字，不仅在国与国交际中障碍多多（《宋史·志·第七十二卷》写道，宋见夏国来使需要“通事”即翻译来交际），而且在本国使用中也因字体繁琐而影响了交际（今天发掘出来的有关西夏文的遗存，几乎看不到如敦煌悬泉汉简、居延汉简那般极具民间生活文字记载的遗存，而只有像《大藏经》、《吉祥遍至口和本续》和官方文书的遗存）。西夏王朝的建立者李元昊为北魏鲜卑族拓跋氏后裔。鲜卑族拓跋氏，是一个主动接受并融入汉文的北方民族。正是因为有了北魏、北齐、北周，才有了后来隋的统一，也有了唐的繁荣（唐的开国帝王李渊即北周贵族）。李元昊这一族在唐时接受了唐王朝的赐姓李。本来已经汉化的党项人，却在自己建立王朝时，张扬民族主义，或者说为了王朝的独立和虚荣，先改族姓为嵬名氏，再改已经熟悉的汉字。于是就有了大夏大庆元年创制的西夏文字。

据《宋史·列传·第二百四十五卷》（把夏列人“列传”，可见元人修史时，只把夏当作了南宋的蕃属地区，而事实并非如此）载：“夏之境土，方二万余里，其设官之制多与宋同。朝贺之仪，杂用唐、宋，而乐之器与曲则唐也”。《宋史》又载，绍兴十六年（1146）即大夏大庆十年，尊孔子为文宣帝（在此之前的大庆十五年“重大汉大学”），大庆十一年策举人，十八年（1148）“复建内学，选择名儒主之”。这表明，西夏王朝，不仅官制礼乐沿用唐制套用宋制，而且文化也尊孔崇儒。也就是说，在李元昊建夏时，汉文化依然是夏的国家主流文化和国家主流意识形态。但是，仅仅是为了民族一己的利益与虚荣，却生生地抛弃了汉文化得以支撑的汉字，把文字改制成了西夏文字，即“元昊自制蕃书，命野利仁荣演绎之，成十二卷，字形体方整类八分，而画颇重复”（《宋史宋史·列传·第二百四十四卷》）。我们今天得知，西夏文字本是高仿的汉字即高仿的方块字，但远比汉字繁琐复杂。问题还在于西夏文字几乎完全抛弃了汉字本身的表义和声音。西夏文的创制与使用，除了它生生地割断了历史，而且还生生地与它所承载的文化（以唐及唐之前的汉文化）格格不人。问题还在于，由于它的生造，它没有资源、资历和资格承担起自然语言符号文字所能承担的能力。换句话讲，西夏文字它天生就预备了它的短命（它与半造的蒙文和自然语言的满文是完全不同的语言系统）。就如十九世纪末期二十世纪初期创制的国际语一样。还有一个重要问题，我们之前忽略了，那就是，汉字在西夏建立王朝和存活王朝时的北宋南宋，正是中华文化高度繁荣发展时期。汉字也在这一时期出现重要现象，那就是汉字加快了它的简化进程。而西夏文字却反其道而行之，走上了比汉字更加繁琐的道路。西夏文很少有 10 划以下的字，大多数都在 20 划左右以及 20 划以上。如汉字“大”仅三划，“大”义的西夏文“𗴺”则有 15 划。元人写的宋史当时就直指西夏文字“画颇重复”（也许，元代也无人识得西夏文）。日本二十世纪最知名的历史学家宫崎市定的《中国史》一书中指出，西夏文字一是“在汉字原理上创造出来的异体字”；二是西夏文字“没有与汉字相通之形”。只要翻开如天书般的《夏汉字典》（中国社会科学出版社，1997 年），我们就会知道，面对西夏文，我们属于另一个星球上的人（事实上，西夏文脱离了西夏王朝它就成了死文字）。如果我们承认此说，我们便会看到，西夏文字看似高仿汉字实则是对汉字的反动。说到底，一种逆潮流而动的人造产物。文化会因地域、历史、宗教原因而呈现出蒙昧与文明之分。而文明则作为智慧生物即人向前一种积累所形成的“场”，着力远离蒙昧、抛弃蒙昧走向进步。文明，总是向前的（尽管也曾出现过如欧洲中世纪、二十纪二战时纳粹时代等那样的黑暗），也就是通过人的不断试错、不断纠错而表明大多数人接受而又感受之后会带给人益处的“场”。文化的多元性，是文化本身的历史与现实，当然谈不上贵 / 贱、高 / 下、尊 / 卑。文明则是在集合不同的文化的长处益处向更有益人的心智和物质享有方面的“场”。尊重不同的文化，是世界进入二十世纪的重要标识，也是世界进步的标识。但是，尊重不同的文化，并不表明我们对文明的逆向行为可以放行。事实上，西夏文字的创制就是对汉字的逆向行为。

再说徐冰的天书

抛开艺术表达形式，或者抛开在西方取得的声誉，就观念及植入技术来说，显然，艺术家徐冰的天书，来自西夏文的灵感。天书创造出了一种将拉丁文字（具体是英文文字）固化成汉字笔划并按英文读法强行装入汉字的方块字型之中。作为艺术，本文的重点不是要讨论它的艺术位置和它的艺术价值，本文讨论的是，这种完全将不同于方块字的别一文字强行纳入方块字的行为，是顺应文明的进程还是逆向行走。显然，徐冰的天书制作是后者。英文词汇：NEW ORIENTALISM，译作汉语大概就是“新东方”。天书的制作者徐冰，首先把没有汉字特点的英文，改造成汉字笔划特点，即只有汉字（日语文字里借用的 1000 余个汉字，虽然字型与汉字大致一样，但字义、语音及语法系统则完全不一样）的“点、竖、横、撇、捺、折、提、弯、勾”等；

再按汉字的方块形状进行组装拼贴。一个汉字字型不够，就用多个汉字字型，譬如“NEW ORIENTALISM”就用了4个汉字字型。从文化的多元到文字的多种的历史事实上看，徐冰的天书，是一种极端的反文明行为。“天书”的制作和成品，无论怎样地申明和辩护，其表现在我们所看到的成品（或艺术品），它的“能指”与“所指”都指向：认为方块字是世界最优秀或最美丽的字（此，估且不论汉字是否就是世界上最优秀最美丽的文字系统），于是便将非方块字生硬地强暴地纳入其中。这不但强行将一种语言系统纳入到另一种语言系统之中，而且将完全不同的语言（徐冰的天书具有词汇、短语句子、文章即具有语法系统）文字改造拼贴组装后形成的“天书”。这样的天书不仅不能形成大众的认知对象，甚至不能形成精英的认知对象。显然，作为语言及作为语言的符号，它就是一种反智行为，说得严重一点，天书从观念到制作都是一种反文明的行为。

事实上，“天书”在西夏文上获得的灵感，完全建立在语言优越的傲慢之上。说重了，“天书”的制作者对其他非汉语汉字的歧视易于言表——把拉丁字母的圆润和线条无端地拉直、拉折、拉弯和拉方。我们知道，以斯拉夫语系（英语、俄语等）和拉丁语系（法语、西班牙语等）为主要代表的拉丁字是靠声音而不是靠字型表义的。印欧语系与汉藏语系最大的不同，前者以语音表义，后者特别是后者里的汉语是以字型表义，这就决定了两大语系的字型在语言系统里承担的“责任”的不同。非要把两者混杂在一起，而是以汉字字型作为主元素混杂在一起，显然是一种语言对另一种语言的歧视和强暴。这不是跟“天书”戴帽子，这只是指出一个我们忽略了的事实：一个语言学界、一个艺术界，甚而一个思想界不愿意承认的事实罢了。于是，到了“地书”，徐冰走得更远。把人类不知经历过好多年才把图画似的象形符号文字，不断地自然地演变成了表义的汉字和表音的拉丁字，反其道而行之，重新回到象形的图形符号上。如果说“天书”仅仅将拉丁语音文字纳入到汉字表义文字，还最多算作文字孰优孰劣的观念上，那么“地书”，则完全退回到人类原始的、蒙昧的认知上。尽管“地书”直观（而且，公众场所也在广泛地使用符号），就人类的进程看，具体到人类发明和使用语言看，更是一种反智行为。当然的，是一种逆文明行为。

三说流沙河先生的复繁

恢复繁体字、扔掉简化字，看起来是为了恢复传统，或者如复繁者的口号所说，是为了防止中华传统因简化字的使用而被割裂。复繁弃简，好像与西夏文的创制与徐冰天书的制作，风马牛不相及，但在逆文明上却有相同之处。

1. 正体字与非正体字。流沙河先生《正体字回家——细说简化字失据》时讲，汉字通过行、草特别是通过草书得来的简化字不是正体字，应当废除，还楷书的正体样式。就汉字而论，汉字通过甲、金、籀、小篆、隶、行、草、楷多个阶段，倘若我们要在这些阶段里来定义何为正体，何为非正体，显然是一个历史笑话。因为，汉字的发展，是从甲骨文开始（就现在的发掘的资料看）的，而且从现在我们得知的，即便是甲骨文也有多种写法。这些写法，在今天看来，除专业读者之外，对于一般读者，近乎天书。这一现象一直延续到秦的“书同文”的篆。李斯写的小篆通过国家行政法令推行的标准篆字，对于当时可能是“大众体”，但过去2000多年后的当下，对于今天的大众来说，已成为天书。而且就在当时，即使是篆字，也有不同的写法。由此我们看到的是，不同的写法未必然就是非正体。到了（据现在的资料看）两晋时出现的草（《平复帖》三世纪）、行（《兰亭帖》四世纪），主要是行书（郭沫若甚至认为《兰亭帖》是唐人伪作，在郭氏看来，两晋时还没有出现行书），其字体与篆、隶有了相当大的不同。从两晋到唐是汉字书写发展史的重要阶段。汉字的草书在张旭、怀素等的带领下达到顶峰。他们同样写的是汉字，谁能说虞世南、欧阳询、冯承素、颜真卿等人写的汉字是正体字，张旭、怀素等人写的汉字就是非正体字？行、草字不仅在书法上让汉字成为艺术的重要关节，同样地行、草在汉字书写发展史特别是汉字简化史上起着重要关节作用，如“為”在《平复帖》和《自序帖》（九世纪）里已经写成“为”。用“正体字回归”一语来为繁体字鸣锣开道，可以说，连汉字的书写史都完全不顾了。

2. 读书人与识字。流沙河先生在释“谷物”的“谷”时说，“穀/谷二字本来都是正字，穀是稻穀，谷是山谷，风马牛不相及。如今把穀撤职了，派谷字来顶替，欺我们中华之读书人，太霸道了”。这段话有两层意思。一层是稻谷的“穀”与山谷的“谷”不能混用。想来流沙河先生一定读过《论语》。《论语》首句即“子曰：学而时习之，不亦说乎”。“说”通“悦”。造字六法之一叫假借。假借在古汉语里是常见的事（为此后来专门成为一门学问）。既然古人可以以彼字替此字，为什么今人不可以以彼字替此字？这是其一。其二、说道“霸道”，不是“谷”替了“穀”，而是说这话的人。而且还拿“中华读书人”来做挡箭牌。未必然，汉字只配读书人读，不配“读书人”（不知流沙河先生命名的这个“读书人”是秀才、还是举人，抑或进士、翰林院学士）之外的中华人读。如果，汉字只配读书人读的话，那么其“所指”显而易见，那就是，除了极少部分读书人（精英）能识的话，大多数中华人只配做文盲，只配做“下愚”的愚民。“书同文”是为了在大一统的秦帝国之下，各国（诸侯）的居民都能识一种大致统一的文字，以求文化的、族别的和第一次中华大一统国家的认同。简化字与繁体字，从字的发展来讲，如同小篆于籀、隶于小篆一样，是汉字书写的重要变革。简化字的大规模兴起，源于两宋文化的宽容和两宋文化的繁荣。五四之后新文化的兴起，作为启蒙的重要工具，汉字的简化顺势而行。如果不是戴季陶死硬保繁体字要诈死在总统府门前，国民政府 1935 年就通过了与后来共产党新政 1955 年的大致相近的简化字方案。霸道的不是“谷”替代了“穀”，而是一些读书人能识几个繁体字，便自以自己有知识，或者便认为不识繁体字的没有知识。顺便一说，周有光、裘锡圭等都是当代语言文字大家，但他们写的书和上课的黑板板书用的都是简化字。如果按照流沙河先生关于读书人的定义，周、裘二先生大约也算不得读书人的。复繁弃简，从骨子里完全与五四新文化运动的启蒙背道而驰。同样的，是一种反智行为。钱玄同、刘半农、陈独秀、鲁迅、胡适等辈废除汉字的主张，一是认为汉字承载的文化已经腐烂不足以支撑新的文化，二是认为汉字与拉丁文字相比太繁琐，普罗大众不易于接受新的文化。今天看来，第一条过激，第二条尽管仍然过激，但却是新文化运中最重要的素质，那就是通过文化的变革包括文字的变革以启蒙大众。复繁者们，忘记了才过去一百年的新文化运动中最激动人心的举动。也就是说，上智与下愚，在读书识字上，难道真的如孔夫子所说“不移”吗？真如是，复繁者们的对新文化运动的退步是明目张胆的。逆文明的行为，同样明目张胆。

3. 恭敬与自主。流沙河先生在举证龟 / 龜时说，“龟字简成龟字。古今观念不同，见于正字龟。此物大受先民崇拜，尊为介虫之长，因为长寿。龟字象形，须侧视之。笔划复杂，就是教你恭敬书写，绝不可能一挥而就”。这样来看待繁体字与简化字，更无道理。如果，我们全部回到造字的时代，那当然就没有说了。问题在于，我们当下离造字时代，不知已经过去了多年月了。那时“日出而作，日落而息”，当下已经进入“云时代”。没有哪一个人可以坐享其成地“日出而作日落而息”。这还不是主要的，其一、汉字对于汉族当然是极其重要的，也应当崇敬汉字。但是崇敬的方式方法有多种，如果只是“侧视之”，如果一个简化字如“旧”字只有五划，非要写成繁体字“舊”（其实“舊”一字，已在《脂砚斋重评石头记》简化为“旧”）十八划，那就根本就谈不上崇敬不崇敬的问题；其二、所谓“读书人”的话题，其实这一“崇敬”地书写汉字，依然是贵族与平民、上智与下愚区分的话题。而且，即使如流沙河先生举的这一例，早在古人就已经不是这样的了。“龟”字在清一代已经简化了，至少在《脂砚斋重评石头记》（上海古籍出版社 1975 年版，该书出版说明，此影印版是曹雪芹生前的抄本）里“龟”已经简化。第六十二回“憨湘云醉眠芍药裀，呆香菱情解石榴裙”里有多个“阄”字，“阄”不是写作“鬮”而全部写作“阄”。再举一例，“礼”字。“礼”在繁体字时，为一象形与会意合璧的字，表达了对某种图腾的崇拜。“礼”，《说文解字》释“履也，所以事神致福也”。段玉裁注，“礼字从示，丰者行礼之器”。说文也好，段注也罢，无非想表明此字：“示”会意，“豊”象形。但此字在唐人写经里已经简化为今天熟悉的“礼”了。简化了的“礼”（不知此字为什么没有进入《正体字回家》一书），既不具备如流沙河先生所说的“须侧视之”的观念，也不具备慢慢地“恭敬书写”，恰恰符合“一挥而就”（请注意，唐人翟迁的这一抄经本不是草书、不是行书而是地道的楷书）。举此例，无非是表明，汉字繁体字与简化字的恭敬书写，不在于汉字的笔划多少，而在于写字者的心态和心境。

4. 简化字的源流。今天复繁者们认为，简化字二十世纪的产物，尤其是 1955 年国家行政行为的产物，并认定这一产物罪行累累（主要认定简化字割裂了中华文化）。事实上，这种观念和论调与汉字的发展史完全不靠谱。汉字自秦篆向汉隶的演变中，简化字就已经开始了。文物出版社出版的“中国简牍书法系列”里，就清楚地见证了这一由繁向简的过程。其中一册《甘肃敦煌汉简》里，我们就不难发现，即便是隶书，已经有了今天的简化字。“马”有时写作“馬”有时写作“马”。写作“马”时，“馬”象形的头与鬃发写成了今天的“马”之外，“馬”象形的四条腿的四点，全部写成了一横。在这册汉简中，“贵／貴”、“门／門”、“当／當”、“麦／麥”、“与／與”、“军／軍”、“师／師”等字已经简化成今天我们熟悉的模样（当然更多的时候还是繁写）。从汉到魏晋 500 年间，汉字发生了脱胎换骨的变化，即完全摆脱了象形、指事、会意特别是摆脱了象形造字的准则和羁绊。由此隶、草、行、真（楷）成为汉字的主要书写样式（尽管汉字因地域不同所造成的方言在读音甚至在语法上有所不同，但汉字的字义却在汉语区内一致）。流沙河先生的 100 余个汉字的所谓正体，几乎还建立在象形、指事和会意上。再则，从统计学观念，在常用字3000个汉字总计40000至50000个汉字的数量里（按《康熙字典》计），100余个可以忽略不计。但这不是主要的，主要在于，这种把汉字造字与发展割裂的作法，实为一种反文明的作法。把一种已经使用60年并在汉语区（除台湾与香港之外）并被普遍接受（包括机算机输入的变现）的简化字，生生地想要拉回去的想法和行为，事实上已经不可能。从汉字化繁入简的历史看，行、草起到了重要作用，但复繁者把楷书与行、草对立起来，认为只有楷书才是“正体字”。《平复帖》与《兰亭帖》，一草一行，一个诞生在三世纪、一个诞生在四世纪。比唐人欧（阳询）、颜（真卿）、柳（公权）等的楷书，要早三、四百年。除了行、草，即使是楷书，到了唐，我们已经可以看到汉字化繁成简的历史。在一册《唐人写经》（全为楷书）上，“号／號”、“庄／莊”、“尔／爾”、“无／無”、“隐／隱”、“礼／禮”、“属／屬”等字时尔简写时尔繁写。汉字的简化到了宋，由于城市扩大，商品增多，文化繁荣，交际变得来比此之前更为密切和广泛。白话的口语写作开始滋生，汉字简化的书写加快其步伐。《宋元明尺牍名品选／台北故宫博物院藏品》（共六册），除了“师／師”、“当／當”、“于／於”、“劳／勞”、“门／門”、“军／軍”等简化字巩固下来，“爱／愛”、“数／數”等已经简化，“门”、“言”、“丝”等作为偏旁的简化已成为习惯。化繁成简，从汉到唐，从唐到宋元，从宋元到明清，再到千年巨变的辛亥革命和新文化动动，直到二十纪的三十年代到五十年代，从来没有停止过。化繁成简成为汉字书写发展的自由之路，本是不可否认的历史事实。现在以“亲要相见，爱已无心”这种蛊惑人心的顺口溜来弃简入繁；还拿是否写繁体字来表明是否恢复中华传统来吓人，一种逆文明的观念和行为倒变成了冠冕堂皇的理由。笔者写这文时，与友人梁胜交谈，梁胜说，“恢复繁体字的确有种文字的原教旨主义”。此话说得相当的好，要补充的是，对于复繁者来说，简化字就是异教徒，对于原教旨主义看来，异教徒都应枪毙——难怪复繁者们说简化字不讲理，并声称“简化字自然应该被废除”。

“废汉字”公案及后来

废汉字，是100年前新文化运动最重要的内容之一。

废汉字，今天多认为肇事者为钱玄同，事出钱文《中国今后之文字问题》。钱文载1918年4月《新青年》第四卷第四期。其实，废汉字一说最先源于同盟会元老吴稚辉。钱玄同1917年6月（《新青年》1917年6月第三卷第四期）致陈独秀信时说“昔年吴稚辉先生著论，谓中国文字艰深，当舍弃之，而用世界语”；钱又在《中国今后之文字问题》里，引了吴在《新世纪》第四十号上的文章，吴文说“中国文字，迟早必废”。《新世纪》四十号出版于1918年3月。当然，几个月前后，时间上并无多大差别。但就废汉字的立论与主张，钱玄同的《中国今后之文字问题》有比吴文更为详尽。因此《新青年》的这一期，具有巨大影响力。所以将废汉字一说的“功”或“过”，理所当然地算在了钱玄同身上。

《中国今后之文字问题》中废汉字依据的是（或响应）陈独秀推翻孔学、改革伦理的新思想，钱文认为，“欲废孔学，不可不先废汉文”。其具体的理由是：一、中国文字极不容易写，音读又极难正确，加之选学妖孽桐城谬种利于此等文字装大，阻碍了思想的接受和文化的传播；二、二千多年来用汉字写的书籍，无论哪一部，打开一看，不到半页，“必有发昏做梦的话”。因此，“欲祛除三纲五常之奴隶道德，当然以废孔学为唯一之办法”；欲废孔学，当然得“废记载孔门学说及道教妖言之汉字”。钱文一出，在知识界文化界乃至政界，立即引起掀然大波。《新青年》同仁陈独秀、胡适、刘半农、鲁迅等坚定地支持钱文，并与反对者展开论战。在论者中，理性的和非理性的并存。在是否废汉字上，有一文值得我们今天特别注意，即发表于 1918 年 8《新青年》第五卷第二期的《任鸿隽致胡适》一文。任鸿隽，时刚从美国留学归国，获美国康乃尔大学化学学士和哥伦比亚大学化学硕士学位，后任中央研究院秘书长、总干事兼化学所所长、中国科学社社长、大学校长等职，是中国化学和现代科学的奠基人之一。那时的科学人才，大都关心新文化的进程、前途和命运，对人文学科的改造和新建，多有新议。在致胡适的这封信中，专门讨论钱玄同关于废汉字的主张。在任文看来，"想钱先生要废汉字的意思，不是仅为了汉字不好，是因为汉字所载的东西不好，所以要把它拉杂摧烧了，廓而清之。"其实，就当时的形势（打倒孔家店建设新文化），钱玄同关于废汉字的主张，乃至更为激烈更为极端的"汉字不灭，中国必亡"（鲁迅语）言论，大约也正是这层意思。

一百年过去，汉字当然没有因为这场废汉字的主张和波澜所废，但是它决不像有的学者所讲这是中国汉字的第三次危机（见《光明日报》2018 年 12 月 23 日 06 版）。当时（1917-1919），包括蔡元培、陈独秀、胡适、刘半农、鲁迅等新文化诸干将（以及稍后的瞿秋白、毛泽东等），钱玄同、吴稚辉等率先举起的废汉字大旗，其旨在打倒旧道德、批判旧传统。其主张的积极意义，有史可鉴。尽管，如钱、胡、鲁的"汉字在今后的世界，无独立及永存的价值"（钱玄同语）并以世界语（Esperanto）替代的预言，并没有实现。相反的是，1918 年 3 月陶孟和所预言的"世界语成于一旦，与人民之真实生命相隔，不能成为一种应的言语。谓余不信，请再俟五十年视世界语之命运果为何如"倒成了今现实。后来，主张废汉字的钱玄同、胡适与顾颉刚、罗根泽等则举起了"疑古"的大旗，开展了一场声势浩大的上古史（秦汉及秦汉之前）辩伪。这场辩伪的疑古最终导致了对上古史"三皇五帝"的否认。

在那一场惊世骇俗、惊天动地的反对旧文化树立新文化的启蒙运动中，矫枉过正再所难免。即便今天，钱、陈、鲁等的预言，虽然没有出现（可能永远也不会实现），但就废汉字主张本身来看，依然可以看到它的历史功绩。废汉字，除了在反旧伦理、旧礼教、旧传统之外，还在汉字的简化和拼音注音两个方面取得了汉字历史上的重要进步！前者的标识是：钱玄同 1935 年抱病为中华民国政府制定的简化字方案（此案，由于戴季陶等人的坚决反对，未能出笼），后来成了中华人民共和国 1955 年简化字方案的蓝本；后者的标识是：周有光等制定了今天广为使用且便捷的汉语拼音方案。

事实上，历史上总有些事纠结纠缠。即便钱玄同，在废汉字上，并非那般的决绝。仅隔 4 个月，即在 1918 年 4 月钱发表了《中国今后之文字问题》后的 1918 年 8 月，钱对于废汉字有了一种新说法："至于玄同虽主张废灭汉字，然汉字一日未灭，即一日不可不改良"（《钱玄同答朱经农任鸿隽》）。钱玄同的这一修正，我们可以看到，针对汉字的废、立、新的基本观点，其出发点就是打倒旧礼教。从这一角度上观察，汉字所承载的中国文化和中华文明，急需要的是"改良"。改良的过程，或许是一个漫长而又艰辛的过程，但它必须前行。而在这一过程中，有一件趣事值得一提。不仅因为它的主角是两位名流陈寅恪与刘文典，而且它与汉字直接相关。这就是著名的"对'对子'"事件。

1932 年夏天，时任清华大学中文系主任的刘文典，请陈寅恪代拟 1932 年秋的新生入学考试国文题。陈虽即往北戴河休养，却欣然应允。国文题为《梦游清华园记》，陈注"曾游清华园者可以写实，未游清华园者可以想像"（原文稿即如此）。在此基础上，陈专门出了一道"对子"题，题目为"孙行者"，并注"因苏东坡诗有'前生恐是卢行者，后学过呼韩退之'"（陈寅恪《金明馆丛稿二编》）。《陈寅恪集 · 书信集》里《与刘文典论国文试题书》专门谈及此事。

为什么要以"对子"来考报考中文系的考生呢？

陈寅恪为此列出甲、乙、丙、丁四条理由：一、测试虚实字及其应用；二、测试能否分别字音的平仄；三、测试读书之多少及语藏之贫富；四、测试思想条理。前两条便属于汉字文本之事。虚字（词）是汉语（字）有别于拉丁字母语系最重要的区别之一，而且虚字之多虚字的词义之丰、虚字的使用的歧义之繁，恐是当今世界语言中最奇特的现象（1982 年商务印书馆出版的《现代汉语虚词例释》就开出了 790 条虚词）。这一现象，让汉语表达的丰富和多义成为汉语的重要特征之一（或者说，这也是钱玄同们要废汉字的原因之一）；同时也是对使用汉语的国人对其汉语及其汉文化的理解能力的标识之一。三、四两条是讲汉语经典的阅读广度和认知深度，以及融会贯通能力表达的重要性。从汉魏晋以降的赋及骈文，到唐的近体诗，汉字于此四条，不仅仅成就了汉语独特的表达，而且也让这种方式达到汉语艺术上的高峰或顶峰（这也许也是钱玄同们要反对的痼疾之一）。

为什么与钱、陈、胡、鲁废汉字等新文化诸君同样学贯中西的陈寅恪，会如此推崇对"对子"一事？陈寅恪认为，在中国语文文法未成立（刘案，陈寅恪认为中国第一部汉语文法《马氏文通》将英文文法硬套汉语，先天就不成立。

陈为此讥讽《马氏文通》“文通，文通，何其不通如是耶”）之前，“似无过于对子这一方法”可检验考生的“国文程度”。陈寅恪认为，于此，应有一种历史观。那就是，于现存的使用了3000多年的汉字及其汉语文法来说，不能“认贼作父”，即不能随意用他种语言或他种语言文法替代汉语汉字和汉语文法。如果这样，就会“自乱其宗统也”。显然，这是对废汉字事隔十五年后的遥空否定。

1918年到1932年，时间仅过去15年，汉字不仅没有被废，而且以另外一种方式得到强化。这是对新文化的反动吗？显然不是，在陈寅恪看来，出对子是“与华夏民族语言文学之特性有密切关系”所至，同时在陈寅恪看来，这也是“吾辈理想中之完善方法”。什么是“吾辈理想中之完善方法”？那就是通过对对子，达到对对子者的“思想必通贯而有条理”。这正是汉语使用者所需达到的最高境界！说到底，钱玄同们的废汉字的目的就是要改良旧中国的旧文化和旧伦理，就是希望通过汉字的改良来实现大众的启蒙。于此一点，新文化的先驱们矢志不渝。1935年12月，蔡元培、鲁迅、郭沫若、茅盾等688人提出《我们对于推行新文字的意见》指出：“中国已经到了生死关头，我们必须教育大众，组织起来解决困难。但这教育大众的工作，开始就遇着一个绝大难关。这个难关就是方块汉字，方块汉字难认、难识、难学”；希望一种新文字“使它成为推进大众和民族解放运动的重要工具”。

末了，说一说这场对对子的旷世考试的结局。在对“孙行者”的对子中，据说“惟冯友兰君一人能通解者”。为什么冯友兰君能通解？陈寅恪指出“盖冯君熟研西洋哲学”（陈1965年语）。可知，于陈寅恪来看，打通中西，才是我们前行的途经和认知的平台。拿陈寅恪的话讲，通过对对子，让使用汉语者能够“具正反合之三阶段”（陈寅恪1932年语），从而获得新知。这与钱、鲁等新文化先贤们打倒旧文化建设新文化，不是殊途同归、异曲同工吗？

据说，“孙行者”对得最好的那支对是“胡适之”。

法国人的傲慢与谦逊及我们

法兰西作为一个文化灿烂的国家，无论是国家的硬实力（譬如可以单方面率先攻击利比亚），还是软实力（譬如在欧洲抵制英语和建环地中海联盟）它有自个儿的声音和自个儿的话语权——这也许与“欧洲中心主义(Europocentrism)”历史和传统密切相关——在我读到一本由法国外交部赞助的《书籍的历史》（法文版2000年，中文版2005年）时，于是有了这则文字。

这是一本以拉丁语系作为语言基础的书籍史，不要说汉语了，作者费雷德里克·巴比耶连创造过辉煌文明的日耳曼语语系（即德语、英语、低地语等）的里的有关书籍史的东西都引证得很少很少。书中涉及到文字、书、书籍、出版式、图书馆等等非常专业非常技术性的东西我也不太懂。不过在一些众所周知的事上，也许一个中国人还是有点发言权的。先说“文字”。作者《书籍的历史》承认公元前3000年的甲骨文是文字的一个源头，但是表音节的文字在公元前3300年的美索不达米亚平原就有了。如果我们认定《书籍的历史》这说的话，显然，表音的文字早于汉语。笔者曾到过开罗埃及国家博物馆，同样知道了古埃及的文字早于汉字。当然，我们也可以说，在日出而作日落而息的远古时代，5000年与3000年，本身算不了一个有多大间距的时间界限，但是，由于拉丁字为基础的基督文明的世界性进入，尤其是文艺复兴和工业革命以降奠定的文化、经济、武力等强势话语，欧洲文明中心主义认为表音文字才是先进的文字（基于此原因，上个世纪的“五四”时期，新文化的勇士们就高喊过消灭方块字的口号）的观念，到了二十一新世纪依旧如此坚持。西方文明与东方文明，仅就文字一项，似乎东方文明都处于下端地位。但是，表音与表意并不就是文字进化的全部，而是某一特定文明生存发展背景的不同而已。我们看到，美索不达米亚平原的图形文字以及它后来的巴比仑的楔形文字，今天全世界有好多人能认？而中国公元前 300 年到公元前 200 年间的秦代文字，即由李斯建议秦始皇开创的“书同文”的小篆和隶书，于今不仅生生不息，凡汉语圈的人（13 亿至 18 亿）都能认！

再说“书”。巴比耶认为拉丁语和日耳曼语中的“书”源于树及树皮，这种观念与中国人“书”的起源大致相近，东汉许慎的《说文解字》说“箸于竹帛谓之书”。但是，巴比耶对于书的起始时间则是语焉不详。中国。至少在周（公元前 11 世纪）就有了，不然一个口口声声“克己复（周）礼”的孔子（前 551-前 479）不会说“书”就是“何必读书，然后为学”的话。公元 1972 年在山东银雀山出土的《孙子兵法》汉简至今已有 2000 多年历史了。2008 年清华大学购进的后来称为“清华简”（2500 枚），更是将中国的“书”推前到战国时期（公元前五世纪到公元前三世纪）。在“清华简”与汉简之间，李斯的一条焚书令（“臣请史官非《秦记》皆烧之。非博士官所职，天下有敢藏《诗》《书》百家语者，悉诣守尉杂烧之。”），我们除了知道秦始皇为此活埋了近 500 多儒生，但我们已无法知道秦始皇为此烧了多少书啊。

三说“图书馆”。巴比耶认为“图书馆”最早起源于希腊的亚历山大时期，这大致是公元前 300 年到公元前 200 年。但是我们知道，道家的创始者老子（约生活于公元前 571 至约公元前 471 间）则是周室的“守藏史”，也就是周朝王室的图书馆（或档案馆）的“馆长”。具有划时代的“孔子问礼”（见《庄子天道》篇），孔子率门徒到老子的国家图书馆那儿去的。最后说一说“纸”和“印刷术”。巴比耶虽然承认“纸”和“印刷术”是中国的“发明”，还提到了公元 868 年的《金刚经》是“今日保留的最古老的中国木版印刷品”，但是巴比耶认为无论“纸”特别是“印刷术”，是“早期的罗马活版印刷字”引起的革命。那么这个“早期”是什么时候呢？巴比耶认为大约是 10 世纪到 11 世纪。而我们知道，北宋的毕升大约在 11 世纪初就制作了胶泥活字印刷，这在像原印过《金刚经》的木雕版基础上的一次真正意义的印刷革命。我们还知道，今天的宋版古籍的市场价是以一页论价的，“一页宋版一两金”，它既是中国的纸又是中国的印刷！可以说，宋版图书是比巴比耶认为的欧洲大陆上的活字印刷的书要早的。当然，今天西方一直认为，现代印刷是由德国人古腾堡十五世纪发明的金属活字印刷开创的。

在这本书对远东特别是对中国傲慢的同时，我却读到了之前不曾读到的，而今天并非没有意义的话题。这本书，从文字、书、书籍、出版式、图书馆等方面的技术而言，不仅对我大开眼界，更重要的是，这本介绍书籍历史的书，实际上还是一本东西异同的文化史和思想史。就拿影响中国文明和世界文明的印刷术来说，巴比耶的论点就让我感慨。巴比耶提出的问题是，为什么中国的四大发明之一的印刷术没有得到深度的发展？巴比耶回答是："官僚主义和中国社会凝固的特点阻挡了书籍体系的发展"。中国由于秦开始的大一统和专制，引发的秦的"焚书坑儒"，汉的"独尊儒术"，清的"文字狱"，实事上是一脉相承的东西，那就是维护皇权所行进的"愚民"！在巴比耶"书籍历史"的回顾里，我们看到了欧洲大学十五世纪的创立、欧洲大陆的文艺复兴和市场的兴起对书籍高速发展的历史作用，而这全部建立在"人"的基础上，而不是建立在皇权的桎梏中。这是中国书籍难以高速发展质的障碍，也是中国长时期没有公众图书馆的原因。在老中国，尽管藏书是士子和士大夫们的癖好，但是，这种非公开、非公众、非市场的藏书，既阻碍了书籍的快速发展，同时阻隔了中央与民众的联系。换言之，老中国的士子们和士大夫们以及书并没有像欧洲大陆那样，既不能承担起批判现存体制的责任，也未能承担起唤醒民众的责任，因而老中国的书也就只有很少一部分人作为收藏的命。在《书籍的历史》里，我们却看到，在欧洲大陆中世纪的后期，无论意大利，还是希腊，还是法兰西，还是英格兰，书籍的印刷地点四处开花。巴比耶为此给我们描绘的书籍印刷版图真是好看极了。

正是基于此，当我看到法国人（也许还包括文艺复兴后的整个欧洲）的傲慢和自大时，同时也看到了法国人对待历史的反思，特别是法国人的宽容和大度。《话说欧洲民族性》（法文版 2002，中文版 2007）就是这样一本书。法国人拉佩尔《话说欧洲民族性》，是一部介绍欧洲在经过欧盟、特别是在欧元一体化后，欧洲诸国的个性的书。也就是说，在欧盟五十多年、欧元十多年的大融合过程里，原来一直是战争一直是多语种多文化的欧洲诸国。会不会因欧盟五十多年和欧元十多年的现实，欧洲诸国没有了个性呢？通俗读物《话说欧洲民族性》的态度是鲜明的，那就是，欧洲诸国依旧保持着各自的个性。

在我的阅历和我的见闻里，我的印象和感知是：法国是文学（如巴尔扎克、雨果、普鲁斯特）、德国是哲学（如黑格尔、康德）、意大利是绘画与雕塑（如达芬奇、米开朗基罗、多泰洛）、奥地利是音乐（如莫扎特）、丹麦是童话（如安徒生）、荷兰是绘画（如伦勃朗、凡·高）、……英国呢？在《话说欧洲民族性》里，法国人认为，很难用一、两句话来概况英国。其实，对一个有着悠久历史也有着灿烂文化的欧洲诸国来说，任何概括都是极冒风险的，而且可以说是不能为的。但要让我来说一说英国，我觉得正如拉佩尔所说，英国是英语。在一个人口只占全世界 1%多一丁点的国家，其自家的母语成了当今全世界科学、商业、旅游等的通用语！这对于当今任何一个国家、任何一个民族都是望而生敬、无从做起、无法做到的奇迹和现实存在。作为一本介绍欧洲诸国民族个性的通俗读物，且又只薄薄的不到 200 页（中文版）的书，确实是一件难办的事。不过，读完这书后，毕竟给了我一个读书者的大致印象。像这种介绍民族特性的书，往往都会引用一些生动而有趣的故事，只是大概因为页码容量的关系，书中有趣的东西不多。但是，有一点却是这本书的优点：对于一个自认为地处欧洲大陆中心（文化、历史、战争、政体等诸方面）的法国人，不是一味的对自己的民族和自己的文化抬高，而是对法国之外的欧洲诸国给予了公允的评价。

先说德国吧。近代史的两百年间特别是十九世纪到二十世纪四十年代，法德都是一对难解的冤家。国土大小也好、文化优劣也好、政体效能也好，法德两家从来是互不相望的。到了二十纪三十年代后期，法国成了德国的战利品，到了 1945 年后，法国又成了胜利者且又成了世界五大国（美、苏、英、法、中，且法语连同汉语、英语、俄语、西班牙语和阿拉伯语共同成为联合国的官方语言）之一。两国的语言背景不同（一斯拉夫语系、一拉丁语系）、两国的民族传统不同（一浪漫、一严谨），但经过六十年代、特别是经过了八十年代、九十年代，尤其是到了二十一新世纪。法德两国竟成了欧洲大陆的法德密友（在美对伊开战问题上，西方谋体竟称为“法德同盟”）。在此基础上，法国人的这册书是这样介绍德国的。“德国是法国的一个重要邻国”。“重要邻国”的概念，不只是因为德国的人口比法国多，而是德国“是欧盟预算的最大出资人”。在这位法国人看来，德国人，尤其是德国的年轻人是“既不再左倾也不再右倾”的一代人，是一个“只想成为它自己”的一代人。这个评价是相当高的。为什么法国人这么讲呢？在这位法国人看来，“严谨”这个词尽管与德国人“联系在了一起”，但要解释为什么欧洲的浪漫主义不是在法国发端而是在德国发端的这一历史事实（十八世纪末德国施莱格尔兄弟为中心所展开的欧洲浪漫主义兴起——见费斯特《浪漫主义》），就不能不考查德国文化传统里的别的因素。因此，在这一被世人“共知”的认识中，这位法国人说，让我们改变原来对德国人的偏见吧。因为德国人更关注的是未来。

德国是法国的一个田园挨着田园、城市挨着城市的重要邻国。英国呢，则是一个隔海相望且一样密切相关的国家。由于英国的贵族和王室，更由于英国开创了近现代的一切，英国人的绅士和傲慢不说是天生的，也是那个民族几百年历史所浸染出来的。不过。英法两国曾经的“百年战争”（1689-1763），尤以英国大胜而告结束（见斯塔夫里阿诺斯《全球通史》）。无论如何，对于法国人来说，这一历史是让人不好受的。值得庆幸的是，二战期间，英国接纳了法国戴高乐的流亡政府，而后又以美英联军于 1944 年的“D”日行动，从诺曼底登陆，解放了全法国。不过，这位法国人还是公允的，法国人写道：“毫无疑问”，英国“这个国家肯定有其比其它国家强的地方”。不过，在高度肯定英语对于世界的重大贡献时，这位法国人也没有忘记自表扬一番。法国人说，“不要忘了，18 世纪的外交语言用的是法语”（那一定拿破仑的功劳）。的确，我知道，在那些世纪里，像已经开始变得来强大俄罗斯，其上层都还以学习法语为荣。那位伟大的俄罗斯诗人普希金法语不是很好吗？即使是这样没有忘记法国的历史和文化，这位法国人却不时地为英国人开解。有人说英国人虚伪，《话说欧洲民族性》的作者则说，“这种批评是不对的”。为什么不对呢，在这位法国人看来，这主要是英国人为了表现得“合乎体统”一些。那么什么又叫“体统”或什么又叫“合乎体统”呢。虽说这位法国人没有给予像释词那样的注释，但从书中，可以得知，就是英国人在尊重他人时，也在尊重自己。或者反过来说，英国人在尊重自己的同时，也尊重他人。于此，该书作者举了一个该书少有的例子——一个很有趣的例子——一次晚宴，丘吉尔身边坐着一个极令他讨厌的女人，那个女人似乎也极讨厌丘吉尔。于是，那女人说，“我要是你的妻子，我会把毒药放到你的咖啡里。”丘吉尔想都没多想就立即说，“夫人，我要是你的丈夫，我就会把它喝下去。”这就是英国战时首相与和平时期诺贝尔文学奖获得者丘吉尔的故事，也是所有英国人的故事。

在这本薄薄的书里，像这样公允的地方很多。不是因为整个欧洲已经“大一统”了，而是对于法国人来说，肯定别的民族，也是自己本民族自信的表现。何况，公允也并不全是说别的好话，即使是好话，也有另外一种说法。譬如，这位法国人在赞美西班牙的艺术时，《话说欧洲民族性》说，“西班牙舞蹈往往以淫荡的、有时甚至是野蛮的方式追求动作的完美”。事实上，所有的舞蹈都与力量相关，而力量的原始来源是性。力比多也好，荷尔蒙也罢，人类是由两性组成的。既然是两性组成的，那么作为两性之间的性的力量便是天然的、原始的。这一说法，艺术史是可以证明的。西班牙的画家（侨居法国许久）——一个也许几百年才能出现的画家——毕加索的许多画幅都跟性相关（包括他的巨制《格尔尼卡》），而且有些作品简直就跟淫荡相关（《亚威农的少女们》就包含了露骨的色情）。所以，法国人拉佩尔指出，正是因为有这样一种情形，“它命中注定要成为西班牙民族特性和审美趣味”。正是基于一种平等与和睦的态度，即使是一些小国家，拉佩尔也给予很高的评价。譬如，这位法国人是这样评价芬兰的。由于几个世纪的贫穷和边缘化，给了芬兰人一种“谦卑处世态度”，但最沉默的民族竟成了手机之王（诺基亚，不过现在却败给了美国的苹果、韩国的三星和中国的华为），显现出了“芬兰人几乎在各个领域”“取得了飞跃”。这是对一个小国取得成绩由衷赞美。再譬如，对于一个曾常受到英国伤害的小国爱尔兰，这位法国人说，由于爱尔兰因历史有着很多故事和传说，因此爱尔兰是一个“盛产”作家的国度。注意，这位法国人用了一个“盛产”。众所周知，无论英国、还是法国、抑或德国，都是作家诗人辈出的国度。但这位法国人没有将这个词给予英、法、德，而是毫无私心、毫不吝啬地给了一个远离大陆的爱尔兰。接着这位法国人举证说，乔伊斯就是一个“最为人景仰的”作家。不仅仅是乔伊斯开创了西方现代主义文学的先河，而是乔伊斯“越来越关注普世良知的问题”。正因为如此，这位法国人还高度肯定了爱尔兰今天在社会、经济上取得的巨大成就所带给民生的真诚和便利。

读着这本不算厚重，且趣味也不太多的通俗读物，我在想是什么原因让一位骄傲的法国人作出这样超越民族、超越国界、超越历史的评价呢？我借用这位法国人评价荷兰人的一些看法用在这里。作为新教徒的国家，荷兰人是制定生活准则的。这生活准则于荷兰人来说就是“少了几分虚伪”，“多了些仁慈”。按照这位法国人的理解，荷兰人在“前卫”和“宽容”上是令人惊讶的：“在伦理方便他们接受了安乐死；在性方面他们接受了同性恋；在家庭方面他们接受了同性恋婚姻；另外在毒品问题上他们也相对比较随和”。这一切，在拉佩尔看来，这是由于荷兰人“富于创新和宽容的精神”。正是创新和宽容让荷兰人作为一个国土很大部分靠填海起来国家如此富裕如此自信。也许，正是有了宽容，人才会变得来自信；也许也正因为有了创新，人也才会勇于抛掉包袱（包括沉重的历史和辉煌的过去），坚定地走向未来。是的，对于一个已经开始的大欧洲，有什么比未来和走向未来的自信更重要呢？对此，让我们来看看这位法国人对自己的民族和自己的国家是怎样的评价吧。法国是美丽的、巴黎是优雅的。但如这位法国人所说，即便如此，自己在写自己国家和民族时要“更严一些”。因为，法国“还不算完美”。不过，“只要再多一点谦逊，多一点努力，多一点耐心，法国就一定会非常不错”。

“只要再多一点谦逊，多一点努力，多一点耐心，法国就一定会非常不错”。

这是法国人拉佩尔评价自己国家的最后一句话，也是我这篇读后感的最后一句话。倘若要再加上一句的话，我只能说，当1919年的五四新文化运动100年的时候，即便我们已经有许我我们可以值得骄傲的地方，但是我们曾讨厌过的西方傲慢，我们是否可以吸取教训。重要的是，中国人是不是也应当学学法国人——多一点谦逊，多一点努力，多一点耐心。

“死”于“礼”的秩序

弥尔顿《失乐园》（朱维之译）里的“生”与“死”的话题，引发了这则文字。这句话出现在第二章：一切生者死，一切死者生（Where all life dies, death lives）。在英文里，第一个“死”是动词，第二个“死”是名词；反之，第一个“生”是名词；第二个“生”则是动词。朱译很好地把握了这一区别——当然是本质的区别。那么原文 death lives 的意思是“死后方为生”的“死”依然有动词的意思。不管怎么说，无论原文还是译文，都要告诉生着的人们，“生”是“向死而生（Being-towards-death）”！在《失乐园》的这句话的语境里，在冰冻的山峰、火烧的高山同、还有那此湖、洞、泽的宇宙里只有“恶”活得好，于是在那里 Where all life dies, death lives。因为这是由于反常的自然（Nature breeds, perverse）所为。因此，在《失乐园》，在撒旦的世界里，生原本从一开始就是罪恶的，死是生的必然，没有死，也就没有生，生源于死。而“死”则是对生或者说对“恶”的惩罚和救赎。

中国文化里似乎没有这样一种关于“原罪”与“救赎”的元素，但对于“死”的思考历史却源远流长。“死”于汉字是一个古老的字，甲骨文作[illegible]，篆文作[illegible]，到了大一统的秦汉时，隶书已作今天都识的死。可见“死”一字在汉字中的地位。《说文解字》，许慎释“死”为“澌也，人所离也”。段玉裁注：“澌”，方言“索”，索，“尽也”；“离”，“形体与魂魄相离”也。拿今天的白话说，“死”有两义，一义：人命尽头就是“死”；二义：肉体与灵魂分开即谓“死”。其实，两义就是一义：生命的肉体到了尽头，“死”就成了“存在”。“死”在汉语语境里，并不是一个需要避讳的字，或者说“死”在汉语语境里并不是一个不吉利（与民间忌讳“死”没有直接的关系）的字。儒家正典一开始就不避讳“死”的。《周易》豫卦有“贞疾，恒不死”；《尚书·尧典》有“舜生三十征庸，三十在位，五十载陟方乃死”，第一次把“生”与“死”对用（《尚书》还提及到另外一些人的“死”，如《洪范》“鲧则殛死”等）。连旁门左道（相比于儒家正典）、“环伟瑰奇”（袁珂语）的《山海经》里也出现“死”（如《中山经》里就有“伤人必死”等）。到了《老子》、《论语》时，“死”不仅已经广泛使用，而且作为伦理术语以及有可能的哲学术语正式登堂入室，成为中国文化里的重要概念和范畴。《老子》第六章，“谷神不死，是谓玄牝，玄牝之门，是谓天地根，绵绵若存，用之不勤”。在老子看来，只要守住了清心寡欲，也就是清心寡欲长存（不死），生长万物的大门永远张开，而且永远生长着万物，生生不息，无穷无尽。在此，老子作为中国文化里的第一位自然主义者，把“不死”看成是“天地之根”的关键，看成是“绵绵若存，用之不勤”的平台。换言之，作为哲学的命名，“死”与“生”想对，在老子处是明白无误的。到了“知人者智，自知者明；胜人有力，自胜者强；知足者富，强行有之。不失其所者久，死而不亡者寿”（《老子》第三十三章）时，“死”与“不亡”便开始有了转环的意味了。到了老子的“出生入死”（五十章）时，如果以西方“向死而生”作为坐标，似乎就是“向死而生”的另一种说法。可见，“出生入死”是中国哲学一开始生长时就结出的硕果。或甚至可以说开启了西方死亡哲学的思考。所谓“出生入死”，便是“向死而生”的中国说法，或者是“向死而生”的前现代说法。仅从这一层面看，即哲学的角度，老子的“死”远比孔子的“死”更具形而上，也更具“死”的本质。“死”作为中华典籍里重要构件，向来显眼。最早最全的大型类书《艺文类聚》（唐·欧阳询），虽然没有“死”的专章，但在“礼部”的“谥”、“吊”等中多有涉及。更早的《诗经》里的“风”与“雅”，也多有关于“死”的话题。

不过，到了孔子这里（估且认为老子在前孔子在后），“死”不仅是一生物学概念，重要的是一伦理学概念。据治《论语》近人杨伯峻统计，“死”一字在《论语》里共 38 次。最著名的当是“未知生焉知死”。此句出自《论语·先进》。“死”一字在《论语》中共出现 38 次，仅《先进》篇里就 10 次之多。原因即是，此章记录了孔子最得意学生颜回的死，而由颜回的死诱发了许多话题。在此章里，“死”，于生物学的即“有颜回者好学，不幸短命矣”和“颜渊死，子哭之恸”；“死”，于社会伦理学的“子在，回何敢死”；“死”，于哲学的即“未知生焉知死”。孔子，作为一位资深其德厚的“殡葬师”，深知“死”对于生即对于活着人的重要性，更对后人的重要性。于“死”，孔子当然不像两千多年后的西方哲学家们那样去思考“死”的哲学命题和“死”的终极真理，但是。孔子在他所处的礼崩乐坏的东周（公元前七世纪至公元前一世纪），“死”不是一件简单的生物学意义上话题，而是一件与礼直接相关的话题。《论语·为政》记录了孔子对此最重要的讲话“生，事之以礼；死，葬之以礼，祭之以礼”。孔子的这观念，决定了孔子之后的中国文明在“死”与“葬”方面的规定，而由此丰富了中国文化。没有厚葬即没有中国文化里的重要篇章“墓葬文化”以及由此的“墓葬文明”。得益于厚葬，中华的重要文明因子，包括显的和隐的，不经意地得到了传承和张扬。自殷墟发掘以降的一百余年，墓葬及地下文化不仅补充了纸质文化和修正了纸质文化，而且极大地改变了纸质文化的面貌。王国维所期冀所看好的“新材料”绝大部分来自墓葬，譬如马王堆汉简郭店楚简，使得《老子》的还原真相成为可能；再譬如银雀汉简，使得孙子与孙膑不是一人成为可能等等。于是，我们看到厚葬作为一种伦理即对生命的尊重的“后仪式”，不仅让“死”于“礼”的秩序占有重要地位，而且衍生的“副产品”厚葬文明则保留和保存了中国文化的重要物质材料。从孔子始，中国人对死的观念从此打上了伦理的“元规定”。或者说，“死”于中国文明里，已不再是生物学的概念，而是伦理学的概念。“死”，也因此在汉语系统里有了它上百个的委婉用语或避讳词（不知印欧语系里关于“死”有没有汉语这么多不同的称谓和说法）。而且还分门别类，帝王之死有帝王的如驾崩、佛教徒之死有佛教徒的如圆寂，道士有道士的如羽化，英雄有英雄的捐躯、小丑有小丑的如横死，有时还有性别之分如年轻女性之死叫香消玉殒等。可见，“死”的神秘和“死”的伦理，天生地出般地注入在中国文明的基因里。倘若不是这样，作为一位睿智的且又见多识广的孔子来说，决不会说出极具悲观主义又极具虚无主义的“未知生焉知死”的话。至于佛教教义里的“以出世与寂灭为归趣”、“令死为归趣”，那不是华夏民族的本义，而是“此或是印度民族特性之特别处”，因此，对于佛教的死，熊十力说，“吾人亦不必论其是非”。

在通向死亡的旅途中，“濒临死亡（Near-death）”，是一个比“死亡”更富哲学意义的词。死亡是已经结束的存在，濒临死亡则是一个即定而未结束的存在。死亡本身已经或许已经不再构成恐惧，但是濒临死亡是恐惧的另一种说法和另一种即定。“垂死乃是人生的核心机密，它历来传播着敬畏之情，也时时激起恐惧之感”（《向死而生》[德] 贝克勒）。人对于死的认知，中外有相当大的差距。欧洲文艺复兴以降，“死”一直都是医学、生物学、哲学，特别是哲学里的重要话题。在老中国，虽有“死生亦大矣”（《庄子·德充符》）之谓叹，但更多的则是“修短随化”（王羲之《兰亭集序》），任其自然，不知老之将至，也不知何日再生。近人黄季刚谈生死的也放在了《礼学略说》里讲：“今是大鸟兽，即失丧其群匹，越月踰时焉，则必反巡过其故乡；翔回焉，鸣号焉，蹢躅焉，蜘蹰焉，然后乃能去之。小者至于燕雀，尤其有啁噍之顷焉，然后乃能去之。故有血气之属者，莫知于人；故于其亲也，至死不穷”。尽管黄侃是欧风美雨西来后的学者，但黄作为一文化保守主义者，依然将“死”置于“礼”的框架里来谈。黄以为“将由夫患邪淫之人与？则朝死而夕忘之，然而从之，则是曾鸟兽之不若也，夫焉能与群居而不乱乎”？“死”与伦理，对于中国，无论如何都是绕不过去的。

死之于礼，在《礼记》（共四十九篇）里，不仅篇幅最多（共七篇，计《丧服小记》、《丧大记》、《祭法》、《祭义》、《祭统》、《奔丧》、《问丧》等），而且分量最重。特别是《丧大记》一篇，极为详细地记载和规定了“国君”、“大夫”、“士”等不同阶层、不同身份人的葬礼的规格与礼仪秩序。东汉郑玄认为《丧大记》在《礼记》诸篇里“言其委曲、详备、繁多”，从而显示出死及死的丧礼的重要性。清人孙希旦进一步看到，由于《丧大记》除了详备记叙了丧礼的仪规、仪程，而且“兼有君、大夫、士之礼，所记之广，故曰《丧大记》”。也就是说，《礼记》凡四十九篇，唯有记叙死及死之丧礼的记才能配得上“大记”来记。可见，在此角度与纬度，丧礼的重要性往往大于生命活着的重要性。这是因为丧礼不仅是对死的隆重纪念，其实是对生的隆重纪念，进一步讲，其实是对再生（或永生）的开启。不知这可不可以与天主教的弥撒（Mass）联想起来看，弥撒作为对“圣体圣血”的祭祀也就是对“死”的祭祀里显现出在世者的感恩。儒家看重“死”，除了感恩外，主要之于礼。或者反过来讲，“礼”之于死，显然不只是感恩，而是一种伦理上的仪式，极其重要极其庄重的仪式。“礼”作为伦理的重要范畴，它的基础即为“序”。段注说文引《礼经》释“序”为“阶上”，即它的元义为尊。尊前卑后，尊上卑下，老前幼后，老上幼下，尊卑有序老幼有序。同理，以生命本身来看，生在前死在后，生为上死为下，但从礼的视角和礼的纬度来观照，生与死的秩序就可能成为死在前生在后、死为尊生为卑的转环。作为儒家正典里的一个伦理元素，恐怕比弥撒更重要。因为它不是“圣体”也非“圣血”，而是承先启后“礼”的必备仪式，进而演义及衍生为整个社会的伦理。“生”与“死”相比，为什么“死”如此重视，“生”反而不及。大约在于，“死”作为伦理时间与空间里的秩序和权重，显然优先或重要于“生”。因为“生”是一个已经在场的秩序和权重，而“死”则是一个永远在场的秩序和权重。在这一伦理构架里，“生”属于现在和过去的“在场”，而“死”则属于未来和永久的在场。与西土对“死”形而上的思考，中土则在抽象与具象之间寻找一个可以重合的点：那就是以死与生的秩序所揭示的伦理，来观察和认知我们当下和当下之后的世界和人生。从这一角度讲，“死”于“礼”的秩序：尊重死，便是对生的尊重，更是对未来和对永久的尊重。

斯威夫特笔下的民众与贵族

斯威夫特，准确地说，乔纳森·斯威夫特（Jonathan Swift，1667-1745）是谁，如果不是读书人，大约是不知道或知之甚少。如果说《格列佛游记》（或小人国或大人国的故事），大约知道的人就会多一些。斯威夫特不仅是通俗作家，事实上，斯威夫特是十七世纪后期十八世纪前期最重要的政论家或者激进的后进分子。何谓“激进的后进分子”？即向后（古代）看齐的激进分子。刘小枫依据从文艺复兴到启蒙运动的近代西方历史和前人的研究，认为从意大利的文艺复兴（十四世纪后期开始到十六世纪）到法国的启蒙运动（十七世纪后期到十八世纪）中间，有一个重要过渡阶段即源自法英两国的“古今之争”。所谓“古今之争”，就是：“崇古派”的一方认为只有古希腊古罗马的文化、制度、意识形态以及风俗，都没有过时，依然影响着后代与当下。“尚今派”（或“崇今派”）的一派认为，通过文艺复兴，世界进入一个全新的由科学、民主、自由替代旧文化旧制度的时代已经来临。前者的代表人物是英国人坦普尔（Sir.William Temple, 1628-1699）、佩罗（Charles Perrault, 1628-1703），后者的代表沃顿（Willian Wotton, 1666-1727）和稍后的集大成者的伏尔泰（Voltaire 1694-1778）。斯威夫特自大学毕业 21 岁（1688）做了坦普尔私人秘书。当英国的“崇古派”旗手坦普尔倒在了十八世纪门槛前即 1699 年时，32 岁的斯威夫特接过了坦普尔的“崇古”大旗继续战斗。1701 匿名发表的《论雅典和罗马贵族与民众的竞争与争执及其对两国的影响》（“维基百科”译作《关于雅典、罗马时期分歧、斗争的论述》，下简称“论雅典罗马”。收于中译本《图书馆里的古今之争》，华夏出版社，2015 年，2020，精装），虽然不及同一作者的《一只桶的故事》(1704)、《格列佛游记》(1726) 等著名，但作为一篇崇古的名篇，却是一篇今天看来也极难得的关于古（主要是古）今政治体制论述的重要文献。

这篇文章一开头便写道：“人们公认，在所有政体中，都有一个绝对无限的权力，无论由哪个部门来执行，这种权力从历史起源和自然法上讲似乎都被赋予给了全体国民”。显然，写这段话的时候，斯威夫特是看过洛克的《政府论》(1689。中译本，1964，商务印书馆）的。洛克（John Locke，1632-1704）作为近代世界最重要的哲学家，其主要业绩在于在社会契约论上所做出的划时代的贡献。洛克认为：政府须取得被统治者的同意，并由被统治者授权，而且政府须保障被统治者即人民拥有生命、自由、和财产的自然权利时，其政府的统治才具有正当性和合法性。另外，洛克将国家权力分为立法权、行政权和对外权，是后来西方政体三权分立的基础。不过，斯威夫特似乎并不完全认同洛克的观点。“论雅典罗马”说：“无论是国内还是国外，弄清楚权力均衡的真正含义最好先考察均衡的本质是什么。”接着，斯威夫特说“均衡包括三个要素。首先是承托点和托住它的手，其次是两个托盘和要放在到其中的重物。”这一比喻，即天秤的比喻。从这个比喻看，在前提上就基本否定了洛克的社会契约，也就是肯定了由社会契约替代之前的君主制（洛克有语，一切君王从本质上来讲都是“暴君”）。

当然，在一个已经实行了 400 多年的《大宪章》(1215) 的英国，再回到君王独尊的时代，显然是不合适宜的复辟（也非作者斯威夫特的本意）。因此，对于 tyranny（“tyranny”中文可译，“专制”、“独裁”、“威权”等），斯威夫特自然不会去赞扬，但斯威夫特说：“一旦由于疏忽、蠢行、维持平衡之手软弱无力或强者倒向某一方，力量在其余双方之间不会长久平分下去，支重新恢复平衡之前，将完全集中到一方。这是‘专制’一词在最古老的希腊名著最准确的解释。”说完，斯威夫特又说：“与许多浅薄之士的严重谬论相反，它不是指某个人攫取了绝对权力，而是指任何一方打破平衡，让权力全部放在一个托盘里。”这话，显然有所指（是否指洛克的《政府论》待考），也就是对新兴的“崇今派”社会契约论中的政府权力须民众授权才正当与合法的质疑。事实上，“论雅典罗马”就是这种质疑的产物。

“论雅典罗马”就是雅典和罗马两种不同的权力结构里得出：无论是“雅典民主”还是“罗马君主”（或“罗马贵族”），都有他们优势同时也有他们的缺陷。斯威夫特在论及"雅典民主"时,"论雅典罗马"说"希腊强大的共和国,自梭伦建制,经过多次大衰退,被草率、嫉妒和变化无常的民众彻底葬送。"我们知道,希腊的"城邦制"(公元前九世纪始),是以公民及代表公民组成的群体。这种群体即一种政治共同体,它以城市为单位形成自治国家。即所谓的"共和"。今天英文的"Republic"(此词即含"人民"的意思)就是从希腊文"城邦(poleis)"一词来的。柏拉图最重要的著作《理想国》(中译本,1986,商务印书馆)的英文书名即"poleis"。"论雅典罗马"还进一步说,这种以"民主","容不得将军胜利,也容不得将军不幸",而且"公民大会一直错误地审判和报答那些最有助于他们的人"。于是,"论雅典罗马"批评当时"崇今派"的观点:"人们信誓旦旦地宣称,雅典民众的这种权力是与生俱来的;他们坚持认为,它是雅典公民无可置疑的特权。事实上,这种权力是可以想象得到的最猖狂的权力侵犯,是对梭伦建制最严重的背叛"。由此,"论雅典罗马"说,"民众利用弹劾的手段控告某个人,结果使雅典遭受了灭顶之灾。"借这一说法,表明今天人们借鉴的古代,如果是这样的就会大错特错的。所以"论雅典罗马"说:"从古至今,国内外的重大议事机构有时抛出无知、鲁莽、错误的决议,常用让我感到诧异。这使我意识到,民众的议会也会犯个人所能犯的所有问题、蠢事和邪恶"。这才是这位"崇古派"的真实意图:借古讽今。而伏尔泰则说"在艺术和错误的摇篮——希腊,人类精神的伟大和愚蠢都被发展到了极致"(伏尔泰《哲学通信·第十三封·谈洛克》,中译本,上海人民出版社,1961)。

显然,斯威夫特不看好洛克们的社会契约里的民众授权论。因为在"论雅典罗马"看来,民众是"草率、嫉妒和变化无常的"。那么,与希腊不一样的罗马在斯威夫特的眼里,又是怎样一番景象呢?

罗马由国王统治,由贵族选出的一百人元老院选举产生。这保证了罗马300年的兴盛。当民众发现了自己的力量时,便寻求权力。"论雅典罗马"指出"公民大会甚至可以把选举国王的权力从贵族的手中夺过来"。斯威夫特说"这一步变化巨大,造成国内局势动荡,争斗频繁",而且"国将不国"。虽然后来由于执政官制度的兴起,才又达成了"贵族与民众之间"的"权力均衡"。显然,从斯威夫特的这些论述里,他对所谓的"民众授权"一论是反对的。"论雅典罗马"说:"民众比较擅长破坏和建设而不善于保持已有的东西;民众喜欢攫取不属于自己的东西,但更喜欢把它拱手让人,并把自己搭进去。"写道这里，作者不无幽默地讲“人以为这是一个普遍的真理。”可见作者对民众的态度。斯威夫特作为一位“崇古派”的后起之秀，运用他的博识，表明他所崇古的古希腊和古罗马的衰亡都与民众的“不是”有关。甚至罗马后来的那些执政官的“暴政”（tyranny），都与民众相关。下面这说话最为惊世骇俗：

> 渥大维胜利后，必然推行最为邪恶的独裁，历史上怒气冲冲的上帝给予堕落恶毒的民众最为严酷的惩罚也莫过于此。

也就是说，独裁是由民众所引发的。

关于罗马的衰落，后人有无数个理由。据“维基百科”说，1984 年德国人亚历山大 · 德曼特出版的专著《罗马的沦陷》（*Der Fall Roms*）中列举了前人给罗马衰亡的 210 种解释，显然有比斯威夫特的这一种解读更为周全。至少，罗马的衰落决非如“论雅典罗马”所说，是因为民众打破了托盘的平衡所至。可见著者崇古的观点，很多是站不住脚的，或者说，只为当是的论争的“负气”之论。不过有一点，著者的话倒是引人发省的：无论是古希腊还是古罗马，“他们先是迎来了民众的专制，然后是个人的专制”。这话即是对希腊城邦衰落原因的指正，更是对罗马衰落的指正。这让笔者想起房龙（1882-1944）《宽容》（中译本，1985，三联书店）一书中所叙，当某一新的宗教还处在比它早的宗教时，新的宗教（因为它可能是异教）呼吁宽容和争取权力，但一旦新的这一宗教获得权力之后，就开始了打压比它新的宗教（新的异教）。

历史上这种恶恶相因恶恶为果的事，真是屡见不鲜的。

《论雅典和罗马贵族与民众的竞争与争执及其对两国的影响》一文从表到今天，已过了 300 多年。显然，历史并没有按照“崇古派”的理论回到古希腊和古罗马，而是朝着沃顿、洛克、蒙田、孟德斯鸠、伏尔泰等“崇今派”启蒙先贤大致辟开的路前行。“古今之争”并非如刘小枫所说是一僵局。事实上，这种古今之争，已在早期的英法、后来的北美和整个欧洲定出了胜负。不过，当我们重新来读一下这篇“崇古派”关于古希腊古罗马政体中关于民众与贵族（“共和”和“专制”），或者关于“民主”与“君主”关系的文章，也许不是没有一点意义的。

信仰的另面

一般地讲，人类为“信仰”（顺带“理想”）一词（或两词）赋予了所有可能的赞美。并一般地认为，凡具有信仰与理想的人，就可能成为英雄、伟人、楷模，或者让他人（没有信仰与理想的人，或者信仰不坚定理想不高大上的人）臣服于脚下。但是，当我们沉入到历史的深处或历史的另面时，我们会看到另外一种场景和难以启齿的画面：信仰（理想）也有可能给人类带来恐怖与杀戮，十字军东征便是。

“十字军（THE CRUSADES）”，凡讲世界史，没有哪一部不书写十字军的；凡谈及宗教史，也没有哪一部不讲十字军的。前些时热卖的《耶路撒冷三千年》（张倩红／马丹静译）里便有重要章节叙述这一事件。不过，《耶路撒冷三千年》毕竟不是专门的十字军史，在众多的关于“十字军”的书籍里，［英］海伦·陈科尔森著，刘晶波译的《十字军》（下简称《十》）算得上是一本比较通俗又全方位的书。一般地讲十字军，主要讲十一世纪到十三世纪两百年间十字军东征圣地耶路撒冷的历史（《耶路撒冷三千年》即讲的这一段），但是《十》依十字军的性质，全方位地讲述了十字军从 1095 年年底的第一次十字军东征圣地到整个第二个千禧年的 900 年历史。这包括了十四世纪到十九世纪的巴尔干半岛的十字军和奥斯曼帝国扩张的终结。英国历史学家马克·马佐尔在新近出版的《巴尔干五百年》（刘会梁译）一书里，清楚地记录了十字军东征后的巴尔干五百年（即拜占庭帝国的灭亡到 2015 年叙利亚内战促使大量难民进入巴尔干半岛）的政治版图的演变。《十》一书还指出 1. 美洲大陆的拉丁化是十字军的直接结果；2. 现代的中东战争也是十字军东征的延续；3. 包括美国的两次海湾战争，都可以看成是十字军东征的延续。做出这样的解读和判断，是需要勇气的。因为，十字军东征，以及后来在巴尔干半岛远征波兰、德国的战争，从它进入历史后，便有不同的解读。或者说，对于十字军东征的正义与否，有着完全不同的解读。对于基督教来讲，十字军东征就是收复被异教（主要是伊斯兰教）占领的失地，收复失地，似乎天经地义。但倘若站在伊斯兰教的立场，显然这叫侵略。正如美军的第一次海湾战争就是以主持国际公正（伊拉克侵略科威特）而进行的。如《耶路撒冷三千年》所讲，耶路撒冷是西方三大宗教犹太教、基督教、伊斯兰教的发祥地及三大宗教的圣地。犹太教最早，以摩西为代表，大约产生于公元前十四世纪；基督教随后，以耶稣为代表，大约产生于公元一世纪初；伊斯兰教莫末，以穆罕默德为代表，大约产生于公元七世纪初。第二个千禧年开始即公元十一世纪 1095 年那一年，在基督教看来由于，伊斯兰在公元八世纪到十世纪短短的 300 年间迅猛发展，将基督教原来的生存的空间挤压了出去（耶城于公元 638 年被伊斯兰军队占领）。因此，一场为“让生活在东方的基督徒们从压迫中获得自由，并且让耶稣基督从曾经生活、殉难和重生的圣地重获自由”的十字军东征正式拉开了战幕。战幕一拉就是整整两百年（1095-1291），其战争先后一共进行了八次，除了第一次（1096-1099）十字军大胜即夺下耶路撒冷外（攻下时，屠城 7 万余众，十字军所到之处鸡犬不留），其余的七次，有胜有败。到了 1244 年，基督教最终永久地失去了耶路撒冷。在《耶路撒冷三千年》里，指出直到以色列建国，耶路撒冷才又重新真正地回到了基督教怀里。即便耶路撒冷重新回到了基督教的怀抱，耶路撒冷也不再是一教圣地，而是集犹太教、基督教和伊斯兰教三教的圣地与圣城！

十字军东征，是为信仰而战，也为基督徒的理想而战。正如《十》所说以“虔诚的理由参加远征而不是为了追逐名声和金钱”。但是信仰和理想却可以演化为双刃剑。在为信仰与理想而奋斗而牺牲的同时，恐怖与杀戮，尤其是杀戮便不能避免。或者说，为了信仰和理想，恐怖与杀戮是其天生伴生物！《耶路撒冷三千年》第五编第 21 章专门讨论十字军东征之事，其章节目录即为“大屠杀”。在这章里，《三千年》描写道，十字军“在街巷里见人就杀，他们不仅砍下敌人的头颅，还砍下他们的手脚”；“把敌人投入火堆，从而使他们承受更长时间的折磨”；“街上可以看见成堆的头、脚和手。必须从人和马的尸体中间找路”；“婴孩被从母亲的怀抱里夺走，头被重重地摔在墙上”；“随着暴行的升级”，朝圣者十字军们“杀红了眼”，“他们在市集街道上搜寻，拖出更多的受害者，像宰羊一样将他们杀死”，“在人群中疯狂砍杀”；“有十万人在圣殿山被杀”！为了教皇的理想，为了教徒的信仰，《十字军》一书里有更为说尽的描述：1. 一些十字军士兵在莱茵兰地区抢劫和杀害犹太人，第一批十军士兵一路抢掠到达君士但丁堡；2. 城里的居民遭到屠杀，就如同当时被攻下的大多数城市一样；并杀光所有抵抗者；3. 马穆鲁克采取焦土政策，所到之处破坏一切；4. 1212 年组建“儿童十字军”并东征；5. 战争破坏了贸易；6. 摧毁了城市，城市的经济崩溃或者衰退……。《十》一书的附录里，载有几件原始文献即十字军时期参与者或现场者留下的文献。其中记有杀戮与恐怖的现场比比皆是。下面的这些记载（“在场”的记载）就是其中一部分：

——我们带着超过 200 个人头返回军队，将胜利的喜悦带给基督人民；

——在很多城市场的交战中，敌人也杀害了我们许多基督教的胞弟；

——我们在战斗中也杀死了不计其数的敌人；

——在一次战斗中，我们失去了 500 我位上帝的士兵；

——在同一战场，我们杀死了 30 个埃米尔，他们都是王子；还有 300 位贵族；死亡人数 1230 人，但我们没有失去一个自己人；

——复活节后的第一天，耶和华引领我们，杀死 60 多名骑士；

——把杀死的人推入河中，在桥上的城门处，我们还杀死了计多人，你完全可以相信这是真的；

——杀死了所有抓住的土耳其人；

——抢了金银和许多装饰品、绵羊和牛、马和骡子，骆驼和驴，五谷和酒，面粉和许多其他的东西。

——异教徒，被基督徒的血刺激了；我们的国王被俘，我们的许多人被杀害，仅 5 月 1 日死了 60 人，还有 230 名兄弟身首异处；

……

抛开战争本是要死人毁城这一铁定，同样也抛开战争双方或多方的正义与否，但就十字军东征所引发的战争，则是信仰和理想光环的另外一种叙事，或者说信仰理想光环的另外一种结果！不仅我们在这此关于“十字军”东征的历史叙事（或者文学叙事）文本里，我们看到，信仰和理想的另面。事实上，我们早在十字军东征之前的《圣经》里就已经看到了这一历史以及历史所呈现的事实。在《圣经·旧约》(中文合和本，下同)里，如以一方信仰为主体的对非此信仰的另一方，并非我们后来所看到的(如基督教所布道的)怜悯、慈爱和宽容。《旧约·约书亚记》7:13-14里清楚地要求，“因他违背耶和华的约”，那他(或他们)必是“仇敌”，即是“仇敌”，就只能是“灭之物”，而且这些“灭之物”“必被火焚烧”；在《旧约·士师记》里，由于信仰不合，犹大人在比色“击杀了一万人”，而且对亚多尼比色(火案，迦南人的王)砍断其手脚和大拇指；《旧约·士师记》还记载了犹大人攻打耶路撒冷时，“用刀杀了城内的人，并且放火烧城”(1:1-1:9)；……。以“至仁至善”为主旨的《古兰经》(1:1 马坚译本，下同)里同样有类似的记载，“已经答应真主的人，将受到极美的报酬；没有答应主的人，假若天地上的一切归他们所有，再加上一倍，他们必定都用不定期做赎罪金。这等人将受严厉的清算，他们的归宿是火狱，那床铺真糟糕”(11:18)；“在那日，我要把火狱陈列在不信道者的面前”(16:100)；“我确已预备火狱为不信道者的招待所”(16:102)：……。可见，恐怖乃至杀戮，与信仰或与原教旨主义相伴相随。仅就十字军东征来讲，恐怖乃至杀戮，弥散在信徒的东征途中，弥散在东征军的所到之处、弥散在军人与平民与“异教徒”中，弥散在近千年的历史深处！《十字军》里有一段话，深刻地证明了信仰的力量以及由此力量带来的杀戮：**“基督徒相信：上帝武士们战胜伊斯兰教军队，并使他们皈依基督教，如果不能让他们皈依，那么就只能杀死他们”**。宗教信仰焕发起来的狂热，力量的强大几为所向披靡。《耶路撒冷三千年》也指出，**“代价是惨重的，大量生命和财产在这场异想天开、充满危险却又道貌岸然的事业中化为乌有”**。在这样一种场景与平台上，一方的信仰可以决定另一方的生杀予夺。也就是说，信仰和理想，在它需要时即站在自己观念一方，它是美丽而动人的，便站在它的对立面，信仰却是罪恶的。即使历史早已经走出了中世纪的黑暗、走出了十字军为了信仰和理想时的杀戮和恐怖。今天的人们，只要将这段历史打捞出来，将历史的另面剖开让我们观看，今天的人们，依然会感受到那时的血腥和惨状，或者今天的人们，可能依然还备受那段历史恐惧与恐怖带给人们的惊悸。历史就是如此，在1095年11月的一天，教皇乌尔班二世在发动十字军东征的誓师大会上就明确无误地讲过：只要参加远征军并远征**“就不必为自己因冒犯上帝而犯下的罪行进行赎罪”**。也就是说，只有信仰在，只要为信仰去战争，或者极至地讲，只要为了信仰，即使是杀戮也不会被谴责的，也不会因此杀戮而去忏悔和赎罪！

信仰美丽的另一面，竟然如此残酷。如茨威格的《异端的权利》、房龙的《宽容》等书中所记载的由于宗教狂热，引发的对异教徒和异端的打杀所呈现的非人道非宽容的众多个案，更是怵目惊心。在《基督教史》（任继愈主编、江苏人民出版社，2007 年）里较为详尽地记载了十字军东征杀戮抢掠的历史。譬如屠城，第二次东征，十字军在攻下君士但丁堡时，焚烧全城达一个星期，能抢走的抢走，不能拿走的全部焚毁，连陵墓也被挖掘。这样的屠城与血洗，不只是发生在十字军，同样也发生十字军的对立方穆斯林一面。在离第一次（1099）东征，十字军攻下耶路撒冷后屠城杀死伊斯兰教徒 7 万人（《耶路撒冷三千年》一书认定为 10 万人）之后的 1291 年，穆斯林军队攻下基督教的最后一个城市阿克城时（在远征圣城—近东中东的最后一次十字军东征），穆斯林杀死 6 万多基督徒。1099 到 1291，两百年间，历史翻了过个。200 年前，基督教杀死 7 万穆斯林夺回圣城，200 年后，伊斯兰教杀死 6 万基督徒从此把基督徒驱逐出了阿位伯半岛！信仰，或为了信仰，竟是以数万数十万的人的身命和鲜血来染织。什么是信仰？按照《现代汉语词典》（1973 年初版）对“信仰”一词的解释，“对某人或某种主张极度相信和尊敬，拿来作为自己行动的榜样或指南”。信仰，对于教宗与信众来讲，具有无比的别的任何物像都不能代替的力量，而且坚定与美丽。即便这一中性的解释（把“信仰”从宗教中剥离了出来），我们也可以看到信仰一词有可能呈现的不止是一面即不止是美丽的一面，有可能它会呈现另一面。也就是如《十字军》、《耶路撒冷三千年》等关于“十字军东征”历史里的暴行与罪恶。或者说，信仰，也许天生就具有它的两面。倘若这些宗教没有信仰（当然凡宗教就不能没有信仰），没有如此这般的宗教狂热，还会有这些杀戮吗？还会有人间的悲惨和黑暗吗？当然，历史没有倘若，历史是一个又一个黑暗与光明时期的累积，也是一个又一个残暴与慈爱的个案的叠加。历史没有倘若，某一信仰可能永远的存在与践行。“信仰（拉丁文 fidei、希腊文 πίστη、英文 Faith、法文 foi）”一词本源于宗教（汉语“信仰”一词也源于宗教，如佛教《华严经》里便有“人天等类同信仰”），却在历史与当下中无处不在。我们往往只看到，人类给予这个词无比高大上的“正能量”，却忽略了这个词的“负能量”。在读《十字军》等关于宗教狂热和关于中世纪的书时，笔者在想，如果一个时代依然迷信盛行，或以一种信仰万能与独一信仰的话，还不如回到蒙田和笛卡尔的时代——那就是怀疑，包括对信仰的怀疑。

对信仰的怀疑，自有信仰开始。西方宗教史和思想史的有一本重要的著作叫《异端的权利》。十字军东征开始的欧洲的“中世纪黑暗”，本应伴随十五世纪后期到十六世纪的宗教改革与佛罗伦萨的文艺复兴而终结，欧洲迎来了现代化的黎明。但是，我们不幸地看到，茨威格在《异端的权利》所叙述的事件。茨威格指出，当加尔文通过其宗教改革获得至高无上的权力之后，加尔文“以一种思想的名义，把一致服从强加于全民”。虽然加尔文的出发点在于建设“一个没有污染，没有腐化、动乱、堕落或罪恶的公社”，而且要把他主宰的日内瓦建成“新的耶路撒冷”，并把日内瓦改造成“尘世上的第一个上帝的王国”。这是多么美好的梦想，这是多么引人神往的天堂。但正是如此，正是想把以“一种思想的名义，把一致服从强加于全民”，因此，加尔文的这种信仰一开始便注定有人怀疑，以及有人反对。《异端的权利》记载了比塞维特斯、卡斯特斯等的怀疑和反对，以及反对者所遭遇到了迫害。特别是塞维特斯个案。本来塞维特斯选中了“加尔文作为他信得过神学家”，而且完全寄“希望”这位宗教的革新者。便事与愿违，塞维特斯将自己对宗教的理解——不同于加尔文的理解给了加尔文。哪知道加尔文是一个“动辄发火的独裁者”，于是我们便知道了塞维特斯这种以唐吉诃德的方式挑战“正宗”的下场：置塞维特斯于死地。因为只有这样“所有的人就会相信，反对加尔文大师将会有何等的灾祸”。宗教的恐怖与黑暗源于信仰的独尊，以及持有这种信仰的信仰者。

我们再来看另一部书。一部也是很著名的关于宗教史和关于思想史的书，它叫《宽容》。在房龙与茨威格同叙述的这个事件里，《宽容》一书似乎更质感。房龙对加尔文于日内瓦建立的宗教王国的描述与定性“实际上是个军营”，而且“任何个性自由的表现都逐一被压制了”。《宽容》一书里叙述道，原本新教中的一个信仰是“保留已见的权利”，最后因为塞维特斯（房龙《宽容》一书译作塞维图斯）被加尔文执行火刑而建立起“他们自己的恐怖统治”。这样看来，信仰本身，说得轻一点，信仰有可能就是剥夺独立人格的锐器，说得重一点，信仰有可能就会成为异端的绞刑架或者坟场。不过，如罗素曾经写过的一篇小文，小文的题目是“历史的安慰”。但在中国的24史里，污渍的阴谋的黑暗的，与清澈的光明的光亮的，并驾齐驱。特别是《明史》，虽然张廷玉等人说过，整个明季“远迈汉唐”，但是在诸如“阉党”、“奸臣”、“佞悻”等列传里，读时特别的沉特别沉闷与灰暗。1949 年以后的一段时间里。我们的历史书哪怕有诸多版本、有诸多方家撰著，但只消看一本即可。而且在这某一本里，你不知道哪是历史的真实、哪是历史的另面。因为，我们只能看到历史的一面，而且是有可能被改造和褫夺了的那一面。在这些历史所谓宏大场景里，我看不到历史的细节，更看不到被历史左右人的行为或在历史进程中左右历史的人的人性。同时也看不到信仰和异端相悖相成的历史。幸好，历史的安慰源于历史和社会“天生地”存在异端者，“天生地”具有怀疑精神的某一信仰的异教徒。如塞维特斯、卡斯特斯等，如哥白尼、布鲁诺等。

“Am I not an apostle? Am I not free?”（“我不是门徒吗？我不自由吗？”《新约·罗马人书》第 9 章）“To be, or not to be, that is question”（“生存还是毁灭，这是一个问题”，《哈姆雷特》，朱生豪译）。去死还是活着、有还是没有、在还是不在——这是一个问题！人对人的追问，人对自己的追问，人对在与不在的追问，人对信仰的追问！这是从远古以来就有的最伟大的追问。伴随这个终极追问，人在创造物质奇迹的同时，似乎也在创造自己精神方面的奇迹。从砧木取火到人的脚印踩在月亮到已经飞出太阳系的“旅行者 1 号”；从开发核能到发现暗物质；从幼发拉底的楔形文字到每秒浮点运算超过 5 亿亿次的“天河 2 号”计算机；从马拉牛拖的农耕计步到时速超过 250 公里的超过 2 万公里的中国高铁……。我们今天与大洪水里的诺亚方舟和女娲炼石补天的时代，早也是不能同日而语了。但是，我们十分不幸地看到，人对人自己的追问似乎并没有什么质的进步。两千多年前的西人如苏格拉底、柏拉图的思想于今人好像并没有过时，不仅没有过时，它让时间隧道变得来短促而暗淡；两千多年前的东方人如孔子、老子的思想于今人也还继续着它的灿烂阳光，像孔子思想不仅成了统治者的主流意识形态，而且成了官方的意识形态核心。说得直白一些，我们走过了几千年，就孔子思想来讲，我们还在原地踏步，我们继续在这些思想上寻找我们的精神支柱和文化滋养。我们更不幸地看到，随着信息、数据、技术的无处不在无时不在，整个时代和社会，因为电子媒质的无所不在地介入变得日益碎片化，人在对自己追问日趋无奈的同时，人对自己的处境更加焦虑和不安。也就是说，人面对人祸（如美国的 2001/9/11）和天灾（如 2008/5/12 的汶川大地震、2020 年初爆发的新冠肺炎等)，往往表现出来无能为力。无能为力中的人们的脆弱。我是什么，我有没有信仰，我的信仰是否真实，我在哪里，我将去哪儿？永久的追问，永远都无解无答。

从历时的角度上说，我们确实在向前走；从现时的角度上说，我们走的路不是老路吗？